BESTSELLER

Clive Cussler posee una naturaleza tan aventurera como la de sus personajes literarios. Ha batido todos los récords en la búsqueda de minas legendarias y dirigiendo expediciones de NUMA, la organización que él mismo fundó para la investigación de la historia marina americana. Con ella ha descubierto restos de más de sesenta barcos naufragados de inestimable valor histórico y le ha servido de inspiración para crear dos de sus series más famosas, las protagonizadas por Dirk Pitt y por Kurt Austin. Asimismo, Cussler es un consumado coleccionista de coches antiguos, y su colección es una de las más selectas del mundo. Sus novelas han revitalizado el género de aventuras y cautivan a millones de lectores. Los carismáticos personajes que protagonizan sus series son: Dirk Pitt (*El complot de la media luna*, *La flecha de Poseidón…*), Kurt Austin (*Hora cero*, *El buque fantasma...*), Juan Cabrillo (*El mar del silencio*, *La selva...*), Isaac Bell (*El espía*, *La carrera del siglo...*) o el matrimonio Fargo (*Las tumbas*, *El secreto maya...*). Actualmente, Clive Cussler vive en Arizona.

Thomas Perry ha publicado más de veinte títulos en Estados Unidos, donde es considerado un maestro del *thriller*. Es coautor de las novelas *Las tumbas* y *El secreto maya*, de la serie Fargo, en colaboración con Clive Cussler. Vive en California.

Biblioteca

CLIVE CUSSLER
Y THOMAS PERRY

El secreto maya

Traducción de
Ignacio Gómez Calvo

DEBOLS!LLO

Título original: *The Mayan Secrets*

Primera edición: noviembre, 2016

© 2013, Sandecker, RLLLP
Publicado por acuerdo con Peter Lampack Agency, Inc.
350 Fifth Avenue, Suite 5300, Nueva York, NY 10118, Estados Unidos
© 2016, Penguin Random House Grupo Editorial, S. A. U.
Travessera de Gràcia, 47-49. 08021 Barcelona
© 2016, Ignacio Gómez Calvo, por la traducción

Printed in Spain – Impreso en España

ISBN: 978-84-663-485-3 (vol. 244/54)
Depósito legal: B-17.435-2016

Impreso en Novoprint
Sant Andreu de la Barca (Barcelona)

P 3 3 4 8 5 3

Penguin
Random House
Grupo Editorial

1

Rabinal, Guatemala, 1537

Después de medianoche fray Bartolomé de las Casas seguía en su estudio alumbrado con velas en la misión maya de Rabinal. Antes de acostarse tenía que escribir la entrega diaria de su informe para el obispo Marroquín. Convencer a la jerarquía eclesiástica del éxito de las misiones dominicas en Guatemala solo sería posible si el trabajo estaba bien documentado. Se quitó la túnica negra y la colgó de un perchero junto a la puerta. Se quedó un momento escuchando los sonidos nocturnos: el suave arrullo de los pájaros y el chirrido de los insectos en medio del silencio.

Se acercó al armario de madera de la pared, lo abrió y sacó el preciado libro. Kukulcán, un hombre de linaje real famoso por sus grandes conocimientos, había llevado a fray Bartolomé ese y otros dos libros para que los examinara. De las Casas dejó el libro sobre la mesa. Había estado estudiándolo durante meses, y el trabajo de esa noche iba a ser importante. Colocó una hoja de pergamino sobre la mesa y abrió el maravilloso libro.

La página en cuestión se dividía en varias partes. Había unos dibujos de seis criaturas fantásticas de aspecto humano que suponía eran deidades, sentadas y mirando a la izquierda, y seis columnas verticales con complejos símbolos escritos debajo, que según le había dicho Kukulcán era la escritura maya. Las páginas eran de un blanco inmaculado, y los dibujos estaban hechos en color rojo, verde y amarillo, con algún que otro toque de azul. La escritura era negra. Fray De las Casas sacó punta a su pluma para hacerla lo más fina posible, dividió la hoja en seis columnas verticales y empezó a copiar los símbolos. Era una tarea difícil y laboriosa, pero la consideraba parte de su trabajo. Era tan consustancial a su vocación dominica como su ropa: el hábito blanco que representaba la pureza y la túnica negra de encima que representaba la penitencia. No tenía ni idea de lo que significaban los símbolos ni los nombres de las deidades míticas, pero sabía que las imágenes contenían unos profundos conocimientos que la Iglesia necesitaría para entender a sus nuevos conversos.

Para De las Casas, ocuparse de la delicada y paciente conversión de los indios mayas era un deber personal, una penitencia. Bartolomé de las Casas no había ido al Nuevo Mundo en son de paz. Había ido armado con una espada. En 1502 había zarpado de España a La Española con el gobernador Nicolás de Ovando y había aceptado una encomienda, una tierra conquistada, y el derecho a esclavizar a todos los indios que hallase en ella. En 1513, después de una década de crueldad por parte de los conquistadores, y tras haber sido ordenado sacerdote, participó en la conquista de los indios de Cuba, al mismo tiempo que aceptaba otra concesión real de tierra e indios como parte del botín. Al pensar ahora en su juventud le mortificaban la vergüenza y los remordimientos.

Cuando por fin reconoció que había incurrido en un grave pecado, inició su programa personal de arrepentimiento y reforma. De las Casas siempre recordaría el día de 1514 en que había dado la cara y había denunciado sus acciones pasadas y había devuelto sus esclavos indios al gobernador. Recordar aquel día era como tocar la cicatriz de una vieja quemadura. Después había regresado a España para reclamar a los poderosos la protección de los indios. De eso hacía veintitrés años, y desde entonces trabajaba sin descanso, dedicando sus escritos y sus esfuerzos a compensar las injusticias que había cometido y tolerado.

Trabajó varias horas hasta que hubo terminado la página. Colocó la copia en el fondo de una caja de sermones con el resto de las páginas que ya había copiado. La llama de la vela parpadeó mientras el fraile se movía por la pequeña estancia. Dispuso otra hoja en blanco sobre la mesa, esperó a que la vela se quedase quieta y volviese a desprender una llama amarilla continua, y acto seguido emprendió la siguiente tarea. Mojó la pluma en el tintero y empezó por la fecha: 23 de febrero de 1537. Entonces detuvo la pluma, suspendida sobre el papel.

Oyó unos sonidos que le resultaban familiares y lo enfadaron en el acto. Oyó pies de soldados que marchaban en un pelotón, botas que pisaban la tierra mojada, espuelas que hacían ruido metálico y empuñaduras de espadas que tintineaban al chocar contra el acero de la parte inferior de las corazas.

—No —murmuró—. Otra vez, no, Señor. Aquí, no.

Era una violación, una felonía. El gobernador Maldonado había roto su promesa. Si los frailes dominicos conseguían apaciguar y convertir a los indígenas, no habría colonizadores que vinieran a reclamar sus encomiendas... y, por encima de todo, no habría soldados. Los soldados que no habían podido conquistar a los indios de aquellas regiones luchando contra ellos no debían llegar y esclavizarlos ahora que los frailes habían entablado amistad con ellos.

De las Casas se puso la túnica negra, abrió la puerta de golpe y echó a correr por la larga galería, taconeando con sus sandalias de piel sobre el enladrillado. Vio la tropa de soldados de caballería españoles, armados para la batalla con espadas y lanzas, con sus corazas y morriones de acero de Toledo relucientes a la luz de la hoguera que estaban haciendo en la plaza de enfrente de la iglesia.

De las Casas corrió hacia ellos agitando los brazos y gritando:

—¿Qué estáis haciendo? ¿Cómo osáis encender fuego en medio de la plaza de la misión? ¡Los tejados de estos edificios son de paja!

Los soldados lo vieron y lo oyeron, y dos o tres se inclinaron educadamente ante él, pero eran guerreros profesionales, conquistadores, y sabían que discutir con el jefe de una misión dominica no les iba a granjear más riqueza ni más poder.

Cuando el fraile arremetió contra ellos, se apartaron o retrocedieron un paso, pero no se enfrentaron a él.

—¿Dónde está vuestro comandante? —preguntó—. Soy el padre Bartolomé de las Casas. —Casi nunca empleaba su título sacerdotal, pero después de todo era un sacerdote, el primero ordenado en el Nuevo Mundo—. Exijo ver a vuestro comandante.

La pareja más cercana se volvió en dirección a un hombre alto de barba morena. De las Casas se fijó en que la armadura de ese hombre era un poco más elaborada que la de los otros hombres. Tenía filigranas grabadas en la superficie, con incrustaciones de oro.

Cuando De las Casas se acercó, el hombre gritó: «En filas», y sus hombres formaron cuatro filas de cara a él. De las Casas se situó entre él y los soldados.

—¿Qué hacen sus soldados irrumpiendo en una misión dominica en plena noche? ¿Qué pintan aquí?

El hombre lo miró con aire cansado.

—Tenemos un trabajo que hacer, fraile. Quéjese al gobernador.

—Él me prometió que nunca vendrían soldados.

—Eso sería antes de que se enterase de lo de los libros del diablo.

—El diablo no tiene nada que ver con los libros, idiota. No tienen derecho a estar aquí.

—Pero aquí estamos. En esta misión se han visto libros paganos, y se ha dado parte a fray Toribio de Benavente, quien ha pedido ayuda al gobernador.

—¿Benavente? Él no tiene autoridad sobre nosotros. Ni siquiera es dominico. Es un franciscano.

—Las disputas internas son asunto suyo. El mío es encontrar y destruir los libros diabólicos.

—No son diabólicos. Contienen los conocimientos de esta gente y toda la información existente sobre ellos, sus antepasados, sus vecinos, su filosofía, su idioma y su cosmología. Han vivido aquí durante miles de años, y sus libros son un regalo para el futuro. Nos revelan cosas que no podríamos saber de otra forma.

—Está mal informado, fraile. No aparecen más que dibujos y símbolos de los diablos y demonios que idolatran.

—Estas personas están convirtiéndose, de una en una y voluntariamente. No como lo hacen los franciscanos, bautizando a diez mil personas a la vez. Los antiguos dioses mayas han sido reducidos a simples símbolos. Hemos logrado grandes progresos en poco tiempo. No echen por tierra todo el trabajo que hemos hecho demostrándoles que somos unos salvajes.

—¿Nosotros? ¿Salvajes?

—Sí, salvajes: personas que destruyen obras de arte, queman libros, matan a gente que no entienden y esclavizan a sus hijos.

El comandante se volvió hacia sus hombres.

—Quitádmelo de delante.

Tres soldados agarraron a De las Casas y se lo llevaron de la plaza lo más delicadamente posible.

—Por favor, padre, se lo ruego —dijo uno de ellos—. No se acerque al comandante. Tiene órdenes y prefiere morir a desobedecer.

Se apartaron de él, se volvieron y regresaron corriendo a la plaza.

De las Casas miró por última vez a los soldados que preparaban la gran hoguera. Los soldados que corrían de acá para allá, haciendo pedazos cualquier cosa hecha de madera y lanzándola a las brillantes llamas que se elevaban en el cielo por encima de ellos, tenían un aspecto más demoníaco que cualquiera de las deidades representadas en los libros mayas. El fraile se volvió y avanzó por detrás de los edificios de adobe de la misión, manteniéndose en lugares oscuros y protegidos. En el linde del terreno despejado, se internó en un sendero de la selva. El follaje se volvió tan denso alrededor del camino que parecía que avanzaba por una cueva. El sendero descendía hacia el río.

Cuando De las Casas llegó al río, vio que muchos de los indios habían salido de sus chozas y que habían encendido fuego. Se habían enterado de la llegada de los soldados extranjeros y se habían reunido en el centro de su pueblo para debatir qué hacer. El fraile se dirigió a ellos en quiché, el idioma de los mayas de la región.

—Soy yo, el hermano Bartolomé —anunció—. Han venido soldados a la misión.

Vio a Kukulcán, que permanecía sentado en la puerta de su choza. Había sido un jefe importante en Cobán antes de decidirse a acudir a la misión. Los demás lo miraban en busca de orientación.

—Los hemos visto —dijo—. ¿Qué quieren? ¿Oro? ¿Esclavos?

—Han venido a por libros. Ellos no los entienden, y alguien les ha dicho que los libros mayas tratan del mal y de la magia. Han venido a buscar todos los libros que tengáis para destruirlos.

Hubo murmullos y expresiones de consternación. Al grupo le resultaba totalmente incomprensible la noticia, como si alguien hubiera venido a talar los árboles, secar los ríos o tapar el sol. Les parecía un acto de pura malicia con el que los soldados no podían sacar nada bueno.

—¿Qué debemos hacer? —preguntó Kukulcán—. ¿Luchar?

—Lo único que podemos hacer es intentar salvar algunos libros: elegir los más importantes y llevárnoslos de aquí.

Kukulcán hizo señas a su hijo, Tepcu, un hombre de unos treinta años que había sido un guerrero respetado. Hablaron en rápidos susurros. Tepeu asintió con la cabeza.

—No hay duda —dijo Kuculcán a De las Casas—. Tiene que ser el que te llevé a la misión para enseñártelo. Ese vale por todos los demás.

De las Casas se volvió y se dirigió al sendero de la jungla. De repente, Tepeu apareció a su lado.

—Tenemos que recorrer el sendero antes de que lo encuentren —dijo Tepeu—. Intente no quedarse atrás.

Acto seguido echó a correr.

Tepeu corrió por el sendero como si pudiera ver a oscuras, y al distinguir su silueta delante de él De las Casas pudo moverse más rápido. Ascendieron hacia la misión a toda velocidad. Cuando llegaron al nivel del suelo, el fraile vio que una fila de hombres avanzaba por el camino principal hacia el poblado indio.

De las Casas no necesitaba ver a los soldados. Él mismo había participado en el exterminio de los taínos en La Española y podía imaginarse perfectamente lo que estaban haciendo. El primer destacamento de soldados irrumpió en una choza. Un minuto más tarde, uno de ellos salió con un libro maya en las manos. Oyó a un hombre decir en ch'olan:

—¡Lo salvé de la ciudad de Copán!

Un arcabuzazo sacudió el suelo, y una bandada de loros alzó el vuelo de un árbol alto batiendo las alas y chillando con frenesí. El hombre yacía muerto delante de su choza.

Mientras De las Casas y Tepeu recorrían con sigilo la zona tenuemente iluminada situada detrás de la misión, el fraile pensó en la familia de Tepeu. Kukulcán había sido un sumo sacerdote, un sabio. Su familia era de la realeza. Cuando el último gobernante había muerto a causa de una enfermedad, lo habían elegido a él para que mandase. Él y Tepeu habían renunciado a sus recargadas vestiduras con plumas cuando abandonaron su hogar, pero Tepeu llevaba las orejeras, los brazaletes y el collar de cuentas de jade verde oscuro que solo podían lucir los aristócratas mayas.

Avanzaron corriendo junto a la parte trasera de los edificios hacia las dependencias de los dominicos, y vieron que los soldados volvían de registrar la colección de objetos indígenas de la misión. Llevaban los brazos cargados de libros, artículos ceremoniales y tallas a la hoguera.

Los libros mayas eran largas tiras dobladas hechas de la corteza interior de la higuera silvestre. La superficie destinada a la escritura se pintaba con una fina capa de estuco blanco, y las pinturas se hacían con pigmentos autóctonos. Los soldados tiraron los libros que habían encontrado a las llamas. Los antiguos estaban más secos y prendieron enseguida —un destello de luz—, y luego cincuenta o cien páginas que se habían preservado durante siglos se perdieron para siempre. De las Casas sabía que esos libros podían tratar de cualquier cosa. Kukulcán le había contado que tenían tratados matemáticos, observaciones astronómicas, ubicaciones de ciudades perdidas, idiomas olvidados, crónicas de reyes, que se remontaban mil años atrás. En un instante, toda la información, laboriosamente escrita y dibujada a mano, quedó reducida a chispas y humo que se elevó en el cielo nocturno.

Tepeu era rápido y se movía con gran destreza en la oscuridad. Abrió la gran puerta de madera de la iglesia lo justo para poder colarse. De las Casas contaba con la ventaja de la túnica negra dominica, que carecía de forma y era más oscura que las sombras. Momentos más tarde, el fraile lo alcanzó en la iglesia.

Condujo a Tepeu por el pasillo de la iglesia hacia el altar y luego a la derecha. Había una puerta que daba a la sacristía. A la tenue luz de la luna que entraba por los ventanales, pasaron junto al alba y la casulla colgados de unos ganchos clavados en la pared, y el baúl de madera donde se guardaban el resto de vestiduras para protegerlas de la constante humedad de la selva guatemalteca. Hizo salir a Tepeu por la pequeña puerta que había al otro lado de la estancia.

Salieron de la iglesia hacia la larga galería techada de las dependencias de los dominicos. Recorrieron descalzos el pasillo de ladrillo para no hacer ruido con las sandalias. Al final de la galería, entraron en el estudio de De las Casas. Tepeu se acercó a la sencilla mesa, donde vio el libro. Lo recogió con cuidado y lo miró con tal devoción que parecía que estuviera saludando a una persona viva, alguien a quien había temido perder.

Tepeu inspeccionó la habitación. De las Casas poseía una vasija indígena decorada con pinturas que representaban las actividades diarias de un rey maya. El fraile tenía el lateral girado hacia fuera de manera que se vieran las abluciones diarias del monarca y no el lado en el que aparecía perforándose la lengua a modo de sacrificio. La vasija contenía la reserva de agua fresca del religioso y estaba atada con una especie de correa que el monaguillo indio empleaba para asirla.

Tepeu echó el resto del agua en la palangana de De las Casas y a continuación secó el interior de la vasija con un paño. Metió el preciado libro dentro de la vasija.

De las Casas se acercó al armario de la pared en el que guardaba varios proyectos literarios en los que estaba trabajando. Cogió otros dos libros mayas y se los dio a Tepeu.

—Debemos salvar todos los que podamos.

—No cabrán —dijo Tepeu—. El primero vale por cien de estos.

—El resto desaparecerá para siempre.

—Me llevaré el libro a un sitio donde los soldados no podrán encontrarlo nunca —dijo Tepeu.

—No dejes que te cojan. Creen que lo que llevas son mensajes del diablo.

—Lo sé, padre —asintió Tepeu—. Deme su bendición.

Se arrodilló.

De las Casas posó la mano en la cabeza de Tepeu y dijo en latín:

—Señor, que la virtud de este hombre sea suficiente. No quiere nada para sí, solo ser el protector de la sabiduría de su pueblo para las futuras generaciones. Amén.

Se volvió y se encaminó al armario, y volvió con tres monedas de oro. Se las dio a Tepeu.

—Esto es todo lo que tengo. Utilízalo para conseguir lo que necesites en el viaje.

—Gracias, padre.

Tepeu se dirigió a la puerta.

—Espera. No salgas todavía. Los oigo.

De las Casas se acercó a la puerta y salió. Olía fuerte a quemado, y podía oír los gritos procedentes del pueblo y el río. Permaneció de espaldas a la puerta mientras un pelotón de soldados se abría paso a empujones entre tres monjes dominicos que intentaban impedir que accediesen en la misión. Cuatro soldados entraron en una despensa al fondo del pasillo para registrarla.

De las Casas alargó la mano por detrás de él, giró el pomo y abrió la puerta de su estudio. Solo alcanzó a vislumbrar a Tepeu cuando estaba escapando. Llevaba la vasija de agua a la espalda, con la correa alrededor de la cintura y un mecapal en la frente de manera que gran parte del peso de la vasija reposara en esa parte. Cruzó el claro y se internó entre los árboles corriendo, pero solo se le vio unos segundos, y no se le oyó en absoluto.

2

Cerca de isla Guadalupe, México, en la actualidad

Miles de peces plateados pasaban nadando junto a Sam y Remi Fargo, reluciendo, girando de un lado al otro al unísono, como si todos estuvieran controlados por un solo cerebro. El agua tibia era transparente, y Sam y Remi podían ver mucho más allá de los barrotes de acero de su jaula.

Sam sostenía una vara de aluminio de un metro con un pequeño pincho puntiagudo en el extremo. Era una herramienta para el etiquetaje de peces, y durante las semanas que él y Remi llevaban de viaje se había vuelto un experto en su uso. Miró a su esposa y volvió a mirar al frente, con la vista perdida a lo lejos.

Mientras ellos observaban, una mancha oscura pareció formarse en el límite de su campo de visión, como si las diminutas partículas que contenía el agua se estuvieran juntando para formar una figura sólida. Era un tiburón. Y como Sam y Remi sabían que haría, se giró hacia ellos. Venía en diagonal, atraído quizá por los densos bancos de peces que se habían reunido cerca de la jaula de acero para tiburones y entraban y salían entre los barrotes. Pero no había duda de que había reparado en Sam y Remi.

Los Fargo eran submarinistas expertos, y los dos se habían hecho a la idea de que era imposible meterse en el mar sin que un tiburón se percatase de su presencia. Habían visto muchos tiburones a lo largo de los años, normalmente pequeños tiburones azules que se aproximaban para inspeccionar a los recién llegados con trajes de neopreno que buceaban cerca de los lechos de algas marinas a poca distancia de su hogar en San Diego, y que los rechazaban como presas y se iban nadando. Ese tiburón representaba la otra posibilidad: el depredador de pesadilla que avanzaba continuamente para impedir que el agua le entrase por las branquias, dotado de vista, oído, olfato, una red de nervios repartidos por su cuerpo que percibían las más pequeñas vibraciones del agua, y la capacidad para detectar las mínimas descargas eléctricas de las contracciones musculares de sus víctimas.

La gran cola del tiburón realizó una serie de lentas ondulaciones y se movió hacia ellos. A medida que su perfil empezó a verse mejor en el agua transparente, parecía que el tiburón crecía. De lejos parecía grande, pero ahora, conforme se acercaba a ellos, Sam se dio cuenta de que lo había observado a mucha distancia. Cuanto más se aproximaba, más inmenso se volvía. Era exactamente lo que él y Remi habían ido a buscar: un gran tiburón blanco de más de seis metros de largo.

El tiburón atravesó el banco de peces, que se separó en dos cardúmenes y volvió a reunirse en un solo banco, pero el tiburón no les hizo caso. Su cola realizó otra ondulación y se deslizó hacia delante. El tiburón, cuyo hocico era una achatada protuberancia puntiaguda que parecía medir un metro y veinte centímetros de ancho, atravesó el agua hacia ellos y volvió a girarse. El cuerpo del tiburón pasó junto a la jaula de acero en la que Sam y Remi estaban colgados; se acercó tanto que si hubieran estirado el brazo podrían haberlo tocado. Tenía el cuerpo grueso, y la aleta dorsal situada encima parecía de la altura de un hombre.

El tiburón no se marchó. Volvió a pasar a su lado. Sam y Remi permanecieron inmóviles dentro de la jaula. A pesar de las numerosas inmersiones que habían hecho cerca de la isla, durante esos largos minutos Sam empezó a preocuparse por los barrotes de acero soldados de la jaula. ¿Eran sólidos? Se lo habían parecido cuando la guía sumergió la jaula en el agua. Las soldaduras, según podía apreciar ahora, parecían pequeñas y apresuradas; quizá poco fiables. El soldador no podía haberse imaginado el tamaño y la fuerza de la criatura que acababa de pasar a su lado.

El animal se encontraba en isla Guadalupe buscando elefantes marinos y atunes, y Sam y Remi no se les parecían mucho. Sin embargo, con sus trajes de neopreno se asemejaban un poco más a los leones marinos de California, un detalle que podía hacerlos muy apetitosos a ojos de un gran tiburón blanco. De repente, tan súbitamente como había aparecido, el tiburón sacudió varias veces la cola y se alejó de la jaula. Durante unos segundos, Sam sintió una profunda decepción. Considerando su tamaño y ferocidad, los grandes tiburones blancos sorprendían a veces por ser muy cautelosos. ¿Había desaprovechado Sam su única oportunidad de fichar a ese gigante?

Entonces, sin previo aviso, el tiburón dio la vuelta, agitó la cola cuatro o cinco veces y embistió contra el lado ancho de la jaula, abriendo su enorme boca y enseñando las hileras de dientes triangulares. Sam y Remi se agarraron a los barrotes del otro lado de la jaula mientras el tiburón sacudía la parte delantera de su cuerpo, tratando de abarcar en vano la jaula con las fauces.

Cuando el animal empujó la jaula hacia delante, esta se inclinó, y Sam vio su oportunidad. Clavó la vara de aluminio en la piel de la base de la aleta dorsal, la extrajo de inmediato y la recogió dentro de la jaula. El tiburón no pareció notarlo ni percatarse de ello. El pincho estaba colocado, y la etiqueta para tiburones amarillo chillón, con su número de seis cifras, colgaba, diminuta en el enorme pez, de la base de la aleta.

El tiburón pasó por debajo de la jaula, y Sam y Remi esperaron. No les sorprendería que diera la vuelta, acelerara aún más y arremetiera otra vez contra la jaula, y que esta vez partiera las descuidadas soldaduras, abriera la jaula y volcase a la pareja ante su gran boca llena de dientes. Pero el animal siguió a lo suyo, alejándose más y más hasta que desapareció. Sam levantó el brazo y tiró de la cuerda de señales tres veces y luego otras tres. En algún lugar por encima de ellos un motor vibró y a continuación la jaula se sacudió y empezó a ascender.

Salieron a la superficie, elevados por completo a la radiante luz del sol, y los descargaron en la cubierta del yate. Remi se quitó las gafas y la boquilla del regulador, y le dijo a Sam:

—¿Qué crees que ha pasado? ¿No le hemos parecido lo bastante apetitosos para volver a intentarlo?

—No te preocupes —dijo él—. Tú estás de rechupete. He sido yo, que he estado practicando para parecer indigesto.

—Eres mi héroe.

Él se quitó la capucha del traje de neopreno sonriendo.

—Ha sido increíble.

—Gracias a ti, nunca me quedaré sin materia de pesadillas.

Remi le dio un beso en la mejilla cuando salieron de la jaula y se dirigieron al camarote para quitarse los trajes.

Varios minutos más tarde, Sam y Remi se encontraban en la cubierta de proa del *Marlow Explorer*, una embarcación fletada de veintitrés metros de eslora. Se trataba de un moderno yate de lujo que podía alcanzar los veinticuatro nudos a toda potencia, pero en las dos semanas que llevaban a bordo, el capitán Juan Sandoval no había tenido necesidad de acelerar a fondo los dos motores diésel Caterpillar C30. No tenían prisa y surcaban el mar buscando zonas prometedoras donde encontrar grandes tiburones blancos. De vez en cuando, hacían escala en agradables puertos mexicanos para repostar o comprar provisiones. El yate era más grande de lo que Sam y Remi necesitaban. Tenía tres camarotes completos con cuarto de baño propio, así como dependencias separadas para la tripulación, compuesta por tres hombres. El capitán Sandoval, el segundo de a bordo Miguel Colera y el cocinero Morales eran de Acapulco, que era también el puerto de origen del barco. Sam y Remi habían fletado la embarcación para ir a isla Guadalupe, a unos doscientos cincuenta kilómetros de la costa de Baja California, porque era un lugar muy conocido para avistar grandes tiburones blancos.

Se habían ofrecido a participar en un estudio de biología marina dirigido por la Universidad de California en Santa Bárbara para aprender más sobre los movimientos y las costumbres de los grandes tiburones blancos. La labor de etiquetaje había estado llevándose a cabo durante años, pero había tenido un éxito limitado porque la mayoría de los tiburones a los que les habían puesto etiquetas no habían vuelto a avistarse. Seguir la pista a los grandes tiburones blancos planteaba muchas dificultades. Tenían fama de recorrer enormes distancias, resultaban muy difíciles de capturar y eran peligrosos. Pero isla Guadalupe ofrecía una oportunidad especial. Era un lugar en el que año tras año aparecían con seguridad grandes tiburones blancos maduros de buena envergadura. Y mientras hubiera expedicionarios dispuestos a meterse en el agua dentro de una jaula para tiburones, sería posible etiquetarlos sin necesidad de capturarlos. Sam empleó su teléfono por satélite para comunicar el número de la etiqueta y la descripción del tiburón de ese día.

Mientras el barco avanzaba sin problemas en mar abierto hacia Baja California, Remi soltó al viento su largo cabello castaño rojizo para que se le secara. Sam se inclinó hacia ella.

—¿Sigues pasándotelo bien?

—Claro —contestó ella—. Siempre nos lo pasamos bien juntos.

—Eso no es lo que estás pensando. Algo te preocupa.

—A decir verdad, estaba pensando en nuestra casa —confesó ella.

—Lo siento —dijo él—. Creía que si participábamos en

un proyecto de investigación durante una temporada, el tiempo se nos pasaría más rápido. Me imaginaba que te estabas cansando de las reparaciones y la reforma.

Hacía unos meses habían vuelto de excavar un botín escondido por los hunos en el siglo v en unas criptas repartidas por Europa. Tres cazatesoros de la competencia creían que los Fargo se habían llevado las valiosas reliquias a casa o simplemente querían vengarse del matrimonio por encontrar el tesoro antes que ellos. Habían lanzado un ataque armado sobre la casa de cuatro plantas de los Fargo en Golfish Point, en La Jolla, y la habían hecho pedazos. Desde entonces, los Fargo habían estado supervisando las reparaciones y la reconstrucción de su vivienda.

—Estaba harta —reconoció ella—. Los obreros me estaban volviendo loca. Primero, tienes que ir con ellos a la tienda de material de fontanería para elegir los accesorios que quieres. Luego necesitas una reunión para oír que han dejado de fabricar ese modelo concreto y tienes que elegir otro. Luego...

—Lo sé —dijo él, y levantó las manos.

—Odio las reformas, pero echo de menos a nuestro perro.

—Zoltán está bien. Selma lo está tratando como un rey. —Hizo una pausa—. Cuando empezamos este viaje hace más de un mes, esperaban que etiquetáramos a diez tiburones. Ese grandullón con el que acabamos de encontrarnos hace el número quince. Supongo que ha llegado el momento de colgar los bártulos y volver.

Remi se apartó un poco para poder mirarlo a los ojos.

—No me malinterpretes. Adoro el mar, y te adoro a ti. ¿A quién no le gustaría viajar en un yate último modelo de un sitio espectacular a otro?

—¿Pero...?

—Pero llevamos fuera demasiado tiempo.

—Puede que tengas razón. Hemos conseguido más de lo

que nos propusimos. Tal vez haya llegado el momento de volver, terminar nuestra casa y empezar un nuevo proyecto.

Remi negó con la cabeza.

—No me refería a volver ahora mismo. Vamos rumbo a Baja, y atracaremos en la laguna de San Ignacio. Siempre he querido ver adónde van las ballenas grises a aparearse y parir.

—Después podemos ir directos a Acapulco y coger un avión.

—Quizá —convino ella—. Ya lo hablaremos entonces.

Un día más tarde, anclaron en la laguna de San Ignacio y echaron al mar los kayaks de plástico. Remi y Sam se subieron a las pequeñas embarcaciones, George Morales les tiró los remos de dos palas, y se adentraron en la laguna. No pasó mucho tiempo antes de que la primera ballena gris saliera a la superficie delante de ellos. El animal expulsó agua y gotas de vapor por sus dos orificios nasales y se zambulló, moviendo la cola para dejar una estela revuelta y burbujeante en la superficie. Se quedaron callados unos segundos: un animal del tamaño de un autobús había salido delante de ellos y había vuelto a sumergirse, dejando sus pequeños kayaks de plástico naranja solos en la laguna.

Los Fargo se pasaron el resto del día y el siguiente en sus kayaks. Cada vez que se encontraban una ballena gris, se acercaba a ellos, con aparente curiosidad. Sam y Remi acariciaban la cabeza de cada ballena y la observaban irse.

Por la noche, los Fargo se sentaban a la mesa en la cubierta de popa del yate con la tripulación y cenaban pescado recién capturado o exquisiteces mexicanas traídas de un restaurante del pueblecito de San Ignacio. Se quedaban al raso hasta bien entrada la noche, hablando del mar y sus criaturas, de su vida y sus amigos y familias, mientras el cielo nocturno se llenaba de estrellas brillantes. Después de retirarse a su camarote para dormir, a veces Sam y Remi oían el sonido de las ballenas expulsando chorros de agua en la oscuridad.

Después se dirigieron al sur siguiendo la costa, rumbo a

Acapulco. Al llegar llamaron a Selma Wondrash, su investigadora jefe. Les habían dado el mes libre a ella y a la pareja de jóvenes que trabajaban a sus órdenes, Pete Jeffcoat y Wendy Corden, pero Selma había insistido en quedarse en La Jolla supervisando la obra mientras ellos estaban ausentes.

—Hola, Remi —contestó Selma—. Zoltán está perfectamente.

—Estamos los dos —dijo Sam—. Me alegro. ¿Cómo va la obra?

—Recuerda que la catedral de Chartres tardó varios siglos en construirse.

—Espero que estés de broma —dijo Remi.

—Es broma. No queda ni una sola madera con un agujero de bala. Las dos plantas inferiores están prácticamente terminadas, y todo funciona. Todavía están acabando de pintar algunas cosas en la tercera planta, pero vuestra suite de la cuarta planta aún necesita como mínimo dos semanas de trabajo. Ya sabéis lo que eso significa.

—¿Que por fin tendré espacio de sobra en el armario para mis zapatos? —preguntó Remi.

—Sí —dijo Sam—. Y que dos semanas equivalen a cuatro semanas en el idioma de los obreros.

—Me encanta trabajar para un pesimista. Cuando algo sale bien, te sorprendes mucho. ¿Dónde estáis, por cierto?

—Hemos terminado de etiquetar tiburones —contestó Sam—. Estamos en Acapulco.

—¿Va todo bien?

—Estupendamente —dijo Remi—. Pescado fresco, pollo con mole, bailes bajo las estrellas, etc. Es mejor que servir de cebo para tiburones. Pero estamos pensando en volver pronto.

—Avisadme. El avión y la tripulación estarán esperándoos para traeros a casa. Os recogeré en el aeropuerto del Condado de Orange.

—Gracias, Selma —dijo Remi—. Te avisaremos. Vamos a

seguir pasándolo bien. Tenemos una reserva para cenar dentro de diez minutos. Llámanos si nos necesitas.

—Claro. Adiós.

Se alojaban en una de las dos torres del hotel, y esa noche, poco después de meterse en la cama, notaron un breve temblor. El edificio pareció sacudirse unos segundos, y oyeron un ruido suave, pero nada más. Remi se dio la vuelta, se agarró a Sam y susurró:

—Otro de los motivos por los que te quiero es que me llevas a hoteles que han sido reformados a prueba de terremotos.

—No es una cualidad que las mujeres suelan valorar en el hombre de sus sueños, pero me apuntaré el tanto.

Al día siguiente se marcharon del hotel y volvieron al yate. En cuanto llegaron al muelle, notaron que algo había cambiado. El capitán Juan estaba en el puente de mando escuchando una emisora en español con el volumen tan alto que la oyeron en cuanto salieron del taxi. George estaba delante de la barandilla observándolos acercarse; su cara era una máscara de preocupación, con los ojos muy abiertos. Tan pronto como subieron a bordo, Sam oyó las palabras «seísmo», «temblor» y «volcán».

—¿Qué pasa? —preguntó Sam—. ¿Otro terremoto?

—Acaba de pasar hace cinco o diez minutos. Juan tendrá más información.

Sam, Remi y George subieron al puente de mando y se reunieron con el capitán Juan. Cuando los vio, el hombre dijo:

—Se ha producido más abajo siguiendo la costa, en Tapachula, en Chiapas. Justo al lado de la frontera con Guatemala.

—¿Es muy grave? —preguntó Remi.

—Es grave —respondió él—. Dicen que ha sido de ocho coma tres u ocho coma cinco. Desde entonces sale humo del Tacaná, el volcán al norte de la ciudad. Todas las carreteras están cortadas debido a desprendimientos de tierra en un radio muy grande. Hay gente herida, tal vez incluso muertos, pero no saben cuántos. —Sacudió la cabeza—. Ojalá pudiéramos hacer algo.

Sam miró a Remi, y ella asintió con la cabeza.

—Tenemos que hacer una llamada. Prepara el barco para zarpar. Todo lo que no hayas hecho desde que atracamos, hazlo ahora.

Sam sacó el teléfono por satélite y se dirigió a la cubierta de popa. Marcó un número.

—¿Selma?

—Hola, Sam —dijo ella—. ¿Volvéis a casa tan pronto?

—No, hay problemas. Ha habido un terremoto grave en Tapachula, siguiendo costa abajo desde donde estamos. Necesitan ayuda, y las carreteras a la ciudad están bloqueadas; tal vez toda la zona. No sé cómo es el aeropuerto de Tapachula, pero quiero que llames a Doc Evans. Pídele que encargue un equipo médico para desastres y que lo envíe por avión al hospital que haya en pie: todo lo que puedan necesitar después de un gran terremoto. Dale un crédito bancario de cien mil dólares. ¿Puedes hacerlo?

—Sí. Si no puedo ponerme en contacto con él, llamaré a mi médico para que lo autorice. El aeropuerto es harina de otro costal, pero averiguaré si pueden llevarlo en avión o si tienen que lanzarlo desde el aire.

—En cuanto carguemos iremos rumbo al sur.

—Estaremos en contacto.

Selma colgó.

Sam volvió a toda prisa al puente de mando para hablar con el capitán Juan.

—Nuestra situación nos permite hacer algo más importante que etiquetar peces —dijo.

—¿A qué te refieres?

—Las carreteras a Tapachula están bloqueadas, ¿verdad?

—Eso han dicho por la radio. Dicen que puede que lleve meses despejarlas.

—Desde que hemos atracado, has subido a bordo mucha comida y agua y has llenado los depósitos de combustible, ¿verdad? Me gustaría cargar el barco al máximo de capacidad y bajar allí. Seguramente podamos llegar dentro de un día o dos.

—Bueno, sí —asintió él—. Un poco más, quizá. Pero la empresa dueña del barco no pagará el viaje ni las provisiones. No pueden permitírselo.

—Nosotros, sí —dijo Remi—. Y estamos aquí. Así que vamos a comprar las provisiones.

Sam, Remi, el capitán Juan, George y Miguel se pusieron manos a la obra. Sam alquiló una furgoneta grande, y juntos recorrieron Acapulco comprando agua embotellada, alimentos enlatados, mantas y sacos de dormir, botiquines de urgencia profesionales y suministros médicos básicos. Cargaron la compra en el yate y fueron a por más. Compraron latas de gasolina, quince generadores auxiliares, linternas y pilas, radios, tiendas de campaña y ropa de todas las tallas. Una vez que hubieron metido todo lo que pudieron en las dependencias, la bodega, los camarotes de la tripulación e incluso el puente de mando, llenaron las cubiertas de grandes recipientes de agua, gasolina y comida, y los ataron a las barandillas para que no se movieran con el mar encrespado.

Mientras terminaban de cargar, Remi encargó a George y Miguel que llamaran a los hospitales de Acapulco para ver si tenían suministros y medicamentos de venta con receta que pudieran necesitar en Tapachula. Los hospitales enviaron cajas de analgésicos y antibióticos, tablillas y aparatos ortopédicos para los huesos rotos. En un hospital, tres médicos de urgencias pidieron que los llevaran a Tapachula en el yate fletado de los Fargo.

Los médicos llegaron a media tarde con su propia reserva de medicamentos y material para el viaje. Dos de ellos, la doctora Garza y la doctora Talamantes, eran unas mujeres jóvenes que trabajaban en urgencias, mientras que el doctor Martínez era un cirujano de sesenta y tantos años. Guardaron de inmediato sus cosas y ayudaron a Sam, Remi y la tripulación a llevar el último cargamento de la furgoneta al muelle y del muelle a la cubierta del barco, y luego se instalaron en dos de los camarotes libres bajo la cubierta.

A las cuatro de la tarde, Sam dio la orden, y el yate zarpó del puerto y emprendió la travesía de quinientas diez millas por mar. El capitán Juan puso los motores a toda potencia y los mantuvo así una hora tras otra, dirigiéndose a la zona del desastre en línea recta por aguas profundas. Los tres tripulantes y Sam y Remi se turnaron para montar guardia al timón. Cuando no estaban durmiendo ni ayudando con las tareas del barco, trabajaban bajo la supervisión de los médicos dividiendo los suministros médicos para poder entregarlos a pequeñas clínicas, salas de urgencias y médicos que trabajaran por libre.

A la tarde siguiente, cuando volvieron a tener la costa a la vista, supieron que se estaban acercando a la zona del desastre. Solo se encontraban a una milla de una zona poblada, pero no se veían luces. Sam se dirigió al timón y revisó las cartas de navegación.

—¿Dónde estamos?

—En Salina Cruz —contestó Miguel—. Es una ciudad bastante grande, pero no veo ninguna luz.

—¿Podemos acercarnos un poco más para ver mejor?

—Hay playas, pero también bancos de arena. Tenemos que ir con cuidado porque vamos muy cargados.

—Está bien —dijo Sam—. Acércate todo lo que puedas y echa el ancla. Llevaremos a un grupo a tierra en el bote salvavidas, veremos lo que podemos hacer y volveremos.

—De acuerdo.

Miguel se aproximó a la costa cuanto pudo y acto seguido echó el ancla. A los pocos minutos, mientras Sam, Remi y George preparaban el bote, la doctora Talamantes subió a la cubierta. Observó a Sam y George subir uno de los generadores y gasolina al bote para hacerlo funcionar.

—Procuren dejar espacio para mí y mi bolso médico —dijo—. El resto debería ser comida y agua.

—Puede que tengamos que hacer varios viajes, pero es un buen comienzo —comentó Sam.

Bajaron el bote por la popa, y Remi, Sam, la doctora Talamantes y Miguel subieron a bordo. Miguel arrancó el motor fueraborda, y se acercaron a la playa en diagonal. Cuando llegaron a la línea de rompientes, apagó el motor y lo levantó para sacar la hélice del agua. El bote se deslizó hacia la playa, recibió el último empujón que le propinó una ola y tocó la arena.

Sam y Remi saltaron de la proa y arrastraron el bote por la playa. La doctora Talamantes y Miguel bajaron luego, y los cuatro tiraron del bote más arriba. Miguel echó el ancla en la playa por si la marea alcanzaba la embarcación.

Empezaron a descargar el bote, y rápidamente vino gente corriendo a la playa para ayudarlos. Miguel y la doctora Talamantes hablaron con esas personas en español, y Remi tradujo a Sam lo que decían.

—Tienen gente con heridas entre leves y moderadas —comentó la doctora Talamantes—. Están en la escuela, a un par de manzanas. Iré a echar un vistazo y volveré.

Cogió una linterna y el bolso médico, y enfiló a toda prisa la carretera acompañada de dos mujeres de la zona.

Los demás terminaron de descargar las cajas de agua embotellada, y Miguel habló con un hombre un rato y luego preguntó:

—Este hombre trabaja en la clínica local y quiere saber qué vamos a hacer con el generador.

—Es un sitio tan bueno como cualquier otro —dijo Sam.

Miró a su alrededor y vio que alguien había traído un carrito infantil rojo. Cargaron el generador en el carrito y lo transportaron tres manzanas hasta la clínica del centro de la ciudad. Sam hizo las conexiones necesarias y a los pocos minutos lo había puesto en marcha. Las luces de la clínica se en cendieron, al principio de forma tenue y luego con un poco más de intensidad, mientras el generador traqueteaba en el exterior.

Cuando estaban abriendo la clínica y recibiendo a los pacientes, llegó la doctora Talamantes.

—He visto a bastante gente en la escuela —dijo—. Por suerte, todos son heridos leves. He oído que estaban trayendo cosas y abriendo la clínica.

—¿Sabe alguien cuál es la situación cerca del epicentro?

—Al parecer, Tapachula es un caos. Un par de barcos han llegado a la zona y están sacando heridos y buscando provisiones que puedan llevarles.

—Entonces será mejor que llevemos otro cargamento de provisiones a la orilla y vayamos a Tapachula. ¿Quiere quedarse aquí mientras nosotros vamos a por otro cargamento?

—Buena idea —respondió ella—. Mientras tanto puedo ver a unos cuantos pacientes.

—Miguel, quédate con la doctora Talamantes —ordenó Sam—. George y Juan nos ayudarán a cargar el bote.

Sam y Remi bajaron a toda prisa a la playa donde estaba varado el bote. Mientras Sam levaba el ancla, Remi permaneció a su lado.

—¿Querías un crucero a la luz de la luna o solo querías enseñarme lo buen barquero que eres?

—Un poco las dos cosas —contestó él—. También pensé que podíamos transportar más provisiones si íbamos menos personas.

Empujaron el bote hasta el agua, y Remi se subió y se sentó en la popa, mirando hacia Sam. Él dio la vuelta a la embarcación contra las olas, empujó y se sentó en el asiento central para remar. Atravesó la primera ola remando, luego la segunda, dio otra fuerte brazada, subió los remos y se dirigió a popa, donde arrancó el motor y dio marcha adelante. El bote surcó la siguiente ola, se elevó por encima de la que vino después y se alejó de la orilla.

Sam todavía podía ver el yate anclado en aguas más profundas fuera del oleaje, pero al mirar advirtió que algo había cambiado. Se veía la silueta de otro barco, un pequeño yate de crucero pegado al suyo y amarrado al costado. Contó a tres hombres en el puente de mando y dos más en la cubierta de popa. A medida que el bote salvavidas se acercaba al yate, advirtió que uno de los extraños se dirigía a la escalera y desaparecía bajo cubierta, donde estaban los camarotes.

Sam apagó el motor fueraborda y, en medio del silencio, Remi preguntó:

—¿Qué pasa?

—Date la vuelta y mira el yate —dijo él—. Tenemos visita. Prefiero acercarme sin hacer ruido hasta que esté seguro de que son amistosos. Vigílalos mientras yo remo.

Sam volvió al asiento central mientras Remi permanecía en la proa observando. Todavía se encontraban a varios cientos de metros del yate y su nuevo compañero. Cuando Sam estuvo a treinta metros de distancia, rodeó el yate, se acercó por detrás y amarró el bote a la cornamusa de estribor popa, el lado más apartado del pequeño crucero.

—Será mejor que nos aseguremos de que no hay peligro antes de anunciarnos —susurró.

Sam y Remi permanecieron en los asientos y escucharon. Oyeron muchos gritos en español. Hasta a Remi le resultaban confusas las palabras, pero el tono era airado. Sam subió por la escalera de mano de la popa para poder ver. Unos segundos más tarde bajó.

—Hay tres hombres con Juan en el puente de mando. George está atado y amordazado en el suelo. Uno de los hombres acaba de darle un puñetazo a Juan. Creo que están intentando obligarlo a que se vaya con el yate.

—¿Qué quieres hacer?

—Mira a ver lo que encuentras en el kit de seguridad del bote salvavidas. Yo miraré en el armario de emergencias de la cubierta de popa del yate.

Empezó a subir por la escalera de mano mientras Remi abría el kit en la proa.

—Mira —le susurró a Sam—. Una pistola de señales.

La levantó. Era una antigua pistola lanzabengalas hecha de metal, no de plástico. Sacó un envase de plástico con bengalas, lo abrió, desmontó la pistola, cargó una bengala y se metió las otras en el bolsillo de la chaqueta.

—Un buen comienzo —susurró Sam—. A ver lo que encuentro yo aquí.

Subió silenciosamente a la cubierta de popa, se dirigió al punto resguardado situado debajo de la escalera que subía al puente de mando, abrió la cajonera empotrada de acero, apartó unos cuantos chalecos salvavidas y encontró otra pistola de señales. La cargó, encontró una navaja plegable grande dentro del botiquín y se la guardó en el bolsillo.

Remi apareció a su lado y señaló escalera arriba.

—¿Subimos?

Sam asintió con la cabeza y ascendieron por la escalera. Se agacharon justo por debajo del nivel del puente de mando; ella se situó en el lado derecho mientras que Sam lo hizo en el izquierdo. Escucharon observando las sombras que arrojaban las luces del tablero de mandos en el techo del puente. Uno de los hombres golpeó al capitán Juan, y este cayó al suelo al lado de George, que estaba atado.

Sam se levantó y salió corriendo al puente de mando. Apuntó con la pistola de señales al que parecía el cabecilla, que acababa de pegar a Juan.

—Tira el arma —dijo en voz queda.

El hombre sonrió de satisfacción.

—Eso es una pistola de señales.

—Y esto también —dijo Remi detrás de los otros dos hombres.

Uno de ellos empezó a volverse, posiblemente para girar su pistola hacia Remi.

Sam volteó al hombre en la dirección en la que se estaba

volviendo y lo empujó por la puerta a la cubierta, donde se cayó y se quedó tumbado, aturdido. Sam disparó con la pistola lanzabengalas al torso del hombre situado al lado de Remi, y ella disparó a su vez al torso del cabecilla situado al lado de Sam.

La cabina se llenó de una asfixiante y sulfurosa nube de humo, pero no les impidió ver las deslumbrantes chispas color magenta que brotaron en cascada de las bengalas. Las chispas prendieron fuego a la ropa de los hombres y les quemaron la piel. El hombre al que Sam había disparado soltó la pistola y usó las dos manos para tratar de apagar el fuego al mismo tiempo que bajaba apresuradamente por la escalera, se cayó a la cubierta, se levantó y saltó por la borda. El cabecilla trató de bajar sin caerse, pero Sam le plantó el pie en la región lumbar y lo empujó por encima de la cubierta de popa. El hombre cayó en la cubierta junto a su amigo inconsciente y acto seguido se levantó y se lanzó por la borda.

Sam le dio a Remi la navaja plegable del botiquín.

—Desata a George.

Agarró las dos barandillas de la escalera desde el puente de mando y se deslizó hasta la cubierta.

Alzó la mirada y vio a Remi arrodillada en la entrada del puente, empuñando una de las pistolas que los hombres quemados habían dejado. Sam se arrodilló y recogió la pistola que había soltado el hombre inconsciente tumbado en la cubierta y se quedó junto a la escalera que bajaba a los camarotes.

—Subid —gritó—. Vamos. Todos a la cubierta.

Se quitó los zapatos al mismo tiempo que hablaba. Se dirigió descalzo a la parte superior de la escotilla situada detrás de la escalera. Un hombre subió mirando a otro lado. Tenía una pistola en una mano y el ordenador de Remi en la otra.

—Suelta la pistola pero no el ordenador —ordenó Sam—. Déjalo con cuidado.

—¿Por qué debería hacerlo?

—Porque te estoy apuntando a la coronilla con la pistola de tu amigo.

El hombre se dio cuenta de que la voz venía de detrás de él y levantó despacio las manos para dejar el ordenador y la pistola en la cubierta. Acto seguido volvió la cabeza y vio a uno de sus compañeros tumbado allí.

—Tus otros amigos han ido a darse un baño —dijo Sam—. ¿Qué hacéis en este barco?

El hombre se encogió de hombros.

—Sabíamos que los barcos que pasaran traerían provisiones y material por el terremoto. ¿Por qué si no iba a venir alguien?

—¿Ibais a quitarle la comida y los suministros médicos a la gente que los necesita?

—Nosotros también los necesitamos.

—¿Para qué los necesitáis?

—Para venderlos y ganar dinero. La gente paga mucho por esas cosas después de un terremoto. Más abajo pagarán aún más. La comida y el agua escasean. Las carreteras están cortadas, y no hay electricidad, así que la comida de las neveras se está pudriendo.

—Pues a nosotros no vais a sacarnos nada —dijo Sam.

El hombre se encogió de hombros y contestó:

—Puede que tengas razón, pero también puede que yo la tenga.

Se inclinó hacia atrás contra la barandilla y se cruzó de brazos.

En la escalera que subía de los camarotes hubo un nuevo brote de actividad. La siguiente persona que apareció fue el doctor Martínez. Tenía las dos manos en alto por encima de la cabeza. Después de él subió la doctora Garza, con las manos también levantadas. Luego salió un joven mexicano que llevaba un corte de pelo caro, tejanos ajustados y caros, y unas botas de vaquero que parecían fuera de lugar en un barco. Tenía una mano sobre el hombro de la doctora Garza y una pistola en la parte trasera de su cabeza.

—Si dejas la pistola, no le dispararé —dijo el joven.

—Ten cuidado —advirtió Sam—. Mi mujer se pone nerviosa solo con oírte decir eso.

Remi estaba en lo alto de la escalera, en el puente de mando, apuntando a la cabeza del joven.

El hombre apoyado contra la barandilla la miró impertérrito y ordenó:

—Quítale la pistola a él.

El hombre tumbado en la cubierta se levantó y corrió hacia Sam. Sam atravesó el pie del hombre de un balazo, y el hombre se cayó a la cubierta y se balanceó de un lado a otro haciendo muecas, gimiendo y agarrándose el pie.

Cuando el joven de los tejanos caros apartó la pistola de la cabeza de la doctora Garza para apuntar a Sam, Remi gritó por encima de él:

—Es tu última oportunidad de soltar el arma.

—Es una campeona de tiro. ¿Lo entiendes? Si quiere, puede atravesarte la pupila del ojo con una bala.

El hombre miró a Remi y la vio apuntando por el cañón de la pistola que empuñaba firmemente con las dos manos. Se lo pensó un momento y a continuación dejó la pistola en la cubierta a su lado, mientras la doctora Garza subía a toda prisa.

—Venga, sube con tus amigos —dijo Remi.

El hombre escaló a la cubierta y se reunió con sus compañeros.

—Está bien —gritó Sam—. A ver, todos al agua.

—Pero... —repuso el hombre de la barandilla.

—Vivos o muertos, todos os vais a mojar —dijo Sam.

El hombre tradujo estas palabras a sus compañeros. Los dos hombres heridos ayudaron a su colega a subir por encima de la barandilla y saltaron detrás de él.

Cuando Sam oyó el último chapuzón, se dirigió a la popa

del yate, cogió una lata de gasolina y se acercó a la cornamusa a la que estaba amarrado el pequeño crucero, echó gasolina en la cubierta y acto seguido desató el barco y lo apartó de un empujón del yate, que estaba anclado. Los cinco hombres nadaron hacia la embarcación. Cuando el barco se hubo alejado unos diez metros del yate, Sam sacó la pistola de señales, disparó una bengala a la cubierta del crucero y observó llamas de intenso color naranja encenderse rugiendo. Hubo algunos aplausos entre los que quedaban en el yate.

Sam se dirigió al pie de la escalera que subía al puente de mando.

—¡Juan!

—¿Sí, Sam?

—¿Tú y George estáis en condiciones de trabajar?

—Sí.

—Pues arrancad los motores, levad el ancla y navegad hasta aquel muelle. Vamos a recoger a Miguel y a la doctora Talamantes y nos largaremos de aquí.

3

Salina Cruz, México

La doctora Talamantes y Miguel subieron a bordo en el muelle minutos más tarde. Los dos habían vuelto corriendo a la
playa cuando se habían enterado de que un yate ardía cerca de
la costa, y al ver que se dirigía al puerto municipal, habían ido
a su encuentro. Pocos minutos más tarde navegaban otra vez
rumbo al sudeste siguiendo la costa.

Hicieron otras tres escalas en oscuros pueblos costeros
para descargar cajas de agua limpia y alimentos enlatados, linternas, generadores y gasolina. En todas las ocasiones, los tres
doctores salieron en la primera barcada, provistos de su equipo médico habitual.

En cada parada, pasadas unas horas los médicos anuncia-
ban que todos los casos urgentes se habían atendido y que la
gente de la zona se ocuparía de las dolencias leves ahora que
habían recibido suministros médicos. Sam llamaba a todo el
mundo a la playa, y Miguel los llevaba de vuelta al barco en el
bote salvavidas. Los últimos que quedaban en la playa eran
siempre Sam y Remi. En cuanto estaban otra vez a bordo del
yate, la tripulación levaba el ancla, y la embarcación seguía
navegando por la costa hacia Tapachula.

Al amanecer del cuarto día, Sam y Remi estaban durmiendo en su camarote cuando Miguel llamó a la puerta. Sam se levantó a abrir la puerta.

—¿Qué pasa?

—Ya se avista Tapachula. Juan cree que deberíais venir al puente.

Sam y Remi se vistieron rápido y subieron a la cubierta. Cuando ascendieron al puerte, entendieron por qué Juan había querido despertarlos. A través del parabrisas, vieron la silueta lejana del Tacaná, el segundo pico más alto de México. Era una pirámide azul oscuro situada a kilómetros de la costa, que se alzaba sola contra el cielo. Esa mañana desprendía una columna de humo gris que se alejaba hacia el este.

—Técnicamente está activo, pero no ha sufrido una erupción importante desde 1950 —dijo Juan.

—¿Han dicho por la radio si se espera algún cambio inminente? —preguntó Remi—. ¿Le han dicho a la gente que evacúe?

—Parece que todavía no saben lo que pasa. Dicen que puede que el terremoto haya desprendido algo o haya abierto grietas. Las carreteras están cortadas, así que no creo que hayan llegado ya los científicos para hacer mediciones.

—¿A qué distancia está el volcán de la ciudad? —inquirió Sam.

—Mucho más lejos de lo que parece —respondió Juan—. Parece que la montaña está cerca porque mide cuatro mil metros. Pero tenemos mucho que hacer, aparte de preocuparnos por el volcán. Dentro de veinte minutos estaremos a la altura de Tapachula.

Remi bajó por la escalera a los camarotes y llamó a las puertas.

—Ya falta poco para llegar a Tapachula —gritó.

Pocos minutos más tarde, la tripulación, los médicos y los Fargo disfrutaban en la cubierta de un sencillo desayuno compuesto por café, huevos y fruta. A todos les resultaba difícil no mirar a lo lejos el humo que cubría el cielo. A medida que se acercaban a la ciudad, empezaron a ver los destrozos: edificios que se habían semideshecho con los temblores, dejando grandes montones de ladrillos junto a paredes que seguían momentáneamente en pie; largas hileras de postes telefónicos que se habían caído, dejando cables eléctricos tendidos sobre los coches aparcados o tirados en la calle. Aquí y allá, gracias a la vista panorámica que ofrecía la cubierta del yate, podían ver pequeños fuegos que probablemente se habían encendido debido a la rotura de tuberías de gas. Uno a uno, se levantaron de la mesa con el fin de prepararse para desembarcar.

En su travesía por la costa habían visto tantos pueblos afectados que habían tenido ocasión de perfeccionar enormemente sus métodos. Los tres médicos, que ya habían repuesto sus equipos, portaban cada uno dos grandes mochilas con suministros que habían necesitado en los últimos pueblos. Como había incendios, tenían medicamentos para quemaduras y analgésicos. Había escombros caídos, de modo que llevaban tablillas, hilo de sutura y —para los peores casos— instrumental de amputación. Sam, Remi y George pusieron en fila las cajas de comida y agua, y cargaron el primer generador y latas de gasolina. Sabían por experiencia que su viaje a la orilla atraería tanto a los deseosos de ayudar como a los desesperados, por lo que que incluyeron cajas de linternas, botiquines y herramientas para desenterrar a las personas de los edificios desplomados y construir refugios temporales.

A las siete, mientras empaquetaban, ya podían ver gente reuniéndose en la playa para recibirlos. Cargaron los artículos más pesados en el bote salvavidas antes de bajarlo al agua y formaron una fila para pasarse las demás cajas y paquetes de mano en mano por la escalera hasta el bote. Cuando hubieron terminado, el bote estaba un poco sobrecargado, de modo que tuvieron que colocarse con cuidado para mantenerlo en equilibrio.

En el viaje a la orilla iban los tres médicos, Sam, Remi y

Miguel, quien manejaba el motor y pilotaba con prudencia el bote. Miguel aprovechaba juiciosamente las olas, situando la embarcación en el ángulo adecuado de manera que lo impulsaran y no lo volcasen. Justo cuando el bote estaba cerca de la orilla apagó el motor y lo inclinó hacia arriba para proteger la hélice. Cuando la quilla de popa rozó la arena, Sam y Remi desembarcaron de un salto y tiraron del bote hacia la orilla.

Los lugareños se alegraron mucho de ver lo que habían traído. Los tres médicos quedaron enseguida rodeados de gente deseosa de llevarlos al hospital local y de cargar con los suministros médicos. Sam, Remi y Miguel descargaron el resto de las provisiones en la arena y empujaron el bote al mar para que Miguel pudiera volver a por más comida, agua y otro generador.

Sam y Remi fueron con los médicos para poner en marcha el primer generador en el hospital y, cuando Miguel volvió, regresaron a la playa a por el segundo y lo llevaron a una clínica que seguía en pie al otro lado de la ciudad.

El trabajo continuó durante todo el día y gran parte de la noche. Mientras distribuían el cargamento en varias partes de la ciudad, oyeron muchas historias. Había gente trabajando con palas, tractores y camiones para despejar las carreteras a las ciudades a lo largo de la costa. Otros con casas que habían permanecido intactas acogían a los que habían perdido sus hogares.

Durante los siguientes cinco días, hubo réplicas del enorme terremoto. Las primeras fueron fuertes e inquietantemente largas, pero parecieron atenuarse y espaciarse más en el tiempo a medida que pasaban los días.

La tarde del sexto día el capitán Juan estaba esperando en la cubierta de popa del yate cuando Sam, Remi y los demás volvieron en el bote salvavidas. El capitán tenía el rostro serio.

Remi dio un codazo a Sam.

—Creo que estamos a punto de recibir malas noticias.

Remi, Sam, los tres médicos, George y Miguel se reunieron mientras Juan se movía nervioso y se aclaraba la garganta.

—Esta tarde he recibido un mensaje por radio de la empresa naviera. Se han tomado la situación con paciencia, pero quieren que devolvamos el yate en Acapulco.

—¿Por qué? —preguntó Remi—. Todavía estamos dispuestos a alquilarlo, y no hemos dañado el barco, ¿verdad?

—No es eso —dijo Juan—. Se han puesto nerviosos porque hemos usado un yate de lujo para cargar suministros, pero sabían que era necesario y que se puede arreglar cualquier desperfecto. Sin embargo, tienen un programa que seguir. Dentro de cuatro días llegará otro grupo a Acapulco, y esperan tener el yate a su disposición. Hay contratos firmados.

Se encogió de hombros y alargó las manos para expresar su impotencia.

—¿Cuánto tiempo tenemos? —preguntó Sam.

—Quieren que zarpemos esta noche. Así tendrán un día para limpiar y pulir las cubiertas, hacer el mantenimiento de los motores y cargar nuevas provisiones. Lo siento.

—Está bien —dijo Sam—. Hemos descargado todo el material que trajimos hace días y ya no necesitamos el yate. ¿Qué opinas, Remi? ¿Quieres regresar a Acapulco con el barco y volver a casa en avión?

—Todavía no —contestó ella—. Creo que deberíamos quedarnos unos días más. He oído que la gente que vive cerca del volcán todavía necesita atención médica y provisiones.

—¿Estáis seguros? —preguntó Juan—. No es fácil llegar. No me malinterpretéis. Os he visto a los dos en acción cuando yo estaba que me caía. Me llena de orgullo haberos conocido.

—A nosotros también —terció George.

—Para nosotros también ha sido un placer —dijo Sam—. Pero nos gustaría ayudar a la gente de la montaña. Bajaré ahora mismo y recogeré nuestras cosas para que podáis volver a casa.

—Yo preferiría volver con el barco, si me lo permiten

—dijo el doctor Martínez—. No puedo ausentarme más tiempo de mi trabajo en el hospital.

Sam se volvió hacia las doctoras.

—¿Doctora Garza?

—La doctora Talamantes y yo también nos quedaremos unos días más —dijo la doctora Garza—. Y, por cierto, llamadme Maria, por favor. Hemos pasado tanto juntos que tengo la sensación de que nos conocemos desde hace años.

—Y a mí Christina —añadió la doctora Talamantes.

Pronto el grupo había vuelto a reunirse en la cubierta de popa con sus mochilas. George y Miguel los ayudaron a subir al bote salvavidas y los llevaron a la playa. Cuando el bote estuvo vacío, Sam y Remi lo empujaron adonde cubría más.

—Os echaremos de menos —dijo Miguel.

—Eso está bien —dijo Remi—. Los amigos deben echarse de menos. Pero cuando volvamos a vernos tendremos anécdotas y aventuras que contarnos.

Mientras el bote zarpaba hacia el yate, Sam recogió sus mochilas, y él y Remi salieron de la playa y enfilaron la calle hacia la escuela que hacía las veces de refugio temporal.

—Sabes que nos hemos quedado tirados, ¿verdad? —dijo él.

—¿Tirada en una ciudad con playa tropical acompañada del hombre que amo? —dijo Remi—. Qué disgusto.

—Un comentario muy romántico para una mujer que ha estado echando grava y asfalto en las grietas de una pista de aterrizaje. Espero que las aventuras de las que hablabas sean tan divertidas como le has dado a entender a Miguel.

Ella se puso de puntillas y le dio un beso.

—Todo irá bien, y haremos una buena obra. Si no estuviéramos aquí, estaríamos en casa, incordiando a los electricistas y los carpinteros, y nuestra casa no se terminaría nunca.

—Tienes razón —dijo él—. Vamos a ver si encontramos sitio para dormir en la escuela. Llamaremos a Selma para que no se preocupe, y mañana preguntaremos por ahí cómo podemos reunir un grupo de socorro para ir a la montaña.

4

Volcán Tacaná, México

A mediodía del día siguiente, Sam y Remi se encontraban entre una docena de voluntarios sentados bajo el sol ardiente en la parte trasera de un camión de plataforma, dando botes por la accidentada carretera al volcán Tacaná. A su lado estaban sus antiguas compañeras de tripulación, la doctora Christina Talamantes y la doctora Maria Garza, y al otro lado, gente a la que habían conocido durante la última semana. Había dos hermanos de veintitantos años llamados Raúl y Paul Mendoza, que se habían criado en el campo cerca del volcán, y un hombre alto y callado llamado José, dueño de un bufete de abogados en Tapachula que había sufrido desperfectos debido al terremoto. José Sánchez tenía un bigote poblado que le cubría la boca, de modo que uno casi nunca sabía si estaba sonriendo o enfurruñado.

Mientras se alejaban de la ciudad y pasaban por delante de varias hectáreas de campos cultivados camino al interior, Remi miró a lo lejos el triángulo azul del Tacaná. Christina Talamantes se dio cuenta.

—No parece que haya más humo. Tal vez vuelva a calmarse otros cien años.

—O tal vez esté reservando fuerzas para escupirnos fuego

y cenizas encima de la cabeza y enterrarnos en lava —apuntó José—. La palabra «tacaná» significa «casa de fuego» en maya.

—Esperemos que no haga honor a su nombre —dijo Sam.

Viajaron otra hora hasta que llegaron al pueblecito de Unión Juárez. En la calle principal había dos edificios de ladrillo parcialmente derrumbados y otros dos que habían perdido algunas tejas. En la plaza central, el conductor y los voluntarios hispanohablantes salieron a charlar con la gente que estaba allí pasando el rato. Sam y Remi se quedaron con Christina, que les hizo de traductora. Después de hablar brevemente con una pareja de aspecto indígena, Christina les dijo a los Fargo:

—La carretera termina unos siete kilómetros más adelante.

—Y luego, ¿qué? —preguntó Sam.

—Luego andamos —dijo ella—. La señora dice que hay un sendero del que salen muchos senderos más pequeños que llevan a los pueblos de la montaña.

—¿Ha dicho cuál es el estado allí arriba? —preguntó Remi.

—Me ha advertido de que hará frío. La cima está a más de cuatro mil metros de altura.

—Estamos preparados para eso —dijo Remi—. De hecho, tengo algunas cosas que puedo compartir con vosotras. En el yate traía unos forros polares porque en el Pacífico a veces hace frío de noche, sobre todo cuando sopla el viento.

—Gracias —dijo Christina—. Maria y yo también hemos traído ropa de abrigo porque creíamos que dormiríamos al raso. Pero dentro de un día o dos puede que aceptemos tu oferta.

—¿Ha dicho algo más la señora?

—Han sufrido algunas avalanchas a causa de los temblores, y puede que la reserva de agua de algunos vecinos esté contaminada. Hay unos cuantos heridos a los que Maria y yo podemos atender, y es posible que haya algunos a los que no. Esas personas tendrán que ser evacuadas.

—Buscaremos sitios cerca de cada pueblo donde pueda aterrizar un helicóptero —propuso Sam.

—Gracias —dijo Christina—. Voy a ir a la iglesia con Maria a ver si podemos preguntar a alguien que haya bajado de la montaña buscando refugio. ¿Queréis venir?

Cuando entraron en la iglesia, Maria y Christina se reunieron con cinco familias procecentes de pueblos de montaña. Mientras ellas hablaban con los padres, los niños se acercaron a Remi y se sentaron en su regazo. Les fascinaba su largo cabello castaño rojizo y les encantaba oírla cantar canciones en su exótica lengua materna, el inglés. Ella les dio barritas de proteínas con frutos secos y chocolate.

Al cabo de un rato, el camionero apareció delante de la iglesia, y todo el mundo se subió al camión de plataforma para recorrer el último tramo de viaje. Donde la carretera terminaba había una piedra que señalaba el principio del sendero. Cada uno de los voluntarios bajó del camión y se echó a los hombros una pesada mochila llena de provisiones. Todos se ayudaron a ajustarse los tirantes, y luego partieron.

La caminata por la empinada montaña fue ardua y lenta. Los bosques que habían encontrado en la mayor parte del viaje habían sido talados, pero los de la montaña no lo habían sido nunca, de modo que el follaje colgaba por encima del camino. Acamparon en un claro llano rodeado de árboles con unas frutas que parecían pequeños aguacates y que los Mendoza llamaron «criollos», y durmieron hasta el amanecer, cuando el sol los despertó. A medida que alcanzaban mayor altura, los árboles de las tierras bajas fueron sustituidos por unos pinos de nombre «pinabetes».

Durante tres días siguieron el mismo ritmo, levantando el campamento cada mañana, andando hasta que llegaban al siguiente pueblo y reuniéndose con sus habitantes para averiguar el tipo de ayuda que necesitaban. En cada uno de ellos, Christina y Maria examinaron a pacientes y curaron heridas y enfermedades. Remi las ayudó haciendo inventario de los

45

medicamentos y los suministros, lavando, vendando y administrando las dosis recomendadas mientras las médicas pasaban al siguiente paciente. Sam colaboró con un grupo de voluntarios y agricultores locales reconstruyendo y reforzando casas, sustituyendo tuberías y cables rotos, y arreglando generadores con el fin de restablecer la electricidad.

Al final del quinto día en la montaña, mientras estaban tumbados en una tienda de campaña a las afueras de un pueblo cerca del nivel de los dos mil quinientos metros, Sam dijo:

—Tengo que reconocer que me alegro de que hayamos decidido hacer esto.

—Yo también —convino Remi—. Es una de las épocas más gratificantes de mi vida.

—Tienes un gusto maravilloso.

—Y tú tienes una autoestima maravillosa —dijo ella—. Me voy a dormir.

A la mañana siguiente, Sam y Remi encabezaron la marcha al último pueblo. Tomaron el sendero lateral más pequeño, que según les había informado el alcalde llevaba a su última parada, y pronto se adelantaron al resto. Esperaron a que los otros pudieran verlos y siguieron adelante, pero no tardaron en volver a sacarles mucha ventaja.

Sam y Remi llegaron a una pendiente que por la noche había sufrido una avalancha que había cubierto un tramo del sendero de tierra y piedras que parecían basalto. Dieron un rodeo por encima, sorteando con cuidado los grandes cantos rodados que habían caído. Entonces ambos se detuvieron.

Uno de los enormes trozos de basalto que había en el sendero no era natural. Se trataba de un rectángulo perfecto con las esquinas de la parte superior redondeadas. Sin decir nada, se acercaron. Vieron el perfil grabado de un hombre con la nariz aguileña, el cráneo alargado de un aristócrata maya y un recargado penacho de plumas. Había unas columnas de símbolos complejos que identificaron como escritura maya. Los dos miraron ladera arriba, siguiendo con la vista la brecha en el follaje verde, recorriendo la trayectoria de la avalancha hasta su origen.

Una irresistible atracción los impulsó a emprender el ascenso al mismo tiempo. Subieron por la empinada pendiente hasta una superficie totalmente plana, como una repisa, de unos nueve metros de largo y seis de ancho. El espacio estaba bordeado de árboles, pero no había ninguno dentro del cerco. Vieron que una parte de la repisa se había quebrado y se había caído con la avalancha.

Sam excavó unos centímetros con su navaja, y oyeron que la hoja tocaba piedra y raspaba cuando la movía.

Remi miró a su alrededor.

—¿Un patio? —dijo—. ¿O una entrada?

Miraron la escarpada ladera de la montaña. Había una zona con una capa de tierra reciente encima, que había caído de más arriba, y una parte bastante incrustada.

—Parece que se haya deslizado cuando cayó el bloque grande —aventuró Sam.

Hurgó con la navaja y acto seguido dejó la mochila y sacó la pala plegable. La empleó para raspar más tierra de la pared rocosa.

—Ten cuidado —dijo Remi—. No nos interesa derribar el resto de la montaña.

Pero ella también se quitó la mochila, sacó el hacha de mano que habían usado para cortar leña y se unió a él. Cuando la tierra quedó despejada, se encontraron frente a una pared de roca volcánica negra. Sam trató de hundir la pala unas cuantas veces. Era quebradiza y porosa como la piedra pómez y se desprendía en bloques. Señaló con la cabeza el hacha de mano de Remi.

—¿Puedo?

—Claro.

Ella le tendió el hacha.

Sam empezó a dar hachazos a la piedra volcánica y la echó abajo.

—Parece que haya caído un torrente de lava como un manto.

—¿Sobre la entrada?

—Yo no me atrevería a decir tanto —dijo él—. No sabemos si es una entrada a algún lugar, pero está claro que es lo que parece.

Dio hachazos más fuertes hasta que cayó un pedazo más grande y apareció un agujero.

—Solo tenías que darle fuerte —dijo Remi—. ¿Qué opinas? ¿Una tumba?

—¿Aquí arriba? Creo que es un sitio sagrado, como un templo dedicado al dios que controlaba los volcanes.

Sam ensanchó la abertura, sacó la linterna de la mochila, enfocó el agujero con el haz y a continuación se metió por el orificio.

—Entra —dijo—. Es un edificio antiguo.

Dentro había una estancia hecha de piedra tallada y encalada de blanco. En todas las paredes había dibujos pintados de colores vivos que representaban hombres, mujeres y dioses mayas en una especie de desfile. Unos cuantos humanos hacían sacrificios a los dioses cortándose o clavándose pinchos a través de la lengua. Pero la figura dominante en los dibujos de cada pared era un esqueleto de ojos saltones.

Sam y Remi no detuvieron las linternas en ninguna de esas escenas. Ambos se adentraron en la sala, atraídos por una extraña imagen. En el suelo de piedra encalado yacía el cuerpo seco de un hombre, oscuro y curtido. Llevaba un taparrabos y unas sandalias de fibra vegetal tejida. En los lóbulos estirados de las orejas tenía unas grandes orejeras de jade verde. Alrededor del cuello llevaba un collar de jade y un disco grabado también de jade. Recorrieron la figura marchita de arriba abajo con los haces de las linternas. Al lado del cuerpo del hombre había una vasija con una tapa y una abertura muy grande.

Remi giró el cuello de la linterna para ensanchar el haz.

—Tengo que hacer unas fotos antes de que nos acerquemos.

—O antes de que haya otra réplica y el techo se desplome.

Remi le dio a Sam la linterna y tomó unas fotos con flash usando el móvil. Rodeó al muerto retratando cada ángulo. Fotografió las cuatro paredes, el techo, el suelo y la vasija situada junto al hombre.

—Está momificado. Se parece un poco a los entierros de los incas de las montañas y los moche y los chimú de la costa de Chile.

—Es cierto —dijo Sam—. Pero esto no es un entierro.

—No —convino Remi—. Parece como si se hubiera refugiado aquí, al menos temporalmente, y hubiera muerto. Hay unos recipientes de madera tallados con pepitas dentro. Probablemente las frutas se pudrieron. Hay otro que pudo haber sido para recoger agua de lluvia.

—Tiene un cuchillo de obsidiana en el cinturón y unos pedazos desmenuzados que utilizó para grabar al lado del bebedero de madera.

Remi fotografió la vasija, que tenía pintadas unas escenas mayas que parecían girar en torno a un hombre: comiendo, blandiendo un escudo y un garrote de guerra, arrodillado ante una deidad de aspecto temible que parecía medio felina, medio troll.

—Me pregunto qué había dentro —dijo Sam.

—Sea lo que sea, seguirá dentro. La tapa parece pegada con una especie de precinto, como pegamento. Será mejor que no intentemos abrirla o la dañaremos. Sal del encuadre. Quiero enviarle las fotos a Selma antes de que se me acabe la batería.

—Buena idea.

Sam salió por el agujero abierto en el manto de lava y utilizó el móvil para hacer fotos de la entrada y la ladera de la montaña por encima y por debajo de él. Mientras las tomaba hacia abajo en dirección al sendero y el trozo de piedra grabada que lo bloqueaba, vio aparecer al resto de los voluntarios.

—¡Eh! —gritó—. ¡Aquí arriba!

La fila de gente se detuvo y alzó la mirada, y sesenta metros por encima de ellos él hizo señas con los brazos para que lo vieran. Los voluntarios vacilaron un instante y empezaron a ascender hacia allí.

Mientras Sam esperaba a que llegasen, Remi salió por la entrada del santuario a la superficie donde él se encontraba.

—¿Qué haces?

Él señaló a los demás.

—Les he dicho que suban a echar un vistazo.

—Supongo que no podemos mantener esto en secreto.

—Ni un solo día. Con el trozo de piedra tirado en el sendero, no. Necesitaremos su ayuda para mantener este sitio seguro hasta que podamos entregárselo a las autoridades.

—Tienes razón —dijo ella—. Podría ser un importante hallazgo. No me consta que haya más mayas momificados.

A los pocos minutos, Christina y Maria, los hermanos Mendoza y José Sánchez se reunieron con ellos. Christina miró a su alrededor.

—¿Qué es este sitio?

—No estamos seguros —respondió Remi—. Es una ruina maya. Parece que quedó enterrada en un torrente de lava. Creemos que es un santuario o un sitio sagrado, seguramente dedicado a la montaña. Los mayas también tenían muchos dioses que vivían en el cielo o en el interior de la tierra. En un volcán, supongo que podría ser cualquiera de los dos. Me acuerdo de uno llamado Bacab que era de las dos clases.

Maria miró la entrada.

—¿Podemos entrar sin romper nada?

—Nosotros ya hemos estado dentro —dijo Sam—. No debería haber problema mientras no toquéis nada. Ahí dentro hay restos de un hombre. Está momificado; no a propósito, sino por las condiciones del lugar. Probablemente la altitud y el aire seco lo han conservado como pasa con las momias de Perú y Chile. En algún momento, un torrente de lava cerró la entrada, y seguramente eso fue decisivo.

Todos los voluntarios cogieron sendas linternas y entraron de uno en uno. A medida que uno salía, otro entraba. Cuando todos hubieron estado dentro, se quedaron en la entrada llana, callados y con cara de asombro.

—¿Qué hacemos con el cuerpo? —preguntó Paul Mendoza.

—Tenemos que dar la noticia —dijo José Sánchez—. Así la gente pagará para venir aquí.

—No —repuso Maria—. Tenemos que llamar a las autoridades. Los arqueólogos...

—Ahora mismo los arqueólogos no pueden hacer gran cosa —dijo Christina—. Las carreteras están cerradas, y cuando vuelvan a abrirlas, no estaría bien evacuar primero a un cadáver cuando ahí abajo hay gente esperando a ser hospitalizada.

—No es un simple cadáver —la corrigió Sánchez—. Es un tesoro nacional.

—Tanto si murió ayer como si murió en el año 900, lo que importa es que está muerto —dijo Maria—. No corre peligro, como un paciente que necesita un trasplante. Lo único que podemos hacer por él es asegurarnos de que se conserva.

Sam levantó la mano.

—Por favor, atended todos. No os lo hemos dicho, pero Remi y yo tenemos cierta experiencia con esta clase de hallazgos. Hemos participado en expediciones arqueológicas en distintas partes del mundo. Todavía no sabemos cuándo llegó este hombre al santuario, pero tiene un cuchillo de obsidiana y no hay nada hecho de hierro ni de acero. El yacimiento parece del período maya clásico, es decir, que probablemente sea de entre el 300 y el 900 después de Cristo. Ya habéis visto las joyas de jade que lleva, un detalle que lo identifica como miembro de la clase social más elevada. Probablemente fuera un sacerdote o un noble. Los científicos podrán aprender muchas cosas con este hallazgo. No tenemos constancia de que haya restos de la época maya clásica tan bien conservados.

—¿Qué creéis que deberíamos hacer? —preguntó Paul Mendoza.

—Normalmente, diríamos que volver a cerrar la entrada y llamar a los arqueólogos —contestó Remi—. Pero estamos en medio de una zona catastrófica. Tardarán un tiempo en poder llegar aquí. Y no hay forma de esconder el yacimiento, con la columna grabada en el sendero.

—Creo que tenemos que vigilar el yacimiento por la noche —dijo Sam—. Luego podemos hacer entender al alcalde del último pueblo la importancia del yacimiento para la aldea de manera que convenza a sus vecinos de que ayuden. Otras zonas de México y de América Central se han beneficiado económicamente de sus yacimientos arqueológicos. La gente querrá venir a estudiarlo, y es posible que también a excavar. Pero si informamos ahora a los forasteros y lo publicitamos a bombo y platillo, acabará destruido. Vendrán saqueadores y cazatesoros, y excavarán por todas partes antes de que lleguen los especialistas.

—Estás muy seguro de todo —comentó Sánchez.

Estaba enfadado.

—Por lo menos de eso sí —dijo Sam—. Ya lo hemos visto antes. Reliquias de gran valor robadas antes de que fueran identificadas, muros minados y destruidos, restos humanos tirados y expuestos a la intemperie.

—¿Y qué más da si pasa eso? Es nuestro, no vuestro. Cualquier objeto de la antigüedad pertenece al pueblo de México. Es nuestro por ley y por derecho moral. Esas personas eran nuestros antepasados.

—Tienes toda la razón —asintió Sam—. A cada ciudadano mexicano le corresponde una ciento treceava millonésima parte de lo que hemos encontrado. Me gustaría que todos esos ciudadanos recibieran su parte, pero para eso hay que entregarlo a las autoridades mexicanas.

—No seas burro, José —dijo Christina—. Esto es un trozo de historia mexicana. Claro que lo conservaremos.

—Te has hecho muy amiga de Sam Fargo, ¿verdad? El viaje en yate debió de ser muy agradable.

—Las doctoras vinieron con nosotros porque las carreteras estaban cortadas y necesitaban llegar a la zona para ayudar a los heridos. Por favor, no las ofendas insinuando otra cosa.

Maria dijo algo muy rápido en español entre dientes.

José Sánchez se quedó sorprendido y un tanto avergonzado.

—Lamento mucho lo que he dicho. Por favor, aceptad mis disculpas todos. Haré lo mismo que el resto y arrimaré el hombro para conservar lo que hay aquí.

—Gracias, José —dijo Remi—. Ahora lo que tenemos que hacer es acampar. El campamento debería estar un poco lejos del yacimiento para que nadie lo vea y le pique la curiosidad.

—Buscaré un sitio —ofreció José.

Se fue solo a explorar la meseta. Un minuto más tarde, desapareció a la vuelta de la curva de la montaña.

Los hermanos Mendoza miraron detrás de él, visiblemente tentados de seguirlo y tener voz en la elección del lugar.

—Yo lo dejaría solo un rato —dijo Sam—. Volverá cuando se le haya pasado.

—De acuerdo —dijo Raúl.

Sam se volvió hacia las doctoras.

—Christina y Maria, es posible que Remi y yo hayamos causado un problema abriendo el cierre de lava de la entrada al santuario. El hombre tumbado en el suelo probablemente se ha conservado gracias al entorno hermético en el que estaba, y nosotros lo hemos alterado. Está expuesto a la atmósfera. ¿Tenéis algún consejo?

—Lo mejor sería congelarlo, pero no podemos hacerlo —dijo Christina.

—Creo que tienes razón en que las condiciones de la montaña lo han conservado. Los días secos y frescos y las noches frías por encima de los tres mil metros son ideales para ello. Así que, de momento, no habrá problema. El riesgo está en bajarlo a una selva tropical al nivel del mar.

—Tal vez podamos improvisar un recipiente frío y hermético para transportarlo.

—Es nuestra mejor esperanza —dijo Maria.

—¿Dónde está el sitio más cercano en el que haya hielo? —preguntó Christina.

—Más arriba de donde estamos —contestó Sam—. Parece que hay campos de hielo por encima de los tres mil quinientos metros. Ayer los vi. Yo podría escalar y llegar al más bajo.

—Las bolsas para cadáveres —dijo Christina.

—¿Bolsas para cadáveres?

—Cuando los equipos médicos van a zonas catastróficas, a veces hay que meter a algunas víctimas en bolsas para impedir que la enfermedad se propague. Así que llevamos unas cuantas bolsas. Podemos usar tres o cuatro a la vez para mantener estable la temperatura del cadáver. Son herméticas y resistentes. Si lo metemos dentro de una y luego lo rodeamos de hielo y lo cubrimos con una o dos bolsas más, debería mantenerse fresco.

—Yo voy contigo —le dijo Remi a Sam al oído.

Él negó con la cabeza.

—Arriesgar las vidas de dos de nosotros no me parece la mejor idea.

—Escalar a un campo de hielo sin compañía es peor.

—No necesariamente —dijo él—. Podría servir para salvar un valioso espécimen.

—Tú también eres un espécimen bastante valioso, y los dos podemos traer el doble de hielo —replicó ella—. Discúteme eso.

—¿Te da la impresión de que discuto contigo solo para salirme con la mía?

—Jamás —mintió ella.

—De acuerdo, entonces —dijo él—. Iremos los dos.

—Por lo menos tendremos esas bonitas bolsas para cadáveres si algo sale mal —replicó ella.

Remi y Sam no dejaron nada en las mochilas salvo una bolsa para cadáveres cada uno, un hacha de mano para ella, una pala para él, agua y los forros polares y chaquetas. Luego partieron a escalar.

Todavía era mediodía cuando empezaron, pero la subida era empinada. Lograron el progreso necesario sin material de escalada porque la superficie irregular de la montaña ofrecía puntos de apoyo. Al cabo de un rato estaban en una pendiente azotada por el viento por encima de la línea forestal y se sentían cansados y sin aliento.

—Me alegro de que hayamos pasado unos días por encima de los tres mil metros antes de intentar esto —dijo Remi.

—Yo también. Espero que esto funcione. Me gustaría llegar arriba y estar de vuelta antes de que anochezca.

—Si mantenemos este ritmo, deberíamos conseguirlo.

—Claro —dijo él—. Cualquiera podría conseguirlo si pudiera mantener este ritmo.

Se rieron y se sorprendieron yendo aún más rápido. Pronto estaban escalando en silencio, demasiado jadeantes para hablar. De vez en cuando, Sam se volvía y preguntaba: «¿Estás bien?», y Remi contestaba: «De momento».

A media tarde, llegaron a la parte de la montaña cubierta de nieve y se detuvieron para mirar al frente. Había un gran cráter en la cima y tres más pequeños a lo largo de un saliente. Sam señaló las manchas blancas.

—¿Lo ves? La nieve solo está en las cumbres de los salientes que asoman del cráter.

—El cráter debe de estar caliente —dijo Remi.

—Bueno, veamos si podemos coger un poco de hielo y bajar rápido.

Recorrieron las tierras yermas y rocosas entre los cráteres para llegar a las manchas de hielo. Cuando las alcanzaron, excavaron debajo de la nieve y encontraron hielo sólido. Lo picaron con la pala de Sam y el hacha de mano de Remi para soltar unos trozos que pudieran desprender. Recogieron el hielo hasta que tuvieron todo el que podían transportar. Lo metieron en las bolsas para cadáveres, las envolvieron con los forros polares y las chaquetas, los metieron en las mochilas y emprendieron la caminata de vuelta hacia lo alto del sendero.

Mientras corrían hacia el sendero, hubo un profundo estruendo, y el terreno rocoso situado debajo de ellos empezó a sacudirse. Sabían que no podrían mantener el equilibrio. Se arrodillaron, se sentaron y se quitaron los tirantes de las mochilas de los hombros mientras esperaban a que pasara el terremoto. Los temblores y el estruendo siguieron durante un minuto, y luego otro.

—¿Tienes miedo? —preguntó Remi.

—Claro que tengo miedo —respondió Sam—. No tengo ni idea de si esto es solo una réplica o si la cima de la montaña está a punto de explotar y saldremos disparados a la estratosfera.

—Solo estoy poniendo a prueba tu cordura —dijo ella.

Cuando el estruendo disminuyó, distinguieron otro sonido, un susurro que era casi un silbido. El ruido aumentó de volumen hasta convertirse en un sonido de ráfaga, y luego en un rugido que les recordó el motor de un aeroplano. Mientras buscaban de dónde venía, una nube de vapor apareció en su línea de visión a través del campo de nieve. Era blanca y salía de la montaña a alta presión por debajo de ellos.

En cuanto volvieron a ponerse las mochilas a los hombros y las movieron para equilibrar el peso del hielo que transportaban, emprendieron la marcha. Andaban rápido, a veces casi trotando en zonas donde la roca volcánica era sólida y estaba despejada.

Cuando llegaron al principio del sendero que habían tomado para subir, el sol estaba bajo. Los rayos caían casi en horizontal, los deslumbraban desde México por el lado oeste y proyectaban una sombra enorme sobre las selvas verdes de

Guatemala por el este. Descendieron sin dilación y pasaron por sitios que recordaban. Esta vez tenían que ir con cautela para que el impulso no les hiciera saltarse los puntos de apoyo y salieran volando por los aires.

Ya podían ver de dónde venían el ruido y la nube de vapor. Se trataba de una grieta en la rocosa ladera por la que salía disparada una columna de aire caliente y agua a una presión inmensa. Se alejaron poco a poco del vapor, pero no podían desviarse demasiado para no perderse. Una vez que estuvieron por debajo, sintieron un tímido alivio. Sin embargo, una hora más tarde, cuando descendían por una formación rocosa que parecía una serie de cascadas heladas, el estruendo de la tierra empezó otra vez.

—Será mejor que nos agarremos —dijo Sam, y los dos buscaron unos asideros y se sentaron, Remi apoyando la cabeza en el hombro de su marido.

Mantuvieron esta posición mientras el estruendo aumentaba y la montaña se sacudía. El temblor parecía más violento, y provocó dos desprendimientos de rocas a escasa distancia a su izquierda. Las rocas bajaron rodando, chocaron contra otras rocas, rebotaron en el aire y se estrellaron mucho más abajo con un impacto audible.

El silencio se hizo otra vez, y retomaron el descenso. Ahora tenían que ir más despacio porque los nuevos aludes habían atravesado su camino en algunas zonas y habían cubierto los antiguos puntos de apoyo, lo que los obligaba a pisar puntos que no habían probado antes. Cuando oscureció, utilizaron las linternas para elegir donde daban cada paso. Los temblores volvieron una vez más, pero estaban en una zona descubierta y sin protección, donde eran extremadamente vulnerables a la caída de rocas, de modo que solo podían seguir avanzando.

Sam y Remi no llegaron a su punto de partida hasta aproximadamente la una de la madrugada. Volvieron por encima del sendero principal hasta que llegaron al lugar del santuario en ruinas. A medida que se acercaban a la pequeña meseta, vieron la luz artificial de un teléfono móvil.

—Alguien más debe de tener un teléfono por satélite —dijo Remi.

—Creo que es José —apuntó Sam.

—Hola —gritó ella—. Somos nosotros.

La luz del teléfono desapareció, y una silueta humana avanzó por la meseta.

—¡Por aquí! —Era la voz de José. Encendió una linterna y les iluminó el camino para que llegaran al santuario—. Debéis de estar cansados —dijo—. Os mostraré el camino al campamento.

—Primero tenemos que poner a nuestro amigo en hielo —dijo Sam.

Sam, Remi y José entraron en el santuario. Prepararon otra bolsa para cadáveres, introdujeron con cuidado al hombre en ella y la cerraron con cremallera.

—Parece muy ligero —dijo José.

—Ahora es en su mayor parte un esqueleto —explicó Remi—. Los huesos solo representan un quince por ciento de nuestro peso en vida, que es principalmente agua.

Pusieron hielo alrededor de la bolsa, la metieron dentro de otra bolsa y acto seguido dentro de una tercera.

Oyeron pisadas que se acercaban en el exterior.

—Me toca hacer guardia —gritó Raúl Mendoza. A continuación asomó la cabeza por la entrada—. Oh, si son los Fargo. Me alegro de veros. Cuando la montaña se sacudió, todos nos preocupamos.

—Estamos bien —dijo Remi—. Y cuando durmamos estaremos aún mejor.

Los Fargo siguieron a José por lo que debían de ser los restos de un antiguo camino en la ladera de la montaña hasta otro espacio llano, donde estaban montadas todas las tiendas de campaña. Sam enfocó montaña arriba con el haz de su linterna.

—¿Qué hay encima de nosotros?

—No hay salientes ni rocas grandes. Hoy no ha caído nada durante los temblores.

—Gracias, José. Y gracias por ayudarnos con la momia.

—Buenas noches —dijo, y los Fargo se metieron a gatas en su tienda y cerraron la solapa para protegerse del sol matutino que saldría dentro de poco.

5

Volcán Tacaná

Sam se despertó con el zumbido del teléfono por satélite de Remi y se dio cuenta de que ya había salido el sol. Buscó a tientas el teléfono en el suelo de la pequeña tienda y lo encontró.

—¿Diga?

—¿Sam? —dijo Selma Wondrash—. ¿Dónde estáis?

—A unos tres mil metros por encima de un volcán activo llamado Tacaná. Vamos a bajar hoy. ¿Ocurre algo?

—Júzgalo tú —dijo ella—. Acabo de enviaros un artículo que ha aparecido esta mañana en un periódico de Ciudad de México.

—De acuerdo. Te llamaré cuando lo hayamos leído.

Colgó, se conectó a internet y localizó el correo electrónico con el archivo adjunto. Hizo clic en el artículo y vio una fotografía en color del interior del santuario maya, el cadáver y la vasija pintada.

—Oh, oh —dijo.

Remi abrió los ojos y se incorporó.

—¿Qué?

Sam giró la pequeña pantalla hacia ella, y Remi dejó escapar un grito ahogado.

—¿Cómo ha podido pasar?

Él se desplazó por el artículo mirando las fotografías. Había una imagen del grupo entero en el último pueblo de montaña en el que habían estado. Se la mostró a Remi.

—¿Te acuerdas de cuándo se hizo esta foto?

—Claro. Todos nos pusimos en fila y entonces... —Remi hizo una pausa—. José le dio su móvil al hermano del alcalde.

—Y él se lo devolvió a José. Ya sabemos de dónde ha salido esto.

—Está claro que José se lo envió a un periodista, junto con el artículo. Voy a ver si consigo una traducción mejor.

Le quitó el teléfono a Sam, salió de la tienda y desapareció.

Cuando Sam la alcanzó estaba sentada al lado de Christina, que traducía el artículo.

—El descubrimiento fue realizado por Sam y Remi Fargo, miembros de una expedición de socorro compuesta por voluntarios para prestar ayuda a los lejanos pueblos del Tacaná... —Hizo una pausa—. Os atribuye todo el mérito, pero no omite a nadie. En la foto aparece el nombre completo de todos, y la narración parece fiel.

—Respeto su sinceridad —dijo Remi—. Pero creíamos que disponíamos de más tiempo antes de que el resto del mundo se enterase.

—Pues no es así —dijo Sam—. Más vale que decidamos qué hacer. —Recorrió el campamento con la mirada—. ¿Dónde está José?

Remi se levantó y miró a su alrededor.

—Cuando llegamos anoche estaba vigilando el santuario.

Sam echó a correr. Recorrió a toda velocidad la meseta y ascendió por el estrecho sendero hasta que llegó al lugar donde volvía a ensancharse, cerca de la entrada del santuario. Allí estaba Raúl Mendoza.

—Buenos días, Sam —dijo.

—Buenos días —respondió Sam.

Se asomó a la entrada y vio que todo estaba como la noche anterior. El cuerpo seguía dentro de las bolsas para cadáveres, no habían movido la vasija, y los recipientes de madera estaban intactos. Volvió junto a Raúl.

—¿Por casualidad has visto a José esta mañana?

—No —respondió Mendoza—. No lo he visto desde que os vi con él anoche.

—Creo que podemos dejar el santuario unos minutos —dijo Sam—. Tenemos que hablar todos.

—Está bien.

Fueron al campamento, donde los demás estaban terminando de recoger las tiendas y de meter sus cosas en las mochilas y apagaban las lumbres. Cuando Sam y Raúl llegaron, Remi dijo:

—Por lo visto, José se ha ido solo. Su tienda y sus cosas ya no están.

—Deberíamos hablar.

—Ya hemos estado hablando —dijo Remi—. Todo el mundo coincide en que no podemos hacer gran cosa para ocultar el santuario. Podemos enterrar la columna de piedra grabada, pero no podemos moverla. Solo podemos asegurarnos de haber hecho las mejores fotos posibles del interior del santuario y de llevarnos a nuestro amigo y sus pertenencias.

—También deberíamos explicar a los vecinos del pueblo lo que tienen aquí.

Durante la mañana, llevaron al alcalde del pueblo y a sus dos mejores amigos al santuario, y luego les enseñaron el artículo de periódico de Ciudad de México. Sam les advirtió de que vendría gente. La del gobierno y las universidades debían ser bien recibidas, mientras que por el momento había que impedir que los demás se acercasen.

Cuando hubieron terminado de explicárselo y el alcalde dijo que lo entendía, los voluntarios se marcharon del santuario. Sam llevaba la vasija maya por delante del pecho con una rudimentaria correa, y los hermanos Mendoza transportaban el cadáver en una camilla improvisada hecha con dos palos y con el cuerpo atado entre ellos. Las doctoras guardaron los recipientes de madera, y los restos de las frutas y las verduras halladas en ellas, en bolsas de plástico herméticas y estériles.

Cada pocas horas, Sam se detenía y escurría un poco de agua del hielo derretido y se aseguraba de que las bolsas para cadáveres estaban intactas. Les llevó dos días de caminata recorrer el largo sendero hasta el pueblo de Unión Juárez, pero Maria llamó por adelantado con el teléfono de Remi para asegurarse de que un camión los esperaba para llevarlos a Tapachula.

En el agitado trayecto a Tapachula, Sam protegió la vasija de las sacudidas llevándola sobre el regazo. Los hermanos Mendoza protegieron la momia manteniendo la camilla suspendida entre sus rodillas, donde no podía tocar la plataforma del camión. Durante el viaje a la ciudad, Sam habló con los demás.

—Creo que, por lo menos hasta que la publicidad remita, tenemos que mantener la ubicación de nuestro amigo en secreto. Maria, Christina, ¿puedo pediros un favor?

Después de un breve debate, Sam hizo que el camión los llevara al hospital de Tapachula. La doctora Talamantes y la doctora Garza entraron solas. Al rato volvieron con una camilla y transportaron en ella el cuerpo al interior, donde podrían mantenerlo refrigerado en el depósito de cadáveres. Cuando regresaron, tenían noticias. Mientras ellos estaban en el volcán, la ciudad había hecho grandes progresos. La electricidad se había restablecido, las carreteras al oeste y al este volvían a estar abiertas, y el aeropuerto había reanudado los vuelos comerciales.

Los cuatro compartieron un taxi que recorrió las sinuosas calles recién despejadas y a medio reparar al aeropuerto. Mientras Sam pagaba al taxista, Christina Talamantes dijo:

—Sam, Remi, os echaremos de menos. —Les dio un abrazo, y a continuación Maria Garza hizo otro tanto—. Pero nos alegramos de ir a Acapulco para poder volver al trabajo.

—Nosotros también os echaremos de menos —aseguró

Remi—. Dentro de un par de semanas, unas personas de nuestra fundación se pondrán en contacto con vosotras.

Christina se quedó perpleja.

—¿Por qué?

—Esta no será la última catástrofe —dijo Sam—. Pero quizá nuestra fundación pueda ayudar a preparar a la gente para la siguiente. Queremos que tú y Maria nos digáis lo que hay que hacer y que decidáis cómo gastar el dinero.

Maria, que habitualmente era la tímida, abrazó a Sam y le dio un beso en la mejilla. Cuando lo soltó, se fue corriendo a la terminal. Christina sonrió y comentó:

—Como podéis ver, lo haremos encantadas.

Se volvió y se fue trotando detrás de Maria para alcanzarla.

Sam y Remi se sentaron en el bar del aeropuerto.

—¿Sabes lo que me apetecería? —le dijo Sam a Remi—. Beber algo helado. Hace mucho tiempo que no lo hago.

Pidió dos botellas de cerveza y llamó a Selma.

—Hola a los dos —dijo ella.

—Hola, Selma —la saludó Sam—. Estamos otra vez en Tapachula, en el aeropuerto. Ha llegado el momento de que nos vayamos a otra parte. ¿Puedes buscarnos un complejo turístico en la costa del Pacífico que no se haya visto afectado por el terremoto?

—Haré todo lo posible. Tened el teléfono a mano.

Antes de que hubieran terminado las cervezas, el teléfono por satélite de Sam sonó.

—¿Selma?

—La misma. Tenéis unos billetes esperándoos para un vuelo de la compañía Aeroméxico a Huatulco dentro de cuarenta y cinco minutos. Está cerca, pero no ha sufrido ningún desperfecto. Vuestro hotel se llama Las Brisas, es uno muy bueno al pie de playa, y vuestra habitación tiene un balcón con vistas al mar. Os he alquilado un coche que podéis recoger en el aeropuerto.

—Gracias, Selma.

En Huatulco, Sam y Remi firmaron el recibo del coche y se dirigieron al hotel Las Brisas. Fueron a la piscina a remojarse y beber margaritas echados en las largas tumbonas. Al cabo de una hora, Remi se volvió hacia Sam, se levantó las gafas de sol y dijo:

—Si esta noche quisieras invitarme a una cena fantástica, intentaría encontrar un hueco en mi apretada agenda.

Compraron ropa nueva en las tiendas del hotel y fueron al restaurante a las siete. Sam pidió faisán con salsa de almendra roja y Remi optó por pozole de marisco con pargo, bacalao y gambas. Eligieron un malbec argentino y un sauvignon blanc chileno para acompañarlos. De postre, comieron torta tres leches mexicana y polvorones de Caulle, unas galletas de canela locales.

Después de cenar, pasearon por la playa y luego fueron al bar de la terraza a beber un tequila Cabo Uno Lowland Extra Añejo con suaves matices de vainilla.

—Gracias, Sam —dijo Remi—. Me gusta cuando tengo ocasión de recordarte que soy una chica y no un viejo compañero del ejército.

—Es difícil que te confunda a menos que me dé en la cabeza. —Bebió un sorbo del fuerte y aromático tequila—. Es un cambio agradable para los dos. Vivir en una tienda de campaña y pasar el día enterrando tuberías de desagüe solo es divertido por un tiempo.

Se terminaron el tequila, y Remi se levantó, se situó detrás de la silla de Sam, le puso las manos en los hombros y se inclinó para besarle en la cabeza, dejando que su cabello castaño rojizo cayera a los dos lados de su marido como una cortina sedosa, y luego se enderezó.

—¿Nos vamos? —dijo.

Anduvieron cogidos de la mano hasta la entrada y subieron en el ascensor. Sam abrió la puerta de su habitación, pero de repente estiró el brazo para impedir que Remi entrase. Encendió la luz y entró. Habían registrado la habitación de arriba abajo. Habían vaciado su mochila y la de Remi encima de la cama. Las puertas del armario estaban abiertas, y las almohadas y mantas de sobra tiradas del estante al suelo.

—Menos mal que no usamos la caja fuerte de la habitación. ¿Qué falta en las mochilas?

Remi apartó parte de su ropa, abrió un compartimento de la mochila cerrado con cremallera y acto seguido retrocedió e inspeccionó la habitación.

—Nada. No llevo joyas lujosas en los viajes en barco, y las únicas cosas caras que tenemos son los teléfonos por satélite y los relojes de buceo. Y los llevábamos encima.

—A mí tampoco me falta nada.

—Por favor, dime que todavía tienes el recibo del aparcamiento —dijo ella—. La vasija sigue en el maletero del coche.

—Aquí está el recibo.

Sam lo levantó para que ella pudiera verlo.

—Asegurémonos de todas formas.

Bajaron al garaje en el ascensor, buscaron su coche de alquiler y abrieron el maletero. Allí estaban la vasija y el ordenador de Remi, envueltos en sus chaquetas, también los paquetes herméticos con pepitas y cáscaras y los recipientes de madera que los mayas habían usado.

—Todo está aquí —aseguró Remi.

—Quienquiera que haya sido parece que no ha visto el coche, no lo ha relacionado con nosotros, o no ha podido llegar hasta él.

—¿Qué crees que está pasando?

—No creo que haya sido un robo normal en una habitación de hotel. Creo que alguien nos ha reconocido por el artículo del periódico, o por la versión de internet, y ha pensado que teníamos algo valioso del santuario.

—¿La vasija? —preguntó ella.

—Podría ser valiosa, y es lo único que tenemos, pero no podían saberlo, sean quienes sean.

—Entonces tenemos que largarnos de aquí —dijo ella—. Tenemos que asegurarnos de que esa gente no nos sigue.

—Nos marcharemos ahora mismo de este hotel e iremos a otro.

—¿Dónde?

—Al otro lado del país.

—Me parece lo bastante lejos.

—Espera aquí. Subiré para utilizar la salida exprés, y bajaré las mochilas por la escalera de servicio.

—Mientras tú haces eso, yo llamaré a Selma y le avisaré de que nos vamos. —Hizo una pausa—. ¿Adónde vamos?

—A Cancún.

Sam entró corriendo en el hotel.

A la media hora estaban de camino en un coche de alquiler, emprendiendo el viaje de mil quinientos kilómetros de Huatulco a Cancún. Era última hora de la tarde, de modo que había poco tráfico. Sam conducía rápido, vigilando que no los seguían. Remi lo sustituyó al volante después de dos horas, y siguieron hasta cuatro horas más. Pararon en una gasolinera cerrada de Tuxtla Gutiérrez y durmieron hasta que la abrieron a las ocho, llenaron el depósito y continuaron hasta Centro, en la costa del golfo de México. Durante todo el día se turnaron al volante a intervalos hasta que llegaron a Cancún. Se registraron en el club Crown Paradise, se ducharon y durmieron hasta la mañana.

Por la mañana fueron de compras a El Centro, la parte céntrica de la ciudad. Encontraron numerosas tiendecitas diseñadas, construidas y abastecidas pensando en los turistas estadounidenses. Compraron varios recuerdos, réplicas baratas de las reliquias mayas: vasijas, cuencos, tapices, alfombras y telas que reproducían más o menos el arte y la escritura maya. Todo llevaba imágenes de reyes, sacerdotes y dioses mayas, pero estaban pintadas toscamente y con colores chillones. En una tienda de manualidades compraron un juego de pintura acrílica soluble en agua que incluía pintura plateada y dorada y pinceles.

En el hotel, Sam se puso a trabajar en la auténtica vasija maya del santuario. Pintó imágenes y alteró dibujos para que la pintura de la vasija pareciera tan ordinaria y tosca como la de los recuerdos que él y Remi habían comprado. Utilizó pintura dorada brillante para cubrir las joyas que el rey maya llevaba. Resaltó partes del escudo y el garrote de guerra con pintura plateada.

Cuando la pintura estuvo seca, preguntaron al portero del hotel dónde podían encontrar una empresa de mensajería que les mandara los recuerdos a casa. El hombre respondió que el hotel lo haría por ellos. Sam y Remi observaron como acolchaba una caja de embalaje grande, metía la vasilla dentro, llenaba todo el espacio circundante con las alfombras, los tapices y las telas, y luego rellenaba el resto de la caja de bolitas de poliestireno y la precintaba. Con la ayuda del portero, Sam y Remi firmaron la declaración de aduana, afirmando que el contenido eran «recuerdos de México», y declararon que el precio que habían pagado era inferior a cien dólares.

Pagaron el precio del envío de los recuerdos a su casa de La Jolla, le dieron al portero una generosa propina y se fueron a la playa a bucear con snorkel en los bajíos después de la calurosa mañana en la ciudad.

Esa noche, Sam y Remi llamaron a Selma desde la habitación.

—Hola a los dos —dijo Selma—. ¿De qué se trata esta vez, una inundación?

—Todavía no —contestó Sam—. Solo queríamos que supieras que hemos mandado unos recuerdos de Yucatán a la casa de La Jolla.

—Tendré cuidado con ellos. ¿Es una caja grande?

—Sí —afirmó Remi—. Hay una pieza de cerámica que no queremos que se rompa.

Hubo una pausa muy breve, durante la cual advirtieron que Selma había comprendido qué era el paquete.

—No os preocupéis. ¿Estáis en camino?

—En cuanto podamos conseguir un vuelo —dijo Sam.

—¿Habéis pensado dónde tenéis intención de dormir cuando lleguéis a San Diego? La cuarta planta de la casa todavía está en construcción.

—Hasta ayer dormíamos en la ladera de un volcán activo —dijo Remi—. Nos las apañaremos.

—Podéis quedaros en el hotel Valencia. Puedo reservaros una suite o un chalet. Así podréis venir todos los días a casa cruzando el jardín, o bajar a la playa.

—Pinta bien —dijo Remi—. Si alquilamos un chalet, ¿dejarán que Zoltán se quede con nosotros?

—Veré si puedo arreglarlo. También puedo llevarlo para enseñarles que es un animal ejemplar —propuso Selma.

—Puede que eso no sea tan buena idea —dijo Sam—. Un perro de cincuenta kilos que se sienta cuando se lo dices sigue dando un poco de miedo.

—Lo pondré por las nubes y me ofreceré a pagar una fianza de daños.

—Asegúrate de que cubre a los niños que pueda comerse.

—¡Sam! —exclamó Remi.

—Te llamaremos antes de subir al avión.

Sam compró los billetes de avión de vuelta con el ordenador de Remi. Luego buscó nombres de profesores de arqueología americana especializados en los mayas. Se llevó una agradable sorpresa cuando vio que uno de los más distinguidos parecía ser el profesor David Caine de la Universidad de California en San Diego. Sam envío un correo electrónico al doctor Caine y le dijo que él y Remi habían hecho un extraordinario hallazgo en el volcán Tacaná y adjuntó el artículo del periódico mexicano sobre el tema. Preguntó a Caine si quería reunirse con ellos cuando volvieran a casa. Le pidió a Remi que leyese el mensaje antes de enviarlo.

Ella lo leyó y dijo:

—Haz clic en «enviar».

—¿No crees que deberíamos incluir algo sobre nosotros? ¿Por ejemplo, una lista de los sitios en los que hemos excavado y todo eso?

—Ya no hace falta hacer eso. Cuando lo lea, estará sentado delante de un ordenador. Podrá buscarnos en Google y encontrar más información de la que busca.

—Supongo que tienes razón.

En menos de una hora el profesor Caine les contestó. Decía que estaría encantado de reunirse con ellos y que estaba deseando saber más acerca de su último hallazgo. Remi señaló la pantalla con el dedo.

—¿Ves eso? Nuestro «último hallazgo». Lo primero que ha hecho es buscarnos en Google.

Esa tarde Sam y Remi se marcharon del hotel y tomaron un taxi al aeropuerto situado al sur de la ciudad. El taxista metió las dos mochilas en el maletero. Cuando Remi se disponía a subir al taxi, vaciló un instante.

—¿Qué? —preguntó Sam—. ¿Pasa algo?

Ella negó con la cabeza.

—Había un hombre esperando delante de la entrada principal. Cuando hemos salido se ha ido corriendo.

—¿Adónde?

—No lo sé. Calle abajo, supongo.

—¿Podría ser un aparcacoches que ha ido a por el coche de otra persona?

—Claro. Seguramente —dijo ella—. Supongo que hoy estoy un poco nerviosa. Con las experiencias que hemos vivido últimamente...

Se sentaron en el asiento trasero, y el taxista les preguntó en su idioma:

—¿Qué compañía aérea?

—Aeroméxico.

El taxi se fue por la larga entrada para coches hacia la carretera federal. El aeropuerto estaba a unos dieciséis kilómetros y el tráfico avanzaba a un ritmo constante, de modo que iban según el horario previsto. Contemplaron el golfo de México y disfrutaron del trayecto.

Justo cuando vieron el aeropuerto al frente a la derecha, un coche negro aceleró detrás del taxi. Se pegó a ellos, y un hombre de rostro severo con traje oscuro les indicó con la mano que parasen.

El taxista murmuró: «Policía», y dejó el coche en punto muerto buscando el mejor sitio para parar. Sam miró por el espejo retrovisor y vio que, cuando el taxi paró, el coche negro se situó detrás de ellos y se detuvo a escasos centímetros del parachoques. Dos hombres bajaron del vehículo. Uno se acercó a la ventanilla del taxi y estiró la mano. El taxista le entregó su carné. El hombre se lo devolvió y miró a los Fargo, sentados en el asiento trasero.

El segundo hombre se quedó detrás del taxi a la derecha, con la mano en la pistola enfundada en la pistolera de su cinturón.

—Ese tío de ahí detrás es al que vi corriendo —susurró Remi.

—Abra el maletero —dijo el hombre que estaba al lado del taxista.

El taxista apretó el botón para abrir el maletero. El hombre de la parte trasera abrió la cremallera de las mochilas.

—¿Qué están buscando? —preguntó Sam.

El hombre situado junto al taxista lo miró, pero no dijo nada. Sam entreabrió la puerta un par de centímetros para bajar, pero el hombre la golpeó con la cadera y la cerró de un portazo, desenfundó la pistola y apuntó a Sam.

Sam se recostó en el asiento y mantuvo las dos manos sobre el regazo. El hombre se apartó de la ventana retrocediendo.

—Por favor, señor —dijo el taxista en voz queda—. Estos hombres no son policías. Nos dispararán a todos.

Esperaron a que los hombres metieran las dos mochilas en el maletero del coche negro, se subieran al vehículo y se fueran.

—¿Quiénes eran? —preguntó Sam.

—No lo sé —contestó el taxista—. Casi nunca tenemos que tratar con gente como esa. Todo el mundo sabe que andan por aquí: los narcotraficantes utilizan este sitio como punto de embarque, o los Zetas vienen a la ciudad buscando a alguien... Por algún motivo, los han elegido a ustedes. Quizá ustedes puedan decirme por qué.

Sam y Remi se miraron seriamente.

—Llévenos al aeropuerto —dijo Sam—. Tenemos que tomar un avión.

Cuando llegaron a la rotonda situada enfrente de la terminal, Sam le dio al taxista una generosa propina.

—Tome. Se lo ha ganado.

Al entrar en el aeropuerto, Remi dijo:

—Debían de estar buscando lo que tú ya sabes.

—Lo sé —asintió Sam—. Si me vuelvo a tropezar con José Sánchez, le daré las gracias por la publicidad gratuita que nos ha hecho. Vamos a la puerta de embarque antes de que alguien más intente asesinarnos por ese dichoso artículo.

El vuelo duró ocho horas, incluida una escala en el aeropuerto de Dallas-Fort Worth. Cuando sobrevolaron San Diego de noche, miraron las luces de la ciudad. Remi agarró el brazo de Sam.

—He echado de menos este sitio —dijo—. Echo de menos a mi perro. Quiero ver lo que le han hecho a nuestra casa.

—Está bien poder descansar entre vacaciones —dijo Sam.

Ella se echó atrás y lo miró.

—Ya estás pensando en volver a irte, ¿verdad?

—Estoy encantado de estar en casa —respondió Sam—. Y no tengo planes de ir a ninguna parte.

Ella volvió a apoyarse en él.

—Tendré que conformarme con eso. Si no tienes planes significa que no nos iremos mañana.

—Cierto —dijo él—. Hoy ni siquiera tenemos equipaje.

6

La Jolla

En su primer día de vuelta, Sam y Remi salieron andando del hotel Valencia acompañados de Zoltán, su pastor alemán, y recorrieron la planta baja de su casa en Goldfish Point, admirando el edificio recién remodelado. Nada hacía sospechar al observador desinformado que pocos meses antes la casa había sido atacada por una fuerza de asalto compuesta por más de treinta hombres provistos de armas automáticas. Los miles de agujeros de bala que habían perforado las paredes y hecho astillas la madera noble, las docenas de ventanas rotas, las puertas principales que habían sido derribadas con una camioneta, todo había desaparecido. Todo era nuevo.

Solo las mejoras podrían haber revelado a un observador astuto que allí había tenido lugar una batalla. Las persianas metálicas originales por si se producía una tempestad en el Pacífico, un fenómeno que solo se daba una vez cada siglo, habían sido sustituidas por unas planchas metálicas diseñadas para bajarse por la fuerza de la gravedad y cerrarse con solo pulsar un botón. El sistema de vigilancia contaba ahora con cámaras instaladas en todos los lados de la casa e incluso en los altos pinos que había a la vera de los jardines. Mientras recorrían la planta, Selma parecía una guía turística.

—Fijaos en que ahora todas las ventanas tienen cristal de seguridad doble. Me han asegurado que un hombre no podría romperlas con un mazo.

Selma fue directa a una estantería, sacó un libro concreto, y la estantería se abrió como una puerta. Sam y Remi entraron detrás de ella en un pasadizo y cerraron la puerta.

—¿Lo veis? —dijo su investigadora jefe—. La luz se enciende cuando se abre la estantería. El resto es idéntico a como vosotros lo diseñasteis. —Los llevó a una escalera que daba a una puerta de acero con una cerradura con combinación. Selma introdujo el código y, cuando la puerta se abrió, los hizo pasar a un cuarto de hormigón—. Ahora estamos debajo del jardín de la parte delantera. —Señaló el techo—. Como podéis ver, la ventilación y las luces se activan automáticamente. Han instalado un conducto de hormigón armado de sesenta metros de largo y dos metros diez de diámetro para hacer el puesto de tiro al blanco.

—Nosotros preferimos el término «campo de tiro» —dijo Remi.

—Exacto —asintó Sam—. Si lo llamamos «puesto de tiro al blanco» tendremos que dejar que la gente venga a ganar muñecos y osos de peluche.

—Como queráis —dijo Selma—. Si miráis detrás de vosotros veréis que he hecho instalar dos cajas fuertes extragrandes para que podáis guardar las armas y la munición allí. Y aquí, detrás de la mesa de apoyo, hay un banco de trabajo para limpiar y poner a punto las armas.

—Parece que te has implicado mucho en el proyecto —dijo Remi—. Antes no te gustaban las pistolas.

—Nuestra experiencia con el señor Bako, el señor Poliakoff y el señor Le Clerc y sus amigos me ha hecho aficionarme a las armas de fuego.

—Pues muchas gracias por vigilar toda la obra —dijo Remi—. ¿Qué hay al otro extremo?

Remi señaló el fondo del campo de tiro.

—Es una plancha de acero inclinada en un ángulo de cuarenta y cinco grados para desviar los disparos hacia abajo contra la arena de manera que no reboten.

—¿Han instalado la otra salida? —preguntó Sam.

—Sí. Detrás de la plancha de metal hay otra escalera que sube al grupo de pinos al lado de la calle.

—Estupendo —dijo Sam—. Volvamos arriba a ver cómo han quedado los cambios en la instalación eléctrica.

—Creo que quedaréis satisfechos —dijo Selma—. La semana pasada por fin terminaron después de meses de trabajo. En lugar de un generador de emergencia, ahora hay cuatro para distintos circuitos que desempeñan distintas funciones. Ahora es muy difícil dejar esta casa sin electricidad un solo segundo.

Subieron al breve pasillo, cruzaron la estantería y volvieron a la oficina.

—Qué raro, eso no estaba ahí antes —dijo Selma.

Sam y Remi miraron adonde señalaba con el dedo. Era una caja de cartón grande.

—Son nuestros recuerdos de México —dijo Remi.

Wendy Corden estaba trabajando en uno de los ordenadores de la zona situada al otro lado de la sala.

—Ha llegado hace unos minutos. He firmado el recibo.

—Gracias —dijo Sam. Levantó la caja sacudiéndola suavemente y la colocó en una mesa de trabajo—. No oigo nada roto.

—No lo digas ni en broma —dijo Selma—. No puedo creer que lo enviarais de esa forma: por correo simple como... un cacharro de cocina.

—Deberías haber estado allí para ver nuestras opciones. Intentaban robárnoslo todo el tiempo.

Selma sacó un cúter del cajón de un armario y se lo dio a Sam.

—¿Podemos verlo?

Sam abrió la caja. Extrajo algunas bolitas de embalaje y luego tapices y alfombras.

Selma desenrolló una y acto seguido otras dos.

—Son espantosas —dijo—. Este rey se parece un poco a Elvis... aunque, ahora que lo pienso, era El Rey. —Desenvolvió una pequeña vasija—. Y fijaos en estos: pintura brillante por si este guerrero no fuera lo bastante estrambótico.

Remi se rio.

—Creo que esos sirvieron de inspiración a Sam para los retoques de la vasija de verdad.

Sam introdujo la mano y levantó con cuidado la auténtica vasija maya. La colocó de pie sobre la mesa. Selma gimió.

—Qué horror. ¿Pintura dorada y plateada? Es un acto de vandalismo.

—Se quita —dijo él—. Una vez leí que muchas obras de arte egipcias llegan a Europa disfrazadas de copias baratas. El truco todavía funciona.

Sam llamó por el móvil al despacho del doctor David Caine en la universidad.

—¿Doctor Caine? —dijo—. La entrega que estaba esperando ha llegado. ¿Le apetece venir a echar un vistazo?

—Con mucho gusto —contestó Caine—. ¿Cuándo puedo pasar?

—Cuando quiera a partir de ahora. Estaremos aquí hasta la tarde.

Sam recitó la dirección.

—Estaré ahí dentro de una hora.

Sam colgó y se volvió hacia los demás.

—Llegará dentro de una hora. Será mejor que le quite la pintura brillante enseguida o se quedará tan horrorizado como Selma.

Una hora más tarde llegó su invitado. El doctor David Caine era un hombre de cuarenta y tantos años, estaba muy en forma y muy bronceado, e iba ataviado con una americana fina encima de un polo negro. Cuando cruzó la puerta de la enorme oficina, vio la vasija encima de la mesa al otro lado de la sala y apenas pudo apartar la vista de ella. Se detuvo y estrechó la mano de Sam.

—Usted debe de ser Sam. Soy David Caine.

Remi se acercó.

—Yo soy Remi. Venga por aquí. Se nota que se muere de ganas de ver la vasija.

El doctor la siguió a través del suelo de madera noble, pero cuando se encontraba a unos dos metros de la vasija, se detuvo y se la quedó mirando un instante, y acto seguido la rodeó mirándola desde todos los ángulos.

—He leído el artículo y he visto las fotos que me enviaron, pero ver una de estas en persona siempre es un acontecimiento —dijo—. Siempre me emociono un poco. La cerámica, la pintura, siempre contiene una pizca de la personalidad del artista. Cuando veo una jarra con forma de perrito gordo, es como viajar atrás en el tiempo y conocer al alfarero.

—Ya sé a lo que se refiere —dijo Remi—. A mí también me gusta mucho la sensación de que el ser humano que hay detrás te mira directamente aunque hayan pasado mil años.

Caine se acercó a la mesa y miró detenidamente la vasija.

—Pero esta es distinta. Es evidente que se trata de una pieza excelente del período clásico. Un día en la vida del rey de Copán. —Se enderezó y miró a los Fargo—. Saben que hay que informar de esta clase de descubrimientos al gobierno de México, ¿verdad?

—Por supuesto —contestó Sam—. Nos encontrábamos en medio de una catástrofe natural y no había ninguna forma segura y razonable de hacerlo ni ninguna autoridad con tiempo para encargarse del asunto. Devolveremos la vasija cuando hayamos tenido la ocasión de aprender todo lo que podamos sobre ella.

—Es un alivio que conozcan las normas —dijo el doctor Caine.

—¿Está seguro de que es de Copán? —preguntó Remi—. La encontramos en Tacaná, al norte de Tapachula, en México. Está por lo menos a seiscientos cincuenta kilómetros de Copán.

Caine se encogió de hombros.

—Los indígenas de América a veces recorrían mucha distancia a pie. Y también estaba el comercio.

—¿Cuántos años tiene?

Caine ladeó la cabeza y miró la vasija.

—Un momento. Aquí está. El rey es Yax Pasaj Chan Yopaat, el decimosexto soberano de Copán. Eso dice aquí.

Señaló con el dedo un grupo de columnas verticales con dibujos redondeados que parecían sellos.

—¿Puede leer los símbolos?

—Sí. Cada columna consta de entre uno y cinco glifos, y cada glifo es una palabra o frase o una indicación de una posición en una frase. Se lee de la esquina superior izquierda a la derecha, pero solo en las dos primeras columnas. Luego se baja una línea y se lee el izquierdo y el derecho, y así sucesivamente. Hay ochocientos sesenta y un glifos conocidos.

—Existen más de veinte idiomas mayas —dijo Remi—. ¿Funciona esa forma de escritura para todos?

—No —respondió él—. Los únicos que tenemos fueron escritos en ch'olan, tzeltal y yucateco.

Sam se quedó mirando la vasija.

—De modo que viene de Copán. Me pregunto cómo llegó de Honduras a la frontera de México pasando por Guatemala.

—Y cuándo —terció Remi.

—Eso mismo me estaba preguntando yo —dijo Caine—. Podríamos hacer una datación por carbono de cualquier material orgánico relacionado con el hallazgo y del propio hombre. Con eso bastaría.

—Llamaré a la doctora Talamantes y la doctora Garza para ver si pueden encargarse de que hagan la prueba al hombre —dijo Remi—. Está en el depósito de cadáveres de un hospital de Tapachula. Lo metieron allí aprovechando la buena relación que han desarrollado con la comunidad médica de la zona después del terremoto.

—¿También son arqueólogas? —preguntó Caine.

—No, son doctoras en medicina —contestó Sam.

—Entonces, ¿les importaría que yo interviniera y les pidiera a un par de colegas mexicanos que participasen en la prueba? Son científicos de primera categoría y profesionales muy respetados.

—Estaríamos encantados —dijo Remi.

—Los llamaré esta tarde y les diré que vayan. Han sabido ustedes mantener en secreto su ubicación desde la primera bomba publicitaria, y gracias a eso no ha intentando entrar a verlo una marea de gente. Pero pueden estar seguros de que hay muchas personas esperando atentamente: algunos son estudiosos y científicos, y otros chiflados y charlatanes, como siempre.

—La publicidad fue cosa de otro voluntario que estaba con nosotros —explicó Sam—. Él no estaba de acuerdo en mantener en secreto el hallazgo por principios: considera que el descubrimiento pertenece al pueblo, de modo que el pueblo debe estar informado. Creíamos que lo convenceríamos para que esperase, pero lo hizo público sin nosotros. Después tomamos medidas para darle a la comunidad científica la oportunidad de ver lo que descubrimos antes de que los turistas y los cazadores de recuerdos lo destruyesen.

—Menos mal que lo hicieron. ¿Tenemos algo aquí que podamos datar mediante la técnica del carbono?

—Bastantes cosas —respondió Remi—. Nuestro amigo hizo un par de platos con trozos de madera vaciados. En uno había residuos vegetales.

—Perfecto —dijo Caine—. Cualquier cosa viva empieza a perder carbono 14 en cuanto muere.

—Voy a por ellos.

Remi fue al otro extremo de la sala, desapareció por una puerta y volvió con las dos bolsas de plástico que contenían los recipientes de madera, las pepitas y las cáscaras.

Caine volvió a centrar su atención en la vasija.

—Esta vasija tiene una tapa. El sello parece translúcido, como cera de abeja. ¿La han abierto?

—No —respondió Sam—. Sabíamos que en cuanto quitamos la lava de la puerta del santuario, o lo que quiera que sea ese edificio, expusimos al hombre y sus cosas al aire y pusimos el reloj en marcha. No queríamos hacer nada que pudiera deteriorar la vasija. La hemos llevado de un lado a otro, de modo que sabemos que no contiene líquido ni piedras ni metales, pero no está vacía. Al moverla, algo se agita un poco.

—¿Intentamos abrirla? —preguntó Caine.

—Tenemos un sitio ideal para hacerlo —dijo Remi—. Aprovechando la remodelación de la casa, le pedimos a los albañiles que construyeran una habitación climatizada (temperatura baja, poca humedad, nada de luz solar) como las salas de libros raros de las bibliotecas.

—Maravilloso —dijo Caine.

—Sígame.

Lo llevó a la puerta por la que acababa de salir, la abrió y encendió la luz. La habitación tenía una larga mesa de trabajo, unas cuantas sillas y una pared con vitrinas, todas vacías de momento. En un rincón había un armario alto para herramientas de color rojo con ruedas como los de los talleres mecánicos.

El profesor Caine llevó la vasija a la sala y la dejó sobre la mesa. Sam acercó el armario empujándolo y abrió el cajón superior, que contenía una colección de herramientas para manipular objetos pequeños y delicados: pinceles, pinzas, cuchillas de precisión, raspadores dentales, punzones, lupas y linternas de alta intensidad. También había una caja de guantes quirúrgicos estériles.

Caine se puso unos guantes y eligió un raspador y unas pinzas para examinar el sello y arrancar un poco. Lo miró bajo una lupa con soporte.

—Parece un pegamento hecho con una especie de resina vegetal.

Cogió una cuchilla de precisión y cortó metódicamente la sustancia translúcida de alrededor de la tapa.

—Lo que hay dentro no puede ser comida. Está cerrado a cal y canto —dijo Remi.

—No me atrevo a hacer conjeturas —dijo Caine—. La arqueología está llena de altas expectativas y de vasijas que acaban conteniendo barro. —Agarró la tapa y la giró—. Interesante. Puedo girar la tapa un poco pero no levantarla. Parece que el hombre calentó un poco la tapa, la cerró y dejó que se enfriase. Eso produciría un vacío parcial en el interior para mantener el precinto bien apretado.

—Como en el enlatado —dijo Remi—. A lo mejor es comida.

—No sé cómo abrirla sin romperla.

—Podríamos volver a calentarla un poco para que el aire de dentro se expanda —propuso Sam—. O podríamos subirla a una altitud elevada donde la presión atmosférica sea más baja.

—¿Cómo podríamos calentarla un poco sin deteriorarla?

—Si lo hacemos de manera uniforme, la vasija no debería romperse —dijo Sam.

—Estoy de acuerdo —dijo Caine.

—Otra reforma de la casa: hemos incorporado una sauna —explicó Remi.

Subieron a la segunda planta por la escalera, y Sam entró en la sauna, dejó la vasija en el banco de madera y, cuando puso el calor en marcha, la temperatura aumentó poco a poco. Después de diez minutos, entró en la sauna, envolvió la vasija en una toalla y la sacó. Sujetó el recipiente mientras Caine intentaba abrir la tapa. Por fin salió, y la presión se igualó. Sam volvió a poner la tapa, y todos bajaron por la escalera a la habitación climatizada.

—Se acerca el gran momento —dijo Remi.

—No se decepcionen si solo es un amasijo de materia orgánica que alguna vez fue comida —advirtió Caine—. A veces la mejor información no lo parece al principio.

Sam dejó la vasija sobre la mesa. Caine, que todavía llevaba los guantes quirúrgicos, respiró hondo e introdujo la mano. Sacó una masa de algo que parecían hierbajos secos.

—¿Material de embalaje?

Cogió una pequeña linterna y miró el interior de la vasija.

—Oh... —Se levantó y escudriñó dentro del recipiente—. ¿Es posible?

—¿Qué es?

—Parece un libro —contestó el doctor—. Un libro maya.

—¿Puede sacarlo?

Caine metió las dos manos en el recipiente, extrajo un grueso rectángulo pardusco y lo dejó con cuidado en la mesa. Alargó únicamente el dedo índice enguantado y levantó la capa exterior un par de centímetros. Su voz sonó como un susurro ronco.

—Intacto. No me lo puedo creer.

Permaneció inmóvil un instante, absorto en sus pensamientos. Retiró el dedo y entonces pareció volver a reparar en la presencia de los Fargo.

Su rostro entero se iluminó.

—Es un libro maya, un códice. Parece que no ha sufrido desperfectos. Tenemos que examinarlo detenidamente porque no sabemos lo frágil que es, y no hay forma de saber cuántas veces se puede pasar o tocar una página.

—Sé que son muy raros —dijo Remi.

—Las reliquias más raras del hemisferio occidental y de lejos las más valiosas —aclaró Caine—. Los mayas fueron el único pueblo de América que desarrolló un complejo sistema de escritura, y es eficaz. Podían escribir todo lo que decían. Si hubieran tenido ganas, podrían haber escrito novelas, poemas épicos, crónicas. Tal vez los escribieron. En otra época hubo cientos de miles de códices. Hoy en día solo cuatro han sobrevivido y están en museos europeos: el Códice Dresde, el Códice Madrid y el Códice París. Y también está el Códice Grolier, pero es tan inferior a los otros que muchos expertos lo consideran una falsificación. Sin embargo, los tres primeros están llenos de conocimientos mayas: matemáticas, astronomía, cosmología, calendarios. Este podría ser el quinto.

—Ha dicho que en otra época hubo miles —dijo Remi.

—Cientos de miles es una estimación más precisa —apuntó Caine—. Pero hubo dos problemas. Los códices estaban pintados en una tela hecha con la corteza de una higuera silvestre llamada *Ficus glabrata*. La tela se doblaba en forma de páginas, y estas se pintaban con una mezcla blanca parecida al estuco. Así los mayas tenían páginas blancas en las que podían escribir. Eran mejores que el papiro, y casi tan buenas como el papel.

—¿A qué problemas se enfrentaban?

—Uno era el clima. La mayoría del territorio maya era selva húmeda. Cuando los libros se mojan, se pudren. Algunos códices fueron enterrados en tumbas: unos en Copán, otros en Altún Ha, en Belice, y otros en Uaxactún Guytan. La tela de corteza de higuera se pudría y dejaba montoncitos de fragmentos de estuco pintado demasiado pequeños y delicados para poder ser recompuestos. Pero el mayor problema llegó en barcos.

—La conquista española —dijo Sam.

—Principalmente, los sacerdotes. Se empeñaron en destruir cualquier cosa relacionada con las religiones indígenas. Los dioses mayas les parecían demonios. Quemaron todos los libros que encontraron y registraron todos los escondites para que no sobreviviese ningún libro. El proceso duró desde principios de la conquista de los mayas en el siglo XVI hasta la última década del siglo XVII, cuando tomaron las últimas ciudades. Por eso solo quedan cuatro.

—Ahora cinco —le corrigió Remi.

—Es un hallazgo espectacular —dijo Caine—. ¿Tienen algún sitio donde meterlo en el que esté seguro?

—Sí —contestó Sam—. Lo guardaremos bajo llave.

—Perfecto. Me gustaría empezar el proceso de datación y volver mañana para empezar a examinar el códice. ¿Es posible?

—Yo diría que es obligatorio —dijo Sam—. Tenemos tanta curiosidad como usted, y no podemos satisfacerla sin usted.

7

La Jolla

A la tarde siguiente Sam y Remi estaban esperando cuando David Caine llegó. Después de llevarlo a la habitación climatizada, Remi se puso unos guantes quirúrgicos, abrió una vitrina y dejó el códice en la mesa. Caine se quedó sentado un instante, mirando fijamente la portada.

—Antes de que empecemos —anunció—, la datación por carbono de las pepitas y las cáscaras que había en los cuencos de madera y de la propia madera está terminada. Todas las muestras tenían un 94,29 por ciento de carbono 14. La madera y las plantas murieron aproximadamente en el mismo momento, es decir, hace exactamente cuatrocientos setenta y seis años, en 1537.

—¿No es un poco tarde para el período clásico maya? —preguntó Remi.

—La etapa final de la civilización ya estaba bien entrada. La mayoría de las ciudades clásicas importantes habían sido abandonadas en torno al 1000 d. C. Otras siguieron en pie hasta que llegaron los españoles, aproximadamente en 1524, cuando Pedro de Alvarado atacó a los mayas con un enorme ejército de aliados indígenas de Tlaxcala y Cholula. Pero hubo numerosos reinos mayas que tardaron mucho en ser conquistados. Los últimos cayeron en 1697, más de ciento cincuenta años después.

—Entonces el cadáver que hemos encontrado es de un hombre importante que cogió una vasija en algún lugar cerca de Copán, en Honduras —dijo Remi—. Metió el libro dentro y se fue a pie. Recorrió seiscientos cincuenta kilómetros más o menos y luego escaló toda la ladera del volcán Tacaná de México y lo guardó en un santuario.

—Yo diría que es casi seguro que ocurrió algo parecido. Por qué lo hizo, en este momento solo podemos aventurarlo.

—¿Tiene usted alguna idea? —preguntó Sam.

—Creo que llevaba un libro valiosísimo a un lugar secreto y lejano para esconderlo de los españoles. A juzgar por las fotografías que tomaron del yacimiento, probablemente tengan razón y fuese un pequeño santuario de piedra. Dentro hay imágenes de Cizín, el dios de los terremotos y la muerte, el que provocaba los terremotos. Es el esqueleto de ojos saltones que baila.

—Y luego, ¿qué?

—Recuerden que solo estoy haciendo conjeturas. En algún momento, el santuario quedó cubierto por un torrente de lava del volcán. Incluso es posible que él colocara a propósito el libro en el santuario, sabiendo que era probable que la lava lo cubriese, creyendo que un dios le estaba ofreciendo una forma ideal de guardar el libro en lugar seguro.

—¿Cree que haría eso?

Caine se encogió de hombros.

—Los mayas creían firmemente en la existencia de una vida después de la muerte en la que serían recompensados o castigados. También creían que el universo se mantenía en equilibrio en función de sus actos. Muchos de los conocimientos que reunieron en libros sobre astronomía y matemáticas estaban pensados para revelarles lo que debían hacer para impedir que el universo se descontrolase y se destruyese a sí mismo como una máquina descompensada. En 1537, el universo de ese hombre llevaba cientos de años dando señales de descomposición. Había habido sequías terribles del 750 al 900 d. C., una serie de guerras entre ciudades, enfermedades... Y entonces aparecieron los españoles. Su llegada en 1524 fue como el aterrizaje de extraterrestres en una película de terror. Llevaban armas contra las que nadie podía luchar y que nadie podía fabricar. Estaban empeñados en destruir lo que quedaba de la civilización maya y en matar o esclavizar a toda persona maya. Fue la maldición final después de una larga serie de maldiciones. Un maya (y esa persona sería de la realeza) habría adoptado una perspectiva a largo plazo. Estamos hablando de un pueblo cuyo calendario se dividía en ciclos de cinco mil ciento veinticinco años. Pudo haber creído que el libro que estaba salvando contenía información crucial para mantener el mundo intacto o reconstruirlo en el futuro.

—Supongo que entonces no dudaría en sacrificarse para salvar el libro.

—Imagínese que unas poderosas criaturas de aspecto humano llegasen en naves espaciales, matasen o esclavizasen a todo el que encontrasen, y luego emprendiesen la búsqueda de todos los ordenadores y todos los libros y los quemasen —dijo Caine—. Adiós a la historia del arte y, después, a todos los cuadros. Adiós al cálculo, el álgebra y también la aritmética. Queman los libros de todas las religiones: todas las biblias, el Corán, el Talmud, todo. ¿Se olvidan de la filosofía? No, todo va a parar al fuego. ¿Todos los poemas, todos los cuentos escritos a lo largo de la historia? Convertidos en humo. La física, la química, la biología, la medicina; la historia de los romanos y los griegos, los chinos, los egipcios. Todo perdido.

—Qué idea tan terrible y tan triste —dijo Remi—. Volveríamos a la edad de piedra sin mapas para volver al presente.

—Eso me despierta aún más curiosidad por el códice —comentó Sam—. ¿Qué fue lo que nuestro amigo consiguió salvar del fuego? ¿Qué hay ahí dentro?

Caine se encogió de hombros.

—Es lo que no me ha dejado dormir durante dos días.

Llamaron a la puerta.

—Adelante —gritó Sam.

Selma entró.

—¿Llego muy tarde?

—No —respondió Remi—. Profesor David Caine, esta es Selma Wondrash, quien tiene la gentileza de trabajar para nosotros como investigadora jefe. Sea cual sea el tema, si Selma no sabe la respuesta, sabe dónde encontrarla.

Caine se levantó y se estrecharon la mano.

—Wondrash. No es un apellido corriente. ¿Es pariente de S. I. Wondrash, la persona que ayudó a catalogar los quipus incas?

—Yo soy S. I. Wondrash —contestó ella—. Pero el proyecto de los quipus fue hace mucho tiempo.

—Pues desde entonces no ha habido grandes progresos a la hora de descifrarlos —dijo Caine—. Las cuerdas y los nudos que los incas utilizaban para registrar las cosas siguen siendo incomprensibles para nosotros.

—Todavía espero que alguien encuentre un viejo documento español donde estén recogidos los secretos para interpretar los distintos colores y longitudes de los hilos de los quipus.

—Todos lo esperamos —dijo Caine—. Los españoles quemaron miles de quipus. Solo quedan unos pocos cientos, pero, gracias a usted, por lo menos sabemos lo que hay.

Selma miró el códice que reposaba sobre la mesa.

—Mientras tanto, tenemos esto.

—Así es —dijo Caine—. ¿Están todos listos?

Todos asintieron con la cabeza. Caine se puso los guantes, abrió con cuidado la primera página y descubrió una sorprendente pintura. Unos mayas diminutos avanzaban a través de la página portando cestas. Los acompañaban unos guerreros engalanados con plumas para la batalla, vestidos con armaduras acolchadas y armados con escudos redondos y garrotes de madera con trozos de obsidiana en los bordes. Atravesaban unas plantas que parecían representar selvas. En una zona, pasaban por lo que parecían unas montañas y llegaban al valle de un río. El tercio superior de la página estaba cubierto de columnas de glifos.

—Es increíble —dijo Caine—. Esta página es una especie de mapa estilizado, un conjunto de direcciones. Dice que lleva de Copán al valle del río Motagua, que está en Guatemala. ¿Ven este glifo? Es *ya'ax chich*, «jade» en maya.

—¿Las personas de los cestos van a buscar jade? —preguntó Remi.

—Lo más probable es que vayan a cambiar cosas por jade —dijo Caine—. Sí, se trata de un canje. Llevan artículos valiosos de la selva (plumas de ave, pieles de jaguar, coca) para cambiarlos por jade.

—La jadeíta era el material más valioso de América. Las únicas fuentes conocidas son Burma, Rusia y el valle del Motagua. Parece que esto muestra dónde está.

—Después de la llegada de los españoles, los mayas dejaron de ir allí y nunca les revelaron a los españoles de dónde venía el jade —explicó Caine—. Los españoles solo querían oro y plata, de modo que su ubicación quedó olvidada. Fue todo un misterio durante mucho tiempo. Entonces, en 1952, un huracán pasó por el valle del Motagua, y trozos de jade del tamaño de un coche se desprendieron de las laderas.

—Entonces, hasta 1952, ¿lo que estamos viendo habría sido un secreto? —preguntó Sam.

—Desde luego —contestó Caine—. Un secreto muy importante para los mayas.

—Y esta es solo la primera página —dijo Remi.

Mientras Caine pasaba las páginas con cuidado, los demás observaron asombrados. Había pinturas de dioses y héroes que protagonizaban leyendas épicas sobre la creación y el fin de los tiempos. Había una crónica de la guerra entre Tikal y Calakmul en la que Copán apoyó a Tikal. Caine descifraba y traducía lo justo de cada serie de glifos para averiguar de qué trataban.

Después de treinta páginas, Caine pasó una y vio una imagen parcial. Como el libro estaba doblado como un acordeón, podía desdoblar dos páginas, alisarlas y desdoblar otras dos para visualizar cuatro. Había pinturas de bosques, lagos y montañas. Y por todas partes había pequeñas imágenes de edificios mayas.

—Parece un mapa —dijo Sam. Señaló con el dedo una figura que sobresalía del agua—. Eso parece la península de Yucatán.

En la página había otros edificios que parecían más grandes que el resto.

—¿Qué puede ser esto? —preguntó Sam.

—Según los glifos, es Chichén Itzá —explicó Caine—. Lo que hay en la costa es Zama, el antiguo nombre de Tulum. Aquí abajo está Altún Ha, de modo que esta parte es Belice. Aquí, en Guatemala, está Tikal. Y ahí está Palenque, en México.

—¿Conoce usted todos los lugares? —preguntó Remi.

—Bastantes: Bonampak, Xlapak, Copán. Pero hay muchos más nombres. Aparecen varios que no he visto nunca. Según la estimación actual, tenemos noción y mapas de un 60 por ciento de las ciudades mayas: más de cien. Pero esto muestra... ¿qué? ¿Al menos trescientos edificios grandes que parecen ser ciudades? Veo muchas de las que no había oído hablar nunca. Y hay muchos otros lugares que parecen ser ciudades más pequeñas. Tendré que compararlos con el inventario actual de lugares.

Caine consultó el reloj.

—Oh. No me puedo creer que hayamos estado cinco horas con esto. Tengo que volver a mi despacho a recoger unas cosas y me iré a casa a revisar los lugares catalogados para ver los que no están incluidos. ¿Podemos retomarlo mañana donde lo hemos dejado?

—Claro —dijo Remi.

—Puedo estar aquí al mediodía. Mañana solo tengo clases por la mañana.

—Le veremos entonces —dijo Sam.

Remi, Sam y Zoltán acompañaron al doctor Caine a la puerta y lo observaron irse en su coche.

8

La Jolla

A las diez de la mañana siguiente, Sam y Remi estaban sentados el uno al lado del otro en la primera planta de su casa,
trabajando en sus ordenadores e intentando aprender más cosas sobre los distintos aspectos de la civilización maya. Mientras pensaba en algo que había leído, Sam desvió la vista de la
pantalla hacia Remi. Ella llevaba un vestido de lino y seda
verde jade que hacía resaltar sus ojos y su cabello, y unas sandalias de piel Manolo Blahnik color hueso. Zoltán estaba
tumbado a los pies de ella, con aspecto satisfecho. Pero de repente el voluminoso perro soltó un gruñido grave, se levantó
y atravesó la casa hasta la gran puerta de dos hojas de la parte
delantera, y se quedó observándola con expectación. Remi se
levantó y lo siguió, mirando por la ventana de camino.

—Sam —gritó—, tenemos visita.

—Ah —dijo él—. ¿Se ha adelantado Dave Caine?

—Son unas personas en una limusina negra.

Sam se puso en pie y se dirigía a la puerta cuando sonó el
timbre.

Remi abrió la puerta.

—Hola —dijo—. ¿En qué puedo ayudarles?

Era una mujer acompañada de tres hombres con trajes oscuros. La mujer era muy atractiva, con unos ojos azul intenso y el cabello rubio dorado recogido en un moño perfecto. Iba vestida con un caro traje azul. Habló al mismo tiempo que daba un paso adelante y alargaba la mano.

—Soy Sarah Allersby, señora Fargo. Remi, ¿verdad?

Su acento británico era inequívocamente de clase alta.

—Pues sí —dijo Remi—. ¿Hay algo...?

—Por favor, llámeme Sarah —dijo Sarah Allersby—. Estos caballeros son mis abogados: Ronald Fyffe, Carlos Escobedo y Jaime Salazar. ¿Podemos pasar?

Remi retrocedió y estrechó la mano de cada abogado mientras los cuatro pasaban en fila junto a ella a la primera planta de la casa.

Sam estaba esperando justo delante.

—Y yo soy Sam Fargo —dijo—. ¿Puedo preguntar qué les trae por aquí?

—Encantada. Espero que no les moleste que me haya dejado caer así, pero era inevitable y urgente. Vivo en Ciudad de Guatemala, pero dio la casualidad de que anoche estuve en Los Ángeles ocupándome de otro asunto cuando me enteré de la noticia, y era demasiado tarde para llamar: pasaba de largo el horario de oficina.

—Ya no nos dedicamos a los negocios —dijo Sam.

—Qué suerte tienen. Yo soy una arqueóloga aficionada y una coleccionista especializada en América Central, pero todavía tengo que atender mis responsabilidades mundanas.

—¿De qué noticia se ha enterado? —preguntó Remi.

—De que su hallazgo del volcán Tacaná de México incluía una vasija preciosa de Copán. —Hizo una pausa—. Y también un códice maya.

—Interesante —replicó Sam, ocultando su sorpresa—. ¿Dónde se ha enterado de eso?

Ella rio en voz baja.

—Si revelara mis fuentes confidenciales, ya no serían confidenciales y dejarían de ser mis fuentes. Me odiarían.

—Y sus respectivas fuentes las odiarían a ellas —dijo Sam.

—Y así sucesivamente —comentó ella—. Es un ecosistema completo que hay que proteger.

Remi notó que el momento de incomodidad se estaba alargando demasiado, y había algo en el tono o el perfume de la mujer que hacía erizarse a Zoltán. Remi le acarició la cabeza para tranquilizarlo y le invitó a Sarah:

—Pase y siéntese, por favor.

Sarah Allersby consultó su reloj mientras seguía a Remi hasta la grande y despejada sala de estar de la primera planta. Sam condujo a los visitantes a los sofás de cuero dispuestos alrededor de una gran mesita de cristal para el café junto a las ventanas con vistas al Pacífico.

—¿Quieren algo de beber?

—Té para todos, supongo —dijo Sarah.

Los tres abogados no parecían entusiasmados, pero era evidente que ella estaba imponiendo su criterio. Sam se dio cuenta de que la mujer quería sacar a Remi de la sala y empezar a hablar de negocios.

Remi se fue solo un minuto. Cuando volvió anunció:

—Selma lo traerá cuando esté listo.

Zoltán la había seguido a la sala. Cuando ella se sentó, el perro permaneció a sus pies en una postura de esfinge, con la cabeza erguida y las orejas levantadas, y los ojos amarillos y negros sin parpadear. Remi se dio cuenta y le rascó el pescuezo, pero el perro siguió como estaba, con los músculos listos para levantarse y entrar en acción. Remi llamó la atención de Sam.

Sam asintió con la cabeza ligeramente. Él y Remi sabían que Zoltán estaba en guardia con las visitas.

—Este es Zoltán. Que no los haga sentirse incómodos. Es muy obediente. —Hizo una pausa—. ¿Qué podemos hacer por usted, señorita Allersby?

—He venido porque espero que no les importe dejarme ver lo que encontraron en el volcán. —Sonrió—. Me refiero al códice, claro.

—No hemos dicho que hubiera un códice —dijo Remi.

Sarah Allersby desvió la vista a uno de sus abogados, y Sam y Remi advirtieron un asomo de irritación tan fugaz que a la mayoría de la gente le habrían parecido imaginaciones suyas.

—Seré totalmente franca —anunció—. Distintas fuentes confidenciales han confirmado que lo que ustedes tienen es, sin duda, un auténtico códice.

Sonrió y miró a Remi.

Remi la observó sin decir nada. Zoltán hizo otro tanto.

Sarah insistió.

—Aunque ustedes se muestren reservados, el doctor Caine ha llamado a otros profesores universitarios del país y del extranjero: lingüistas, arqueólogos, historiadores, geólogos, biólogos... Les ha contado lo que ha visto y lo que cree que habrá en el resto del códice. De modo que sé casi tanto como ustedes. El doctor prácticamente ha confirmado públicamente que el hallazgo no es una falsificación. Es el auténtico quinto códice.

—¿Por qué alguna de esas personas iba a revelarle a usted las conversaciones con el doctor Caine? —preguntó Remi.

—No me hago ilusiones: sé que no soy la única a la que han informado. Simplemente actúo más rápido que la mayoría —dijo Sarah Allersby—. Mi familia y yo también destinamos mucho dinero a subvenciones y donaciones a universidades. A veces dejo claro que me interesa poseer determinadas cosas, si es que aparecen. Y, por supuesto, independientemente de quién posea determinados objetos, estos se conservarán en museos y universidades. A algunas personas les importa mucho cuáles son elegidos.

—¿Sabe el doctor Caine que sus colegas están contándole a usted esas conversaciones? —preguntó Remi.

La mujer rio.

—No lo sé. Supongo que tiene sus patrocinadores y sus fuentes de respaldo financiero para la investigación y que les cuenta lo que quiere que sepan.

Su sonrisa era casi una mueca de satisfacción. Sus ojos azules eran especialmente fríos cuando hablaba con Remi.

Sam era consciente de que la señorita Allersby había creído que entraría y lo deslumbraría con su belleza mientras su apocada esposa se quedaba en segundo plano. No había podido acostumbrarse a ser la segunda mujer más guapa de la sala, y no le gustaba enfrentarse a dos interrogadores. Pareció hacer un esfuerzo por bajarse los humos.

—No pienso que sea la única persona ajena al entorno académico que lo sabe. Por eso he venido enseguida. Y he venido de muy lejos. ¿No puedo verlo, por favor? Ya les he demostrado que no hay motivo para andarse con secretos. El secreto ya se ha desvelado. Soy una persona realmente interesada en conservar y proteger esos tesoros irreemplazables y he invertido muchos millones en ello.

Sam miró a Remi, quien asintió ligeramente con la cabeza.

—Está bien —dijo él—. Pero tenemos que ser muy cuidadosos. Solo se han abierto las primeras páginas. No podemos abrir más sin arriesgarnos a que dos superficies se peguen y se deterioren. Tendrá que bastar con ese par de páginas.

—De acuerdo —afirmó ella—. ¿Dónde está?

Escudriñó el amplio espacio con tal impaciencia que hizo sentir incómodo a Sam.

—La vasija y el códice están en una habitación climatizada —dijo Remi—. Está allí mismo. —Ella y Zoltán se dirigieron a la puerta de la habitación. La abrió con llave—. Solo hay espacio para dos de ustedes. Podemos turnarnos.

—No se preocupe —dijo Sarah Allersby—. Ellos no están aquí por eso. No necesitan verlo.

La mujer cruzó la puerta seguida de Sam, y Remi entró a continuación y cerró la puerta. Remi se puso unos guantes, se acercó a la vitrina y sacó la vasija.

Los ojos de la señorita Allersby se abrieron mucho.

—Increíble. Veo que es del estilo clásico de Copán. —Alzó la vista a las hileras de estanterías de detrás de las puertas de cristal como una niña malcriada que ya se había cansado del regalo que le habían hecho—. ¿Y el códice?

Sam y Remi se cruzaron una mirada, una pregunta mutua: «¿De verdad queremos hacerlo?». Sam se dirigió a las vitrinas, abrió una y cogió el códice. Lo llevó a la mesa, y el cuerpo de Sarah Allersby se giró hacia él como si poseyera un magnetismo que solo la atrajera a ella. Cuando Sam lo dejó, se inclinó hasta situarse muy cerca de él... demasiado.

—Tenga cuidado de no tocarlo, por favor —dijo Remi.

Sarah no le hizo caso.

—Ábralo.

Sam dedicó unos instantes a subirse los guantes quirúrgicos por las muñecas de manera que los dedos le quedaran más ajustados.

—Ábralo —repitió Sarah.

Sam levantó la portada y mostró la página sobre los depósitos de jade del valle del Motagua.

—¿Qué es eso? —preguntó Sarah—. ¿Es jade?

—Estamos bastante seguros de que se trata de un grupo de una ciudad selvática yendo al valle del Motagua a cambiar otros artículos por jade.

Cuando pasaron a la siguiente página, la mujer dio más y más muestras de entusiasmo.

—Creo que esto forma parte del Popol Vuh —dijo—. El mito de la creación y todo eso. Aquí están las tres serpientes con plumas. Y aquí los tres dioses del cielo.

Cuando Sam llegó al final de esa sección se detuvo, cerró el libro y lo devolvió a su sitio en la vitrina, acto seguido cerró el armario con llave. Sarah Allersby tardó un instante en serenarse y regresó poco a poco del mundo del códice.

Todos volvieron a los sofás de la sala de estar, donde Selma estaba sirviendo té y pastitas a los abogados. Cuando regresaron, Selma sirvió a Sarah Allersby y a los Fargo. Zoltán siguió a Remi hasta el sofá y se sentó, observando a los cuatro visitantes.

—Vaya, ha sido muy emocionante —dijo Sarah—. Está todo lo que he oído y más. Aunque el resto esté en blanco, seguirá siendo increíble. —Bebió un sorbo de té—. Me gustaría hacer una oferta preferente antes de continuar. ¿Les parece justo cinco millones de dólares?

—No vamos a vender nada —aseguró Remi.

Sarah Allersby se enfureció. Sam advirtió que la mujer había usado la segunda de sus dos mejores armas con escaso éxito. Su belleza no había causado impresión. Las pocas veces que eso ocurría, el dinero de su familia casi siempre inspiraba el debido asombro. Remi había pasado por alto la mención del dinero sin hacer comentarios.

—¿Por qué demonios no quieren vender?

—Para empezar, no nos pertenece. Le pertenece a México.

—No hablará en serio, ¿verdad? Lo han traído de contrabando hasta aquí. Está en su casa, es suyo. ¿Por qué se tomarían tantas molestias y se arriesgarían a ser detenidos y encarcelados si no lo quieren?

—Fue una emergencia —dijo Sam—. Hicimos lo que pudimos para conservar el hallazgo. Sacamos lo que podía moverse del yacimiento antes de que se lo llevaran los ladrones o los terremotos y el volcán lo destruyeran. También reclutamos a la gente de la zona para que protegiera el santuario. Cuando les hayamos dado a los expertos la oportunidad de estudiar y conservar el códice, volverá a México.

Sarah Allersby se inclinó hacia él como si estuviera a punto de escupir.

—¿Siete millones?

—¿Puedo? —preguntó Fyffe, el abogado británico—. Prácticamente nadie sabe que ustedes tienen el códice. Lo único que tienen que hacer es firmar un contrato de venta y un contrato de confidencialidad, y el dinero será transferido al banco o la serie de bancos que ustedes elijan en las próximas horas.

—No vamos a vender nada —repitió Remi.

—Tenga cuidado —advirtió Sarah—. Si yo salgo por esa puerta, significará que no hemos podido llegar a un acuerdo. Como han demostrado que han podido sacarlo de contrabando de México, tengo que deducir que el verdadero obstáculo es que quieren un precio más elevado.

—Les aseguro que esta es la mejor forma de proceder —dijo el abogado mexicano Escobedo—. El gobierno mexicano mostrará interés en algún momento. Nosotros podemos negociar con ellos mucho mejor que ustedes. Han aparecido en los periódicos mexicanos. Si ustedes tienen el códice, significa que deben de haberlo robado del santuario de Tacaná. En cambio, si lo tiene la señorita Allersby, puede decir que proviene de cualquier parte: de una de sus plantaciones en Guatemala, por ejemplo. Y el Tacaná está en la frontera de Guatemala. Unos cuantos metros a un lado o al otro, y el transporte del códice se vuelve totalmente legal.

Le llegó el turno a Salazar.

—Si les preocupa que el códice acabe donde no pueda ser estudiado por los científicos, no se preocupen. Estará en un museo, y los científicos podrán solicitar el acceso a él como hacen en todo el mundo. La señorita Allersby simplemente quiere ser la dueña legal y está dispuesta a protegerlos de cualquier pleito o investigación del gobierno.

—Lo siento mucho —dijo Sam—, pero no podemos vender lo que no es nuestro. El códice le pertenece al gobierno mexicano. Creo que contiene información que podría ser utilizada por saqueadores de tumbas, cazatesoros y ladrones para localizar y destruir importantes yacimientos antes de que los arqueólogos puedan aspirar a encontrarlos. No es que rechacemos su oferta: rechazamos todas las ofertas.

Sarah Allersby se puso en pie y consultó el reloj.

—Tenemos que ponernos en marcha. —Suspiró—. Les he hecho una oferta tan generosa porque no quería esperar años para comprárselo a un organismo mexicano en una subasta. Pero puedo esperar si es necesario. La razón siempre se acaba imponiendo, y los burócratas saben que una biblioteca entera nueva es mejor que un libro viejo. Gracias por el té.

Se volvió y enseguida había salido por la puerta. Sus abogados tuvieron que apresurarse a salir y correr por la acera para abrirle la puerta del coche.

—Tengo una corazonada sobre ella —dijo Remi.

—Yo también.

Zoltán miró la limusina a través de la ventana y gruñó.

Sam y Remi volvieron a la habitación climatizada, se pusieron otra vez los guantes quirúrgicos, cogieron la vasija y el códice y los sacaron. Cruzaron la puerta secreta de la librería y bajaron al piso inferior del nuevo campo de tiro. Sam abrió la caja fuerte de las armas, puso el códice en un estante con la vasija, cerró la caja y giró la esfera de la cerradura.

Cuando volvieron arriba, Remi le dijo a Selma:

—¿Están en marcha ya todos los nuevos sistemas de seguridad?

—Sí.

—Bien. Pero no duermas aquí esta noche. Activa todos los sistemas y vete a tu casa. Esta noche van a robarnos.

Solo eran las once menos cuarto, de modo que Sam y Remi fueron en coche al campus de la Universidad de California en San Diego. Encontraron un aparcamiento cerca del departamento de antropología y fueron andando desde allí.

A medida que se acercaban al despacho de David Caine, vieron que la puerta se abría y que un estudiante salía mirando un trabajo y frunciendo el ceño.

—Pon a punto la bibliografía y las notas antes de entregarlo. —Entonces vio a los Fargo—. ¡Sam! ¡Remi! ¿Qué pasa? —Les hizo señas para que entraran en su despacho y cerró la puerta, acto seguido apartó unos montones de libros de unas sillas para que se sentaran—. Creía que íbamos a vernos en su casa.

—Hace una hora hemos recibido la visita de una mujer llamada Sarah Allersby.

—No me digan.

—¿La conoce? —preguntó Remi.

—Solo de oídas.

—Por lo visto, al menos uno de los colegas con los que usted ha hablado le ha pasado información —dijo Sam—. Nos ha ofrecido siete millones de dólares por el códice. Sabía lo que contiene.

—Oh, no —dijo Caine—. Solo he hablado con personas en las que creía que podía confiar. No he tenido en cuenta las ofertas tentadoras que puede hacer una persona como esa.

—¿Qué sabe de ella? —preguntó Remi.

—Más de lo que me gustaría. Pertenece a la clase de gente que se ha dedicado a llenar casas gigantescas de reliquias robadas en Europa y Norteamérica durante más de cien años. En el siglo XIX solían viajar a países subdesarrollados y llevarse lo que querían. En el siglo XX, pagaban enormes cantidades a las galerías a cambio de objetos desenterrados por profanadores de tumbas. Al comprar algunos de esos objetos crearon un mercado para que se vendieran más. No se molestaban en preguntarse qué era cada objeto, de dónde venía ni cómo se obtenía. Tal como están las cosas actualmente, si yo tuviera prisa por encontrar los objetos más sagrados del mundo, no excavaría para encontrarlos ni los buscaría en museos. Miraría en las casas de los europeos y estadounidenses cuyas familias han sido ricas durante aproximadamente los últimos cien años.

—¿Es el caso de los Allersby? —preguntó Remi.

—Ellos son de los peores —dijo Caine—. Se han dedicado a esa actividad desde que los británicos llegaron a la India. Esa práctica no se desaprobó hasta hace unos treinta años. Incluso ahora, si un objeto salió de su país de origen antes del tratado de las Naciones Unidas firmado en los años setenta, puedes hacer con él lo que te venga en gana: quedártelo, venderlo o ponerlo en tu jardín como bebedero para pájaros. Esa laguna jurídica existe porque ricos como los Allersby ejercieron influencia sobre los gobiernos de sus países.

—A Sarah no parecía molestarle en absoluto la idea de que hubiéramos sacado clandestinamente el códice de México para venderlo —comentó Remi.

El hombre sacudió la cabeza.

—Qué irónico. He oído que la prensa amarilla británica dedicó muchas páginas a su mala conducta en las islas griegas y la Riviera francesa. Pero lo que hace en Guatemala es peor y más grave.

—¿Por qué?

—Guatemala sufrió una guerra civil entre 1960 y 1996. Doscientas mil personas murieron en ese conflicto. Muchas de las viejas familias de terratenientes españoles vendieron sus posesiones y se trasladaron a Europa. Los que compraron esos enormes terrenos eran en su mayoría extranjeros. Uno de ellos fue el padre de Sarah Allersby. Compró una finca gigantesca llamada la Estancia Guerrero a su último heredero, que había estado viviendo por todo lo alto en París y jugando en Mónaco. Cuando Sarah cumplió los veintiuno, su padre puso muchas propiedades a nombre de ella: edificios en varias capitales europeas, negocios y la Estancia Guerrero.

—Parece algo bastante habitual en las familias ricas —dijo Remi.

—Bueno, de repente esa chica de veintiún años recién salida de la facultad se convirtió en una de las personas más importantes de Guatemala. Algunas personas predijeron que sería una figura progresista, alguien que defendería a los pobres campesinos mayas, pero ocurrió lo contrario. La joven visitó sus terrenos en Guatemala y le gustó tanto el sitio que se trasladó allí. Es decir, le gustó Guatemala tal como estaba. Se convirtió en miembro de la nueva oligarquía, los extranjeros dueños de un 80 por ciento aproximado de la tierra, y una proporción todavía mayor del resto de las cosas. Explotan tanto a los campesinos como los antiguos terratenientes españoles a los que sustituían.

—Qué decepción.

—Lo fue para todo el mundo menos para los campesinos, que ya no se sorprendían de nada: la nueva jefa era igual que el antiguo. Ella tiene un gran ansia de encontrar reliquias mayas, pero ningún amor por los mayas vivos que trabajan en sus campos y sus negocios prácticamente a cambio de nada.

—Vaya —dijo Sam—. Está claro que no vamos a venderle nada. ¿Cuál cree que debería ser nuestro siguiente paso?

—Deberíamos hacer algo con respecto a mis colegas. Tengo que saber quién es honrado y quién no. Me gustaría contarle a cada una de las personas con las que he hablado del códice una mentira distinta sobre el contenido del libro y ver a qué mentira hace caso Sarah Allersby.

—Me temo que es demasiado tarde para eso —repuso Remi—. Cuando le preguntamos por sus fuentes se negó a contestar. Estoy segura de que espera que intentemos descubrirlo.

—Lo que tenemos que hacer es seguir dos vías de acción al mismo tiempo —dijo Caine.

—¿Cuáles son esas dos vías de acción? —preguntó Sam.

—Hay que examinar, transcribir y traducir el códice. Tenemos que saber lo que dice.

—Eso es difícil de discutir —convino Remi.

—La otra línea de investigación es un poco más complicada. Tenemos que averiguar si el códice es una obra de ficción o una descripción del mundo como lo era en su época. La única forma de hacerlo es ir a América Central y confirmar que lo que dice es cierto y preciso.

—¿Se refiere a visitar uno de los sitios que describe? —preguntó Sam.

—Eso me temo —contestó Caine—. Esperaba poder dirigir una expedición científica a uno de los lugares que solo se mencionan en este códice. Pero el trimestre de primavera empezó hace dos semanas, y faltan nueve semanas más. No puedo dejar las clases ahora. Y hace falta tiempo para preparar una gran expedición. Con Sarah Allersby de por medio, no andamos sobrados de tiempo. Cuanto más esperemos, más difícil nos lo pondrá. Es capaz de mandar que sigan la expedición que organicemos, conseguir que nos detengan y hacer cualquier cosa para lograr que le vendamos el códice o asegurarse de que no tenemos acceso a él.

—Nosotros seremos la expedición —anunció Remi—. Sam y yo.

—¿Qué? —dijo Sam—. Creía que no querías viajar por un tiempo.

—Ya le has oído, Sam. Hay que hacer dos cosas. Ninguno de nosotros sabe leer los ochocientos sesenta y un glifos del sistema de escritura maya, y no conocemos el lenguaje elemental. ¿Cómo se llama?

—Ch'olan —contestó Caine.

—Eso —dijo ella—. Ch'olan. ¿Qué tal estás tú de ch'olan?

—Entiendo lo que quieres decir —dijo Sam—. Dave, a ver si encuentra un sitio que coincida con los siguientes criterios: que aparezca mencionado solo en ese códice, que esté sin explorar y que sea tan pequeño que no necesitemos un grupo grande, pues llamaría la atención. Me gustaría entrar discretamente, encontrarlo y largarme.

9

La Jolla

A primera hora de la mañana siguiente, Sam, Remi y Zoltán llegaron a la casa que se alzaba sobre Goldfish Point antes que los electricistas y los carpinteros, que seguían trabajando en la cuarta planta. Cuando enfilaron el camino de acceso, Selma abrió la puerta principal y salió a recibirlos. La investigadora jefe puso los brazos en jarras.

—La policía acaba de marcharse.

—¿Así que anoche tuvimos visita?

—Sí —respondió Selma—. Los ladrones intentaron forzar las puertas, pero no consiguieron abrirlas. Cuando las golpearon e intentaron abrir los cerrojos con una palanca, las persianas metálicas del primer y el segundo piso se bajaron automáticamente. La alarma silenciosa de las cámaras de vigilancia exteriores y los sensores de movimiento ya habían alertado a la policía. Las cámaras solo captaron las imágenes de dos figuras vestidas de negro con pasamontañas.

—¿Esperabas que dieran su mejor golpe? —preguntó Remi.

—No —contestó Sam—. Pero me pregunto si no podrían haber sospechado que esta casa no iba a ser fácil.

—¿Eh? —dijo Selma—. ¿Insinúas que ya habían estado aquí?

Sam se encogió de hombros.

—Yo diría que es probable que ayer les sirvieras té. No estoy diciendo que Sarah Allersby volviera con una palanca. Estoy diciendo que puede que nos haya subestimado: que creyera que si alguien nos demostraba lo peligroso que es tener una reliquia valiosa, no dejaríamos escapar su oferta.

—Otra cosa —dijo Selma—. Anoche Dave Caine dejó un mensaje en el teléfono de casa. Quiere veros esta mañana para hablar de vuestro próximo viajecito.

Dos horas más tarde, estaban en la habitación climatizada con David Caine. Se encontraban alrededor de la mesa de trabajo, comparando el mapa del códice con un mapa topográfico en una pantalla de ordenador. Caine situó una flechita que apuntaba a un lugar de la selva.

—Este sitio cumple con nuestros criterios. No aparece en ningún inventario de sitios mayas conocidos. No es tan grande como para ser una ciudad importante. Cuenta con la ventaja de estar en una zona montañosa de Guatemala que está poco poblada y apartada.

—¿Qué cree que es? —preguntó Remi.

—Según los glifos, es un estanque sagrado. Creo que es un cenote: un agujero en el lecho de piedra caliza provocado por el efecto del agua.

—¿Como un sumidero?

—Exacto. El agua era un producto valiosísimo para los mayas, y a finales del período clásico se volvió aún más valiosa. Cabría pensar que el agua abundaría en el suelo de una selva, pero no es así. Y después de que los mayas hubieran cortado y quemado kilómetros de bosque para despejar campos agrícolas, el clima se volvió más caluroso y más seco. A finales del período, muchas ciudades dependían enormemente de los cenotes como fuente de agua. En El Mirador hemos encontrado cisternas excavadas y cubiertas de yeso que imitaban a los cenotes, con arroyos artificiales que llevaban hasta ellas para recoger agua.

—¿Quiere que busquemos un estanque de agua? —preguntó Sam.

—Los cenotes eran más que eso. Eran las puertas del inframundo. Chaac, el dios de la lluvia y el clima, vivía allí abajo, entre otros sitios. Tenéis que entender que los mayas creían que lo que hacían contribuía a que el universo funcionara correctamente. Si querías que lloviera, echabas sacrificios a un cenote donde los dioses pudieran recibirlos.

—¿Y ese es el mejor sitio?

—En este mapa hay ciudades nuevas. O son imaginarias o han desaparecido; no sabemos cuál es el caso. Pero no pueden ir allí con un grupo numeroso e intentar excavar o levantar un mapa de una ciudad sin haberse preparado durante meses. Y si lo hicieran, pondrían en peligro el sitio y lo expondrían a los saqueadores. Un cenote puede estar oculto o lleno de maleza, pero es algo que se puede comprobar sin llamar la atención. Ya está. Les he dado todos los motivos por los que es una buena opción.

—Intuyo que hay motivos por los que no lo es —dijo Remi.

—Tiene razón —asintió él—. Está cerca de un enorme terreno propiedad de un terrateniente extranjero. Se llama la Estancia Guerrero.

—¿Sarah Allersby? —preguntó Remi.

—Sí —contestó él—. Es una desafortunada coincidencia. Pero en cualquier parte de Guatemala nos encontraríamos cerca de una de esas grandes fincas. Ocupan cientos de kilómetros cuadrados, y muchas están sin cultivar.

—Tal vez no sea tan desafortunada —dijo Sam—. Mientras ella esté intentando echarle el guante al códice, no estará en su tierra, dándonos problemas.

—En cualquier caso, dudo que pase mucho tiempo en la tierra. Tiene una vida social, política y empresarial muy activa en Ciudad de Guatemala.

—Me parece bien —dijo Sam—. Nos mantendremos en contacto mientras estemos fuera y usted trabaja en el códice. Selma y sus ayudantes, Pete y Wendy, están dispuestos a ofrecerle toda la ayuda que necesite. A Selma ya la conoce. Pete y Wendy son jóvenes, pero los dos tienen mucha experiencia en materia de historia y arqueología.

Caine miró el códice que reposaba sobre la mesa.

—Selma me ha contado lo del robo.

—No merece ese nombre —dijo Sam.

—No sé si es seguro mantener el códice aquí mientras están fuera del país.

—¿Se le ocurre alguna idea mejor? —preguntó Remi.

—Me preguntaba si me dejarían estudiar la posibilidad de tener el códice en el campus.

—Normalmente, tenerlo en nuestra casa no supondría un problema —dijo Remi—. Pero las reformas siguen en marcha, hay obreros yendo y viniendo todo el día, y ahora que Sarah Allersby y sus ladrones aficionados saben dónde está el códice... —Hizo una pausa—. ¿Sería más segura la universidad?

—Los campus universitarios están llenos de objetos valiosos: superordenadores, obras de arte famosas, todo tipo de aparatos experimentales —explicó Caine—. Además, la universidad tiene unas cuantas cosas que ustedes no tienen, como un cuerpo de policía.

—Me parece buena idea —comentó Sam—. Estudie la posibilidad de guardarlo bajo llave en el campus. Si descubre que es viable, lo haremos. Si no, podemos alquilar una caja fuerte compartida, y podrá trabajar allí.

—Bien —dijo Caine—. Hablaré con el decano y les informaré. ¿Cuándo podéis partir a Guatemala?

—Mañana —respondió Sam—. Nos gustaría llegar, comprobar la existencia del sitio y volver.

—Si lo consiguen, tal vez podamos empezar a organizar un equipo numeroso para buscar una de las ciudades grandes este verano. Me gustaría que consideraran ser miembros de ese equipo. No hay nadie a quien me gustaría más tener conmigo.

—Lo consideraremos —dijo Remi— cuando hayamos terminado la misión de reconocimiento.

Sam y Remi pasaron el resto del día preparándose para el viaje a Guatemala. Hicieron el equipaje, se encargaron de reservar el equipo de submarinismo y los trajes de neopreno adecuados para cuando llegasen, y planificaron cada paso del viaje. Selma entró en medio de los preparativos.

—Tengo los permisos que me habéis pedido.

—¿Qué permisos? —preguntó Remi.

—Para llevar armas de fuego en Guatemala. Estos son unas copias, pero los originales os estarán esperando en el hotel de Ciudad de Guatemala. Por cierto, solo son para llevar armas escondidas. Llevar una pistola al descubierto está mal visto. Supongo que después de la guerra civil, las armas les intimidan.

—Gracias, Selma —dijo Remi.

—También os he enviado mapas para GPS de la región de Alta Verapaz a vuestros teléfonos por satélite. Deberéis memorizar las coordenadas del sitio porque no he querido introducirlas. Sí que he incluido los números de la embajada y el consulado de Estados Unidos en Ciudad de Guatemala y de la policía local. Últimamente se han cometido muchos crímenes en la zona, y a veces los estadounidenses son vistos como víctimas ideales de secuestros con rescate.

—Tendremos cuidado —aseguró Remi.

—Tenedlo, por favor. No os ofendáis, pero vosotros dos, encima, parecéis ricos. Me alegro de ver que habéis metido la ropa que llevasteis cuando estuvisteis haciendo tareas de socorro en México. No dejéis vuestro equipo a la vista.

—Gracias por recordárnoslo —dijo Sam.

—Una cosa más —añadió Selma—. Dave Caine dice que la universidad le ha cedido un buen sitio para trabajar con el códice. Hay una caja fuerte grande en el archivo de la biblioteca y espacio de sobra al lado donde puede trabajar. Cuando acabe cada día, volverá a guardar el códice en la caja fuerte.

—Eso servirá —dijo Sam.

—Ahora somos nosotros los que te aconsejamos que tengas cuidado —advirtió Remi.

—Es cierto —convino Sam—. Si a alguno de los dos os vigilan u os siguen, no vayas a la universidad. Ve en coche a la comisaría.

—No os preocupéis —respondió ella—. Que tengáis un viaje provechoso. Llamad a menudo, y volved pronto. Os prometo que Zoltán creerá que está de vacaciones.

Doce horas más tarde, Sam y Remi volaban rumbo a Ciudad de Guatemala.

10

Ciudad de Guatemala

Sam y Remi desembarcaron en Ciudad de Guatemala y pasaron por la aduana. Estaban a punto de salir de la terminal cuando sonó el teléfono por satélite de Remi, quien lo cogió y dijo:

—Hola, Selma. Debes de haber seguido la pista a nuestro avión.

—Por supuesto. Hemos encontrado algo increíble, y he pensado que debíais saberlo.

—¿De qué se trata?

—¿Os acordáis de la especie de bulto que había dentro de la portada del códice?

—Sí —contestó Remi—. Es una especie de figura rectangular. Creía que era un parche.

—Es una hoja de pergamino doblada, metida debajo de la capa exterior y cubierta con la tela de corteza de higuera. David y yo la hemos sacado hace dos horas. Es una carta, escrita en tinta negra, en español. Dice: «Bendiciones a todos mis compatriotas. Este y otros libros del pueblo maya tratan de su historia y sus observaciones sobre el mundo natural. No tienen nada que ver con el diablo. Deben ser conservados como un medio para entender a las personas a nuestra custodia, el pueblo maya».

—¿De quién es? —preguntó Remi.

—Ahí está la sorpresa. Tiene la firma de «fray Bartolomé de las Casas, prior de Rabinal, Alta Verapaz».

—¿De las Casas? ¿El De las Casas original?

—Sí, el hombre que convenció al Papa de que los indígenas eran seres racionales con alma y tenían derechos. Prácticamente inventó el concepto de derechos humanos. David Caine está loco de emoción.

—¿Tiene fecha la carta?

—Sí, 23 de enero de 1537. Puede que todavía no lo sepamos todo del códice, pero esta es la segunda confirmación del año en que fue escondido. Creemos que De las Casas intentaba proporcionar un salvoconducto al libro, mientras el hombre que vosotros encontrasteis lo llevaba al santuario del volcán.

—Es fantástico —dijo Remi—. Asegúrate de hacer una copia.

—Bueno, seguid con vuestro viaje. Solo quería que lo supierais. Y, por cierto, vuestro vehículo está aparcado en el garaje del hotel a nombre del señor La Jolla. Lo compré por internet, así que será mejor que lo repaséis antes de abandonar la civilización.

—Eso haremos —dijo Sam—. Hablaremos pronto.

Sam y Remi se registraron en el hotel que Selma les había reservado y recogieron los documentos y el equipo que les estaban esperando. Luego fueron al aparcamiento situado detrás del edificio y encontraron el coche. Era un Jeep Cherokee de diez años cuyas marcas y rayas revelaban que originalmente era rojo pero había sido repintado de verde oliva con una brocha. Lo arrancaron, dieron una vuelta a la manzana durante unos minutos con las ventanas cerradas para que Sam, con su oído fino de ingeniero, pudiera detectar cualquier sonido problemático, y luego abrieron el capó e inspeccionaron las correas, los manguitos, la batería y los niveles de líquidos. Después de meterse debajo del vehículo y examinarlo, Sam volvió a levantarse.

—No es muy bonito, pero tampoco está mal.

El asiento trasero y el suelo de detrás ofrecían mucho espacio para todo el equipo que pensaban llevar. Se detuvieron en una gasolinera, llenaron el depósito, compraron dos latas de gasolina de veinte litros y también las llenaron.

Esa noche trazaron en el mapa una ruta por la 14N hacia Cobán, en la parte central del norte del distrito de Verapaz, y luego hasta Xuctzul, en la región del río Candelaria.

A primera hora de la mañana cargaron los bártulos, el equipo de buceo y las grandes mochilas que contenían una pequeña provisión de ropa limpia y víveres. Cada uno llevaba también un par de pistolas de nueve milímetros Smith & Wesson M&P: una en un bolsillo de la mochila con seis recargas de siete balas, y la otra en una faja debajo de una camiseta holgada.

Parecía que al viejo coche le costase avanzar por la carretera. La altitud de Alta Verapaz oscilaba entre los trescientos y los dos mil setecientos metros. En ocasiones, daba la impresión de que el coche ascendía con dificultad, como si estuvieran arrastrándolo con una cuerda enrollada alrededor del eje. En otras, el vehículo bajaba a toda velocidad mientras Sam luchaba por controlarlo. Hicieron paradas para comer un tentempié e ir al servicio en los pueblecitos repartidos por el camino. Remi, que había tenido ocasión de practicar mucho el español, aprovechaba esas oportunidades para preguntar por el estado de la carretera. En una de las paradas Sam le dijo:

—¿Qué opinas de nuestra aventura de momento?

—Me alegro de haber pasado varias semanas escalando un volcán y andando de pueblo en pueblo, haciendo trabajos pesados —contestó ella.

—¿Por qué?

—Porque ahora mi cuerpo sabe que por muy duro que sea este viaje, debo disfrutarlo hasta el último segundo, porque cuando termine, la vida puede ser mucho más dura.

En Cobán pasaron la noche en un pequeño hotel y durmieron profundamente. Se levantaron temprano con el fin de prepararse para partir a Xuctzul. La gente con la que se encontraron parecía una mezcla de agricultores mayas y visitantes hispanos. Sabían que cuanto más se alejasen de las grandes ciudades, más probable era que llegasen a zonas cuyos habitantes no solo no hablaban inglés, sino que tampoco hablaban español. Cuando estuvieron otra vez en el jeep, descubrieron que las carreteras se volvían más estrechas y más desiguales a cada kilómetro que recorrían.

Después de otra hora de viaje, Remi miró el mapa y luego el reloj.

—Deberíamos llegar pronto a Xuctzul.

Cinco minutos más tarde pasaron por el pueblo. Solo tenía unos cien metros de largo.

Sam y Remi se bajaron del coche en las afueras del pueblo y se quedaron en la carretera de grava. Se miraron. Reinaba un profundo silencio. Un perro ladró a lo lejos, y el hechizo se rompió. Unas cuantas personas salieron de unos edificios y miraron en dirección a ellos como si la llegada de un coche les despertase curiosidad. Uno tras otro, perdieron el interés y volvieron a sus hogares.

La carretera de grava se transformaba en un camino de carro lleno de baches.

—Espero que el jeep aguante. Por lo menos parece que hay un camino, aunque nos espera un viaje movidito —dijo Sam.

—Espero que vaya en la dirección correcta. No me entusiasma la idea de abrirnos camino a través de la selva —contestó Remi—. Esperaba que los machetes solo fueran para impresionar. —Alzó la vista al cielo y luego miró a Sam—. Falta mucho para que nos quedemos sin luz del sol, por lo menos seis horas.

Cada uno bebió un trago de agua de sus respectivas cantimploras, sacó un machete y lo puso a su alcance, y acto seguido enfilaron el camino con el coche.

Durante un rato, Sam consultó periódicamente el GPS del teléfono para asegurarse de que iban en la dirección adecuada. El camino era tortuoso y exigía un ascenso continuo a medida que los llevaba a la sierra de Alta Verapaz. Antes de que anocheciera pararon y montaron su pequeña tienda de campaña, con suelo y mosquitera con cremallera para impedir que entrasen los insectos. Cocinaron unos víveres deshidratados en una pequeña lumbre y luego durmieron. Por la mañana buscaron agua y encontraron unos cuantos litros recogidos en un tronco medio hueco. Llenaron dos envases de plástico, les echaron unas pastillas potabilizadoras de uso militar y los guardaron en la parte trasera.

Durante los siguientes cinco días siguieron la misma rutina, consultando el GPS a diario para asegurarse de que no se habían desviado. A medida que se alejaban de las zonas pobladas, se vieron rodeados de manadas de monos que parloteaban en los árboles, bandadas de pájaros que volaban en lo alto al amanecer y el atardecer, y muchas aves más pequeñas, invisibles entre el denso follaje, que se gritaban unas a otras. Al tercer día, el camino descendió por la cumbre de una alta colina hasta un valle rodeado de colinas más pequeñas, donde se extendía en una superficie que había sido nivelada por la actividad humana.

En algunas zonas crecían grandes árboles, y las hojas caídas se habían transformado en abundante humus que a su vez se había convertido en tierra. Más adelante, unas plantas más pequeñas habían muerto, se habían podrido y ahora recibían la sombra de sus vecinos más altos. Y también esos árboles habían muerto, se habían caído y se habían podrido durante varias generaciones largas. Pero la franja de tierra donde eso había ocurrido seguía llana. Remi y Sam miraron las colinas bajas que se elevaban a su derecha y las de su izquierda. Bajaron del jeep.

Sam puso su brújula en un lugar plano, levantó el espejo y lo usó para apuntar a lo largo del espacio situado al pie de las colinas de su derecha.

—Totalmente recto —dijo.

Midió con pasos la anchura del espacio llano, de una colina a la de enfrente.

—Cincuenta pasos míos —dijo—. Vamos a probarlo más adelante. Cogeré la mochila con los machetes y las palas plegables.

Sam y Remi anduvieron doscientos metros, volvieron a colocar la brújula y apuntaron a lo largo del pie de la siguiente colina, y la que había más allá. Sam midió con pasos la anchura de la franja llana.

—Supongo que hay cincuenta —dijo Remi.

—Por supuesto.

—¿Qué crees que eran las colinas?

—Por lo que he leído, podrían haber sido cualquier cosa. Solían levantar edificios encima de los anteriores.

—¿Qué prefieres? —preguntó ella—. ¿Quieres cavar debajo de nuestros pies para saber si está empedrado o subir allí arriba y cavar para ver si la colina es un edificio que quedó cubierto por la selva?

—Si subiéramos allí arriba, podríamos ver a lo lejos —respondió él.

—Yo pienso lo mismo —dijo ella—. Estaría bien otear por encima de las copas de los árboles, para variar.

Dejaron las mochilas, cogieron los machetes y las palas plegables e iniciaron el ascenso. La colina que eligieron era la central del lado derecho. Parecía la más alta. Era empinada y tenía treinta y ocho metros de altura, y sus laderas estaban llenas de plantas y árboles pequeños, que empleaban como asideros.

Cuando llegaron a la cima, Sam desdobló la pala y empezó a cavar. Después de dar cuatro paladas, la plancha tocó piedra. Utilizó el machete para probar en varios puntos cercanos, y el sonido fue el mismo. Remi anduvo unos metros para abrirse paso entre un grupo de arbolillos que crecían en lo alto del edificio.

—No te pierdas —le advirtió Sam.

—Ven aquí —dijo ella—. Tienes que ver esto.

Sam cogió el machete y la pala, y atravesó el grupo de árboles en busca de Remi, mirando por encima de las copas de los árboles de la selva. Desde allí, el follaje parecía compacto, pero había unos cuantos lugares en los que estaba disperso. Ella señaló con el dedo la zona llana que habían dejado atrás.

—Es como un camino ancho. Empieza aquí y pasa entre las colinas en línea recta. Pero solo recorre unos cientos de metros.

—Y aquí —continuó Sam—, otra franja plana avanza en diagonal y se junta con ella.

—Hay otra allí —observó Remi—. Cinco, no, seis franjas que vienen de seis direcciones distintas y coinciden en un mismo punto.

—Parece un asterisco con un muro alto alrededor del centro —dijo Sam.

—Podrías sobrevolar esta zona cien veces y no verlo —comentó Remi—. Los árboles hacen que todo parezca natural. Las formas son redondeadas, pero apuesto a que la colina en la que estamos es una pirámide.

—Como mínimo es algo grande —dijo Sam—. Bueno, supongo que ya sabemos adónde tenemos que ir.

—Claro —dijo ella—. El sitio donde se juntan los caminos.

Cuando Sam y Remi llegaron al pie de la empinada colina, Remi comentó:

—Da repelús.

—¿Qué da repelús?

—Que no son colinas, sino enormes edificios cubiertos de tierra y plantas. Y los árboles que nos rodean serían lo único que no daría repelús si no crecieran en medio de este camino. Me siento como si las personas que vivieron aquí estuvieran observándonos.

—Créeme, no están observándonos. —Sam echó un vistazo por encima del hombro—. No. Ni un fantasma. Pero, por si acaso, dejemos el jeep aquí.

Mientras andaban, Remi dijo:

—Fíjate en esos árboles. La fronda era prácticamente igual hasta que llegamos aquí. Mira ahora. Los árboles están todos en línea recta.

Sam se quedó a su lado y apuntó con la brújula a lo largo de la franja llana, donde árboles de todos los tamaños y numerosas especies avanzaban por el centro formando una línea. Se detuvo, se quitó la mochila y empezó a cavar un agujero alineado con los árboles. La tierra era una rica marga fermentada que salía fácilmente. Pronto había hecho un agujero de noventa centímetros de ancho y noventa de hondo.

—Echa un vistazo —dijo, y salió del agujero.

Remi se metió de un salto, miró abajo y utilizó el machete para sondear la superficie.

—Tiene forma de uve y está recubierto de piedras. Parece un canal de riego.

Sam miró a su alrededor, girando el cuerpo despacio.

—Creo que podría ser otra cosa.

—¿Qué?

—Haz memoria. Dave dijo que lo que quiera que pasase en el mundo maya a finales del período clásico se vio agravado por las sequías: doscientos años de sequías como mínimo.

—¿Qué crees que era esto?

—Creo que este espacio llano no era un camino. Los mayas no tenían carros con ruedas, ni animales domesticados que tirasen de ellos, de modo que ¿por qué hacerlo de cincuenta pasos de ancho? Y además no va a ninguna parte. Parece una plaza, solo que hay seis en todas las direcciones. Creo que este sitio estaba pensado para recoger agua de lluvia.

—Claro —dijo ella—. Los dos lados tienen una ligera pendiente hasta el surco del centro, y el surco dirigiría el agua adonde querían.

—Eso explicaría por qué hay seis franjas que llevan hacia

dentro desde todos los lados. El lugar en el que se juntan es el sumidero —explicó Sam—. Las seis franjas no son caminos. Son para recoger la lluvia e impedir que se vaya y se hunda en la tierra.

—Vamos a ver si tenemos razón —propuso Remi.

Avanzaron a toda prisa por la franja hacia el punto en el que las seis convergían. En ocasiones, la maleza y los arbolillos se juntaban y dificultaban su progreso. Aquí y allá, la superficie de la franja se hallaba desprovista de hojas, despejadas por una inundación durante la época de las lluvias.

Por fin llegaron al final. La franja avanzaba hasta el pie de un antiguo muro de piedra de unos cuatro metros y medio de alto. El canal en forma de uve conducía a una abertura en la parte inferior del muro, donde había un agujero de unos veinticinco centímetros de ancho. Rodearon el muro circular y vieron que cada una de las otras cinco franjas se juntaba con el muro de la misma forma, introduciendo el agua a través de unas pequeñas aberturas situadas al pie del muro. Descubrieron que el muro no era un círculo con un hueco para una puerta o una cancela. Era una espiral, de modo que el muro circular se extendía trescientos sesenta grados, y luego continuaba diez grados más allá del punto de partida de tal manera que se superponía a lo largo de unos tres metros hasta formar un pasadizo estrecho y curvado que terminaba en una entrada. Sam y Remi avanzaron de lado por el pasadizo y se encontraron dentro del muro circular. En el centro había un estanque de agua.

Se acercaron al borde y miraron abajo. El estanque era totalmente transparente, de unos diez metros de hondura. El fondo no recibía la luz del sol directa, al menos cuando el sol estaba bajo. El alto cercado de piedra que rodeaba el estanque tenía una pasarela en la parte superior a la que se llegaba por un tramo de escaleras.

—¿Por qué crees que construyeron un muro? —preguntó Remi.

—No lo sé —contestó Sam—. Tal vez en la última época de la ciudad necesitaron proteger el agua. Tal vez era la última línea de defensa si la ciudad era conquistada. Es aconsejable controlar el suministro de agua en un asedio. Y, fíjate, este sitio solo tiene unos diez metros de ancho. Sería fácil de defender. Los muros tienen casi dos metros de grosor en la parte inferior. —Avanzó a lo largo del muro y cogió una roca suelta, acto seguido miró a través del cercado—. Esta roca parece un tapón. Los otros agujeros también están tapados con piedras a medida. Eso serviría para proteger el agua del veneno.

—Creo que ha llegado el momento de avisar a Selma y a Dave de que lo hemos encontrado —dijo Remi.

—Tienes razón —convino Sam—. Vamos a hacer unas cuantas fotos y a enviárselas primero para que Dave pueda explicarnos lo que hemos encontrado.

Remi hizo fotos del pozo, el estanque, la entrada curvada y luego se subió al parapeto e hizo fotos a todas partes. Las añadió a las fotografías que había hecho de la pirámide y de la franja y las envió. A continuación esperó un minuto y llamó a Selma.

—Soy Selma. Dispara.

—Lo hemos encontrado. Estamos en el sitio, y acabamos de enviarte unas fotos. Dile a Dave Caine que el mapa es correcto. Hay un estanque con un borde de piedra alrededor y un muro alto por encima. Es transparente, y parece bastante profundo: unos diez metros o más.

—¿Qué son las zonas llanas que veo? ¿Caminos?

—Creemos que son las superficies construidas para recoger la lluvia y traerla al estanque. Todas están ligeramente inclinadas hacia el centro y solo tienen un par de cientos de metros de largo.

Sam se situó junto a Remi y dijo:

—También creemos que las colinas que hay a los lados de las franjas son edificios; uno de ellos es bastante grande.

—Entonces, ¿el sitio podría ser una ciudad?

—Digamos que dedicaron mucho trabajo a la construcción —dijo Sam.

—Habéis cumplido vuestra misión —declaró Selma—. Enhorabuena. Bien hecho. ¿Vais a volver a casa?

—Todavía no —contestó Remi—. Mañana por la mañana bucearemos en el estanque y veremos lo que hay abajo. Después de cargar con el equipo de submarinismo por una selva seca, quiero usarlo.

—Es comprensible —dijo Selma—. Ahora mismo le enviaré a David Caine las fotos, junto con la descripción.

—Bien —se despidió Sam—. Hablaremos pronto.

Cuando colgaron, Sam preguntó:

—Tenemos que transportar aquí el resto del equipo. ¿Quieres traer el jeep o sigues preocupada por los fantasmas?

—Dejemos el jeep donde está y traigamos el equipo. No debería llevarnos más de un par de viajes con la otra mochila y el equipo de buceo.

Montaron su pequeña tienda de campaña en el cercado que rodeaba el estanque, recogieron leña del bosque de las inmediaciones y encendieron fuego para hervir una olla de agua con la que cocinar comida deshidratada. Después de haber comido, aprovecharon la última hora de luz para fotografiar el sitio desde las colinas más cercanas.

Cuando estaban a punto de acostarse, el teléfono de Sam vibró.

—¿Diga?

—¡Sam! Soy Dave Caine.

—Hola, Dave —dijo Sam.

A continuación activó el manos libres del teléfono.

—Las fotos son fantásticas. Han demostrado que el códice es una representación fiel, no un mito ni vagos rumores históricos. Por el aspecto del sitio, podría haber sido un centro ceremonial. La piedra que lo rodea parece piedra caliza, y los trozos desmenuzados que hay en la orilla del estanque hacen que parezca aún más probable. Un sumidero aumenta de tamaño a medida que la piedra caliza se disuelve en el agua.

—Mañana lo veremos más de cerca cuando buceemos.

—Prepárense para un espectáculo —dijo Caine—. Los mayas creían que todo dependía de sus relaciones con un complejo panteón de dioses. Casi con toda seguridad, habrán lanzado objetos de valor al estanque como sacrificios a Chaac, el dios de la lluvia.

—No sé lo que pasó aquí, pero no fue por falta de agua.

—Esperaremos noticias suyas.

—Buenas noches.

11

Guatemala

Sam y Remi se despertaron al amanecer y en cuanto hubieron desayunado empezaron a prepararse para explorar el estanque. Se pusieron el equipo de buceo. Cada uno tenía una linterna sumergible, una bolsa de malla y un cuchillo.

—Estoy deseando llegar allí abajo —dijo Remi.

—Yo también tengo mucha curiosidad —convino Sam—. No te entusiasmes. Acuérdate de bucear en pareja. No te separes haya lo que haya allí abajo.

—De acuerdo —asintió ella—. Puede que pierda el entusiasmo si hay un montón de esqueletos.

—¿Lista?

—Sí.

Se pusieron las gafas y las boquillas, y acto seguido se sumergieron en el agua. Estaba fría y sorprendentemente clara. Como el sol se estaba elevando, iluminaba mejor las profundidades del estanque.

Pronto llegaron al fondo, que era de piedra caliza gris. No encontraron nada parecido a los objetos que David Caine les había dicho y ampliaron la búsqueda enfocando a su alrededor con las linternas. Sam encontró un disco, lo levantó y le quitó el polvo de piedra caliza con la mano, y vio que estaba hecho de jade verde y profusamente grabado. Se lo mostró a Remi y lo guardó en la bolsa.

Remi advirtió un destello a su izquierda, tocó el brazo de Sam y buceó en esa dirección. Al hacerlo, se dio cuenta de que era mucho más fácil avanzar en esa dirección de lo que cabía esperar, como si hubiera una ligera corriente. Dejó atrás el círculo de luz que entraba por arriba y se adentró en una zona oscura.

El primer objeto que encontró fue un brazalete grueso hecho de oro. Lo levantó para que Sam pudiera verlo, y él asintió con la cabeza. Bucearon a lo largo del lecho de piedra caliza, recogiendo objetos a medida que avanzaban. Había más objetos de jade grabados y, más adelante, otras piezas hechas de oro. Hallaron discos, máscaras, collares, orejeras, brazaletes y adornos planos para el pecho.

Siguieron recogiendo objetos durante un rato, y entonces Sam tocó el brazo de Remi y señaló con el dedo. El círculo de luz que había estado justo encima de ellos se encontraba ahora a unos treinta metros por detrás. Habían avanzado recogiendo los objetos que veían y se habían desviado más de lo que creían.

Volvieron buceando hacia la abertura portando sus bolsas de malla. Cuando llegaron a la luz, ascendieron despacio y salieron a la superficie plateada. Se quitaron las gafas y se agarraron a un lado del estanque. Sam subió su bolsa de malla al suelo situado por encima de ellos, y luego lo hizo Remi. A continuación, él subió a la piedra y tendió la mano a su esposa para ayudarla a salir.

—Ha sido muy divertido —dijo ella—. Sumergirse y recoger cosas donde otros las tiraron.

—Me recuerda la búsqueda del huevo de Pascua.

—Pero ahí abajo hay un poco de corriente. Todas las joyas y los objetos se habían movido con la corriente.

—Si este sitio fue abandonado a finales del período clásico, todo ha estado ahí abajo bastante tiempo. Un poco de corriente puede suponer un cambio en mil años.

—Apuesto a que algunas joyas también han desaparecido —dijo ella.

—Es posible. Cuando la gente miraba abajo y veía que los regalos ya no estaban, seguro que creía que los dioses los habían aceptado y les habían gustado.

Colocaron todos sus hallazgos en la superficie de piedra caliza y los fotografiaron, acto seguido enviaron las fotos a Selma. Guardaron los objetos en una bolsa con cremallera y los metieron en la mochila de Sam.

—No hemos encontrado todo lo que hay abajo —dijo Remi—. ¿No quieres volver a bucear esta tarde?

—No sé qué es este sitio (una ciudad, un fuerte, un centro ceremonial), pero no vamos a encontrarlo ni a descubrirlo todo en un solo viaje. Los arqueólogos le dedicarán años. Lo mejor que podemos hacer es confirmar lo que podamos y marcharnos.

—Tienes razón —asintió Remi—. Lo importante es el códice, no que nosotros encontremos todos los tesoros de Guatemala.

—Creo que deberíamos pasar el resto del día y todo el día de mañana haciendo un mapa del complejo, midiéndolo y fotografiándolo. Pasado mañana deberíamos irnos antes de que nos quedemos sin víveres.

—Hay tapires en la selva. Puedo prepararte un delicioso sándwich de tapir.

—Me temo que dentro de un día el tapir empezará a parecernos apetecible.

Después de cambiarse, recorrieron cada franja llana de tierra de punta a punta. Casi había atardecido cuando encontraron un par de columnas de piedra al final de la tercera franja, colocadas como postes. Medían unos dos metros de alto y estaban grabadas: en una aparecía una figura masculina con el tocado de plumas, el escudo y el garrote de guerra de un rey, y en la otra una mujer ataviada con un vestido que tenía un cesto a los pies y una jarra en las manos. Alrededor de las dos figuras había glifos mayas por todas partes. Remi fotografió las dos desde todos los ángulos y envió las fotografías a Selma.

Alzó la mirada de su teléfono.

—Nos estamos quedando sin sol. Haré un par de fotos con flash para asegurarme de que la escritura se ve claramente.

Tomó dos fotografías con flash de cada columna, y entonces Sam la agarró del brazo y señaló con el dedo.

—¡Mira, Remi!

Colina arriba, en el sendero que habían seguido para llegar a ese sitio, vieron una fila de hombres que se acercaban. Parecían ser unos quince, y aunque todavía se encontraban a medio kilómetro de ellos, descendían por la suave pendiente situada frente a las ruinas.

—Oh, oh —dijo ella—. Creo que usar el flash ha sido mala idea.

—No sé. Desde luego no tan mala como dejar el jeep a la vista de cualquiera —contestó él—. No estoy seguro de si nos han visto, y no sé si son amistosos o no. Tal vez podamos volver al cenote y escondernos antes de que lleguen. De esa forma evitaremos tener que averiguarlo.

Echaron a correr y avanzaron a un ritmo constante hacia el refugio que les ofrecía un grupo de árboles que había crecido en el centro de la franja. Mientras lo hacían, Remi miró atrás. Uno de los hombres se había detenido en la colina y estaba apoyando un rifle en su hombro.

—¡Corre! ¡Sam!

Se oyó el estallido de una bala al pasar por encima de sus cabezas y, un segundo más tarde, el sonido del disparo del rifle llegó a sus oídos. El siguiente sonido fue la explosión del jeep, mientras una bola de fuego alimentada por la gasolina iluminaba el cielo vespertino. Sam y Remi corrían deprisa ahora, zigzagueando para mantener los árboles y la maleza entre ellos y los hombres. Contaban con la ventaja de ir por una superficie llana y un camino despejado, donde podían correr sin miedo a tropezarse, mientras que los hombres de la pendiente tenían que avanzar inclinados por la ladera para evitar acelerar demasiado y caerse.

Sam echó un vistazo por encima del hombro cuando otro hombre se detuvo y se llevó el rifle al hombro.

—Otro. ¡Ponte a cubierto!

Ambos se agacharon y se ocultaron detrás de un grupo de árboles. Hubo otro disparo, y la bala impactó contra uno de los árboles y lanzó una lluvia de astillas de corteza por todas partes. Sam se asomó por detrás del tronco y vio que el hombre estaba ajustando la mira telescópica.

—¡Vamos!

Sam y Remi echaron a correr y aceleraron al máximo al acercarse al alto muro que circundaba el cenote. Lo rodearon hasta el lado opuesto, pasaron entre los dos niveles del muro superpuesto y llegaron a la entrada. Sam empezó a amontonar piedras sueltas en la estrecha vía de acceso para bloquearla mientras Remi iba a por las mochilas y rescataba sus cuatro pistolas, los cargadores de repuesto y las cajas de munición. Cada uno comprobó las armas para asegurarse de que estaban cargadas.

—No me lo puedo creer —dijo Remi—. ¿Quiénes pueden ser?

—Nadie que nos convenga conocer. Parece que nos han rastreado siguiendo nuestro camino y han abierto fuego en cuanto nos han visto.

—¿Quiénes se creen que somos?

—Futuros muertos. —Sam rodeó a Remi con el brazo y la estrechó—. Veamos si podemos utilizar este muro para seguir con vida.

—Subiré a la pasarela para ver lo que traman.

—Mantén la cabeza agachada —dijo él.

Remi se caló la gorra en la cabeza.

—Por desgracia, ya nos hemos visto en estas situaciones.

—Si sobrevivimos a esta...

Ella le tapó los labios con el dedo.

—Chitón. Ya lo sé, baños de espuma y tratamientos. Ya nos hemos hecho todas las promesas que tenemos que hacernos.

Ella cogió el par de pistolas y subió a la pasarela por la parte superior del muro, logró llegar a un punto donde el muro se había desplomado un poco y había dejado una pequeña depresión, y se levantó lo suficiente para escudriñar la franja de tierra a la que se estaban acercando los hombres.

Sam observó que ella levantaba el brazo para apoyarlo en la rendija del muro y que empezaba a sopesar si apuntar con su pistola. La había visto hacerlo en competiciones. Sam era un tirador respetable desde que un miembro de un cuerpo secretísimo había pasado un mes instruyéndolo en el tiro a escasa distancia y las técnicas de francotirador. Pero Remi estaba a otro nivel. Ella había practicado tiro de competición desde que tenía doce años, una campeona para quien la expresión «dar en el clavo» no era una figura retórica.

Sam se situó debajo de ella y habló en voz queda.

—Agáchate y quédate así hasta que oigas disparos.

Sam se dirigió a la entrada, saltó la barrera que había construido, avanzó de lado por el tramo de tres metros donde los muros se superponían y corrió hasta el grupo de árboles más cercano. Atravesó los árboles junto a la franja llana y se acercó al espacio por el que pasarían los hombres si se aproximaban al estanque amurallado. A medida que avanzaba, estudiaba los sitios por los que pasaba, consciente de que pronto pasaría corriendo por ellos en la otra dirección. Se apostó entre la espesa maleza con la franja al alcance de la mano pero fuera del conducto, donde las plantas habían crecido plenamente.

Los hombres llegaron corriendo, portando sus rifles a través del pecho. Corrían como si cazasen a una presa, no como si estuvieran a punto de enfrentarse a un adversario armado.

Sam se agachó y esperó. Había calculado que había quince hombres, pero solo podía ver a doce. Llevaban pantalones caqui y camisas de paisano y camisetas de manga corta. Unos cuantos portaban rifles de caza de cerrojo con mira telescópica: probablemente de cuatro aumentos, porque en esas selvas espesas no debían de hacerse muchos disparos a larga distancia a través del espacio abierto. Había dos hombres que llevaban escopeta, un arma que probablemente les daba de comer. Dos tenían pistolas enfundadas en unas pistoleras, y los otros tenían rifles de asalto que Sam identificó como AR-15 estadounidenses, armas que seguramente habían sido introducidas aquí durante la guerra civil.

El hombre más próximo a Sam llevaba un rifle de caza. Lo levantó y apuntó a la parte superior del muro que rodeaba el estanque. Sam estaba seguro de que el hombre no podía ver a Remi, pero se iba preparando para cuando asomase la cabeza.

Un hombre armado solo con una pistola se situó junto a un árbol y gritó en inglés:

—Sabemos que estáis ahí dentro. Si salís ahora, os lo pondremos más fácil.

Sam apartó la cabeza y gritó hacia las colinas.

—No queremos haceros daño. Marchaos.

Tres de los hombres se volvieron para ver si alguien se había puesto detrás de ellos, y uno dio una vuelta completa con la pistola en ristre.

—No vamos a marcharnos —anunció el portavoz—. Salid y nosotros dejaremos que vosotros os marchéis.

Sam detectó la mala noticia en la voz del hombre. Esos hombres creían que habían encontrado unas presas muy fáciles, una pareja estadounidense, sin duda desarmados e indefensos. Probablemente ya estaban calculando el dinero del rescate. Y aunque lo cobrasen, los matarían a los dos.

Sam apuntó con la pistola al que tenía más cerca, el hombre que apuntaba con su rifle a la parte superior del muro, esperando a que apareciese un objetivo. El portavoz agitó el brazo, y los hombres avanzaron hacia el muro. Sam empezó a seguirlos para evitar quedar aislado de la entrada.

El hombre situado cerca de él notó algo y giró el rifle hacia Sam, y este le disparó al pecho y se lanzó detrás de la maleza. El hombre se cayó, inconsciente y herido de gravedad. Los otros le habían visto caer, y cada uno disparó en la dirección de la que creía que había venido el disparo. Solo dos acertaron, y el matorral de Sam fue acribillado a balazos.

Cuando Sam alzó la mirada, vio que otro hombre había caído, uno de los pocos que llevaban rifles AR-15. Remi debía de haberle disparado mientras los otros pegaban tiros como locos, considerándolo el objetivo prioritario.

El cabecilla se acercó trotando al cuerpo del hombre y cogió su rifle y su mochila. Apuntó a la parte superior del muro con el rifle, pero Remi se mantuvo agachada, sabiendo que todos los hombres esperaban que se asomara y volviera a disparar.

Pero Sam tenía un nuevo problema. Un hombre con un rifle se dirigía al matorral para ver si allí yacía el cadáver de Sam o si había que rematarlo. Los pies del hombre partieron unas ramas del matorral. Sam localizó el sonido y disparó tres veces. El rifle del hombre se disparó, y Sam le oyó caer. Se arrastró hasta él, con la pistola preparada, y lo encontró tumbado, con una herida de entrada en la frente. Sam cogió el rifle, accionó el cerrojo, se arrastró hasta el borde del matorral y apartó la maleza con el cañón.

Un hombre con una escopeta avanzaba junto al pie del muro. Sam apuntó y disparó, y el hombre cayó muerto. Sam volvió a accionar el cerrojo y buscó otro objetivo. Había un hombre con un rifle con mira telescópica sujeto con una correa que estaba trepando por un árbol para ver el interior del recinto amurallado. Sam apuntó y disparó, y el hombre se quedó sin fuerzas y cayó unos tres metros hasta el suelo. No se movió.

Sam accionó otra vez el cerrojo y se dio cuenta de que si

hacía un disparo más se quedaría sin munición. Se arrastró hacia el cuerpo del hombre al que le había quitado el rifle, pero en ese momento otro hombre lo vio y gritó a los demás. A Sam se le había acabado el tiempo. Disparó, se llevó el rifle y se adentró en la selva corriendo. Sin detenerse, se dirigió al recinto amurallado que rodeaba el estanque. No oía pisadas corriendo detrás de él. Mientras corría, extrajo el cerrojo del rifle y lo lanzó a una parcela impenetrable de plantas bajas. Unos tres metros más adelante, tiró el rifle a otra parcela y siguió avanzando.

Apareció detrás del recinto, lejos de la entrada, y rodeó con cuidado el muro sigilosamente. Cuando llegó a la zona en la que los muros se superponían, vio a un hombre que entraba arrastrándose con una escopeta echada a la espalda. Sam le disparó una bala a la coronilla con la pistola, se arrodilló para coger la escopeta y entonces oyó un disparo que rebotó en la pared a escasos centímetros de su cabeza. Se tiró a la entrada justo cuando una ráfaga de un AR-15 convertía el espacio que acababa de ocupar en esquirlas de piedra. Trepó por las piedras amontonadas en el pasadizo y penetró en el muro.

—Ya estoy en casa, cariño —gritó.

—Ya era hora —dijo ella—. Estaba preocupadísima.

Sam subió los escalones armado con la escopeta de corredera.

—Los he contado. Al principio había doce y ahora hay seis.

—Lo sé —dijo ella—. Por lo menos hemos conseguido que paguen algo.

—Hemos conseguido más que eso. Yo diría que de momento vamos ganando.

Ella negó con la cabeza despacio.

—Al principio había más. Por lo menos dos se metieron corriendo en el bosque más o menos cuando lo hiciste tú. Creía que irían a por ti, pero luego vi que subían por la cuesta por la que habían venido. Debían de ir a pedir ayuda.

—Tal vez ahora sea nuestra mejor oportunidad de largarnos —dijo Sam—. Metamos lo necesario en las mochilas, dejemos el resto y huyamos.

—Es lo único que podemos hacer —convino ella—. Esperemos que su campamento principal esté lejos.

Él dejó la escopeta al lado de ella.

—Tú vigila. Utiliza esto si uno se pone a tiro.

Sam dejó el equipo de buceo, la tienda de campaña y la mayoría de las provisiones. Metió la munición de sobra, los machetes y las reliquias del estanque en su mochila y dejó la de Remi. Subió al muro y recogió la escopeta.

—Está bien. Métete en el bosque sin que te vean y espérame. Echaré un último vistazo y veré si puedo... —Hizo una pausa, mirando la expresión del rostro de Remi—. ¿Qué?

Ella señaló en dirección a la ladera. A la luz menguante, vieron una larga hilera de hombres andando en fila india por el camino hacia ellos.

—Ya no son seis hombres. Son treinta y seis. Deben de haber oído los disparos y han venido a ver lo que pasa. O quizá estamos tan lejos de la civilización que pueden usar la radio sin que nadie los oiga.

—Lo siento, Remi —dijo él—. De verdad creía que teníamos bastantes posibilidades de escapar.

Ella le dio un beso en la mejilla.

—Las abejas tienen muchas cosas buenas, ¿sabes? Cuando alguien viene a destrozar su colmena para llevarse su miel, las abejas pierden por lo general. Pero se aseguran de que le resulte lo más desagradable y doloroso posible. Eso me merece respeto.

—No me extraña.

—Cojamos todos los cargadores con balas mientras todavía podemos ver. Y no te olvides de la escopeta.

—De acuerdo —dijo Sam.

Bajó los escalones, se arrastró hasta el cuerpo del hombre al que había disparado, le quitó la mochila y volvió a gatas con ella. Había una caja con una docena de cartuchos para la escopeta, pero el resto no servía de nada: una cantimplora, un sombrero, ropa de repuesto, una botella de whisky casi entera. Sam recogió más piedras de la zona desplomada al final del estanque y las amontonó en el pasadizo, y luego apiló con cuidado sus reservas de leña por si necesitaban encender fuego.

Cogió las potentes linternas que habían llevado para bucear en el cenote y se subió al muro, donde Remi estaba esperando. Revisó sus pistolas y las de ella para asegurarse de que estaban totalmente cargadas y acto seguido revisó los diez cargadores de repuesto y recargó los dos que habían vaciado.

—¿Ves algo?

—Nada a lo que pueda darle —respondió ella—. Todavía están muy atrás; no están a tiro con la pistola. Creo que esperarán a que oscurezca del todo y se acercarán lo bastante para atacarnos si nos dejamos ver un segundo.

—Es un método clásico.

—¿Con qué pensamos contraatacar?

—Estoy considerando otro método clásico.

De repente seis, luego ocho disparos de rifle dieron en la parte superior del muro a intervalos de aproximadamente un metro.

—Demasiado tarde —dijo ella—. Están intentando que nos mantengamos escondidos para que puedan lanzarse sobre la entrada.

Sam cogió la escopeta, bajó los escalones corriendo y se quedó contra el montón de rocas que había levantado. Dos hombres aparecieron delante de él, y disparó, recargó la escopeta y volvió a disparar. Luego recargó la escopeta por segunda vez, agarró el cañón del arma de un hombre y la arrastró hacia el interior con él. Era una metralleta corta con la que estaba familiarizado, una Ingram MAC-10. Se habían fabricado por lo menos hacía diez años, pero no le cabía duda de que esa funcionaría.

Otro hombre apareció, y Sam volvió a disparar con la escopeta, la recargó y se retiró otra vez por encima de las rocas. Oyó disparos procedentes del muro, cuatro tiros rápidos.

Alzó la vista cuando Remi se agachaba. Fueron quince o veinte tiros disparados al lugar que había ocupado su mujer, pero ella permaneció agazapada y recorrió tres metros hacia él.

Sam volvió a trepar el muro, se asomó por encima y vio a cinco hombres que corrían hacia la entrada. Levantó la MAC-10, apareció súbitamente y ametralló a los individuos desde arriba. Vio que los cuatro caían y volvió a agacharse, pero había agotado la munición de la metralleta. Entonces una lluvia de balas acribilló el muro. Permaneció inmóvil en la entrada, esperando a que disminuyera. Tardó un rato, pero poco a poco volvió a hacerse el silencio.

—¿Cuántos hay? —preguntó Remi.

—Siete, creo.

—Solo les he dado a dos —anunció ella—. ¿Cuándo vas a probar tu nueva estrategia? ¿Antes o después de que nos quedemos sin munición?

—Ahora podría ser un buen momento —dijo él.

Bajó por los escalones a la entrada, se asomó por un lado del muro para ver si se veía a algún enemigo, pero no vio ninguno. Volvió a amontonar la leña que había apilado en el pasadizo, le echó un poco de whisky encima, prendió una cerilla y encendió fuego. Mientras crecía, apuntó con la escopeta a la abertura situada detrás. Cuando las llamas del fuego alcanzaron altura y las ramas que goteaban resina se convirtieron en antorchas llameantes, cogió cuatro y corrió hasta la pasarela. Lanzó una de las teas en llamas lo más lejos que pudo por encima del muro y luego cada una de las otras tres de manera que cayeran lo más separadas posible. Volvió a sentarse en la entrada y escuchó mientras treinta o cuarenta balas rebotaban en vano en el alto muro de piedra.

Remi aprovechó el fuego concentrado. Disparó tres tiros y acto seguido se agachó.

—Ya llevo tres —dijo.

—Se lo diré al encargado del marcador.

—¿Cómo va nuestra estrategia...? Oh, Dios —dijo, mirando por encima del lado del muro de Sam.

Sam también miró. Parecía que el cielo estaba clareando. Cogió la escopeta y se levantó para ver mejor, y cuando se produjo la siguiente descarga de disparos se agachó.

Las antorchas habían prendido fuego a la maleza, y las llamas estaban aumentando y empezando a devorar un matorral grande en el que Sam se había escondido, chisporroteando y lanzando chispas. A medida que los disparos se iban apagando, Sam oyó a los hombres gritar en español. Bajó corriendo los escalones, cogió tres teas que aún ardían, volvió a subir y las lanzó por encima del muro al otro lado del recinto cerca de Remi.

—¿Qué estás haciendo? Están todos en ese lado.

—Estoy consiguiendo luz y espacio —dijo él.

—¿Para qué?

—Dejaremos a esos tipos sin escondites y los expondremos a la luz del fuego.

Ella le dio unos golpecitos en el hombro y sonrió, y acto seguido señaló al otro lado del recinto. Remi y Sam se agacharon, se dirigieron a ese lado y se prepararon. Se asomaron al mismo tiempo, listos para disparar. Los hombres no se veían. A la luz del fuego cada vez más intenso, Sam miró pero no vio a nadie.

Remi le tiró de la parte de atrás del cinturón.

—No les des tiempo para que te apunten.

Sam se agachó.

—Escucha —dijo—. Les hemos hecho retroceder.

—Por un rato —le corrigió ella—. En cuanto el fuego queme ese matorral, volverán.

Sam se encogió de hombros.

—Hemos ganado un poco de tiempo.

—Gracias, Sam. Te seguiré queriendo como mínimo dos horas más.

—Y después, ¿qué?

—Ya veremos —dijo ella—. Depende de su puntería.

Se sentaron en la pasarela cogidos de la mano. Cada pocos minutos, uno de los dos avanzaba por ella, elegía un sitio y se asomaba para mirar. Los fuegos ardían a lo largo de la franja de tierra, consumiendo maleza y árboles pero sin extenderse más lejos a causa de las pirámides situadas a cada lado.

Cuando la luna salió, Sam miró la franja.

—Creo que vendrán pronto —dijo—. Y parece que han llegado más. No sé quiénes pueden ser.

—Esto está empezando a ponerse deprimente —dijo ella.

Él se rebuscó en los bolsillos.

—¿Cuánta munición te queda?

—Veinte balas. Ocho en cada pistola, y un cargador de sobra con cuatro dentro.

—Yo tengo quince. Y cinco cartuchos en la escopeta. —Sam la abrazó—. Lamento decirlo, pero estamos acabados.

Se quedaron sentados con la espalda apoyada contra el muro, en silencio.

Remi se puso derecha.

—¡Sam!

—¿Qué?

—El estanque. No es un cenote, es un pozo.

—¿Sí?

—Tiene corriente. Apenas se notaba, pero todas las reliquias que encontramos estaban a un lado, y nos arrastró en la misma dirección. Es un sumidero encima de un río subterráneo.

Él la miró a los ojos.

—¿Me estás diciendo que quieres arriesgarte a bucear?

Ella asintió con la cabeza.

—Si nos quedamos aquí, nos quedaremos sin balas, y estaremos a su merced. No quiero correr esa suerte. Prefiero ahogarme.

—Está bien —dijo él—. Lo haremos lo mejor que podamos.

Ella echó un vistazo por encima del muro.

—El fuego está a punto de apagarse. Ya veo a los hombres moverse allí abajo. No tenemos mucho tiempo.

Sam y Remi bajaron corriendo por los escalones, prepararon el equipo de buceo y se pusieron los trajes de neopreno. Sam sacó la bolsa impermeable de las reliquias de la mochila.

—Mete aquí dentro las pistolas, los teléfonos y la munición.

Mientras Remi los recogía y los guardaba en la bolsa y la cerraba, Sam metió unos pantalones cortos, una camiseta y unas zapatillas en la bolsa de malla para cada uno de ellos y la sumergió en el agua.

—Ya está —dijo—. A lo mejor creen que hemos escapado entre el fuego.

Remi agitó la bolsa.

—¿Puedes cargar con esto?

—Será un buen lastre.

Sacó los plomos del cinturón y ató la bolsa a él.

Sam y Remi se pusieron el resto del equipo de buceo, cogieron las linternas y se sentaron en el borde del estanque.

—Siento que todo dependa de una posibilidad tan remota —dijo él.

Ella se inclinó para darle un golpecito con el hombro.

—No es una posibilidad tan remota. Si hay un sumidero, probablemente haya otros. Solo tenemos que conservar el aire para tener más tiempo para encontrar uno. Deberíamos contar con unos veinticinco minutos.

Él asintió con la cabeza. Cuando lo hizo, una feroz descarga de balas recorrió la parte superior del muro por tres lados distintos e hizo saltar esquirlas y mortero por los aires. Sam y Remi volvieron la cabeza para besarse. A continuación se pusieron las gafas, se colocaron las boquillas y se sumergieron en el agua. Descendieron unos tres metros y entonces notaron que la lenta corriente los alcanzaba y empezaba a empujarlos suavemente.

12

Guatemala

Sam y Remi bucearon con cautela en la oscuridad cada vez
más cerrada, dejándose llevar por la corriente unos tres metros para asegurarse de que nadie podía ver desde arriba que
encendían las linternas, y aumentaron la velocidad para avanzar por el pasillo de piedra del río subterráneo. El agua llegaba
hasta el techo de la caverna y no dejaba espacio para el aire
por encima de la superficie. Al principio las paredes tenían
una separación de unos tres metros y una profundidad de diez
o doce metros. Cada vez que el espacio entre las paredes se
estrechaba, Sam y Remi experimentaban un temor creciente.
Cuando el espacio se abrió un poco, sintieron un intenso alivio.

Movían las aletas a un ritmo constante para mantener la
velocidad, y la corriente los ayudaba a avanzar. Llevaban las
linternas por delante de ellos, pero siempre veían lo mismo:
más tramos de túnel curvado. Cuando el túnel se estrechaba,
Sam se preguntaba si era solo una grieta en la roca abierta por
uno de los frecuentes terremotos de la región. Si efectivamente lo era, podía estrecharse en algún punto y pasar de seis metros a quince centímetros, en cuyo caso se quedarían atrapa-
dos y se ahogarían.

Sam consultaba continuamente el reloj mientras buceaban. Él y Remi habían hecho una inmersión el día anterior por la mañana que había durado unos quince minutos. Cada una de sus bombonas de aluminio contenía aire para veinticinco minutos más o menos. Eso significaba que si durante los primeros doce minutos se topaban con un obstáculo, podrían volver al cenote y salir a la superficie. Tal vez si lo hacían descubrirían que los hombres que los habían perseguido habían entrado en el recinto, habían visto que ya no estaban y se habían ido a buscarlos. Sam sabía que esa idea tenía una parte de fantasía y una de pesadilla: la posibilidad de que arriesgar sus vidas en ese río subterráneo fuese un callejón sin salida.

Transcurrieron trece minutos, y supo que si intentaban volver probablemente se quedarían sin aire antes de llegar. Después de otros cinco minutos, sin duda no lo conseguirían.

Cuando hubieron pasado veinte minutos, solo podían contar con cinco minutos más de aire. Incluso ese cálculo podía ser demasiado optimista. Habían estado buceando sin parar, de modo que habían consumido aire a un ritmo acelerado. Pensó en sus posibilidades lo más racionalmente que pudo. No había motivos para creer que encontrarían otra abertura en el suelo por encima de ellos en los próximos cinco minutos. Remi era más pequeña y más ligera, y consumía menos aire que él. Si ella se quedaba las dos bombonas, contaría con el doble de tiempo para encontrar una salida.

Sam movió el tanque a un lado para poder cerrar la válvula, pero Remi vio lo que estaba haciendo. Le agarró la muñeca con una sorprendente fuerza y negó con la cabeza violentamente. Sam se dio cuenta de que ella debía de haber pensado y haber temido lo mismo que él, y había sabido que Sam intentaría darle su bombona.

Cuando Remi había agarrado la muñeca de Sam, su linterna enfocó el espacio situado encima de ellos, y algo parecía haber cambiado. Sam alzó la vista y miró atrás. Se había acostumbrado a ver que las burbujas que expulsaban subían al techo de la caverna, entraban en una depresión y se quedaban allí como una sola burbuja gelatinosa. Ahora sus burbujas desaparecían. Nadó hacia arriba, mientras Remi seguía agarrándole la muñeca.

Salieron a la superficie juntos y enfocaron hacia arriba con las linternas. Estaban en una bóveda, con el techo de piedra caliza a unos tres metros por encima de sus cabezas. Sam se sacó la boquilla del regulador y respiró con cautela de forma superficial.

—El aire es bueno —anunció.

Remi se sacó la boquilla. Se quitaron las gafas y miraron a su alrededor.

—Tenía miedo de que fuera monóxido de carbono, ácido sulfhídrico o gas de un volcán —dijo ella.

—No. Es simple aire.

—Dulce aire puro —repuso ella—. ¿Cómo entra aquí?

—Apaguemos las linternas y veamos si entra luz.

Probaron el experimento, pero no había luz. Esperaron a que se les acostumbrase la vista a la oscuridad, pero seguían sin detectar nada. Volvieron a encender las linternas.

—Por lo menos podemos nadar en la superficie un rato —dijo Sam.

Cerraron las vávulas de las bombonas y se pusieron en movimiento.

El espacio se mantuvo encima de ellos, y mientras respiraban el aire, avanzaron a un ritmo constante nadando con la corriente.

Sam se detuvo.

—Creo que sé lo que es esto.

—¿Ah, sí? —dijo ella.

—El agua de lluvia que entra en los cenotes o que se filtra a través de las grietas va a parar al río. El nivel del agua debe de ser muy elevado después de la lluvia (puede que hasta durante la época de lluvias) y luego desciende con el paso del tiempo.

—Parece lógico —contestó ella—. Eso explicaría por qué los mayas construyeron esas grandes franjas de piedra como alcantarillas para recoger la lluvia y llevarla al estanque.

—Cuando no llueve durante un tiempo, probablemente una gran parte del río subterráneo baja, y el aire entra por encima. Cuando el río vuelve a crecer, el aire queda atrapado en sitios como este —explicó Sam—. Tenemos que procurar quedarnos en la superficie todo lo que podamos para conservar el aire.

—Y, por cierto —dijo Remi—, no vuelvas a intentar darme tu bombona de aire. Ya sé que la caballerosidad no ha desaparecido del mundo.

—Solo estaba siendo racional —replicó él—. Tú consumes menos aire que yo, así que podrías sobrevivir más tiempo y llegar más lejos.

—Lo único que conseguirías con eso es que los dos muriésemos solos. Yo quiero morir acompañada, y hace años que elegí a esa persona. Eres tú.

—Eso te evita tener que mandar invitaciones —dijo él.

—Es cierto —asintió ella—. Bastante difícil es ya esto contigo vivo. Quédate conmigo y modera tu generosidad.

Siguieron nadando por el túnel curvado durante una hora hasta que llegaron a un lugar donde la pared de enfrente se sumergía bajo el agua. Se detuvieron y se agarraron a la pared para darse un torpe beso. A continuación se pusieron las gafas y encendieron las válvulas de sus bombonas. Remi dijo: «Recuerda, o los dos o ninguno», y se puso la boquilla.

Se hundieron y se encontraron en un largo pasadizo que parecía idéntico a los tramos por los que habían pasado antes. Mientras buceaban, Remi deseó haber mirado su reloj antes de sumergirse. Había calculado que habían llegado a la bolsa de aire a los dieciséis minutos de empezar a bucear, pero ¿cuánto tiempo había pasado? ¿Y les quedaban realmente en las bombonas nueve minutos más de aire? Ella y Sam nunca habían puesto a prueba el límite de las bombonas. Dejar que el aire descendiese tanto en circunstancias normales, cuando simplemente podrían haber salido a la superficie y haber cogido unas bombonas nuevas del barco, habría sido un riesgo y una estupidez.

No había nada que ella pudiera hacer salvo nadar. A medida que los minutos pasaban, el pasadizo se comunicó con otro espacio más amplio. El fondo del río era extrañamente desigual, con pedazos sueltos de roca en lugar del lecho liso por la erosión que habían visto antes. Entonces se dio cuenta de que estaba viendo esas cosas fuera del perímetro de los haces de sus linternas: por arriba se filtraba luz natural. Bucearon hacia arriba. Conforme la luz se volvía más brillante, Remi se rio y se oyó a sí misma emitir un ruido chillón como un delfín. Vio que Sam expulsaba una gran ráfaga de burbujas al reírse, y salieron sonrientes a la superficie.

Sin embargo, a Remi se le atragantó la risa. La luz de esa bóveda, justo encima de sus cabezas, venía de un agujero circular que daba al cielo estrellado. Pero el agujero del centro de la bóveda estaba a casi dos metros por encima de la superficie del río.

—Bueno, tenemos un problema —dijo Sam.

—¿Qué podemos hacer?

—Voy a bajar a echar un vistazo. Quédate aquí un momento.

Sam volvió a ponerse las gafas y se sumergió. Remi esperó hasta que salió otra vez a la superficie.

—¿Y bien? —preguntó.

Sam se acercó nadando a un lado del lecho de piedra. Parecía que ese lado se elevase bajo el agua y luego sobresaliese parcialmente, de forma que a Sam solo le llegaba el río a la cintura.

—Estoy encima de un montón de rocas. Un trozo bastante grande del muro se cayó aquí en algún momento. También hay un montón en el centro, justo debajo de donde el techo se vino abajo.

—Espectacular —dijo ella—. ¿Significa eso que no vamos a ir al otro barrio?

Sam alzó la vista al agujero de la bóveda.

—Creo que sí, pero tendremos que esforzarnos mucho para salir. Prepárate para mover piedras.

Bucearon hasta el fondo, donde Sam había estado, y empezaron a desplazar pedazos de piedra del montón que había junto a la pared al lugar situado justo debajo de la abertura. Sam movió los trozos más grandes que pudo, haciéndolos rodar una y otra vez, para añadirlos al montón del centro. Pronto se quitó las aletas y trabajó con los escarpines puestos. Era evidente que parte del muro se había desplomado y había creado el montón, y las piedras que habían caído poco a poco del techo habían formado el cenote, donde habían caído aún más piedras a medida que se ensanchaba. Sam y Remi estaban buceando sin bombonas de oxígeno y tenían que parar de vez en cuando para tomar aire.

Cuando hubieron movido todo el montón de piedras al lugar en el que les interesaba que estuvieran, se detuvieron en la superficie.

—Nos estamos quedando sin piedras —dijo Remi.

—Creo que tenemos que dedicar el resto del aire que nos queda a encontrar más y hacer un montón más alto.

—Estoy dispuesta a arriesgarme —dijo ella—. Es probable que sea la única oportunidad que tengamos.

Volvieron a ponerse las bombonas, bucearon en un radio más amplio alrededor del montón que habían formado y sacaron trozos de piedra caliza que debían de haber dejado otros derrumbamientos. No se molestaron en apilar las piedras; simplemente las sacaban y volvían a por más, sabiendo que el aire de las bombonas debía de estar a punto de acabarse. Después de unos minutos más, Sam salió a la superficie y se quitó la bombona. Al poco tiempo Remi salió también y se quitó la suya.

—¿Se ha acabado todo? —preguntó Sam.

Ella asintió con la cabeza.

—Está bien. Voy a colocar lo que tenemos lo mejor que pueda.

Sam se sumergió bajo el agua, desplazó una piedra grande y la añadió al montón. Remi se zambulló e hizo otro tanto. Cada vez que se sumergían, contenían la respiración y movían una piedra antes de subir a por aire. Era un proceso lento y agotador, y los períodos de descanso se fueron alargando, pero poco a poco el montón llegó casi a la superficie. Sam incluso añadió las bombonas vacías al montón para ganar altura.

Finalmente, después de horas de trabajo, Sam se sentó un momento.

—Bueno.

—Bueno, ¿qué?

—Te voy a levantar. Te auparás en mis hombros. Deberías poder llegar con las manos al borde del cenote.

—Desde luego voy a intentarlo.

Sam flexionó las rodillas. Remi le cogió las manos, puso los pies con suavidad en sus rodillas y se subió a sus hombros. Él estiró las piernas, y Remi se elevó. Notó que ella arañaba y escarbaba con las manos, intentando sin éxito subir a la inestable superficie.

—Súbete a mis manos —dijo Sam.

Las levantó, con las palmas hacia arriba, justo por encima de los hombros. Remi miró abajo, posó un pie en una mano y el otro pie en la otra.

—Vuelve a intentarlo —la instó él, y ella empujó hacia abajo con los brazos mientras Sam empujaba hacia arriba para enderezar los codos.

Entonces la parte superior del cuerpo de Remi desapareció en el suelo de encima. Trató de agarrarse a las matas de unas plantas y avanzó arrastrándose hasta la superficie.

Miró a Sam.

—Estoy arriba. He salido.

—Eso es una buena noticia —dijo Sam—. Esperaré ansioso que vengas a visitarme una vez por semana para tirarme sándwiches.

—Muy gracioso —dijo ella—. ¿Qué podemos utilizar como cuerda?

—Utilizaré mi traje de neopreno —propuso él—. Lo cortaré en tiras mientras tú buscas algo sólido a lo que podamos atarlo.

—De acuerdo.

Sam dejó de oírla y supo que ella se había apartado unos metros. Se quitó la parte de arriba del traje de neopreno, sacó el cuchillo de buceo del cinturón y empezó a cortarlo. Cuando llegó a las mangas, cortó cada una en varias tiras y las ató, y luego ató cada una a la larga figura con forma de sacacorchos que había cortado del torso. Se quitó la parte de abajo del traje, lo cortó en tiras y las añadió al sacacorchos.

Remi miró abajo por encima del borde del cenote.

—Lánzame la cuerda cuando esté lista —dijo—. Hay un árbol aquí arriba.

—Toma esto primero —dijo él.

Desató el paquete impermeable de su cinturón, lo cogió con las dos manos y lo lanzó como un tiro en suspensión para que pasara por la abertura hasta la superficie. Ató la cuerda de neopreno a su cinturón con la pesa que quedaba y gritó:

—¿Lista?

—Lista —dijo ella.

Sam balanceó la cuerda de un lado a otro un par de veces, y acto seguido la lanzó arriba hacia Remi.

—La tengo. —Ella volvió a desaparecer tirando de la cuerda. Treinta segundos después, volvió al borde. Él vio que tenía su cuchillo de buceo en la mano—. Necesitamos más. Será un minuto.

Varios minutos más tarde, Sam vio la cara de Remi mirándolo otra vez desde arriba.

—Ya está atada. Es el momento.

Sam trepó por la cuerda de goma. Al principio, la cuerda

se estiró al recibir su peso, de modo que aproximadamente el primer metro de ascenso no le sirvió de nada, pero luego la cuerda estirada se mantuvo tensa. Trepó por ella hasta el cenote y la usó como asidero para subir a rastras al suelo. Se tumbó boca arriba, miró al cielo y luego a Remi. Entonces abrió mucho los ojos.

—Me alegro de ver que tú también has usado el traje de neopreno.

—Deja de mirar, nudista —dijo ella—. Por lo menos parpadea de vez en cuando.

Remi abrió la bolsa impermeable y le lanzó unos pantalones cortos y una camiseta de manga corta sobre el pecho, se quitó la ropa, se puso los pantalones cortos y se colocó la camiseta por la cabeza.

—Ponte algo de ropa para que podamos buscar la civilización.

Él se incorporó y miró a su alrededor.

—Creo que ya estamos en ella.

Remi se volvió, penetró en un pequeño círculo y se fijó por primera vez en las hileras e hileras de altas y frondosas plantas de color verde intenso que los rodeaban y se extendían por todas partes, hasta donde le alcanzaba la vista, bajo la noche iluminada por las estrellas.

—Creo que estamos en medio del campo de marihuana más grande del mundo —dijo Sam.

13

San Diego

El profesor David Caine estaba sentado en una sala del archivo de la biblioteca de la universidad, tratando de descifrar los glifos mayas de la tercera página del códice. Ya había visto casi todos los glifos de las dos primeras columnas. Se encontraban entre los ochocientos sesenta y uno que habían aparecido en otros códices o en forma de inscripciones grabadas en yacimientos mayas y traducidos en el contexto de esas inscripciones. Había encontrado dos glifos en la primera página que creía que no habían sido hallados antes. En los idiomas y sistemas de escritura antiguos, siempre había unas cuantas palabras que admitían interpretaciones contradictorias. Incluso en los textos de inglés antiguo que habían sobrevivido había unas cuantas palabras que aparecían una sola vez y habían dado lugar a discusiones entre los estudiosos durante siglos.

Caine se inclinó hacia la lupa de pie iluminada por encima de la página de corteza pintada del códice. Había fotografiado todas las páginas, pero cuando tenía dudas sobre un glifo, lo mejor era mirar lo más de cerca posible el original y examinar cada pincelada. Los dos glifos podían ser préstamos de otro idioma maya, o es posible que fueran los nombres únicos de unas figuras históricas o incluso dos nombres para un solo hombre. Podían ser hasta variantes de términos que él conocía pero que no había logrado reconocer.

Un golpe fuerte en la puerta le sobresaltó y rompió su concentración. Estuvo tentado de gritar: «Largo de aquí», pero se recordó a sí mismo que solo era un invitado en ese edificio. Se levantó, se dirigió a la puerta y la abrió.

En el portal se encontraba Albert Strohm, el rector de estudios, y detrás de él había varios hombres trajeados. Strohm era un directivo dinámico y eficiente —el rector de estudios era quien dirigía realmente el campus, mientras que el rector honorario dedicaba la mayor parte del tiempo a las relaciones públicas y la recaudación de fondos—, pero Strohm parecía hoy un hombre totalmente derrotado.

—Hola, Albert —dijo Caine lo más amablemente que pudo—. Pasa. Solo estaba...

—Gracias, profesor Caine —dijo Strohm, lanzándole a Caine una mirada que contenía un mensaje: ¿una advertencia? Caine estaba seguro de que tenía que ver con los hombres que esperaban fuera. Strohm añadió—: Permita que le presente a estos caballeros. Este es Alfredo Montez, el ministro de cultura de la República de México; el señor Juárez, su ayudante; Steven Vanderman, agente especial del FBI; y Milton Welles, de la aduana de Estados Unidos.

Cuando presentó a los agentes, estos mostraron sus placas.

—Pasen, por favor —dijo Caine.

Estaba pensando rápido. La formalidad de Albert Strohm había sido una forma de advertirle de que se callara antes de decir algo incriminatorio. Acto seguido se corrigió: si no algo incriminatorio, algo que pudiera debilitar la postura de la universidad en un asunto legal. Había oído hablar de Alfredo Montez, de modo que le tendió la mano.

—Es un placer conocerle, señor Montez. He leído sus monografías sobre los olmecas y las he utilizado en mi trabajo, sobre todo las de la jadeíta azul.

—Gracias —contestó Montez.

Era un hombre alto y erguido, con el cabello moreno alisado hacia atrás. Llevaba un traje gris caro y unos zapatos muy limpios, que hicieron sentirse a Caine un poco andrajoso con su vieja americana y sus pantalones caqui. Se fijó en que Montez no sonreía.

—Hemos venido directamente de Ciudad de México en cuanto los funcionarios de Chiapas nos informaron de la situación. —Vio que el códice estaba abierto en la mesa donde Caine había estado trabajando—. Ese es el códice maya, ¿verdad? —No esperó una respuesta—. ¿El que fue hallado en un santuario del volcán Tacaná?

—Sí —respondió Caine—. Estaba escondido en una vasija del período clásico. Las personas que lo encontraron consideraron que lo más seguro era sacar lo que pudieran de la zona del terremoto, y como luego hubo quien intentó robar la vasija, lo trajeron aquí temporalmente. No encontramos el códice hasta que abrimos la vasija. Me encantaría hablar con usted del santuario y del códice, si dispone de tiempo.

El ministro Montez dio un paso atrás y se volvió hacia los agentes del FBI y la aduana antes de contestar.

—No, me temo que tendré que aplazar esa conversación. De momento, ya he oído bastante.

Parecía que las autoridades legales hubieran estado esperando a que Caine dijera algo inoportuno. El agente del FBI, el de la aduana y el ayudante se dirigieron a la mesa. Inmediatamente Caine lo supo. Después de reconocer que el códice había sido hallado en México, cualquier cosa que pudiera decir se volvió irrelevante. Pero tenía que tratar de impedir que lo confiscaran.

—Esperen, caballeros, por favor. Este códice fue hallado oculto en una vasija del período clásico con el cadáver de su cuidador, quien debió de llevarlo al santuario para esconderlo. El santuario había quedado enterrado por la lava en una erupción del volcán, y los terremotos del mes pasado lo dejaron al descubierto. Hubo una emergencia, una catástrofe nacional. Quienes lo descubrieron estaban allí en una misión humanitaria, no buscando reliquias. Su única motivación fue conservar lo que habían encontrado.

—Debe saber que la ley y los acuerdos internacionales los obligaban a informar del hallazgo al país anfitrión y a no sacarlo del país.

—Sí, lo sé. Pero esas personas protegieron la vasija y el códice de los ladrones de México. Esto no es un argumento teórico. El códice habría ido a parar al mercado negro ese mismo día.

—Pues ya estamos nosotros aquí, y esas personas quedan eximidas de la responsabilidad de seguir protegiéndolo —dijo Montez—. Y usted también.

Caine se puso frenético.

—No pueden confiscar el códice ahora. Apenas he tenido tiempo para examinarlo.

—¿Lo ha fotografiado? —preguntó Welles, el agente de aduanas.

—Fue una de las primeras cosas que hice —contestó Caine—. Como medida de precaución, para preservar la información.

—También necesitaremos esas fotografías —dijo Welles—. Y todas las copias. ¿Están en su maletín?

—Pues sí —dijo Caine—. Pero ¿por qué?

—Son evidencias para un posible proceso federal. Demuestran que usted trató el códice como si fuera suyo y que no informó de inmediato a las autoridades locales ni a las de su país de origen.

—Pero eso es absurdo —protestó Caine—. Siempre he informado de todo lo que he encontrado, en México y en cualquier otro sitio. No he conocido un caso en el que hubiera tantas prisas. El códice no lleva aquí ni un mes.

—¿Quiere entregarlo todo voluntariamente o debemos empezar a buscarlo? —preguntó Vanderman, el agente del FBI.

Caine subió su maletín a la mesa y sacó un sobre grande y

grueso lleno de fotografías. Se volvió hacia el rector Strohm, quien tenía mala cara.

—Albert...

—Lo siento, profesor Caine. El equipo legal de la universidad dice que la ley es clara. El códice pertenece al país en el que se encontró. No tenemos más remedio que acceder a la petición oficial de repatriación inmediata.

El agente Vanderman echó un vistazo a las fotografías del sobre y cogió también el maletín de Caine.

—También necesitaremos su portátil —anunció.

Señaló el ordenador abierto junto al códice.

—¿Por qué? —preguntó Caine—. No puede decir que eso pertenezca al gobierno mexicano.

Vanderman habló en voz queda.

—Le será devuelto en cuanto nuestros técnicos hayan examinado el disco duro. —Miró fijamente a Caine un momento, y sus ojos adoptaron la expresión vacía e impasible que los policías empleaban con los sospechosos—. Un consejo de amigo. Si el disco duro contiene algo relacionado con la venta, la ocultación o el transporte del códice maya, necesitará un buen abogado. Estoy seguro de que el rector Strohm le dirá que los abogados de la universidad no podrán defenderle en un juicio penal.

Strohm evitó mirar a Caine a los ojos.

Caine se quedó observando con gesto de impotencia cómo recogían el códice, sus notas, sus fotografías y su ordenador. Se volvió hacia los dos funcionarios mexicanos.

—Ministro Montez, señor Juárez —dijo—. Créanme, por favor, esto nunca ha sido un ardid para cometer un acto inmoral. Las personas que encontraron el códice arriesgaron la vida para protegerlo en un momento de catástrofe. Alertaron al alcalde del pueblo más cercano. Cuando me llamaron, enseguida empecé a consultar a estudiosos de todo el mundo, incluyendo México.

—Debe saber que ni yo ni el gobierno mexicano podemos consentir lo que han hecho aquí. Las medidas que usted y sus amigos tomaron han despreciado a la única autoridad legítima y el dueño legal de las reliquias. Decir que la única forma de proteger el códice era traerlo a Estados Unidos es presuntuoso y paternalista.

Pasó por delante de Caine y los demás, seguido de su ayudante, el señor Juárez.

A continuación, los agentes del FBI y de aduanas parecieron incómodos. Solo tardaron un minuto en acabar de recoger las cosas y marcharse, dejando a Strohm y Caine solos en la habitación.

—Lo siento, David —dijo Strohm—. La universidad no ha tenido más remedio que colaborar en una situación como esta. Por supuesto, haremos todo lo posible por responder por ti y apoyarte. También responderemos de la rectitud de tu conducta. Pero puede que te interese considerar lo que el agente Vanderman ha dicho.

—¿Te refieres a buscar un abogado penalista?

El rector se encogió de hombros.

—Es mucho más fácil que un tribunal decida a tu favor al primer intento que conseguir que el siguiente tribunal revoque el primer fallo.

Una vez fuera del edificio, los funcionarios se fueron en un Lincoln Town Car negro carbón. Llegaron a la autopista de San Diego y giraron al sur en dirección al centro de la ciudad, pero siguieron en la autopista, tomaron la salida de Balboa Park y entraron en el enorme aparcamiento del zoo de San Diego. Se dirigieron a una zona apartada de la entrada de peatones donde esperaba un solitario segundo coche negro. Pararon a su lado, y los dos conductores bajaron las ventanillas de sus asientos traseros.

Del asiento trasero del coche que esperaba salió una voz de mujer con un refinado acento británico.

—Supongo que todo ha ido a las mil maravillas.

—Sí, señora —contestó el agente especial Vanderman.

Bajó de su coche llevando un maletín grande, subió a la parte trasera del otro coche y se sentó al lado de Sarah Allersby. Dejó el maletín en el asiento situado entre ellos, lo abrió y le enseñó el códice, envuelto en plástico transparente.

—¿Lo habéis conseguido todo? ¿Todas sus fotografías, sus notas, etc.?

—Sí, señora —respondió él—. Los rectores se desvivieron por colaborar, y cuando todos entramos en grupo, Caine se quedó pasmado. Nos lo dio todo sin rechistar mucho. Supongo que creyó que sus jefes ya habían confirmado quiénes éramos.

—Pueden haberlo confirmado —dijo Sarah—. Los nombres de vuestras tarjetas eran los nombres de funcionarios reales. —La mujer miró más detenidamente el maletín—. ¿Está todo aquí?

—No. —El hombre bajó del vehículo, introdujo el brazo en el asiento trasero del otro coche y acto seguido le dio un ordenador—. Aquí está su portátil. Ya está todo.

—Entonces es hora de que los cuatro os pongáis en marcha. Tomad vuestros itinerarios. —Le dio cuatro itinerarios de vuelo impresos—. Destruid vuestras tarjetas de identificación falsas antes de llegar al aeropuerto. Mañana cada uno de vosotros encontrará una bonificación bastante atractiva en su cuenta corriente especial.

—Gracias —dijo él.

—¿No vas a preguntar cuánto dinero es?

—No, señora. Usted dijo que quedaríamos satisfechos. No tengo motivo para dudar de su palabra, y si me equivoco, regatear tampoco me servirá.

Ella sonrió, mostrando unos dientes totalmente rectos y con un blanqueado profesional.

—Eres muy sabio. Sigue con nosotros y también serás rico.

—Eso pienso hacer —respondió él.

Se volvió, se sentó en el asiento trasero del otro coche e hizo una señal con la cabeza al conductor. El coche empezó a moverse en el acto.

Sarah Allersby observó el otro coche negro irse y a continuación cerró el maletín con seguro y lo dejó en el suelo. No pudo evitar sonreír cuando su coche se marchó despacio. Tenía ganas de reír a carcajadas, de llamar por teléfono y contarles a unos amigos lo lista que había sido. Acababa de conseguir un códice maya, una reliquia insustituible y de incalculable valor, por el precio aproximado de un coche estadounidense de gama media. Si incluía el coste de las tarjetas de identificación y las placas falsas, los billetes de avión y las bonificaciones, le salía, como mucho, por el precio de dos coches.

Tal vez esa noche cuando volviera a Ciudad de Guatemala llamaría por la línea segura codificada a Londres. A su padre le haría gracia. Le traían sin cuidado el arte o las culturas de los pueblos de fuera de Europa —se refería a ellos como «nuestros hermanos morenos», como si fuera un colonizador de un libro de Kipling—, pero un buen trato por cualquier artículo era lo que daba sentido a su vida.

14

Guatemala

Las plantas de cannabis crecían en hileras, plantadas como el maíz, y tenían unos tallos de la altura de un hombre. Entre las hileras había mangueras de riego agujereadas para remojar las raíces.

Remi se sentó en el suelo y se puso las zapatillas que Sam le había guardado en la bolsa impermeable. A continuación sacó dos pistolas de la mochila, le dio una a Sam, se metió la otra por debajo de la cintura del pantalón corto y la tapó con la camiseta.

—Creo que sé quiénes eran los hombres que nos han atacado —dijo.

—Yo también —afirmó Sam—. Deben de vigilar la zona para asegurarse de que los forasteros no lleguen a los campos.

—A ver si podemos llamar a casa —dijo Remi. Probó con su teléfono y luego con el de Sam—. Las baterías están agotadas. Tendremos que salir de aquí andando.

—Si los cultivadores de droga nos dejan —observó Sam—. No nos van a recibir mejor que los hombres del cenote.

Oyeron el sonido de un motor. Al principio sonó lejano, pero aumentó de volumen. Un momento después, oyeron chirriar unos amortiguadores mientras un camión de plataforma con estacas avanzaba dando botes por el polvoriento camino entre dos campos de cultivo.

Sam y Remi se internaron corriendo en el bosque de altos tallos de cannabis y se alejaron de los ruidos. Se agacharon y observaron. El camión se acercó dando saltos y se paró, y un hombre de mediana edad con tejanos azules, botas de vaquero y camisa blanca bajó de la cabina por el lado del pasajero. Recorrió una hilera del campo y eligió una planta de marihuana. Miró más detenidamente un brote y lo probó. Se dirigió al camión e hizo una señal con la cabeza, y una docena de hombres bajaron de un salto de la parte trasera del vehículo. Los individuos avanzaron por las hileras de plantas recogiendo los brotes maduros.

La cosecha se desarrolló rápido. Sam y Remi no podían dejar que los vieran. Cuando estuvieron seguros de que no había peligro, cruzaron corriendo al campo de al lado por un hueco. Después de entrar sigilosamente en el campo, oyeron otro ruido de motor que se acercaba. Esta vez se trataba de un tractor que tiraba de un remolque con más hombres, quienes se apearon de un salto y emprendieron la cosecha del segundo campo.

Durante horas, Sam y Remi se trasladaron de un campo de la enorme plantación a otro, evitando a los recolectores, sus camiones y sus tractores.

Los camiones volvieron a pasar por delante de ellos, avanzando en la otra dirección. Sam y Remi recorrieron una larga hilera de plantas en mitad del campo, andando en paralelo a los caminos y manteniendo la distancia. Llegaron a un bosque de arbustos, de entre dos y tres metros de altura.

—Qué interesante —susurró Remi—. Se parece mucho al endrino, ¿verdad?

—Podría ser —dijo Sam—. Lo único que sé del endrino es que es lo que los irlandeses usan para hacer garrotes. Y también que se parece al árbol de coca. Y esto es un árbol de coca. —Cogió una hoja—. ¿Lo ves? Tienes que buscar dos líneas paralelas a cada lado del nervio.

—¿Cómo sabes eso?

Sam se encogió de hombros y sonrió tímidamente a Remi.

Cuando llegaron al final del bosquecillo de coca, vieron una fila de unos veinte camiones y tractores que esperaban para parar junto a unos edificios con aspecto de graneros. Sam y Remi se dirigieron a un lado y rodearon los edificios sin salir de los campos.

Sam señaló con el dedo los camiones y susurró:

—Creo que allí está nuestra salida.

—Tal vez, pero fíjate en todos los guardias que hay.

Unos hombres armados con rifles que parecían AK-47 sujetos con correas recorrían el perímetro de la zona de empaque. Sam y Remi repararon en sus cargadores curvados de treinta balas.

—Interesante —dijo Sam—. Todos miran hacia dentro, vigilando a los hombres que tapan la marihuana. No están protegiendo la operación, están asegurándose de que los peones no roban el producto. Es una forma de controlar las existencias.

—Podríamos ir a escondidas a la carretera y largarnos de aquí —dijo Remi.

Sam se encogió de hombros.

—¿Descuidarían una carretera los hombres que intentaron matarnos en el bosque?

—Probablemente no —contestó ella—. Supongo que tendremos que meternos en un camión.

—Busquemos uno que ya esté cargado, tapado y aparcado.

Sam y Remi describieron un amplio círculo alrededor del complejo, permaneciendo entre las altas plantas y observando las actividades que tenían lugar en el centro. Evitaron los lugares donde un camión pudiera enfocarlos con los faros al girar y se mantuvieron lejos de los edificios donde los hombres colgaban, empacaban y cargaban marihuana.

Sam y Remi se mantuvieron a cubierto hasta que estuvieron más allá de los camiones aparcados. Parecía imposible.

Había un guardia apostado junto al parachoques delantero del primer camión de la fila, que estaba completamente cargado y atado. Por su postura desgarbada, parecía aburrido. La correa que sujetaba su rifle le cruzaba el pecho del hombro izquierdo a la cadera derecha, de modo que necesitaría un segundo o dos de más para girarlo y disparar.

Sam y Remi acercaron las cabezas, susurraron unos segundos, se separaron y salieron del bosque al mismo tiempo a una distancia de unos tres metros el uno del otro. Anduvieron en silencio pero rápido y se dirigieron al guardia por los dos flancos a la vez empuñando las pistolas. El guardia se volvió en dirección a Remi, la vio y empezó a tirar de la correa para levantarla por encima de su cabeza y coger el rifle, pero Sam se acercó muy rápido al hombre y le golpeó en la cabeza con la pistola. Remi se aproximó, agarró la correa y le quitó el rifle. Sin previo aviso, Sam le hizo al hombre una llave de estrangulamiento por detrás enganchándole el brazo alrededor del cuello y no lo soltó hasta que perdió el conocimiento. Le cogieron un tobillo cada uno y lo arrastraron hasta el bosque cercano. Sam cogió los pantalones del hombre y se los puso, y acto seguido se puso su sombrero de paja. Remi sujetó el rifle y observó los camiones mientras su marido cogía la camisa del hombre, la rompía y la usaba para atarlo y amordazarlo, y para amarrarlo luego a un árbol.

Salieron del bosque uno al lado del otro; Sam sostenía el AK-47 como los guardias, vestido con el sombrero y los pantalones del hombre al que habían amordazado. Pasaron entre dos de los camiones cargados, eligieron uno y dejaron que la silueta del camión envolviera rápidamente sus siluetas. Miraron a cada lado, tratando de ver dónde estaban los otros guardias, pero no podían ver a ninguno desde allí.

Entonces apareció otro hombre avanzando junto a la parte delantera de los camiones.

—Guardia —susurró Sam.

Remi se agachó junto a uno de los grandes neumáticos del

camión. Sam sujetó el AK-47 con la mano izquierda en el guardamanos y la derecha justo detrás del guardamontes, le quitó el seguro y dio un par de pasos por delante del camión en una postura apática y desgarbada, mirando de reojo para observar el comportamiento del guardia.

El guardia siguió avanzando unos pasos, se detuvo y acto seguido levantó la mano derecha para hacer una señal a Sam.

Sam imitó el gesto lo más fielmente que pudo, agitando la mano al hombre y figurándose que significaba que estaba alerta y que todo seguía en orden. Fingió que no se fijaba en la reacción del hombre; se acercó un poco más a la parte delantera del camión y esperó. Si iba a enzarzarse en una pelea con armas automáticas, tendría que usar el motor del camión como escudo. Respiró hondo varias veces y se preparó. El guardia se volvió y se fue bordeando el perímetro.

Sam volvió adonde Remi aguardaba. Treparon por la puerta del camión a la plataforma manteniéndose agachados, levantaron la cubierta de lona para meterse debajo y volvieron a bajarla para esconderse. Una vez debajo de la lona, movieron algunos de los fardos de marihuana para formar una capa acolchada debajo de ellos.

Pronto oyeron pisadas y voces que llegaban adonde estaba aparcado el camión. Entonces Sam y Remi notaron que los amortiguadores del camión bajaban un poco cuando un hombre piso el escalón izquierdo y se sentó en el asiento del conductor, y otro subió por el lado derecho y se sentó a su lado. Las puertas de la cabina se cerraron de golpe, el motor arrancó, empezaron a moverse y, muy despacio, el vehículo se unió a una fila de camiones en la carretera de grava.

Sam escuchó los motores durante un par de minutos y luego acercó la cabeza a la lona.

—Parece que salgan cinco a la vez —susurró.

El camión avanzó otros cinco tramos y volvió a parar.

Esta vez Remi acercó la cabeza a la parte inferior de la lona por el lado izquierdo.

—Estamos parados al lado de un indicador —dijo.

—¿Puedes leerlo?

—Estancia Guerrero.

Se produjo un repentino movimiento en el camión, en todas partes al mismo tiempo. Sam agarró el rifle, Remi empuñó la pistola, y se apartaron el uno del otro. Estaban subiendo hombres a bordo y se sentaban en la lona debajo de la que Sam y Remi estaban escondidos. Los hombres se reían y hablaban, mientras Sam y Remi, a escasos centímetros de ellos, permanecían listos para disparar.

El conductor metió la primera marcha, y el camión avanzó y aumentó de revoluciones hasta que llegó el momento de meter la segunda. Pero entonces notaron que los otros camiones también se movían. Y cuando el conductor metió la tercera, los jornaleros sentados a los dos lados se habían puesto cómodos, con las piernas a través de las cercas laterales de madera y las espaldas apoyadas contra las balas de marihuana cubiertas de lona.

Remi y luego Sam bajaron las armas y se recostaron en una tensa inmovilidad. Los camiones siguieron acelerando, dando botes por la carretera de grava, mientras los hombres hablaban entre ellos en español, contentos de que la jornada hubiera terminado. Después de unos diez minutos, el camión se paró, y aproximadamente la mitad de los hombres se bajaron en el centro de un pueblecito. El camión siguió avanzando y se paró después de otros diez minutos, cuando varios más se apearon cerca de una doble hilera de edificios. Diez minutos más tarde, otros jornaleros bajaron de un salto a la carretera.

Sam y Remi se quedaron escuchando otros diez minutos más o menos antes de estar seguros. Remi levantó ligeramente la lona y miró afuera, y Sam levantó el otro lado.

—¿Se han bajado todos? —susurró él.

—Sí —contestó ella—. Gracias a Dios. Tenía miedo de estornudar por el polvo.

—Supongo que lo siguiente es bajar del camión e ir a un pueblo —susurró él.

—Estoy deseándolo —dijo ella—. Esperemos que podamos escapar antes de que lleguen al punto de descarga.

Apartaron un poco la lona y observaron los laterales de la estrecha carretera mientras el camión serpenteaba por extensiones cubiertas de árboles y mesetas, donde, durante breves períodos, pudieron ver el cielo tachonado de estrellas. La distancia entre camiones había aumentado mucho durante el trayecto. De vez en cuando, en un tramo curvado cuesta arriba o cuesta abajo, veían los faros del siguiente camión un kilómetro o más por detrás de ellos.

Finalmente llegaron a una cuesta empinada donde la sinuosa carretera ascendía un largo trecho. El conductor redujo cuando notó que el motor iba forzado. Remi se asomó rápidamente por encima de la puerta trasera, miró al frente y dijo:

—Hay un pueblo más adelante, en lo alto de la colina.

—Entonces será mejor que salgamos antes de que lleguemos —dijo Sam—. Prepárate para saltar.

Se subieron al lado derecho del camión y miraron afuera. La carretera de grava seguía ascendiendo, y el borde de la carretera estaba cubierto de unas plantas y arbustos bajos que en la oscuridad no parecían tan leñosos como para suponer un peligro. Se acercaron a la parte trasera del camión para prepararse. La carretera torció, de modo que el camión redujo la velocidad. Aprovechando que el conductor tenía que mirar adelante, Sam dijo:

—Ahora.

Remi saltó y rodó por el suelo, y Sam saltó detrás de ella. Salieron apresuradamente de la carretera y se metieron entre los arbustos, y observaron al camión alejarse cuesta arriba haciendo ruido y dando botes. En la cima de la colina vieron una iglesia, con un par de torres de planta cuadrada en la parte delantera. Cuando el camión llegó a ese punto, pareció que se nivelase y desapareció.

Sam y Remi se levantaron y empezaron a subir. Ella miró abajo.

—Tu pierna... ¿Es eso sangre?

Se inclinó y miró más de cerca.

Él también miró.

—Supongo que sí. Debo de haberme raspado con algo al caer. Estoy bien.

Recorrieron los últimos metros de la colina, se dirigieron al otro lado de la iglesia y examinaron la pierna de Sam a la luz de la luna. La mancha de sangre iba de la rodilla al tobillo, pero se estaba secando.

—No ha sido nada —dijo él.

Se pegaron al lateral de la iglesia, se sentaron entre las oscuras sombras del edificio y observaron al segundo camión ascender hasta la altura de la iglesia, donde empezaba la calle principal del pueblo. El camión recorrió la calle sin reducir la velocidad. Al final de la manzana de tiendas y restaurantes cerrados, la carretera hacía una pequeña curva y descendía, y el camión desapareció.

Sam y Remi se quedaron pegados a la parte trasera del edificio de la iglesia y esperaron mientras los otros camiones subían por la carretera y pasaban por el pueblo de uno en uno. Su pequeño convoy estaba compuesto por cinco camiones, pero los Fargo permanecieron donde estaban hasta que dejaron de ver faros a lo lejos. Contaron veinte camiones hasta que la carretera volvió a quedar despejada. Casi estaba amaneciendo cuando salieron de su escondite y vieron que ya había gente en algunas tiendas. Pasaron por delante de un restaurante, donde un hombre estaba encendiendo un horno de leña detrás del edificio. Había gente en los patios contiguos a sus casas recogiendo huevos, dando de comer a gallinas o encendiendo fuego.

—Tengo hambre —dijo Sam.

—Yo también. ¿Ha sobrevivido al chapuzón alguno de nuestros quetzales guatemaltecos?

—Creo que sí. Miraré en la bolsa. —Sam abrió la bolsa

impermeable, hurgó en su interior y encontró su cartera—. Tengo buenas noticias. Mi cartera ha sobrevivido. —Miró dentro—. Y el dinero también. A ver si podemos comprar algo para desayunar.

Se dirigieron al establecimiento donde el hombre estaba atizando el horno y vieron a dos hombres que iban al mismo sitio. Uno llevaba un traje de sirsaca arrugado y el otro una sotana de sacerdote y un alzacuellos. Andaban tranquilamente por el centro de la calle, charlando de forma amistosa, mientras se acercaban al pequeño restaurante.

Ellos y el dueño se saludaron rápidamente, y a continuación el sacerdote se volvió hacia los Fargo y dijo en inglés:

—Buenos días. Soy el padre Gómez. Y este es el doctor Carlos Huerta, el médico de nuestro pueblo.

Sam les estrechó la mano.

—Sam Fargo. Esta es mi esposa, Remi.

—Vaya —dijo ella—, el párroco y el médico juntos al amanecer. Espero que no haya muerto nadie por la noche.

—No —contestó el sacerdote—. Hace poco ha nacido un bebé. La familia me ha mandado llamar para bautizar al niño enseguida, así que hemos pensado empezar el día aquí. ¿A qué debemos el placer de su compañía?

—Habíamos acampado al norte de Cobán y estábamos haciendo senderismo, pero parece que nos hemos desviado un poco y nos hemos perdido —explicó Sam—. Hemos tenido que abandonar casi todas nuestras cosas. Pero hemos encontrado una carretera y aquí estamos, a salvo en un pueblo.

—Así es —dijo el doctor Huerta—. ¿Quieren desayunar con nosotros?

—Será un placer —contestó Remi.

Hablaron mientras la mujer del dueño del restaurante y sus dos hijos llegaban y empezaban a cocinar. Les prepararon un banquete compuesto por gruesas tortillas caseras, arroz, frijoles negros, huevos fritos, papaya, rodajas de queso y plátanos fritos.

Después de unos comentarios sobre la zona, el clima y la gente, el padre Gómez preguntó:

—¿Vienen de allí, pasada la iglesia?

—Sí —contestó Remi.

—¿Han parado en la Estancia Guerrero?

Remi se sintió incómoda.

—No nos ha parecido un lugar agradable.

El sacerdote y el médico se cruzaron una mirada elocuente.

—Su instinto les ha aconsejado bien.

Sam miró a Remi y acto seguido dijo:

—Hemos tenido ocasión de ver parte del sitio. El motivo por el que hemos tenido que abandonar nuestras cosas es que unos hombres nos dispararon.

—No es la primera vez que oigo una historia parecida —comentó el padre Gómez—. Es una vergüenza.

—El padre Gómez y yo llevamos un año o más intentando hacer algo al respecto —terció el doctor Huerta—. Primero escribimos a la dueña de la estancia, una inglesa llamada Sarah Allersby. Creímos que querría saber que una parte de su enorme finca estaba siendo utilizada como plantación de droga.

Sam y Remi se cruzaron una mirada.

—¿Qué dijo ella? —preguntó Sam.

—Nada. Nos respondió la policía regional y dijo que no sabíamos distinguir la caña de azúcar de la marihuana y que estábamos haciendo perder el tiempo a todo el mundo.

—¿Conocen a la señorita Allersby? —inquirió Remi.

—No, nunca la hemos visto —respondió el sacerdote—. Pero ¿quién sabe de lo que está al tanto, viviendo en Ciudad de Guatemala, o en Londres, o en Nueva York?

—Mientras tanto, hombres armados hasta los dientes recorren los bosques, y camiones llenos de droga cruzan el pueblo cada pocas noches —explicó el médico—. Jóvenes de muchos pueblos de los alrededores trabajan allí. Algunos vuelven a casa, otros no. ¿Quién sabe si están bien?

—Lo siento —dijo Remi—. Tal vez nosotros podamos hablar con las autoridades en Ciudad de Guatemala y contarles la historia. A veces a la policía los forasteros les parecen más objetivos.

—He estado pensando en eso —dijo el doctor Huerta—. Si los cultivadores de droga los han visto y les han disparado, podrían estar buscándolos ahora mismo. Por seguridad, deberíamos sacarlos de aquí. Yo tengo un coche. Los llevaré al pueblo vecino para que tomen un autobús a Ciudad de Guatemala.

—Gracias —dijo Sam—. Se lo agradeceríamos mucho.

—Sí, le estaríamos muy agradecidos —asintió Remi—. ¿No para aquí el autobús?

—Ya no —respondió el sacerdote—. Santa María de las Montañas no es lo bastante grande. Solo tiene doscientos habitantes, y pocos vecinos tienen negocios fuera de aquí.

—Esperemos media hora, para asegurarnos de que los camiones de droga han pasado, antes de ponernos en camino —dijo el doctor Huerta.

—Mientras esperan, les enseñaré nuestra iglesia —propuso el padre Gómez—. Fue construida por la primera generación de conversos en el siglo XVI, bajo la dirección de los dominicos.

—Nos encantaría verla —dijo Remi.

Fueron a la iglesia con el sacerdote. En la parte delantera había un par de campanarios bajos con una fachada lisa entre ellos. Un par de puertas de madera grandes daban a una pequeña plaza que terminaba en la carretera. El estilo del templo recordó a Remi el de algunas de las misiones más pequeñas de California. Dentro había estatuas de la Virgen María y el Niño Jesús encima del altar, flanqueadas de ángeles con escudos y lanzas.

—Las estatuas fueron importadas de España en el siglo XVIII —explicó el padre Gómez—. Los bancos los hicieron los feligreses de la época. —Se sentó en la primera fila, y los

Fargo hicieron otro tanto—. Y ahora toda esa historia desemboca en el pueblo convertido en un paraíso para narcotraficantes.

—Deberían volver a pedir ayuda —dijo Sam—. Puede que la policía nacional de Ciudad de Guatemala tenga más interés por el asunto. Como Remi ha dicho, nosotros podemos contarles lo que hemos visto.

—Si pudieran darle el mensaje a Sarah Allersby, la dueña de la Estancia Guerrero, sería aún más útil. El doctor y yo tenemos la esperanza de que se parezca a muchos terratenientes ausentes. Confiamos en que, aunque ahora no preste mucha atención, cuando se entere de lo que ha estado pasando en su tierra, reaccionará.

Remi suspiró.

—Podemos intentarlo.

—No parece muy convencida. ¿Por qué?

—La conocimos hace poco, y creo que aceptaría una carta o una llamada nuestra. Pero nuestra impresión personal, y lo que hemos oído de ella, nos dice que no está dispuesta a ayudar a nadie a menos que saque provecho personal.

—¿Cree que está al tanto del contrabando de droga?

—No podemos decir que sí —contestó Remi—. El hecho de que una persona nos cause mala impresión no significa que sea una delincuente. Pero nos pareció una joven muy consentida y egoísta a la que le traen sin cuidado las normas.

—Entiendo —dijo el padre Gómez—. Inténtenlo, por favor. Es terrible tener a esos bandidos rondando la zona. Si la droga desapareciera, ellos también desaparecerían.

—Intentaremos hablar con ella —prometió Sam.

—Gracias. Será mejor que vayan con el doctor Huerta. Tiene pacientes esperándole en el pueblo vecino. —Sam y Remi recorrieron el pasillo de la iglesia detrás del padre Gómez. El párroco entreabrió unos centímetros una de las grandes puertas—. Esperen.

Ellos siguieron su mirada y vieron que había llegado una

pequeña brigada de policías fuertemente armados en un vehículo blindado. Habían detenido el coche del doctor Huerta en la calle, y su sargento estaba hablando con él. El médico no dijo gran cosa y se mostró molesto por la intrusión. Finalmente bajó del coche, cruzó la calle con el sargento, abrió la puerta de un local y se hizo a un lado.

El sargento y dos de sus hombres entraron y miraron a su alrededor, y luego volvieron a salir. El doctor cerró otra vez la puerta. A continuación regresó al coche con el sargento, quien le mandó que abriera el maletero. El hombre lo abrió, los policías lo examinaron, y lo cerró. El sargento saludó con la cabeza al doctor y se sentó en el asiento del pasajero del vehículo blindado, y cuando dio la señal, se fueron en dirección a la Estancia Guerrero.

Huerta entró en la iglesia.

—Era la misma brigada de policía que vino cuando escribimos a la señorita Allersby para contarle lo que pasa en su tierra.

—¿Qué querían de usted? —preguntó el padre Gómez.

—Hoy están buscando a dos personas que según él están metidas en el contrabando de droga: dos extranjeros, que pueden ser estadounidenses, un hombre y una mujer. Fueron vistos a pocos kilómetros de aquí, y cuando la policía hizo una redada en su campamento, encontró una gran cantidad de cocaína en sus mochilas.

Sam miró a Remi.

—Menudo cuento.

—Creo que tenemos que sacarlos de aquí —dijo el padre Gómez.

—Sí —convino el doctor Huerta—. Vamos, los llevaré.

—No queremos ponerlo en peligro —dijo Remi—. Si nos incriminan a nosotros, también incriminarán a otras personas... tal vez a usted.

—Ya me han dado el mensaje, y con eso bastará de momento. Además, el sargento sabe que por muy amigo que sea de los traficantes de droga, puede que un día necesite a un médico. Y yo soy el único en muchos kilómetros a la redonda.

—Padre Gómez, intentaremos informarle del resultado de nuestra conversación con Sarah Allersby —dijo Remi.

—Eso espero. Que Dios les bendiga en sus viajes.

Subieron al coche del médico, y los llevó en la dirección que habían seguido los camiones por la noche. Prácticamente en cuanto el vehículo llegó al final de la breve calle principal, la calzada dio paso otra vez a la grava. La carretera descendió serpenteando y se alejó del pueblo hasta internarse en un valle arbolado.

—El pueblo de Santa María de las Montañas fue un asentamiento maya tardío —dijo Huerta—. Fue construido un par de siglos después de que las grandes ciudades fueran abandonadas. Como pueden ver, se encuentra a gran altura y solo se puede acceder a él por una empinada carretera a cada lado. Probablemente fuera un lugar de refugio después de la caída de la sociedad en general.

—Debió de ser un sitio difícil de conquistar para los españoles.

—No pudieron conquistarlo —explicó el doctor Huerta—. Los indígenas de la zona eran muy belicosos. Lo que ocurrió fue que los misioneros dominicanos, frailes encabezados por De las Casas, vinieron y convirtieron pacíficamente a los indígenas.

—¿Bartolomé de las Casas? —preguntó Remi.

—Sí —respondió Huerta—. Es un héroe nacional. Fundó una misión en Rabinal, llevó la paz a los indígenas y los bautizó de uno en uno. Por eso esta región se llama Las Verapaces, «Tierras de Verdadera Paz».

Sam se fijó en la expresión del médico mientras seguía conduciendo.

—¿Ocurre algo?

El doctor Huerta negó con la cabeza.

—Disculpen, estaba pensando cosas tristes sobre De las Casas. Su sueño de una Guatemala donde los mayas tuvieran igualdad de derechos no se hizo realidad, ni siquiera ahora. El pueblo maya ha sufrido durante mucho tiempo. Y en las guerras civiles, los que más sufren son los más pobres.

—¿Por eso usted ejerce la medicina aquí? —preguntó Remi.

Él se encogió de hombros.

—La lógica me dictaba que trabajase con la gente que más me necesitaba. Cada vez que tengo ganas de marcharme, pienso en eso.

—¿Qué es eso de ahí delante? —inquirió Remi—. Parece uno de los camiones de marihuana.

—Agachen la cabeza —ordenó el doctor Huerta—. Intentaré deshacerme de ellos.

Sam y Remi se agacharon en el asiento trasero. Sam se tumbó de costado en el suelo, y Remi se tumbó en el asiento y los tapó a los dos con la manta que el doctor Huerta tenía en el asiento, de modo que parecía que ella estuviera enferma y fuera la única pasajera.

El doctor Huerta avanzó. El camión estaba parado en mitad de la carretera, y el conductor y el guardia se encontraban fuera de la cabina, indicando con la mano al coche de Huerta que parase.

—Parece que tienen un problema con el motor. Quieren que pare —les dijo el doctor Huerta a Sam y Remi.

—No tiene muchas opciones —dijo Sam—. Hágalo.

El doctor Huerta paró detrás del camión, y el conductor se acercó a su ventanilla. Se dirigió al médico en español, y el médico le contestó, señalando con el brazo en dirección a Remi, que estaba tumbada en el asiento trasero. Rápidamente el hombre dio dos pasos atrás e indicó al doctor Huerta con la mano que siguiera adelante.

Remi había estado escuchando.

—¿Qué son las «parótidas»? —preguntó.

—Es una enfermedad vírica común. En su idioma se llaman «paperas». Le he dicho que usted estaba en la fase más contagiosa de la enfermedad. En los varones adultos, puede provocar impotencia.

Remi rio.

—Qué rapidez de reflejos.

Apartó la manta para que Sam pudiera sentarse a su lado.

Una hora más tarde, el doctor Huerta los dejó en un pueblo más grande, y pronto estaban sentados en la parte trasera de un autobús con dirección a la ciudad de Cobán. De Cobán a Ciudad de Guatemala había doscientos catorce kilómetros más, un viaje de cinco horas.

Cuando llegaron a Ciudad de Guatemala se registraron en el hotel Real InterContinental, en el centro de Zona Viva, la zona 10, donde se encontraban los mejores restaurantes y la mejor vida nocturna. Cuando Sam y Remi subieron a su habitación y pudieron enchufar los teléfonos para recargar la batería, Sam llamó a la sucursal en Ciudad de Guatemala del banco estadounidense en el que tenía una cuenta y solicitó alquilar una caja fuerte.

Él y Remi recorrieron las tres manzanas hasta el banco, alquilaron la caja y guardaron el oro y las reliquias de jade que habían encontrado en el río subterráneo en su interior, donde estarían a buen recaudo.

Volvieron andando al hotel y, por el camino, se detuvieron en unas tiendas de ropa para comprar vestuario nuevo y un par de maletas, y luego llamaron a Selma.

—¿Dónde habéis estado? —preguntó ella—. Llevo dos días intentando llamaros.

—Se nos descargaron las baterías de los móviles cuando los llevamos a bucear —dijo Remi. Le dio a Selma el nombre de su hotel, el número de habitación y una versión breve de cómo habían llegado allí. Terminó diciendo—: ¿Qué tal todo por casa?

—Mal —contestó Selma—. Casi me da miedo decírtelo.

—Voy a poner el manos libres para que Sam pueda oír también —dijo Remi.

—De acuerdo —dijo Selma—. Alguien encargó que cuatro hombres fueran a la universidad y se hicieran pasar por agentes del FBI y de la aduana de Estados Unidos y por dos agregados culturales mexicanos. Mostraron sus credenciales, y los rectores de la universidad buscaron los nombres para confirmar que esas personas existían. Así que...

—¿Se llevaron el códice?

—Sí —respondió ella—. Lo siento. Espero que no culpen a David Caine. Los abogados de la universidad dijeron que el códice tenía que entregarse a unos oficiales mexicanos legítimos, de modo que el rector de estudios llevó a esos hombres directamente a la habitación del archivo donde David estaba estudiando el códice con lupa. Descubrimos que los rectores de la universidad también habían llamado a la policía por si había que contener a David.

—No culpamos a David —dijo Sam—. Mira a ver si puedes averiguar dónde estaba Sarah Allersby en ese momento. El hecho de que sufriéramos un intento de robo justo después de que ella y sus abogados tratasen de comprarnos el códice la convierte en mi principal sospechosa.

—Su avión privado despegó tarde de Los Ángeles la noche del robo —dijo Selma—. Tenía programado el vuelo para la tarde, después de la visita a vuestra casa, pero presentaron un nuevo plan de vuelo la noche que realmente se marchó.

—¿Adónde fue? —preguntó Sam.

—El plan de vuelo era para Ciudad de Guatemala.

—Entonces, ¿está aquí? —dijo Remi—. ¿Ha traído el códice aquí?

—Eso parece —asintió Selma—. Es una de las ventajas de tener un avión privado: no tienes que esconder lo que robas en el equipaje.

15

Ciudad de Guatemala

Durante doscientos años la mansión de Sarah Allersby en Ciudad de Guatemala había sido el hogar de la acaudalada familia Guerrero. Se trataba de un palacio español dotado de una enorme escalera de piedra, una fachada tallada y una alta puerta de dos hojas en la parte delantera. Las alas de la casa de dos plantas formaban un círculo y rodeaban un gran patio.

Cuando Sam y Remi llamaron, un hombre alto y musculoso de treinta y tantos años con la cara y la constitución de un boxeador, y que podría haber sido el mayordomo pero probablemente fuese el jefe de seguridad, abrió la puerta.

—¿El señor y la señora Fargo?

—Sí —dijo Sam.

—Los están esperando. Pasen, por favor. —Retrocedió para dejarles pasar y acto seguido miró a un lado y otro de la calle al cerrar la puerta—. La señorita Allersby los verá en la biblioteca.

El vestíbulo estaba dominado por un par de losas con grabados de deidades de aspecto especialmente feroz que parecían vigilar la casa. El hombre llevó a los Fargo por delante de ellas hasta una puerta con un alto dintel de piedra grabado de forma elaborada que a Remi le pareció de un edificio maya.

Dentro había una biblioteca como las que se encuentran en las casas de campo inglesas cuando son lo bastante antiguas y sus dueños lo bastante ricos. El hombre esperó a que Sam y Remi se sentasen en un gran sofá de cuero anticuado y salió.

La habitación estaba diseñada para evocar antigüedad y prestigio social. Había un antiguo globo terráqueo, de aproximadamente un metro y veinte centímetros de diámetro, sobre un soporte. Unos atriles antiguos situados a lo largo de un lado de la sala sostenían grandes libros abiertos: uno era un diccionario de español antiguo y el otro un atlas del siglo XVII coloreado a mano. Las paredes estaban llenas de altas estanterías con miles de libros encuadernados en piel. A lo largo de la pared interior, por encima de las estanterías de obras del siglo XIX, había colgados retratos de damas españolas, tocadas con mantillas y ataviadas con vestidos de encaje, y caballeros españoles con chaquetas negras. Remi pensó que esa habitación no era obra de Sarah Allersby. Ella simplemente había conseguido la casa de los Guerrero y la había ocupado. Remi confirmó su impresión mirando el estante más cercano, cuyos libros tenían títulos en español repujados en oro en los lomos.

Al fondo de la sala, una vitrina exhibía los adornos de oro batido y jade tallado del traje de un dignatario maya del período clásico, una selección de imaginativas vasijas de barro mayas con forma de ranas, perros y aves, y ocho estatuillas de oro fundido.

Oyeron el golpeteo de unos tacones altos contra el suelo de piedra pulido mientras Sarah Allersby cruzaba el vestíbulo. Entró en la sala andando a paso rápido, sonriendo.

—Vaya, de verdad son Sam y Remi Fargo. Sinceramente, no esperaba volver a verlos a ninguno de los dos, y menos en Guatemala.

Llevaba la falda negra de un traje sin la chaqueta, unos zapatos negros y una blusa de seda blanca con un volante en el cuello, un conjunto que transmitía la impresión de que había estado ocupada en otra parte de la casa. Miró su reloj como si estuviera poniendo en marcha un cronómetro y acto seguido volvió a mirarlos a ellos.

Sam y Remi se levantaron.

—Hola, señorita Allersby.

Sarah Allersby se quedó donde estaba, sin hacer el menor intento de estrecharles la mano.

—¿Están disfrutando de su estancia en nuestro país?

—Desde que la conocimos en San Diego, hemos estado explorando Alta Verapaz —dijo Remi—. Supongo que el códice nos concienció sobre el país de los mayas y decidimos conocerlo mejor.

—Qué aventureros. Debe de ser maravilloso poder dejarlo todo para satisfacer tu curiosidad cuando se te antoja. Los envidio.

—Cosas del retiro —dijo Sam—. Debería dedicar menos tiempo a adquirir cosas.

—Aún no —replicó Sarah—. Todavía estoy en la fase de consolidación. De modo que han venido aquí y la primera persona a la que han decidido visitar soy yo. Me siento halagada.

—Sí —dijo Sam—. El motivo por el que hemos venido es que nuestra excursión nos llevó cerca de una finca de su propiedad: la Estancia Guerrero.

—Qué interesante.

La expresión de la joven era cautelosa, alerta pero impasible.

—Tuvimos que pasar por allí porque un contingente de hombres bien provistos de armas nos estaba persiguiendo. Abrieron fuego en cuanto nos vieron, así que tuvimos que huir y tomamos un atajo a través de su finca. Lo que vimos al cruzar su tierra fue una plantación de marihuana muy grande con un centenar de jornaleros que recolectaban la cosecha, la secaban, la empacaban y la enviaban.

—Menudo día de locos tuvieron —comentó ella—. ¿Y

cómo escaparon de todos esos hombres armados, si puede saberse?

—¿No cree que lo que debería preguntarnos es qué hacen todos esos delincuentes en su rancho? —dijo Remi.

Sarah Allersby sonrió indulgentemente.

—Piensen en el Parque Nacional de los Everglades de su país. Tiene unas seiscientas mil hectáreas. La Estancia Guerrero tiene más del doble de tamaño. Es una de las varias fincas que tengo en distintas regiones de Guatemala. No hay forma de evitar que todo el mundo entre en esa tierra. Hay partes a las que solo se puede llegar a pie. Los campesinos han entrado y salido durante miles de años, y sin duda muchos de ellos con malas intenciones. Tengo contratados a varios hombres del distrito para que impidan la explotación forestal de los bosques de árboles raros, la caza furtiva de especies en peligro de extinción y el saqueo de yacimientos arqueológicos. Pero la lucha armada con bandas de narcotraficantes es cosa del gobierno, no mía.

—Pensamos que debíamos advertirla de la actividad ilegal que tiene lugar dentro de su propiedad.

Sarah Allersby se inclinó hacia delante, una postura inconsciente que le hacía parecer un gato a punto de saltar.

—Parece que tenga dudas.

Remi se encogió de hombros.

—Solo tengo la certeza de que ha sido informada. —Ofreció la mano a Sarah, quien la aceptó—. Gracias por concedernos unos minutos de su tiempo.

Cruzaron la puerta y salieron al vestíbulo, y Sarah los siguió.

—Es poco probable que vuelva a ocurrir —dijo. Mientras cruzaba el suelo de baldosas antiguas en la otra dirección, añadió—: Creía que habían venido a decirme algo gracioso sobre mi códice maya.

Remi se detuvo y se volvió.

—¿Su códice maya?

Sarah Allersby rio.

—¿He dicho eso? Qué tonta soy.

Siguió andando. Mientras desaparecía por otra salida, la puerta principal se abrió detrás de los Fargo. El criado que les había dejado pasar apareció. Ahora iba acompañado de otros dos hombres trajeados. Abrieron la puerta al matrimonio para que no retrasasen su partida.

En cuanto estuvieron fuera, Remi dijo:

—No ha sido muy gratificante que digamos.

—Busquemos otra forma de que se haga algo —dijo Sam.

Bajaron los escalones y salieron a la calle. Giraron a la derecha y recorrieron otros cien metros, y entonces Sam se detuvo y paró un taxi.

—A la avenida Reforma. La embajada de Estados Unidos.

En la embajada, la recepcionista les pidió que esperasen mientras buscaba a un empleado para que hablase con ellos. Cinco minutos más tarde, una mujer salió de una puerta detrás de la recepción y se acercó a ellos.

—Soy Amy Costa, del Ministerio de Asuntos Exteriores. Vengan a mi despacho. —Cuando estuvieron dentro, preguntó—: ¿En qué puedo servirles?

Sam y Remi le contaron lo ocurrido en la Estancia Guerrero y sus inmediaciones. Le hablaron de los hombres que los habían seguido y atacado, la enorme plantación de plantas de marihuana y árboles de coca, y los convoys de camiones. Describieron al médico y el sacerdote que les habían pedido que presentaran sus súplicas a Sarah Allersby y la respuesta de la joven. Y, por último, Sam le habló del códice maya.

—Si el códice está en sus manos, o se descubre que ha estado en sus manos, entonces lo consiguió mandando a unos hombres que se hicieran pasar por funcionarios públicos en la Universidad de California en San Diego y que lo robasen.

Amy Costa redactó un informe mientras escuchaba y solo los interrumpió para solicitarles fechas o datos de ubicación aproximados que hubieran quedado registrados en sus teléfonos. Cuando concluyeron el relato, dijo:

—Pasaremos esta información al gobierno de Guatemala. Pero no se impacienten a la hora de conseguir resultados.

—¿Por qué no? —preguntó Remi.

—El gobierno ha estado haciendo un trabajo encomiable intentando controlar a los traficantes y cultivadores de droga, que también están destruyendo los bosques, sobre todo en la región de Petén, para crear fincas ganaderas gigantescas. Pero las bandas de narcotraficantes tienen más hombres y más armas. En el último par de años, la policía ha recuperado unas ciento veinte mil hectáreas de las manos de los capos de la droga, pero eso solo es una parte diminuta del total.

—¿Y Sarah Allersby?

—Por supuesto, somos conscientes de su presencia desde que llegó al país. Es una figura muy visible de la vida nocturna europea: hermosa, rica, desinhibida, extravagante. Es casi una celebridad en esta ciudad. Y no me sorprendería en absoluto que estuviera detrás del robo del códice maya. Cree que las leyes son costumbres locales para las personas poco inteligentes o poco imaginativas. Pero como todos los aristócratas, ella no hace el trabajo sucio. Contrata a gente como los impostores que se llevaron el códice. Es muy poco probable que aquí la acusen de algún delito. —Hizo una pausa—. Cualquier delito.

—¿De verdad? —dijo Remi—. Pero es una extranjera como nosotros.

—Hay una diferencia. —La mujer hizo otra pausa—. Lo que voy a contarles es extraoficial. Ella lleva años aquí ayudando en el plano social y económico a mucha gente poderosa. Es una importante terrateniente, y aunque comprando la tierra no se puede adquirir el estatus social del antiguo dueño, está claro que la riqueza visible es una buena forma de recibir invitaciones. Ella siempre ha contribuido a las campañas políticas de los posibles vencedores... y, lo que es más importante, a las de los perdedores seguros con buenos contactos. Puede conseguir muchas cosas con una sola llamada de teléfono, o incluso con una indirecta lanzada en una fiesta.

—¿No podemos al menos hacer que la policía de Guatemala inspeccione la estancia? Los miles de hectáreas de plantas en los campos y las toneladas de brotes en los secaderos son bastante difíciles de esconder. Y si examinaran las operaciones de Allersby, sus oficinas, sus casas, forzosamente encontrarían...

—¿El códice maya?

—Bueno, eso es lo que nos gustaría. Pero seguro que encontrarían pruebas de que ha estado beneficiándose de las operaciones relacionadas con la droga.

Amy Costa sacudió la cabeza despacio.

—Eso sería una empresa demasiado vasta. Las autoridades saben que en el norte y en el oeste los cárteles han estado operando en las grandes extensiones de tierra virgen. A la policía le encantaría pararles los pies. Pero lo que usted propone no se llevará a cabo. Aunque encontrasen todo lo que ustedes vieron, no detendrían a Sarah Allersby. ¿No lo ven? Ella sería la principal víctima. La policía podría detener a cien campesinos mayas pobres al cuidado de la cosecha. Toda la actividad (los negocios sucios, las transacciones económicas) tuvo lugar en la casa lujosa de alquien aquí, en la capital. En Guatemala, si eres lo bastante rico para tener millones de hectáreas en el campo, eres demasiado rico para vivir allí.

—Pero ¿pasará la información a la policía?

—Por supuesto —contestó ella—. Esto no es un delito, es una guerra. No dejamos de luchar. Lo que ustedes me han contado puede resultar útil, incluso importante, algún día. Puede servir para meter a alguien en la cárcel.

—¿Cree que deberíamos acudir también a la policía nacional?

—Pueden hacerlo si lo desean, pero podemos hacerlo juntos. ¿Disponen de una hora aproximadamente?

—Desde luego.

—Denme un minuto para avisar y nos iremos. —Marcó un número de teléfono y habló brevemente en un español acelerado. Acto seguido llamó por el interfono a la recepcionista—. Pídeme un coche, por favor. Saldremos cuando esté listo. —A continuación, se dirigió a los Fargo—: Está en la zona 4, demasiado lejos para ir andando.

Los llevaron en coche a la comisaría de policía nacional de la avenida 3-11. El agente de policía de la puerta reconoció a Amy Costa y los hizo pasar. Costa recorrió el pasillo hasta un ascensor, que los llevó a un despacho.

El agente uniformado, que se levantó cuando entraron, era joven y tenía los ojos claros.

—Este es el comandante Rueda. Ellos son Sam y Remi Fargo. Son dos turistas estadounidenses que han visto cosas que podrían interesarle. ¿Señor Fargo...?

Sam le contó la historia, y Remi aportó detalles y proporcionó las ubicaciones por GPS de los lugares descritos. Cada vez que el comandante ponía cara de desconcierto, Amy Costa traducía las palabras al español. Al final del relato de los Fargo, el comandante dijo:

—Muchas gracias por informarnos. Presentaré un informe al mando central en el que recogeré sus experiencias.

Se levantó para poner fin a la visita.

Sam permaneció sentado.

—¿Pasará algo? ¿Registrarán las fincas de Sarah Allersby o auditarán sus cuentas bancarias?

El comandante se mostró comprensivo. Volvió a sentarse.

—Lo siento, pero eso no pasará. Está claro que la banda armada era uno de los grupos que vigilan el norte para proteger los ranchos en los que se cultiva y envía la droga. La marihuana es un cultivo estable y seguro que cualquiera puede plantar en cualquier zona apartada. Pero no hay pruebas de que exista una conexión con Sarah Allersby. Esos delincuentes se pueden infiltrar en cualquier parcela de selva, incluido un parque nacional. Hacemos una redada, y aparecen en otra parte. Y cuando nos vamos, vuelven. ¿Pagan a un terrateniente por el privilegio del que gozan? A veces, pero no siempre. Lo que más me preocupa de su declaración, sinceramente, es que aseguren haber visto árboles de coca. Aquí no hemos tenido cultivos de coca. Hasta ahora, solo hemos sido un lugar de parada en la ruta desde Sudamérica.

—Si tuviera motivos para registrar las casas, los bancos y los negocios de Allersby por un asunto y descubriera otro, ¿podría detenerla?

—Sí, suponiendo que tuviéramos un buen motivo legal para registrar. Esta vez no tenemos una conexión directa con ella. —El comandante pareció tomar una decisión—. Voy a contarles algo confidencial. Como muchos empresarios ricos y activos, Allersby ha sido investigada alguna que otra vez. De heho, ha ocurrido dos veces que yo sepa en este despacho. Pero no encontramos nada.

—¿Ninguna cantidad de dinero que no pudiera justificar? ¿Ninguna reliquia maya? Esa mujer se hace llamar coleccionista, y hemos visto muchas en su casa.

—Que tenga dinero que no declare aquí no es ningún misterio —dijo el comandante—. Tiene intereses en muchos países y una familia rica. Si tiene reliquias mayas, puede decir que formaban parte de la finca que compró a la familia Guerrero o que son unos objetos que sus trabajadores encontraron hace poco y de los que ella habría informado. No hay nada delictivo en ello a menos que haga algo definitivo y extremo: venderlos o sacarlos del país.

—¿Qué nos recomendaría hacer usted? —preguntó Remi.

—Lo que seguro que la señorita Costa les ha dicho que hagan: que vuelvan a casa. Si lo desean, pueden buscar códices o fragmentos de ellos en los mercados de internet. A menudo los artículos se dividen y se venden. Si el códice aparece presentaremos cargos y lo confiscaremos.

—Gracias —dijo Remi.

Sam estrechó la mano del comandante.

—Le agradecemos su atención.

—Gracias a ustedes por las pruebas. Y, por favor, no se desanimen. A veces la justicia es lenta.

Amy Costa se ocupó de que el coche de la embajada los dejara en su hotel. Una vez en su habitación, llamaron a Selma y le pidieron que les comprara billetes de vuelta a Estados Unidos. Mientras esperaban noticias suyas, fueron a una librería de libros en inglés con el fin de comprar lecturas para el largo vuelo a casa.

Su itinerario incluía una escala en Houston, pero el vuelo duró solo siete horas y cuarenta y un minutos. Sam durmió durante la mayor parte del vuelo a Houston mientras Remi leía un libro sobre la historia de Guatemala. En el segundo vuelo, Remi durmió mientras Sam leía. Cuando el avión descendió para acercarse a la pista de aterrizaje de San Diego, Remi abrió los ojos.

—Ya sé cuál es el problema —comentó—. Estamos olvidándonos de nuestro mejor aliado.

—¿Y quién es?

—Bartolomé de las Casas.

16

San Diego

Sam y Remi salieron del aeropuerto y se encontraron a Selma esperándolos en el sedán Volvo. Zoltán estaba sentado tranquilamente en el asiento trasero del coche. Remi subió a la parte trasera y se sentó al lado del perro, que le lamió la cara mientras ella lo abrazaba y lo acariciaba.

—Zoltán. *Hianyoztal.*

—¿Qué has dicho? —preguntó Selma.

—He dicho que lo he echado de menos. También te he echado de menos a ti, pero tú no eres un perro húngaro.

—Lo mismo digo —contestó Selma—. Hola, Sam.

—Hola, Selma. Gracias por venir a recibirnos.

—Es un placer. Zoltán y yo hemos estado dando vueltas por casa como almas en pena desde el robo en la universidad. David Caine llama todos los días, pero le he dicho que os pondríais en contacto con él cuando volvierais a casa.

—Eso me recuerda que no vamos a quedarnos mucho tiempo. Nos vamos a España —anunció Sam—. Pero antes queremos reunirnos contigo y con David. Os pondremos al día sobre todos los asuntos y luego nos centraremos en el siguiente paso.

—Está bien. Cuando lleguemos a casa me pondré con las

reservas —dijo Selma—. Es una lástima que os vayáis. Mientras estabais en Guatemala los obreros terminaron de pintar y dieron los últimos retoques. Vuestra casa vuelve a ser vuestra casa.

—¿No quedan carpinteros ni pintores ni electricistas? —preguntó Remi.

—Ni uno —respondió Selma—. Incluso he contratado a un equipo de limpieza para asegurarme de que no hay ningún agujerito de bala, ninguna mancha microscópica de sangre ni ninguna esquirla de cristal roto en alguna parte. Todo está nuevecito.

—Gracias, Selma —dijo Remi—. Te lo agradecemos.

—Intentaremos mantenerlo en buen estado no disparando armas de fuego en la sala de estar —dijo Sam.

—Selma, quiero que pases un tiempo conmigo antes de que veamos a David Caine —dijo Remi—. Necesito que me cuentes todo lo que sepas sobre Bartolomé de las Casas y los cuatro códices mayas conocidos.

—Será un placer —dijo Selma—. He estado recopilando información sobre esos temas desde que estuvisteis en México.

Seis horas más tarde estaban en la planta baja de su casa, sentados en torno a la mesa de conferencias. En el centro había una fotocopia de la carta de Bartolomé de las Casas.

—Creo que a Remi le gustaría empezar —le dijo Sam a David Caine, que acababa de llegar.

—Yo solo quería darle las gracias a Selma por haber fotografiado la carta antes de entregármela —interpuso David.

Remi empezó.

—Para cuando la existencia del Códice Dresde se hizo de dominio público, un estudioso italiano había hecho un calco del libro. Antes de que el Códice Madrid llegara al Museo de América de Madrid, un abad francés hizo una copia. El Códice París fue copiado por el mismo estudioso italiano que calcó el de Dresde. En la Bibliothèque Nationale, alguien tiró el original a un cesto en un rincón de una habitación, y el ejemplar se deterioró, de modo que está bien que hubiera una copia.

—Una interesante serie de casualidades —comentó David Caine—. ¿Adónde quieres ir a parar?

—Sabemos que el códice estuvo en algún momento en manos de Bartolomé de las Casas. Esta carta demuestra que lo tocó, que sabía que era importante y consideraba que había que salvarlo —dijo Remi.

—Sabemos que era un ferviente defensor de los derechos de los pueblos indígenas y que creía en el valor de sus culturas, y que estudiaba y hablaba sus idiomas —terció Selma.

David Caine se dio un manotazo en la frente.

—¡Claro! Estáis diciendo que existe una posibilidad de que De las Casas hubiera hecho una copia.

—No podemos estar seguros —dijo Remi—, pero creo que merece la pena comprobarlo.

—Es una posibilidad remota —observó Caine—. Que yo sepa, en ninguno de sus escritos menciona que hiciera una copia de un libro maya. Sí que menciona haber visto a los sacerdotes quemándolos.

—Después de dejar la misión de Rabinal, De las Casas se convirtió en obispo de Chiapas, en México. Luego volvió a la corte de España, donde fue un asesor muy poderoso en asuntos relacionados con los indígenas de las colonias. Y ahí está el detalle interesante. Cuando murió en 1566, legó una blibilioteca muy completa al Colegio de San Gregorio de Valladolid.

David Caine consideró esa información.

—¿Sabéis qué? Creo que vuestra observación sobre la naturaleza humana puede ser acertada. Parece que en Europa todo el que apreciaba la importancia de los códices mayas hizo copias. Incluso yo hice copias fotográficas. Prácticamente fue lo primero que hice. Ojalá no se las hubiera dado a esos falsos funcionarios.

Selma desvió rápidamente la conversación a De las Casas.

—Entonces estamos de acuerdo. Sabemos que De las Casas lo vio y que es alguien que habría querido tener una copia. Si hizo una, casi con toda seguridad se conservó con sus libros y papeles en vez de ser entregada a la corte de España. Sus libros y papeles están en Valladolid. Si la copia existía, y si ha estado en una biblioteca de España todo este tiempo en lugar de en la calurosa y húmeda selva guatemalteca, probablemente haya sobrevivido.

—Eso es mucho suponer —dijo David Caine—. Pero para apoyar un poco el argumento, sabemos que él no habría dejado ningún documento sensible ni incriminatorio en el Nuevo Mundo, donde sus enemigos, los franciscanos o las encomiendas, pudieran encontrarlo. Sin duda se los habría llevado a España.

—Mucho suponer, de acuerdo, pero cada suposición tiene muchos argumentos a favor y ninguno en contra —dijo Remi.

—Considerémoslo una hipótesis fundamentada poco probable —apuntó Selma—. Habría que verificarla.

—Está bien, Selma —dijo Sam—. Encárgate de los preparativos para nuestro viaje a Valladolid, por favor. Haznos una fotocopia de la carta para que podamos reconocer su letra si la vemos.

Sarah Allersby estaba sentada en la gigantesca oficina de la Empresa Guerrero, en la zona antigua de Ciudad de Guatemala. Antiguamente había sido la oficina administrativa en la capital de la poderosa y acaudalada familia Guerrero. Los Guerrero habían ocupado el edificio desde la época colonial hasta que la guerra civil contemporánea desangró muchos de sus negocios y obligó a la generación más joven a emigrar a Europa para llevar vidas ociosas. La oficina se encontraba cerca del Palacio Nacional, porque las grandes familias de ganaderos, por necesidad, habían tomado parte en el gobierno.

Durante todo el siglo XIX y la mayor parte del XX, un hombre de la familia Guerrero retiraba su silla del gran escritorio de caoba de la oficina, cogía su sombrero y su bastón del perchero que había cerca de la puerta, encendía un puro y recorría la calle hasta la sede del gobierno para proteger y favorecer los intereses de las empresas de la familia Guerrero. El edificio tenía una fachada barroca impresionante pero de escasa altura, una serie de puertas de dos hojas tan pesadas que Sarah tuvo que hacer instalar un motor eléctrico para abrirlas más fácilmente, y suelos de baldosas antiguas fabricadas y decoradas por los mismos artesanos que habían hecho la iglesia de La Merced. Los techos tenían cuatro metros y medio de altura y, cada pocos metros, un gran ventilador lento creaba el ambiente subtropical adecuado, aunque el aire que hacía circular estaba refrigerado a veintidós grados.

Sarah utilizaba un teléfono de mesa de los años treinta con una línea codificada que era revisada por sus empleados de seguridad dos veces al día para detectar cambios en los ohmios de resistencia que indicasen la presencia de algún dispositivo de escucha.

—Buenos días, Russell —dijo—. La línea es segura, así que puedes hablar con toda libertad.

El hombre al otro lado de la línea trabajaba para la Estancia Guerrero, pero la familia de Sarah había empleado sus servicios muchas veces antes de adquirir los terrenos en Guatemala. Era el hombre que se había hecho pasar por agente del FBI en San Diego.

—¿Qué puedo hacer por usted, señorita Allersby?

—Más problemas relacionados con el artículo que recogimos en San Diego. Sam y Remi Fargo han estado aquí, en Guatemala, e incluso consiguieron entrar en la estancia. Han estado difamándonos a mí y mi compañía ante cualquiera dispuesto a escucharlos. Por lo visto creen que yo estoy detrás del negocio de marihuana de la Estancia, como si fuera una traficante de droga de tres al cuarto. Querían que la policía registrara mi casa y todas mis propiedades. Imagínate.

—¿Existe alguna posibilidad de que la policía haga eso?

—Por supuesto que no —contestó ella—. Pero no puedo hacer como si nada. Se fueron a Estados Unidos ayer. Sé que no conseguirán nada de las autoridades de aquí, pero no tengo forma de saber lo que hacen allí. Necesito tenerlos vigilados un tiempo.

—Desde luego —dijo él—. Hay dos formas de abordar un asunto como este. Podemos contratar a unos detectives privados de San Diego. Eso significaría que quedaría constancia de que los hemos contratado y nos arriesgaríamos a que algún día tuvieran que revelar quién los contrató en los tribunales. Y luego está...

—La otra forma, por favor —dijo ella—. Lo que hemos hecho en San Diego podría generar unos problemas legales terribles. Y me preocupa ese Sam Fargo. Es vengativo. No lo dejará correr. Y si quisiera dejarlo correr, su mujer no le dejaría. Creo que está celosa y teme que yo ponga en peligro su matrimonio. No tiene nada más que su cara bonita, y en cuanto hay una mujer más guapa cerca, sabe que tiene problemas.

—De acuerdo —asintió Russell—. Los Fargo no me han visto. Puedo ocuparme del trabajo con otro buen profesional. Podemos estar en San Diego dentro de un par de horas.

—Gracias, Russell. Enviaré algo de dinero a tu empresa para cubrir los gastos iniciales.

—Gracias.

—Saber que tú te ocupas personalmente del problema me ayudará a dormir mejor. Yo no puedo ocuparme de todo el mundo que quiere perjudicarme.

—¿Quiere que fije un tope de gastos?

—No. Si se marchan de Estados Unidos, envía a alguien adonde vayan. Quiero saber dónde están. Y no quiero que vuelvan a presentarse en mi casa nunca más. Pero no quiero dejar constancia de que los he seguido. No puedo permitir que arruinen mi reputación.

Russell ya había empezado a prepararse para el viaje mientras escuchaba. Sacó una maleta de su armario y la dejó sobre la cama.

—La avisaré en cuanto tenga información.

—Gracias, Russell.

A continuación, Russell marcó el número de Jerry Ruiz, el hombre que se había hecho pasar por el ministro de cultura mexicano cuando confiscaron el códice.

—Hola, Jerry. Soy Russ. Me gustaría que vinieras conmigo a hacer un trabajito de vigilancia.

—¿Dónde?

—En San Diego, otra vez, pero podríamos tener que viajar a cualquier parte. Tenemos que seguir la pista a una pareja, nada más. Podemos dividirnos lo que Sarah nos dé a partes iguales.

—¿Es para ella? Está bien, me apunto.

—Te recogeré dentro de media hora.

Russell colgó y volvió junto a la maleta. Metió la ropa que usaba para los trabajos de vigilancia: tejanos negros, cazadora de nailon azul marino y zapatillas negras, gorras de varios colores, unos pantalones de senderismo verde militar que se convertían en bermudas, un par de americanas de color azul marino y gris, y unos pantalones caqui. Él y Ruiz viajarían en avión y alquilarían un coche, y al cabo de un par de días lo entregarían y conseguirían otro. A lo largo de los años había descubierto que hasta el menor cambio en su aspecto tenía un efecto espectacular. Poniéndose una gorra y una chaqueta distina se convertía en otra persona. Alternándose al volante, bajando del coche y sentándose a la mesa de un restaurante, se convertía en invisible.

Completó el equipaje añadiendo algunas herramientas: un telescopio de caza de sesenta aumentos, con un pequeño trípode, y sus armas personales y munición. Sabía que Ruiz vendría preparado. Normalmente su compañero llevaba una pistola, incluso en Los Ángeles, y tenía una navaja en la bota, porque se había acostumbrado a eso. De adolescente había trabajado de recaudador para una banda y luego se había hecho policía durante un tiempo. Al entrar en la madurez había experimentado un extraño cambio y había empezado a parecerse a un político o un juez mexicano. Su aspecto le convertía en el hombre indicado para el trabajo. No despertaba sospechas automáticamente. Además, hablaba español con fluidez, y muchas veces eso era de ayuda.

Cuando Russell aceptaba esa clase de encargos, le gustaba disponer de más tiempo para prepararse, pero se las arreglaría. Incluyó el pasaporte, cinco mil dólares en efectivo y un ordenador portátil. Cerró la maleta y salió a por el coche. Cerró la puerta de la casa con llave y se detuvo un instante para asegurarse de que no se había olvidado de nada esencial. A continuación subió al coche y se dirigió a la casa de Ruiz, pensando en el trabajo.

Sarah Allersby estaba a punto de dar un paso importante para descubrir quién era. Así era como él lo veía. Había trabajado para muchos jefes a lo largo de los años y había visto cómo aprendían. Partían de la idea de que eran mejores que otras personas y, por lo tanto, tenían la responsabilidad de dirigirlos. A cambio de esa valiente labor, ellos se quedaban la mayor parte de la riqueza. Una vez que tenían la riqueza, era suya, y tenían el derecho a protegerla y los privilegios que comportaba. Si eso era cierto, también tenían el derecho a conseguir más de la misma forma; o, a decir verdad, de cualquier forma, incluido el robo. Participaban en negocios en los que moría gente de forma indirecta, y ellos no tenían que presenciarlo. Diego San Martín, el capo de la droga que pagaba a Sarah a cambio de la seguridad de poder cultivar marihuana en el terreno de una mujer rica y respetable, había matado a gente. Probablemente mataba continuamente. Poco a poco, ella se estaba acostumbrando a la idea de que eso carecía de importancia. Russell había conocido al padre de Sarah, el señor Allersby, después de que hubiera llegado a ese punto. El primer trabajo de Russell para el viejo Allersby había sido matar a un hombre: un rival en los negocios que se estaba preparando para entablar un pleito por violación de patente.

Aunque Sarah todavía no había dado el paso, Russell sabía que estaba a punto de encargar la muerte de esos Fargo. Podía ocurrir en el cualquier momento. Consideró oportuno parar en la oficina para recoger un par de artículos más. Llevó el coche a la parte trasera del edificio y subió por la escalera exterior, abrió la puerta con llave y encendió la luz.

Se dirigió a un archivador cerrado con llave y lo abrió. Sacó un par de cuchillos de cerámica afilados, que no activarían los detectores de metales, y un kit de viaje para diabéticos, con agujas y frascos de insulina, en un estuche de piel. La insulina de los frascos había sido sustituida por Anectine, un medicamento que los cirujanos usaban para detener el corazón. Ellos lo reanimaban con adrenalina, pero, evidentemente, Russell no se dedicaba a reanimar corazones, de modo que no tenía nada de eso. Abrió el estuche de piel y miró la fecha de caducidad. Era el nuevo; solo hacía un mes que lo tenía. Cogió el kit y lo guardó en la maleta.

Russell siguió conduciendo con destino a casa de Ruiz sintiéndose mejor. Cuando por fin Sarah reconociera lo que quería hacer, Russell y Ruiz podrían ocuparse de ello sin dudas ni retrasos. Los clientes de clase alta como ella detestaban las dudas, y detestaban esperar. Querían poder expresar su voluntad y que se llevase a cabo en el acto, como si fueran dioses.

17

De San Diego a España

Remi y Sam partieron de San Diego en avión dos días más tarde. El vuelo los llevó al aeropuerto JFK de Nueva York, donde tuvieron que esperar al siguiente vuelo a Madrid a última hora de la tarde. Llegaron al aeropuerto de Madrid-Barajas por la mañana muy temprano.

Cuando estuvieron de visita en Guatemala, intentaban parecer turistas amantes de la naturaleza o aficionados a la historia, de modo que solo llevaban la ropa tropical gastada que habían metido en sus mochilas. Estaba vez viajaban como una pareja de turistas estadounidenses ricos que era imposible que estuvieran haciendo algo serio.

Habían comprado un nuevo equipaje a juego que parecía tan caro como les había costado. Cada maleta tenía una etiqueta de piel repujada en la que ponía «Fargo»; en una estaban los trajes Brioni que Sam había adquirido hacía unos meses en Roma, y en la otra, algunos de los elegantes vestidos, zapatos y joyas de Remi. Ella llevaba un vestido Fendi sin mangas de piel perforada con forro de seda color piel que había estado reservando, un vestido Dolce & Gabbana con estampado de flores y un escotado vestido J. Mendel de cuello redondo que había hecho que

Sam la siguiera con la vista por la habitación cuando se lo probó.

Dentro de su equipaje también había unas pequeñas cámaras espía digitales, dos integradas en unos relojes y otras dos en unas gafas transparentes. Sabían que si existía una copia del códice no podrían sacarla del edificio, y obtener permiso para fotografiarla sería como mínimo difícil y tal vez imposible. Y lo que era peor, el simple hecho de pedir permiso anunciaría al resto del mundo que existía una copia y no tardarían en revelar lo que contenía.

Hicieron el vuelo transatlántico en primera clase y, cuando llegaron, tomaron un taxi a la estación de Chamartín y subieron al aerodinámico AVE hasta Valladolid. El tren tardó solo una hora y diez minutos en recorrer doscientos kilómetros, incluido un tramo de túnel de veintisiete kilómetros. Selma les había reservado una habitación en el hotel Zenit Imperial, un palacio del siglo XV situado junto al ayuntamiento y la plaza Mayor. También había descargado la versión digital de una guía de Valladolid en el iPad de Remi.

Sam y Remi pasaron el primer día visitando la ciudad y haciendo honor a su aspecto de turistas ricos con tiempo libre. La ciudad moderna de Valladolid es un centro industrial y de comunicaciones y un importante mercado de cereales, pero los Fargo se entretuvieron buscando el casco antiguo, donde todavía se conservan restos de la Edad Media.

Remi leía en voz alta una guía mientras andaban de un lugar a otro.

—Los españoles conquistaron la ciudad de manos de los moros en el siglo X. Por desgracia, se olvidaron de preguntarles lo que significaba «Valladolid», de modo que no lo sabemos.

—Gracias por la información —dijo Sam—. ¿Alguna cosa más en la lista de datos perdidos?

—Montones. Pero sabemos que Valladolid fue la principal residencia de los Reyes Católicos. Fernando e Isabel se casaron aquí, y Colón murió en la ciudad. Cervantes escribió parte del *Quijote* en ella.

—Estoy impresionado —dijo Sam—. Lo digo en serio.

Su última parada fue el Colegio de San Gregorio, donde De las Casas había vivido varios años después de volver del Nuevo Mundo. Se acercaron a la fachada del gran edificio de piedra mientras Remi consultaba la guía.

—El portal de la capilla (el edificio que tenemos delante) fue construido por Alonso de Burgos, confesor de la reina Isabel, en 1488. La capilla propiamente dicha fue terminada en 1490. —Remi miró las piedras del suelo—. Así que ahora mismo estamos pisando el mismo suelo que debieron de pisar Colón y los reyes Isabel y Fernando.

—Por no hablar de Bartolomé de las Casas —dijo Sam en voz baja—. Es una obra de arquitectura increíble.

—De las Casas vino a vivir aquí en 1551. Alquiló una celda en el colegio. Durante ese período, fue muy influyente en la corte del emperador Carlos V. Murió en 1566, en Madrid, pero dejó su extensa biblioteca al colegio. Nuestra próxima misión es ver si podemos dar con ella.

Al otro lado de la calle había un grupo de turistas alemanes guiados por una mujer alta y rubia que les estaba dando una explicación sobre los lugares de interés. En el centro del grupo se encontraban los dos hombres que habían seguido a Sam y Remi a España, Russell y Ruiz. Cuando Sam y Remi entraron, Russell y Ruiz se separaron de los turistas alemanes y avanzaron por la calle para observar la capilla de lejos.

Sam y Remi cruzaron la entrada y accedieron a la capilla. Era una maravilla de piedra blanca labrada y pulida hacía quinientos años que se mantenía intacta en medio del silencio resonante como si el tiempo solo hubiera pasado por fuera, no allí dentro.

—En el piso superior debe de ser donde estaba la habitación de De las Casas —dijo Sam— y donde escribió sus últimos libros.

Recorrieron el colegio mientras Remi echaba un vistazo a la guía.

—La vida no era fácil aquí —explicó—. En 1559, la Inquisición quemó a veintisiete personas en la hoguera en Valladolid. Y un enemigo denunció también a De las Casas a los inquisidores, pero la acusación no prosperó. Cuando De las Casas cedió los derechos de su *Historia de las Indias* al colegio, lo hizo con la condición de que no se publicase hasta que pasaran cuarenta años. Dijo que si Dios destruía España por sus pecados, quería que en el futuro la gente supiera lo que habían hecho mal: tratar a los indígenas con mucha crueldad.

—Sigamos mirando. Si encontramos la biblioteca, tal vez podamos concertar una cita para entrar y echarle un vistazo mañana —propuso Sam.

Siguieron buscando y al final encontraron un museo de escultura española. Abordaron al hombre de la recepción.

—Vamos allá —susurró Remi.

A continuación le dijo en español:

—Disculpe, señor, ¿sabe adónde tenemos que ir para ver la biblioteca que el obispo Bartolomé de las Casas donó al Colegio de San Gregorio?

—Sí, lo sé —contestó el hombre—. Primero deben saber que forma parte de la Universidad de Valladolid.

—Supongo que los libros tuvieron que trasladarse a una universidad moderna.

El hombre sonrió.

—La universidad se fundó en 1346. Pero, sí, es moderna. Se trata de una institución activa, con treinta y un mil estudiantes. El Colegio de San Gregorio forma parte de la universidad, pero actualmente sirve sobre todo de museo de arte y arquitectura. Los monjes ya no están. Creo que lo que ustedes buscan está bastante cerca, en la Biblioteca Histórica.

—¿Cómo llegamos a la Biblioteca Histórica?

—Sigan la calle Gondomar hasta el edificio principal. Hay un patio fuera. El edificio tiene tres pisos construidos sobre columnas octogonales. Al lado derecho está la capilla y al izquierdo hay una galería semicircular. Vayan a la izquierda. En el primer piso está la Biblioteca Histórica.

Mientras se dirigían a la biblioteca, Sam se fijó en que dos hombres seguían la misma ruta que ellos, andando por la calle Gondomar mucho más atrasados. Por un momento se preguntó si podían estar siguiéndolos. Después de todo, Remi y él habían advertido a Sarah Allersby de que no iban a permitir que les robasen ni a olvidarse del asunto. Pero estaban muy lejos de Ciudad de Guatemala, y acababan de llegar a Valladolid. ¿Podían haberlos seguido hasta allí esos hombres? Tendrían que haber estado vigilándolos en San Diego prácticamente desde que habían vuelto de Guatemala y luego haber tomado el mismo avión que ellos o el siguiente.

Llegaron a la Biblioteca Histórica, y Remi preguntó en español si podían ver la colección de libros que Bartolomé de las Casas había legado al Colegio de San Gregorio. Se llevaron una agradable sorpresa al enterarse de que podían firmar en el registro como académicos invitados, y que un bibliotecario les dejaría pasar sin demasiadas formalidades. Solo tenían que demostrar su identidad y dejar el bolso de Remi y sus pasaportes en el mostrador. Cuando entraron en una gran sala de lectura, ya había varios universitarios leyendo libros antiguos en las mesas.

Otro bibliotecario los acompañó a una sala de libros raros, les dio unos guantes y les permitió examinar los volúmenes de la colección de De las Casas durante unas tres horas, pasando de un libro a otro. Todos los volúmenes estaban encuadernados o reencuadernados en piel antigua. Algunos estaban copiados a mano en latín o español con una letra arcaica, otros era incunables —obras impresas antes de 1500—, y unos cuantos estaban escritos en caracteres góticos medievales con ilustraciones pintadas a mano. La mayoría eran obras religiosas en latín. Había comentarios sobre la Biblia, colecciones de sermones y múltiples copias de breviarios. Había una copia del *Corpus Aristotelicum*. También había volúmenes en español escritos o copiados en una letra que era claramente la misma de la carta oculta en el códice maya. Cada vez que veían uno se entusiasmaban, pero ninguno era lo que habían ido a buscar desde tan lejos. El tesoro que perseguían constaba de dibujos y glifos mayas, no de texto en español.

Al final del día, poco antes de la hora de cierre al público, el bibliotecario del mostrador anunció a los lectores que devolvieran los libros. Los Fargo entregaron los suyos enseguida, se dirigieron al mostrador para recuperar el bolso de Remi y se fueron. Al salir al patio de delante del edificio, Remi susurró:

—¿Has visto a esos dos hombres?

Sam se detuvo, aparentemente para contemplar la arquitectura medieval, pero dedicó un instante a localizar a los hombres a los que ella se refería. Ya habían echado a andar en otra dirección.

—Antes vi a una pareja de hombres en la calle Gondomar, pero no sé si son los mismos. ¿Qué hacían?

—Noté que nos estaban mirando.

Sam sonrió.

—Más bien notaste que te miraban a ti. Deberías estar acostumbrada.

Esa noche Sam y Remi empezaron a explorar la vida nocturna de la ciudad por la plaza Mayor, justo delante de su hotel. Probaron el café del Continental y luego fueron a comer pinchos, la versión local de las tapas, al restaurante Los Zagales. Estaban hechos de morcilla, cebolla roja y corteza de cerdo, todo envuelto en un rollito.

Cada día iban andando del hotel Zenit Imperial a la Biblioteca Histórica para examinar el siguiente grupo de libros de quinientos años de antigüedad.

Cuando la biblioteca cerraba por la tarde, Sam y Remi volvían al hotel para echar una siesta y se levantaban a las diez para iniciar su exploración nocturna. Esa noche probaron la taberna Pradera, famosa por su galleta de calamar fresco en su tinta. A la noche siguiente, probaron el Fortuna 25, donde servían un pollo de corral relleno de mejillones y algas. Otra noche fueron a la taberna del Zurdo. Bebieron vino de Rueda, de la Ribera del Duero, y otros magníficos vinos tintos españoles, pasando de un establecimiento a otro como si cada noche estuvieran de celebración.

Durante días siguieron con la colección de De las Casas, haciendo inventario y, de paso, aprendiendo un poco más sobre el hombre al que habían pertenecido los libros. La mayoría eran libros como la *Regla de San Benito*, la obra que sentaba las bases de la vida monástica, los *Moralium Libri* del papa Gregorio I y otras obras apropiadas para un monje del siglo XVI. Encontraron varias copias de las obras de Santo Tomás de Aquino y un volumen escrito a mano de comentarios sobre estas.

En su octavo día en la biblioteca Sam y Remi dieron con otro hallazgo: unos volúmenes en español que habían sido escritos en papel de vitela por Bartolomé de las Casas. Eran altos, con un formato de libro mayor, y todos estaban ordenados secuencialmente. Los primeros eran sus tentativas, escritas en México, de recopilar un glosario lingüístico del quiché. También había observaciones sobre los otros idiomas de los mayas escritas en 1536. El siguiente volumen era un diario que registraba las actividades diarias que se habían desarrollado en las misiones dominicas que él había fundado en Rabinal, Sacapulas y Cobán. Anotaciones de gastos y cosechas se intercalaban con diversas notas sobre edificios de iglesias de la región y nombres de conversos mayas que habían ido a vivir a las afueras de Rabinal. Remi leyó que De las Casas se oponía a las conversiones en masa de indígenas. Él abogaba por educar a cada posible católico y luego dejar que el individuo tomase una decisión bien fundamentada, de modo que el inventario de conversos tuviera sentido.

El siguiente volumen estaba fechado en octubre de 1536 y

se extendía a lo largo de abril de 1537. Empezaba con las ya familiares columnas de figuras y anotaciones en papel de vitela divididas por líneas rectas. Proseguía a lo largo de muchas páginas y luego, en un punto determinado, la calidad del papel de vitela variaba.

Las primeras páginas eran de la calidad habitual, hechas de la piel de un animal tratada mediante la extracción del pelo, la humectación, el estirado y el secado hasta que se convertía en una fina superficie blanca para escribir por las dos caras. Pero pasadas cincuenta o sesenta hojas, había cosida una sección de papel de vitela de distinta calidad. Esas páginas habían sido frotadas tan minuciosamente con piedra pómez, o un abrasivo similar para crear una superficie de escritura totalmente lisa, que eran translúcidas.

Sam pasó la primera página de la sección y vio una imagen sorprendente. Se trataba de una copia exacta de la carta de De las Casas escondida en la encuadernación del códice maya. Tocó el brazo de Remi, y los dos miraron las familiares palabras en español:

> *Bendiciones a todos mis compatriotas. Este y otros libros del pueblo maya tratan de su historia y sus observaciones sobre el mundo natural. No tienen nada que ver con el diablo. Deben ser conservados como un medio para entender a las personas a nuestra custodia, el pueblo maya.*

—Entiendo la mayoría de las palabras, y me cuesta creerlo —dijo Sam.

—A mí me cuesta respirar —comentó Remi—. Me da miedo pasar la página.

Sam alargó la mano y pasó con cuidado la página. Lo que apareció fue la primera página del códice que habían encontrado en el volcán mexicano. Pasaron una página tras otra despacio, con cautela. Cada vez que el papel de vitela pasaba, aparecía una imagen familiar. El mapa de cuatro páginas estaba allí en toda su complejidad. La historia ilustrada de la creación del universo estaba allí. La historia de la guerra entre las ciudades estaba allí. Cada glifo estaba dibujado con una pluma fina, y sus detalles reproducidos con exactitud.

Sam se levantó.

—Disculpa. —Fue al servicio de caballeros, se aseguró de que estaba vacío, sacó el teléfono por satélite y llamó a Selma a San Diego—. ¿Selma?

—¿Sí?

—Lo hemos encontrado. Enciéndelo todo y prepárate para recibir señal de vídeo en directo dentro de quince segundos. No podremos hablar hasta que termine.

—Entendido. Estoy conectando las cuatro cámaras.

—Te tengo que dejar.

Sam volvió del servicio y susurró a Remi:

—Estás forzando la vista. No seas presumida. Ponte las gafas.

Remi y Sam se pusieron las dos cámaras camufladas en las gafas y volvieron a la primera página. A medida que pasaban las páginas, enviaban imágenes de vídeo digital con sus gafas equipadas con cámaras. Advirtieron que la copia que De las Casas había hecho estaba realizada con un cuidado extremo. No había intentado reproducir los colores del original, pero todo lo demás era igual. Las páginas habían sido medidas con una regla para dividir el espacio en columnas, normalmente seis pero a veces ocho, como en el original. Las páginas no tenían números arábigos, pero si a Sam y Remi no les fallaba la memoria, al menos las treinta primeras páginas parecían estar en orden. La voz de Selma sonó por los diminutos auriculares incorporados en las varillas de las gafas.

—Lo recibo todo claramente. Continuad.

Sam y Remi siguieron pasando páginas y grabando hasta que llegaron a la centésimo trigésimo sexta y última página.

Entonces empezaron por el final de la sección y tomaron fotografías fijas de cada desplegable, empleando las cámaras de los relojes de pulsera.

Cuando hubieron terminado, Sam dobló las gafas y las guardó en el bolsillo de la chaqueta.

—Me estoy cansando. Volvamos al hotel.

Devolvieron el libro al bibliotecario para que lo pusiera otra vez en su estante y recuperaron el bolso de Remi y el maletín que Sam había llevado. Dieron las gracias al bibliotecario y salieron del edificio.

Mientras bajaban por la escalera a media tarde y giraban para enfilar la calle hacia el hotel, Sam recordó a Remi:

—Pase lo que pase en los próximos minutos, no te asustes, y no sueltes las gafas ni el reloj.

En el momento en que recorrieron la calle de las Cadenas de San Gregorio hasta la plaza Mayor, eran los dos únicos turistas en un gran espacio abierto con cientos de personas. Cuando estaban en mitad de la plaza, oyeron un nuevo sonido: el ruido grave y ronco del motor de una motocicleta. El motor aumentó de volumen mientras la motocicleta doblaba una esquina detrás de ellos. Remi empezó a volverse para echar un vistazo por encima del hombro, pero Sam la rodeó con el brazo y susurró:

—No mires o los espantarás.

La motocicleta aceleró justo detrás de ellos, y Sam se volvió bruscamente. En la moto iba un conductor y un hombre sentado detrás. Los dos llevaban cascos con viseras tintadas que les ocultaban la cara. Cuando la motocicleta se precipitó sobre ellos, el conductor intentó quitarle a Sam el maletín de la mano, pero él lo agarró y tiró hacia atrás mientras el conductor trataba de arrebatárselo. Lá potencia de la moto se sumó a la fuerza del conductor, pero Sam echó a correr junto al vehículo sin soltarlo. Cuando el segundo hombre vio la forma en que Sam aferraba el maletín, se unió a la refriega, agarró el maletín con las dos manos y lo arrancó de un tirón.

El conductor dio gas y aceleró, y la motocicleta se fue ruidosamente por el lateral de la plaza, giró y desapareció por una estrecha calle entre dos edificios altos.

Sam levantó la mano vacía para que Remi pudiera verla.

—¡Sam! ¡Te han robado el maletín nuevo!

Él sonrió.

—Un pequeño proyecto de ingeniería.

—¿Qué estás diciendo? ¡Esos hombres te han robado el maletín! ¡Tenemos que llamar a la policía!

—No es necesario —dijo él—. Eran los dos que vimos hace una semana delante del Colegio de San Gregorio. Los he visto observándonos unas cuantas veces desde entonces. Tenían demasiado interés para no ser nadie sospechoso, de modo que compré el maletín e hice el proyecto.

—¿Tu maletín es un proyecto de ingeniería?

—¿No te he dicho que sí?

—Deja de hacerte el misterioso y dime lo que has hecho.

—¿Sabes las bolsas explosivas que les dan a los atracadores en los bancos?

—¿Las que estallan y cubren al ladrón de tinta indeleble? Oh, no. ¿Cómo subiste un explosivo al avión?

—No he utilizado explosivos. Funciona con muelles. Al abrir el cierre, el primer muelle abre la maleta de golpe, y el segundo salta hacia arriba y empuja un pistón, como un muñeco sorpresa. El cilindro está lleno de tinta. He comprado el maletín, los muelles y la tinta aquí.

—¿Qué habría pasado si el bibliotecario lo hubiera inspeccionado?

—No abrió nada los dos primeros días, así que ¿por qué iba a hacerlo más tarde?

—¿Qué le habría pasado?

—Se le habría quedado la cara de azul brillante.

—¿No podías vigilar a esos hombres en lugar de gastarles una broma tonta?

—Los he vigilado. Me fijé en que hablaban en inglés entre

ellos, y uno de los dos hablaba en español con el resto de la gente: un español rápido y fluido que todo el mundo entendía perfectamente. He pensado quién podría pasarse varios días vigilándonos sin hacer nada. La única respuesta es que Sarah Allersby debe de haberlos enviado.

—¿Por qué haría eso? Ella tiene el códice. No necesita una copia.

—Para averiguar lo que hacemos y lo que hemos conseguido.

—¿Y...?

—Y ya lo sabe. Cuando sus hombres nos siguieron a Valladolid, estoy seguro de que descubrió lo que podía haber aquí. Lo único que yo podía hacer era asegurarme de que los reconocemos si volvemos a verlos durante los próximos días.

Regresaron rápido a su hotel, descargaron las fotografías de las cámaras digitales en el portátil de Remi y enviaron dos versiones al ordenador de Selma en San Diego como copia de seguridad. Mientras Remi esperaba a que el envío terminase, reservó unos billetes a San Diego en el vuelo nocturno que salía al cabo de cuatro horas.

Cuando ella y Sam terminaron de hacer el equipaje, el teléfono de Remi sonó.

—Hola, Selma —dijo ella—. ¿Se ven claras todas las fotos? Bien. Volvemos a casa. —Hubo una pausa. Acto seguido dijo—: Porque dos hombres le han robado el maletín a Sam. Cuando lo abran, querrán matarnos. Si no lo consiguen, te veremos mañana por la noche.

18

Valladolid, España

Russell estaba en el cuarto de baño de su suite de hotel en Valladolid, limpiándose la cara azul con una bolita de algodón empapada en acetona. El fuerte olor del quitaesmalte le picaba en los senos nasales. Sumado al olor del alcohol isopropílico y el aguarrás con los que había probado primero, el espacio pequeño y reducido se hacía insoportable. Miró al espejo situado encima del lavabo.

—Esto tampoco funciona. Y apesta.

—Tal vez si te frotas un poco más fuerte —dijo Ruiz.

A través del tinte azul de la cara de Russell, su compañero veía que la barbilla se le estaba hinchando e irritando, pero no le apetecía volver a salir a buscar más productos químicos y disolventes por Valladolid.

Russell le dio la botella y acto seguido utilizó jabón y agua para quitarse la acetona de la cara.

—Ve a por otra cosa.

—Esto casi siempre funciona. Hace años lo usábamos para lavar cheques. Quitaba la tinta en un par de minutos.

—Ahora no estamos lavando cheques —repuso Russell—. Se trata de mi cara. Pero me has dado una idea. ¿Te acuerdas de que había un secreto para lavar cheques? Si el tinte era polar, lo mejor para quitarlo era un disolvente polar, como el alcohol o la acetona. Pues ya hemos probado con esos. Así que probemos con un disolvente apolar como el tolueno.

—¿Tolueno? —repitió Ruiz—. ¿Qué otro nombre tiene?

—Metilbenceno.

—¿Dónde lo busco?

—En una tienda de pinturas, de las de productos para artistas, podrían venderlo. Entra y pide disolventes. Compra todo lo que tengan. Prueba eso primero. Si pasas por una tintorería, prueba también allí. Di que has manchado el sofá de tinta y que les compras el material que usen para las manchas de tinta.

—Me está entrando hambre —dijo Ruiz.

—Pues cómprate algo de comer por el camino. Yo no puedo salir así a comprar disolventes, y el olor me está dando ganas de vomitar, así que no podría comer de todas formas. Solo tráeme algo que quite la tinta. Tenemos que arreglar esto ahora.

Ruiz cogió la chaqueta de la silla y recorrió el pasillo hasta el estrecho ascensor que recordaba una jaula. Cuando Russell oyó que la reja del ascensor se abría para que Ruiz entrase, volvió a enjuagarse la cara y se miró al espejo. Le ardía tanto la cara que si se quitara la tinta azul estaría al rojo vivo.

La trampa había saltado cuando había abierto el seguro del maletín. Un mecanismo de resorte había abierto el maletín de golpe, y el otro había empujado el fondo circular de un cilindro lleno de tinta hacia arriba como un pistón. La parte superior estaba tapada con una capa de papel encerado. La tinta le había salido disparada a la cara y el pecho.

Diabólico. ¿Qué clase de persona pensaba de esa forma? Para tender una trampa como esa, Fargo había tenido que prever que alguien iba a robarle el maletín. Russell estaba seguro de que no se había dejado ver. ¿Había cometido Ruiz algún error estúpido? ¿O Fargo siempre se paseaba por las ciudades extranjeras con una trampa?

Russell se frotó la cara y el cuello con crema facial, desesperado por aliviar el ardor de la piel. Marcó un número en el teléfono por satélite.

—Hola —dijo Sarah Allersby.

—Soy yo —contestó él—. Fuimos a San Diego y luego los seguimos al aeropuerto. Tomaron un avión a España. Es el sitio desde donde la llamo: Valladolid.

—¿Qué hacen ahí?

—Hemos estado vigilándolos varios días. Al principio solo se dedicaron a hacer turismo durante el día y a salir a restaurantes caros todas las noches.

—A estas alturas, deben de haberlos visitado casi todos —dijo Sarah Allersby.

—Prácticamente. Durante ocho días han estado yendo a la Universidad de Valladolid a diario. Parece que les interesan mucho los edificios antiguos de la ciudad. Pero han estado investigando algo.

—Estoy empezando a preocuparme. Tranquilízame. ¿Qué están investigando?

—Van a la Biblioteca Histórica y consultan libros antiguos. Ella lleva un gran bolso de piel a todas partes. Pasados un par de días, él empezó a llevar un maletín. Tenían que dejárselos al bibliotecario cuando llegaban y recogerlos cuando se iban.

—¿Qué había en ellos?

—Pensé que podían estar cometiendo una estafa. La gente que va a esas bibliotecas antiguas a robar cosas como grabados, mapas o ilustraciones valiosas utiliza prácticamente el mismo método. Llevan una cuchilla de afeitar, la esconden en una mano y, cuando nadie mira, cortan con ella una página. Luego se meten la página debajo de la ropa. Como no he podido vigilarlos tanto, no los he visto hacer nada.

—Me estás poniendo muy nerviosa. ¿Has averiguado qué libros consultaban?

—Ruiz entró una vez justo después de que salieran y echó un vistazo. En la portada del libro ponía «De las Casas».

Ella suspiró hondo y se tomó unos segundos para no llamarlo «imbécil». Acto seguido dijo con calma:

—Es el nombre del fraile dominico que colonizó la zona de Alta Verapaz de Guatemala. Estaba en activo en la época en que el códice maya quedó enterrado. No sé qué pueden creer que conseguirán leyendo sobre él.

—Hoy decidí averiguar lo que tramaban. Ruiz y yo nos montamos en una moto, y mientras ellos caminaban por la plaza, pasamos rápido a su lado. Le quité el maletín de la mano a Fargo. En España e Italia se producen robos como ese a todas horas. Antes de que la víctima sepa lo que ha pasado, la moto ha desaparecido.

—¿Estaban las páginas en el maletín?

—No.

—¿Qué ponía en las notas? Seguro que has leído sus notas.

—No había ninguna. El maletín era una trampa. En cuanto le di al cierre, un mecanismo de resorte abrió la maleta, y otro muelle empujó el pistón de un cilindro lleno de tinta azul. La tengo por toda la cara.

—¡Por Dios! —exclamó ella—. Así que vio que los estabais vigilando.

—No necesariamente —contestó Russell—. Puede que solo llevara el maletín por precaución.

—Entonces sabe de vosotros, ¿no?

—Solo sabe que le robaron. No puede saber el motivo. Han estado paseándose de noche por la ciudad durante más de una semana, vestidos con ropa cara, alojándose en un hotel de lujo, comiendo en restaurantes exclusivos. Eso atrae a los ladrones.

—No me lo puedo creer —murmuró Sarah. A Russell le pareció que hablaba consigo misma—. Esa gente no va a dejarme en paz. No paran de presionarme y presionarme. ¿Te he contado que me denunciaron a la policía nacional de Guatemala? Pues eso hicieron. Son incansables, como hormigas. Si les cierras una puerta, encuentran otra. Me están acosando. Yo les ofrecí un precio justo. Ellos son los que me rechazaron.

—Lamento que no los detuviéramos en San Diego. O aquí, al menos.

Sarah se estaba compadeciendo más y más de sí misma.

—¿Te has limpiado la tinta ya?

—Todavía no —respondió él—. Hemos probado con varios disolventes, pero de momento no ha habido suerte. Acabo de enviar a Ruiz a por más.

—Russell, necesito a alguien para deshacerme de esa gente. Se han vuelto despiadados, y peligrosos: no solo para mi reputación y mi negocio, sino también para vosotros. La tinta de la trampa podría haber sido ácido, o un explosivo.

—Estoy seguro de que quería hacerme saber eso. Cualquier ataque que no es mortal es una advertencia.

—No podemos seguir así —dijo ella—. Si alguien amenaza tu vida, tienes motivos para utilizar la fuerza para salvarte.

—No estoy seguro de que las autoridades locales lo vean de la misma forma —repuso él.

Ella estaba dando por sentado que él mataría a los Fargo gratis. Russell había pensado ofrecerle esa opción por un elevado precio.

—No importa lo que quieran las autoridades —dijo ella—. Existe una cosa que se llaman «derechos naturales».

—Me temo que si se decidiera por una defensa agresiva, tendría que cobrarle un precio adicional —dijo él—. También tengo que pagar a Ruiz...

Esperó una respuesta.

Cuando llegó, Sarah Allersby se mostró distraída, distante.

—Ah, sí. Estaba pensando en ti como un igual. Pero, claro, no tenía derecho a hacerlo. Eres alguien que trabaja para mí y tiene que pensar en el dinero. ¿Qué te parecen cinco mil dólares extra?

—Yo estaba pensando en diez —contestó él.

—Oh, Russell. No me gustaría pensar que me has llamado para que me disguste por lo que te ha pasado y poder aprovecharte de mi compasión para subir el precio.

—No, señorita Allersby —dijo él—. Yo nunca haría eso. Esa cifra es el mínimo que necesitaría. Tendré que recuperar el color de mi piel para no llamar la atención, comprar armas para un solo uso en un país europeo donde están muy controladas, pagar para deshacerme de los cadáveres, buscar un sitio discreto fuera de España, volver a Estados Unidos y compensar a Ruiz.

—De acuerdo, pues. Que sean diez.

—Gracias —dijo Russell.

—Pero tienes que hacerlo, no prometérmelo y quedarte el dinero.

—Nos estamos adelantando a los acontecimientos. Todavía tengo que librarme de mi cara azul.

—Puede que no lo sepas, pero las empresas de cosméticos venden maquillaje opaco pensado para tapar cicatrices, marcas de nacimiento y decoloraciones. Si el azul no se quita, puedes taparlo hasta que tu piel se recupere.

—Gracias. Lo tendré en cuenta.

—Hazlo. Cuando esos horribles Fargo desaparezcan de mi vida, haré que te alegres de haberme ayudado.

Oyó el clic cuando ella colgó.

Sarah se quedó sentada en su gran oficina en el casco antiguo de Ciudad de Guatemala. ¿Por qué estaban poniendo tanto a prueba su paciencia? Esas personas insignificantes, esos ceros a la izquierda, le estaban haciendo la vida imposible. Desde que ellos se habían ido de Guatemala, Diego San Martín había ido a su casa para informarle de que los Fargo habían matado a varios miembros de una de sus patrullas de vigilancia antes de escabullirse en la selva.

Un narcotraficante furioso no era una visita agradable. Si los hombres que trabajaban para él morían, tenía que pagar grandes cantidades de dinero a sus esposas. Y si no lo hacía, los demás se arredrarían y se negarían a hacer su trabajo. Si Diego San Martín no podía impedir que la gente accediese al pequeño rincón de su terreno en el que cultivaba y enviaba marihuana, no podría sacar beneficios y dejaría de abonar la comisión que le pagaba a ella. En la actual economía internacional, tener un flujo abundante de ingresos pasivos era lo que permitía que su negocio fuera rentable.

Sarah abrió su ordenador y tecleó el nombre de Bartolomé de las Casas. Leyó rápidamente la entrada y llegó al final. De las Casas había donado toda su biblioteca personal al Colegio de San Gregorio, en Valladolid. ¿De qué podía estar compuesta la biblioteca personal de un monje en 1566? Ese hombre había sido el primer colonizador del norte de Guatemala, amigo y maestro de reyes mayas. ¿Podía haber dejado una serie de indicaciones para encontrar una ciudad maya abandonada? ¿Una tumba con un tesoro fabuloso? Durante todo ese tiempo, Sarah había creído que el medio para dar con el siguiente gran descubrimiento sería un códice maya, pero podía ser el diario de un sacerdote español. Nunca había considerado tal cosa, pero si los mayas hubieran contado un secreto a alguien, habría sido a De las Casas. Él era su confesor, su protector.

Los malditos Fargo podían haber descubierto la única forma de confundirla. Claro que el hecho de que se les hubiera ocurrido una idea antes que a ella no significaba que la idea valiera algo. Esa idea dependía de cosas que podían no haber ocurrido en absoluto. ¿Se había enterado De las Casas de secretos de los mayas? Probablemente. ¿Los había anotado y los había dejado en su biblioteca de himnos, catecismos y tratados? ¿Quién sabía?

Tenía que ponerse en marcha, elegir un destino y empezar a reunir a los miembros de su primera expedición. La idea de que una pareja de advenedizos inquisitivos, envidiosos y vengativos le arrebatasen un importante descubrimiento resultaba exasperante.

Sarah descolgó el teléfono y llamó al vicepresidente encargado de la rama financiera de su empresa.

—¿Sí, señorita Allersby? —dijo él.

—Necesito un favor, Ricardo.

—Desde luego, señora Allersby —dijo él—. Si me lo pide, no es ningún favor. Es mi trabajo.

—Me gustaría investigar las cuentas de una pareja estadounidense. Se llaman Samuel y Remi Fargo. Viven en Goldfish Point, en La Jolla, que es un barrio de San Diego, California. Quiero saber exactamente qué operaciones hacen con sus tarjetas de crédito y dónde.

—¿Tiene algún identificador? ¿Números de la seguridad social, fechas de nacimiento? ¿Algo parecido?

—No, pero puedes comprárselos a sus bancos, ¿verdad?

—Por supuesto, señorita Allersby, o a intermediarios.

—Pues adelante. Estuvieron en Guatemala hace un par de semanas. En su hotel probablemente tengan copias de los pasaportes y seguro que también de los números de tarjeta de crédito.

—Sí, señorita Allersby —dijo el hombre—. Averiguaré dónde están y qué hacen y la llamaré.

—Bien. Después espera unas horas y vuelve a investigar sus cuentas una vez al día para que podamos detectar algún movimiento.

—Desde luego, señorita Allersby.

La joven colgó y se centró en los preparativos de su expedición. Hizo largas listas de cosas pendientes y, debajo, anotó los nombres de las personas a las que les mandaría que las hicieran. Unas dos horas más tarde, su móvil volvió a sonar.

—¿Diga?

—Soy Ricardo Escorial, señorita Allersby. Samuel y Remi compraron unos billetes de avión hace unas horas. Han volado de Madrid a Nueva York. Llegarán a Nueva York por la tarde y tomarán un vuelo a San Diego.

—¿Estás seguro de que subieron al avión en Madrid?

—Totalmente —contestó él—. De lo contrario, ahora habría un reembolso o un cargo adicional por un cambio de reservas.

—De acuerdo. Llámame mañana para ponerme al día.

Colgó y a continuación marcó otro número.

—¿Diga?

Era otra vez la voz de Russell. Parecía que había estado durmiendo.

—Hola, Russell. Soy yo. Después de pintarte de azul, los Fargo tomaron un avión a Nueva York. Tienen programado un segundo vuelo a San Diego a media tarde. Así que no pierdas el tiempo registrando los bares de tapas en busca de venganza. Vuelve a casa y ocúpate del problema.

19

La Jolla

Era primera hora de la mañana, y Remi y Sam estaban sentados en una mesa de la terraza con vistas al Pacífico del hotel
Valencia, a escasos cientos de metros de su casa, donde solían
desayunar con Zoltán, su pastor alemán. Ya habían corrido
por la playa y estaban tomando una taza de café exprés y un
desayuno a base de bollos de salmón ahumado con alcaparras
y cebolla. Zoltán había desayunado en casa antes de salir y a
esas horas se conformaba con un cuenco de agua y unas galletas de las que Remi llevaba en el bolsillo para premiarlo.
Cuando Sam y Remi hubieron terminado, pagaron la cuenta
y echaron a andar a través del extenso césped verde hacia su
casa.

Zoltán, siempre alerta, se detuvo y miró en dirección a la
playa, y acto seguido avanzó otra vez para encabezar la marcha a casa.

—¿Qué pasa, Zoltán? —preguntó Remi—. ¿Has visto a
quién Sam pintó de azul? Ojalá hubieras pintado de azul a
Sarah Allersby —añadió. Miró el reloj y luego la parcela de
césped que se extendía ante ellos—. Será mejor que vayamos
un poco más rápido. David Caine llegará en unos minutos.

—Selma le abrirá —dijo él—. Antes de que llegue, deberíamos hablar de lo que estamos dispuestos a hacer en este proyecto y lo que no.

—¿Hemos considerado debidamente pintar a Sarah Allersby de azul? Personalmente, creo que no —dijo ella.

—Está empezando a gustarme la idea. No, en serio, estamos llegando a un punto en el que puede que decidamos algo que nos parezca el siguiente paso lógico pero no nos convenga hacerlo. Si una persona se arriesga demasiado, puede seguir perdiendo.

—¿Quién eres tú y qué has hecho con mi marido?

Sam sonrió.

—Ya sé que normalmente yo soy el que quiere hacer cosas temerarias, pero no puedo olvidar lo que sentí el día que tuvimos que bucear en el río subterráneo.

—Yo tampoco lo he olvidado —dijo ella—. Por cierto, cuando intentaste darme tu bombona de oxígeno fue muy romántico. No sé si alguna vez te he reconocido el mérito. ¿Quién iba a decir que el corazón de una chica se conquista por los pulmones?

—Hablémoslo con David y escuchemos su opinión, pero no tomemos ninguna decisión sobre lo que vamos a hacer hasta que hayamos tenido tiempo de pensarlo detenidamente.

—Está bien.

Remi miró a Sam mientras caminaban y de repente se puso de puntillas y le dio un beso en la mejilla.

—¿Y eso?

—Ya lo sabes.

Dejaron que Zoltán los guiara hasta casa y llegaron justo cuando el coche de David Caine paró delante de la vivienda. Bajó del vehículo con una gran carpeta archivadora atada con un cordón debajo del brazo. Estrechó la mano de Sam, abrazó a Remi y acarició a Zoltán.

Cuando estuvieron dentro, dijo:

—Lo que han hecho, deduciendo que podía existir una copia y yendo a buscarla, ha sido brillante. Siempre he sido un admirador de Bartolomé de las Casas, pero con esto ha ganado aún más puntos. La copia que hizo me parece casi perfecta. Trazar y copiar ciento treinta y seis páginas de dibujos y símbolos que no podía entender debió de llevarle meses. Pero, por lo que he visto, no se dejó nada.

Se sentaron en una larga mesa de la oficina del tercer piso, y Caine colocó una serie de imágenes digitales de las que Sam y Remi habían enviado desde la biblioteca. Había ampliado las imágenes de manera que se pudiera ver cada trazo de la pluma y cada marca en el papel de vitela, incluidos los poros de la parte exterior de la piel.

Sam y Remi reconocieron el mapa de cuatro páginas de los sitios mayas, con su texto de glifos y sus estilizados dibujos.

Remi señaló con el dedo el primer lugar que habían explorado.

—Ahí está nuestra piscina, el cenote, donde nos dispararon.

A continuación, Caine dispuso una serie de fotografías del mismo territorio tomadas por satélite y ampliadas, y colocó cada una debajo de su representación maya.

—Así es como se ven estos sitios desde arriba.

Acto seguido mostró una más.

—Y he aquí lo que más me entusiasma... me entusiasma y me preocupa.

—¿Qué es? —preguntó Remi.

—¿Recuerda que al principio dije que parecía que en estos mapas había unos grupos importantes de edificios?

—Sí —respondió ella.

—Pues he utilizado fotografías aéreas e imágenes tomadas por satélite para ver si en esos sitios había algo que coincidiera con los dibujos. Aquí están parte de los resultados.

—Está claro que hay edificios —dijo Sam. Señaló la fotografía—. Estas colinas, aquí y aquí, son demasiado altas y empinadas para ser otra cosa que pirámides.

Caine colocó tres pares de fotografías más.

—Aquí están las entradas del códice que hacen referencia a cuatro grandes complejos de cuya existencia los estudiosos modernos todavía no están al tanto.

—¿Qué tamaño tiene la ciudad? —inquirió Sam.

—Es imposible saberlo por las fotografías —contestó Caine—. Es posible que haya ruinas de piedra en un radio de dos o tres kilómetros. ¿Significa eso que hemos descubierto una ciudad que tenía de cinco a ocho kilómetros de ancho? Probablemente no. Entonces, ¿qué hemos descubierto? Solo hay una forma de averiguarlo.

Remi miró las fotografías aéreas y las imágenes tomadas por satélite.

—Estas cosas han quedado muy ocultas por los árboles, las enredaderas y los arbustos. Apenas se ven aunque estés encima de ellas.

—Por eso muchos sitios mayas siguen intactos —explicó Caine—. Los edificios parecen colinas cubiertas de vegetación. Pero el códice nos dice qué colinas no lo son. Habéis hecho una enorme contribución.

—Me alegro de que el esfuerzo no haya sido en vano —celebró Sam.

—Nada de eso —dijo Caine—. Utilizando el códice que encontrasteis en México y la copia que encontrasteis en España, hemos conseguido descubrir por lo menos cinco sitios importantes: el complejo alrededor del cenote que explorasteis y cuatro ciudades antiguas. Los últimos quince años han sido el período más productivo de la historia en el campo de los estudios mayas. Vuestro hallazgo dará lugar a muchas excavaciones en breve. Y el estudio de la copia del códice también nos enseñará más sobre los idiomas escritos. Eso llevará años, claro. Los estudios lingüísticos requieren la participación de varias personas para entender una peculiaridad gramática concreta o una palabra del vocabulario desconocida, y que otros usen ese descubrimiento para entender otros textos. Y para excavar una ciudad como es debido hay que usar pinceles y cedazos, no excavadoras. No viviremos para ver todos los descubrimientos importantes que habéis hecho posibles.

—No pareces contento con los progresos —dijo Remi.

—Estoy preocupado. Tenemos una copia del códice, pero Sarah Allersby tiene el original. Si paga a la persona indicada, puede conseguir que se lo traduzca, y supongo que es lo que está haciendo. En cuanto pueda leerlo, verá todo lo que acabo de mostraros.

—¿Quieres decir que descubrirá dónde están todas esas ciudades? —preguntó Sam.

—Y los demás sitios —contestó Caine—. Mientras vosotros estabais en España, pregunté a un colega —Caine vio la expresión de alarma en el rostro de Remi—, no el colega del que me fie por error la otra vez. Este es un amigo que conozco desde hace años. Se llama Ron Bingham. Es un profesor de la Universidad de Pennsylvania especializado en tecnología maya. Es uno de los mejores litólogos del mundo. Puede examinar un trozo de obsidiana y decirte de dónde viene y para qué se usaba o mirar una estructura y decirte cómo y cuándo se construyó, dónde estaba la cantera e incluso cuántas veces se reconstruyó.

—Interesante especialidad —comentó Sam.

—El caso es que tiene una reputación impecable. La integridad no es negociable ni depende de la situación. Pero Ron puede conseguir que lo inviten a cualquier expedición a América Central y prácticamente a cualquier otro sitio. Él no se dejará tentar por Sarah Allersby.

—Si tú te fías de él, nosotros también —dijo Sam—. ¿Qué te ha dicho?

—Le dije que pensaba visitar algunos sitios este verano. Me dijo que Sarah Allersby y varios conocidos suyos se habían dirigido a él para informarle de que Sarah está organizando una expedición importante que empezará pronto.

Allersby insinuó que sabe exactamente adónde quiere ir y lo que espera encontrar allí. Ya está contratando a gente.

—¿Qué clase de gente? —preguntó Remi.

—Nadie como Ron. La gente como él dirige su propio trabajo de campo. Pero esto, aseguraba ella, es algo especial. Está contratando a guías con experiencia, trabajadores guatemaltecos que hayan sido formados en anteriores excavaciones arqueológicas, cocineros, conductores, etc. Podéis estar seguros de que no habrá nadie que oponga resistencia a lo que ella se propone ni que cuestione sus métodos o cómo trata las construcciones o las reliquias. Ella manda.

—Supongo que es el inconveniente de encontrar el códice —dijo Sam—. Aunque ella no lo hubiera robado, no habría tardado en hacerse público.

—No tenía por qué ser así —observó Caine—. Lo que hemos hecho es entregar a la peor persona en el campo de la historia maya el monopolio de los hallazgos más importantes de los últimos veinticinco años. Gracias a su riqueza, puede estar en el terreno mientras los estudiosos legítimos todavía están rellenando solicitudes de subvención. También le hemos dado suficiente ventaja para que saquee como mínimo cuatro grandes ciudades mayas e innumerables sitios más. Probablemente nunca sepamos cuánto venda de contrabando en Europa, Asia y Estados Unidos sin figurar en el expediente.

—No podemos permitirlo —dijo Remi—. Tenemos que detenerla.

Sam le pasó un brazo por los hombros.

—Un momento —dijo. Se dirigía a Caine y también a Remi—. Cuando estuvimos en Guatemala, salimos con vida por los pelos. Pocas veces me he alegrado tanto de largarme de un sitio. Cuando nos metimos en aquel cenote, pensé que íbamos a morir. De no haber sido por esa extraña salida, estaríamos muertos.

—Lo sé —asintió ella—. Yo intentaría olvidarlo, pero sé que no puedo. Sin embargo, traer a casa esa vasija con el códice dentro conlleva una responsabilidad. Ya has oído a David. Entre lo que hicimos nosotros descubriendo el códice y lo que hicieron los rectores de la universidad dándoselo a los impostores, hemos entregado toda una materia de estudio a una ladrona despreciable, consentida y mentirosa.

—En realidad, es responsabilidad mía —dijo David Caine—. He estado planificando la expedición para el verano, pero temo que entonces sea demasiado tarde para interceptar a Sarah Allersby. Creo que cuando esté en el terreno con un grupo de colegas reputados, podré impedir los peores excesos. Ella está intentando hacerse famosa como arqueóloga a golpe de talonario. Si ocho o diez conocidos arqueólogos están presentes, no podrá desmontar partes ni saquear tumbas.

—Y está trabajando sin pausa. —Remi se volvió hacia Sam—. Nunca me lo perdonaré si no intentamos detenerla. Prácticamente lo único que les queda a los mayas es su historia. Si Sarah Allersby termina robándosela también, sería culpa nuestra. ¿Cómo nos sentiremos dentro de un año cuando publique falsas explicaciones de sus «descubrimientos» y engañe a la gente sobre todo lo que encuentre?

Sam suspiró pero no dijo nada.

—Eso es lo único que sabemos con seguridad —dijo Remi—. Solo tenemos que mirar los cuatro sitios más importantes del códice que David ha venido a enseñarnos. Sabemos cómo piensa ella. Es codiciosa. Empezará por el más grande.

Sam miró a Remi y luego a Caine.

—Tengo que reconocer que parece que esa es la forma de pensar de Sarah Allersby. ¿Cuál es el más grande?

—Iré a hacer el equipaje —dijo Remi—. Y esta vez me gustaría llevar mucha más munición.

20

La Jolla

Russell se encontraba al lado de Ruiz al borde de la pasarela asfaltada que se elevaba por encima de la playa de Goldfish Point. Desde allí podían ver la gran mansión donde vivían Sam y Remi Fargo. De momento, él y Ruiz no habían dado con un plan que les permitiera lograr su objetivo o acercarse más de cuatrocientos metros.

El problema era que Russell todavía no tenía el aspecto que debía tener. Su cara estaba embadurnada de maquillaje opaco que servía para tapar la tinta azul indeleble, pero el color no era el adecuado. Era el color de una muñeca de plástico. Y cuando sudaba, como era el caso en esa playa de San Diego, empezaba a lucir un matiz azul muy pálido como el yeso de color detrás de una pintura. Tenía un aspecto profundamente extraño.

A Ruiz le parecía que cada vez que iba a una nueva tienda a buscar el tono de maquillaje adecuado, se olvidaba del color de piel exacto de Russell y compraba un tono que no era el acertado. El penúltimo coincidía con el color de piel de Ruiz, sin embargo hacía que la cara de Russell pareciera una máscara marrón encima de un cuello rosa, y daba la impresión de que las orejas le brillasen. Pero el nuevo, el rosado que llevaba ahora, hacía que Russell no pareciera del todo humano. Como su expresión habitual desde el accidente era de rabia contenida, hasta a Ruiz le daba miedo.

Aunque estaban seguros de que los Fargo no les habían visto la cara, salvo, quizá, una imagen borrosa al pasar con la motocicleta en España, el azul, o incluso el maquillaje para taparlo, llamaría su atención y la de todo el mundo.

Esperaron por encima de la playa, volviéndose en dirección al agua cada vez que se acercaba gente, hasta que el sol se puso sobre el mar. Ahora que la oscuridad era absoluta, Russell se sentía más tranquilo con respecto a la idea de acercarse a la casa de los Fargo. Había comprado una pequeña mochila, como un hombre que hubiera pasado el día en la playa, pero contenía un rifle Steyr AUG de 5,56 milímetros con un cargador de cuarenta y dos balas y culata corta. Ahora mismo estaba desmontado en tres piezas que se podían armar en unos segundos sin herramientas. La cuarta pieza era un silenciador de fábrica que permitía disparar sin más ruido que el repiqueteo de las partes móviles y el sonido de escupitajo del proyectil al salir por la boca del rifle.

Russell y Ruiz anduvieron hacia la calle donde empezaban las viviendas particulares. La primera por la punta era el enorme cubo de cuatro plantas de los Fargo, con balcones y grandes ventanas por tres lados. Las ventanas que daban al mar eran más grandes que las otras, y de lejos daban la impresión de que el edificio era una caja de cristal. Pero a medida que Russell y Ruiz se acercaban, vieron que cada ventana tenía persianas metálicas que podían abrirse o cerrarse.

Los dos hombres llegaron a la propiedad de los Fargo y se adentraron en el bosquecillo de pinos, se sentaron entre las sombras y observaron las ventanas. En el primer piso había una mujer de mediana edad con el pelo corto, vestida con una descolorida camiseta *vintage* y unos pantalones holgados, que trabajaba delante de un ordenador de sobremesa con una pantalla extraordinariamente grande. No muy lejos de ella, ante otras dos terminales de trabajo, había una joven rubia menuda de veintitantos años y un joven alto y delgado de la misma edad con el pelo castaño muy corto.

Y luego estaba el perro. La señorita Allersby había mencionado el animal mientras planeaban cómo echarle el guante al códice maya. El pastor alemán era el motivo por el que Allersby había decidido que solo quería un robo rutinario para que esos aficionados se hicieran una idea de los problemas que podía darles tener reliquias valoradas en millones de dólares en casa. Cuando Russell había llegado para cometer el robo, se había alegrado de que el perro no estuviera en el edificio.

Russell sabía que la casa estaba equipada con varios sistemas de seguridad, sensores, cámaras y alarmas, de modo que no se atrevía a acercarse demasiado, y desde luego no pensaba entrar. Solo quería tener a tiro a los dos Fargo.

Mientras Russell observaba, el perro atravesó la gran sala del primer piso y fue hasta la mujer de mediana edad, a cuyos pies se tumbó. La señorita Allersby no había exagerado. Era un espécimen espléndido, con todos los rasgos de los pastores alemanes. Los pastores eran famosos por su agudo olfato y su inquebrantable lealtad. Ese además era grande. Y su jefa había dicho que estaba adiestrado para atacar. No habría forma de engañarlo con una chuleta de primera y una caricia en la cabeza. Si ese perro se escapaba, habría que matarlo antes de que se acercase lo bastante para saltar.

Russell observó que la mujer se dirigía a un archivador al otro lado de la sala y el perro la seguía hasta allí. Parecía que le hubieran dado la orden de protegerla. Se inclinó hacia Ruiz.

—No veo a los Fargo.

—Yo tampoco —añadió Ruiz.

—Esperaremos un poco más. Si la mujer da señales de soltar al perro, será mejor que nos vayamos.

Estaba preocupado. ¿Dónde estaban los Fargo? Había ido hasta allí, cubierto de maquillaje grasiento, esperando matarlos. Tenían que estar allí. Tenían que estar.

De repente, el perro se levantó con un solo movimiento estirando sus fuertes patas debajo de él. Se acercó a la ventana de la parte delantera y se quedó mirando a la oscuridad. Debía de haberlos visto u oído. Ahora estaba haciendo algún tipo de ruido, probablemente gruñendo.

La mujer se dirigió a la ventana y miró en la dirección que creía que miraba el perro. A continuación se apartó de la ventana, y Russell y Ruiz salieron del bosquecillo de pinos a la calle. Los dos hombres se mantuvieron en movimiento, tratando de correr rápido; mientras tanto Russell sacó el cañón de cuarenta y ocho centímetros de la culata del Steyr AUG, metió las dos piezas en la mochila, y luego se la echó al hombro.

Llegaron al final de la calle antes de que el bosque de pinos se iluminase detrás de ellos. Parecía que hubiera focos en cada árbol orientados hacia los sitios que un hombre podía confundir con un lugar estratégico y protegido.

Después de correr durante otro minuto, llegaron a la pasarela de hormigón situada por encima de la playa. Ruiz miró a Russell, y su cara adoptó una expresión de repugnancia.

—Tienes que apartarte de las luces, tío. Pareces un vampiro azul.

Russell bajó la mirada y vio que el sudor que le mojaba la pechera de la camiseta estaba mezclado con maquillaje rosado. Los dos hombres, primero Russell y luego Ruiz, saltaron por encima de la barandilla y anduvieron por la arena.

—¿Cómo pueden haber desaparecido? —preguntó Russell—. ¿Adónde pueden haber ido?

Pero sabía que se habían ido. Lo sabía de sobra. Si habían vuelto de España allí, su casa solo había sido un lugar de parada. Se le habían vuelto a escapar. Estaban donde podían causar más problemas, en Guatemala.

Esperó a que Ruiz y él llegaran al coche. Lo había aparcado en un aparcamiento al final de la playa. Cuando llegaron encontró una multa debajo del limpiaparabrisas. La X indicaba que se había pasado del horario de aparcamiento. Miró a su alrededor y vio el letrero, claro y resplandeciente bajo la farola: «El aparcamiento cierra a las 20.00». No se había fijado en el letrero cuando entró con el coche.

Supuso que debía alegrarse de no haber encontrado a los Fargo y haberle disparado a uno de ellos antes de huir, teniendo una multa de aparcamiento que demostraba que había estado allí. Pero no podía alegrarse de nada. La multa era otra molestia gratuita, un obstáculo irritante interpuesto en su camino, por si no le bastaba con tener la cara azul.

Miró a través de cada ventanilla del coche, revisó los espejos retrovisores y vio que no había coches de policía, pero decidió conducir con sumo cuidado. Sabía que no era buena idea confiar en la suerte, ni siquiera en las probabilidades, cuando las cosas iban mal. Si se quedaba un rato o se marchaba a toda velocidad hecho una furia, seguro que aparecía un policía, le hacía parar, le enfocaba la cara azul con una linterna y empezaba a hacerles preguntas que ni él ni Ruiz podían responder. Salió del aparcamiento y giró hacia la autopista.

Marcó a toda velocidad el número en el teléfono por satélite. Sabía que ella llevaba el suyo encima a todas horas, incluso cuando dormía, de modo que cuando contestó: «¿Sí?», ni se sorprendió ni se alegró.

—Hola. Estoy marchándome de casa de los Fargo. Estaba la mujer mayor que usted vio cuando estuvo allí, el perro grande y dos jóvenes que también parecían empleados suyos. Ni rastro de los Fargo.

—¿Ni rastro de los Fargo?

—No. He llamado para avisarla. Me temo que pueden haber vuelto a Guatemala.

—¿Qué crees que están haciendo?

—La verdad es que no lo sé. Pero me estoy preguntando si realmente encontraron algo en la biblioteca de España. Quizá lo tenían en el bolso de la mujer, y él solo usaba el maletín para evitar que intentáramos robárselo.

—Es posible —dijo ella.

—Bueno, solo quería advertirle de que se prepare por si aparecen por ahí.

—Quiero que vengas. ¿Puedes tomar un avión a última hora de la noche o mañana temprano?

—Ejem, me incomoda un poco hablar del tema. Aún tengo la cara azul.

—¿Todavía no te has librado de eso?

—No. He utilizado todos los disolventes que conozco y todos los tipos de limpiador. El maquillane ayuda algo.

—Voy a pedirle a uno de mis médicos que te llame. Es muy bueno y sabrá cómo tratar tu problema, así que no le cuelgues. Seguro que tiene un colega en Los Ángeles que pueda verte.

—¿Qué puede hacer un médico con esto?

—Yo diría que necesitas una exfoliación química para retirar la capa exterior de piel que se ha teñido y dejar descubierta la piel nueva, pero no soy médico. Él sí que lo es. Se llama Leighton. Pase lo que pase, te quiero en Ciudad de Guatemala el jueves. Y también quiero a tu amigo Ruiz para que entiendas lo que te dice la gente.

—Está bien —dijo él—. Allí estaremos. Gracias por su ayuda.

—No es un favor, Russell. Necesito que alguien de confianza esté aquí para impedir que los Fargo echen por tierra esta oportunidad. Este va a ser el proyecto más importante de mi vida, y esa gente es perversa. Los he tratado cortésmente, tanto en su casa como en la mía, y les he hecho una oferta generosa, pero han decidido ser enemigos míos. Necesito que hagas que se den cuenta de que ha sido una mala idea.

21

Belice

Sam y Remi no sabían cuánta influencia podía tener Sarah Allersby con las autoridades de Guatemala, pero decidieron que era poco probable que hubiera mandado a alguien que vigilase Belice por si llegaban. Volaron a Punta Gorda en un avión privado y viajaron en autobús por el litoral hasta Livingston, y luego pagaron a un pescador para que los llevara por el río Dulce hasta el lago de Izabal, al otro lado de la frontera de Guatemala. Un visitante podía entrar en cualquiera de los cuatro países de la región y tratar con los funcionarios de aduanas solo una vez, y luego pasar con total libertad a los otros.

Alquilaron otro barco para recorrer el lago de punta a punta. Era una inmensa extensión de color gris azulado bajo una capa de nubes, y a lo lejos, más allá de la orilla, había un muro de montañas azules. La travesía era preciosa, y estar en la cubierta del barco era un alivio después de tantos kilómetros por carretera.

Sam y Remi estaban mejor preparados para el viaje a la alta sierra del centro de Guatemala. Habían solicitado de antemano la colaboración de funcionarios de ideas afines: Amy Costa, de la embajada de Estados Unidos en Ciudad de Guatemala, y el comandante Rueda, de la policía nacional de

Guatemala. Si los Fargo encontraban alguna prueba de que Sarah Allersby estaba infringiendo las leyes del país concernientes al transporte de antigüedades, o poseía el códice del volcán mexicano, Rueda la detendría. Si era necesario, llevaría en avión una brigada de soldados de las tropas de asalto a una zona apartada para arrestarla.

Sam y Remi habían hablado por teleconferencia con Amy Costa.

—¿Ha accedido él? ¿Qué le ha hecho cambiar de opinión?

—Siempre es difícil de saber —respondió Amy Costa—. Solicitamos colaboración y siempre esperamos conseguirla. Esta vez la conseguiremos.

Después de colgar, Remi puso los ojos en blanco.

—¿De verdad no te fijaste?

—Por lo visto no. ¿En qué no me fijé?

—Nos hizo pasar por delante de unos treinta despachos llenos de viejos policías casados y entró directamente en el despacho de un agente guapo de su edad que no apartaba sus grandes ojos marrones de ella.

—¿Estás diciendo que nuestra funcionaria del Ministerio de Asuntos Exteriores está confraternizando con un poli guatemalteco?

—No, estoy diciendo que es tan lista como parece.

Ahora habían vuelto a Guatemala, y sus dos teléfonos por satélite estaban conectados al número de la embajada y el despacho del comandante Rueda. El lago tenía cincuenta kilómetros de largo y veinticinco de ancho, y cuando llegaron al final en El Estor Sam y Remi se sentían bien. A veces recorrer cincuenta kilómetros en zona montañosa podía llevar varios días de dura ascensión.

En El Estor alquilaron un pequeño bote para que los llevara por el río Polochic, que vertía sus aguas en el lago por el lado oeste. Tenía doscientos cuarenta kilómetros de largo, un estrecho y sinuoso riachuelo bordeado de selva que llegaba hasta el agua como un muro verde. Era navegable río arriba hasta la ciudad de Panzós, que tenía una carretera sin asfaltar por la que podían seguir adelante.

A medida que ascendían al corazón de la región, la selva se volvía más profunda y más espesa, y los pocos poblados que veían parecían aleatorios, como lugares en los que la gente se había quedado sin gasolina o sin entusiasmo y había decidido construir refugios y quedarse.

Una vez más, Sam y Remi habían ido armados. Todavía tenían sus permisos de armas guatemaltecos, y Selma se había encargado de comprarles cuatro pistolas semiautomáticas que les estaban esperando en Punta Gorda. Como habían hecho en el primer viaje, llevaban una cada uno en la mochila y las otras en una faja debajo de la camiseta. Llevaban considerablemente más munición de nueve milímetros, incluidos diez cargadores llenos cada uno.

Ahora que se encontraban en el centro de Guatemala, tendrían que conformarse con lo que llevaban en las mochilas. Ya no podían volver para comprar más artículos. El sitio más cercano donde Selma podía encargar que les entregaran algo estaba lejos, en Ciudad de Guatemala. Cuando Sam y Remi llegaron al final del tramo navegable del río Panzós, vieron un camión de café cargado aparcado en el camino de tierra por encima del río y orientado hacia el oeste. Le pidieron al barquero que hiciera de intérprete para pedirle al conductor que los llevase, y se enteraron de que era amigo del barquero. Acordaron pagarle unos cuantos quetzales a cambio de que los acompañara hasta el final del camino.

El viaje duró dos días. Su anfitrión tenía un iPod con sus canciones favoritas y un cable que conectaba el aparato a los altavoces de la radio del camión. La lista de reproducción empezó con unas canciones en español y unas pocas en inglés, y pronto los tres estaban cantando a voz en grito en el idioma que sonaba mientras daban botes por el camino lleno de baches dirección oeste a través del bosque.

Al mediodía del segundo día llegaron a un almacén donde su camino de tierra se juntaba con otro camino de tierra más ancho. Camiones de otras partes de la región se hallaban allí descargando sus sacos de café en una cinta transportadora para que fueran pesados, contados y cargados otra vez en tráilers que seguían adelante por el camino ancho. Se despidieron afectuosamente del camionero, a quien pronto le llegaría el turno en la balanza y volvería a casa después de recibir su paga.

Cuando se encaminaron hacia el oeste, consultaron su posición en el GPS de los teléfonos por satélite. Les faltaban treinta y dos kilómetros para llegar a su primer destino. Anduvieron el resto del día sin entretenerse. A media tarde, cruzaron un sendero de caza que les permitió andar más fácilmente, aunque el camino se desviaba un poco hacia el norte de su destino. La vegetación era espesa, y las copas de los árboles se alzaban junto al sendero como una hilera de sombrillas. Soplaba un poco de brisa, y la sombra los protegía del sol.

Siguieron por el sendero de caza, consultando a menudo su posición. A medida que se alejaban del camino y se acercaban al lugar que estaban buscando, empezaron a andar en un silencio casi total. Cuando necesitaban hablar, paraban a descansar sobre un tronco caído o una rama baja y retorcida, acercaban las cabezas y susurraban. Escuchaban el trino de los pájaros y los chillidos de las manadas de monos aulladores que pasaban por arriba, tratando de discernir si unos seres humanos los habían espantado más adelante.

Sam y Remi habían hecho caminatas juntos por el monte muchas veces, de modo que se sentían cómodos recorriendo las tierras altas guatemaltecas. Los ritmos de la selva se convirtieron enseguida en los suyos. Se levantaban cuando el sol empezaba a devolver los colores al mundo, aunque no se elevaría por encima del horizonte hasta al cabo de una hora. Comían austeramente y levantaban el campamento de manera que pudieran caminar tres o cuatro horas antes de que empezara a hacer calor. Se detenían cuando el sol estaba empezando a ponerse para poder elegir un sitio y acampar mientras todavía podían ver. Aprovechaban cada oportunidad para reponer las reservas de agua hirviendo o tratando agua de manantial o de los arroyos. Encendían pequeñas lumbres en fosos poco profundos que Sam cavaba. Si la leña estaba tan húmeda que echaba humo, pasaban sin la lumbre y tomaban comida en conserva.

A la mañana del tercer día, el GPS de los teléfonos por satélite les mostró que estaban cerca de la ciudad en ruinas. Llamaron a Selma a San Diego.

—Buenos días —dijo Selma—. ¿Cómo ha ido todo hasta ahora?

—Nos estamos acercando mucho, así que preferimos llamarte ya. Durante un tiempo solo podremos enviar mensajes de texto para mantenernos en silencio —explicó Remi.

—¿Habéis visto a alguien ya?

—Desde que salimos del camino hace tres días, no —respondió Remi—. Incluso entonces nuestro camión fue el único que vimos. ¿Estás rastreando la señal GPS de los teléfonos?

—Sí —dijo Selma—. Con total claridad. Sé exactamente dónde estáis.

—Entonces te enviaremos un mensaje si nos enteramos de algo.

—Sí, por favor —rogó Selma—. Me estoy dejando un dineral en libros digitales y me estoy quedando pálida como un cadáver. No quiero salir de la oficina para ir a una librería por miedo a no escuchar vuestras llamadas.

—Lo siento —dijo Remi—. Dale un beso a Zoltán de mi parte.

—Lo haré.

—Adiós.

Colgaron, y el siguiente sonido que oyeron les sorprendió tanto en medio del silencio reinante que los dos volvieron la cabeza para localizar el origen. A lo lejos se oía el débil zumbido de un helicóptero. Trataron de verlo, pero se encontraban en un valle bajo un espeso manto de hojas que ocultaba el cielo. El motor aumentó de volumen hasta que su ruido apagó todos los sonidos naturales de la selva.

Sabían que no podían levantarse y trepar para verlo. Al cabo de un minuto, el helicóptero pasó por lo alto, y Sam y Remi alzaron la mirada y vieron que el viento de los rotores agitaba violentamente las ramas superiores de los árboles antes de seguir hacia el norte y desaparecer. Oyeron el motor al mismo nivel de decibelios durante otros dos minutos, y de repente el sonido se interrumpió por completo.

—Creo que ha aterrizado —dijo Remi.

—Yo también —convino Sam—. ¿Lista para echar un vistazo?

—Seguramente sea mejor ir a buscarlos que dejar que ellos nos encuentren a nosotros.

Pusieron las mochilas en orden. Cargaron las pistolas de repuesto y las guardaron en un compartimento exterior cerrado con cremallera y escondieron el teléfono de Sam en otro compartimento. Solo llevaban encima una pistola cada uno, debajo de las camisetas, y el teléfono de Remi. Escondieron las mochilas debajo del denso follaje, hicieron una marca en el árbol más cercano y se fueron por el sendero de caza.

Caminaban sin hablar; dirigían la atención del otro con un movimiento de cabeza o un simple gesto con la mano. Se detenían cada veinte metros para escuchar, pero solo oían los sonidos de la selva. A la cuarta parada, oyeron voces humanas. Varios hombres hablaban en voz alta en español, y sus voces se solapaban y se interrumpían en torrentes de palabras demasiado rápidos para el español rudimentario que Sam había empezado a aprender.

Y de repente la selva se despejó delante de ellos. Más allá de la hilera de árboles había un gran claro. Un grupo de hombres descargaba material de un helicóptero y lo llevaba a un sitio donde habían montado un toldo. Había varias maletas de aluminio, un par de videocámaras, trípodes y accesorios que no sabían identificar.

Vieron al piloto de pie al lado de la puerta abierta del helicóptero, con los auriculares puestos y un cable conectado al tablero de instrumentos. Hablaba con alguien por la radio.

Sam y Remi avanzaron con cautela por la selva, aventurándose más cerca del linde. De repente Sam alzó la vista y señaló con el dedo. En el lado derecho de la gran zona abierta donde crecían maleza y hierba baja, una alta colina poblada de árboles que solo se veía parcialmente lucía un aspecto distinto desde ese ángulo. Desde el lado donde se encontraban, Sam y Remi podían ver una escalera de piedra, recta y seguida, que iba del suelo a la cumbre. La excavación parcial de la empinada colina revelaba que lo que habían parecido irregularidades naturales eran en realidad los escalones de la pirámide. Eran lisos, con árboles y maleza que crecían en ellos, pero en algunas zonas las raíces habían desalojado piedras de la estructura y habían derrumbado la esquina de un nivel al nivel de abajo, y por eso de perfil parecía más una colina que una construcción.

Se trataba indiscutiblemente de la pirámide escalonada que había sido representada en el mapa del códice y que aparecía en la fotografía aérea. Una cuadrilla de unos cien obreros atacaban la estructura con hachas, picos, azadones, palas y cubos para despejar la pirámide de unos mil años de hojas, humus, tierra y plantas vivas acumuladas. Se movían rápido y golpeaban fuerte, más como una brigada de demolición que como arqueólogos, podando los restos que cubrían la pirámide. Otros obreros talaban y quemaban maleza en distintas zonas del complejo. Su labor consistía en dejar al descubierto las estructuras de piedra en todas direcciones. Sam estiró el brazo hacia la mano de Remi, cogió el teléfono y empezó a hacer fotos.

—Si David Caine viera como están golpeando y maltratando este sitio, le daría un soponcio —susurró Remi.

Al minuto se fijó en un pelotón de hombres armados que salían en fila india de la selva, en el otro extremo del complejo. Había unos veinte, todos con rifles colgados del hombro. En los niveles superiores de las construcciones también había apostados unos cuantos hombres armados. Un par de ellos saludaron con la mano a los que acababan de llegar.

Sam estaba ocupado haciendo fotografías con el teléfono de Remi. Revisó las imágenes y se las envió a Selma. Guardó el teléfono y dio unos golpecitos a Remi en el hombro. Se mantuvieron agachados y se alejaron poco a poco del claro. Cuando pudieron, se levantaron y enfilaron otra vez el sendero de caza hasta que consideraron que estaban fuera del alcance del oído. Sam pulsó un número en el teléfono de Remi y a continuación presionó el botón de llamada.

—Policía nacional.

—Hola. Soy Sam Fargo.

—Yo soy el comandante Rueda —dijo la voz—. He mantenido esta línea libre para cuando me llamasen.

—Gracias, comandante. Nos encontramos en las coordenadas que le dimos antes de salir de casa. Como el códice maya indicaba, hay una gran ciudad con un complejo de templos. Hemos visto a un grupo de unos cien hombres retirando tierra y vegetación a toda velocidad. También hay centinelas armados. Hace un rato aterrizó un helicóptero con un grupo que parecía un equipo de filmación.

—¿Están haciendo algo delictivo?

—Están descubriendo los edificios con picos, azadones y palas sin tener en cuenta el daño que hacen a lo que hay debajo. Pero, en mi opinión, el principal problema es el que le hemos comentado. La única forma de que Sarah Allersby haya podido encontrar este sitio es que haya robado el códice maya a la Universidad de California en San Diego.

—Si envío una brigada de hombres a ese lugar, ¿encontrarán algo de lo que acusarla?

—Creo que encontrarán notas que indican que descubrió

el lugar, o incluso alguna fotocopia de una página del códice que demostraría que ha estado en sus manos —dijo Sam—. En cualquier caso, tal vez la policía consiga que los trabajadores excaven como es debido y no destruyan lo que están destapando.

—De acuerdo. Enviaré un helicóptero con soldados para que inspeccionen la excavación. Es todo lo que puedo prometer.

—Con eso me basta. Gracias.

Le pasó a Remi el teléfono.

Remi llamó a Selma.

—Hola, Selma. Hemos estado en el sitio. ¿Has visto las fotos? Puedes decirle a David que es tan grande como él pensaba. Sam acaba de llamar a la policía para que vengan a ver la chapuza que están haciendo en la excavación. Confiamos en que también encuentren pruebas de que Sarah Allersby ha utilizado el mapa del códice.

—Que la policía no olvide que podría estar en un ordenador o en su teléfono, o camuflado como otra cosa.

—No te preocupes. Es como ir a pescar, y ya sabemos que no todos los peces son iguales.

—Buena suerte.

—Gracias. Volvemos al yacimiento.

Sam y Remi recorrieron otra vez el sendero hasta el claro. Mientras se hallaban agachados entre la maleza, mirando lo que debía de haber sido la plaza principal de la antigua ciudad maya, oyeron el ruido lejano de otro helicóptero, pero ese motor sonaba diferente. El helicóptero se acercó volando recto sobre la selva, planeó sobre el centro de la plaza y aterrizó cerca del primer helicóptero.

El equipo de filmación compuesto por cuatro hombres que había estado holgazaneando bajo el toldo recogió su equipo y fue corriendo al helicóptero, cuyos rotores estaban disminuyendo de velocidad, y empezó a grabar. Entre ellos había un técnico de sonido, que llevaba una larga percha con un micrófono, un operador de cámara con una videocámara al hombro, un técnico de iluminación con unos focos a batería y una sombrilla blanca montada en un trípode, y un cuarto hombre con un paquete grande que iba soltando trozos de cable aislado conectado a una caja bajo el toldo.

El motor del helicóptero se paró, y una puerta se abrió en el lateral. El primero en salir fue el guardia de seguridad de Sarah Allersby, que parecía un luchador profesional. Era robusto y musculoso, iba vestido con unos pantalones verde militar y una camiseta caqui, y llevaba un arma pequeña colgada del hombro que parecía una metralleta. Se quedó de espaldas a la puerta abierta mientras la pasajera principal del helicóptero bajaba.

Sarah Allersby llevaba el cabello rubio dorado recogido en una cola de caballo que brillaba en la parte de atrás de su camisa de algodón azul claro confeccionada a mano. Iba vestida con un pantalón caqui, pero la prenda estaba hecha a medida. Llevaba unas botas de diseño militar pero hechas de una reluciente piel marrón claro. Su atuendo parecía perfecto para la aventura, pero no habría resistido una hora intensa en esa selva.

Cuando Sarah Allersby se alejó del helicóptero, el cámara y su ayudante avanzaron de lado junto a ella grabando su llegada como si fuera el general MacArthur bajando de la lancha de desembarco en la playa de Leyte. Mientras ella andaba, unos hombres con ropa de camuflaje que habían estado esperándola se acercaron y se dirigieron a ella con exagerado respeto, haciendo reverencias, y se unieron a su séquito al tiempo que ella avanzaba, señalando partes de la pirámide que se elevaba por encima de ellos.

El grupo fue hasta el pie de la gran escalera y subió unos cuantos escalones. El cámara dijo algo, y Sarah Allersby se detuvo. Consultó con el hombre. A continuación, todos volvieron andando al helicóptero.

Una vez más, el equipo filmó a Sarah Allersby balanceando las piernas y saltando del helicóptero, y luego charlando con conocimiento de causa con los supervisores del equipo de excavación, mientras andaba con heroica determinación hasta el pie de la pirámide. El cámara interrumpió la acción, habló con Sarah Allersby, le reprodujo una parte de la cinta y señaló varios aspectos de las imágenes. Todos volvieron al helicóptero, y el teatro se repitió una vez más.

Cuando la primera escena, en la que tomaba posesión simbólica de la pirámide, se hubo perfeccionado, grabaron unas cuantas escenas más. Sarah Allersby estaba sentada en una mesa bajo el toldo. Ella y sus supuestos colegas tenían un papel grande desdoblado sobre la mesa, con las esquinas sujetas por piedras del templo vecino. La joven señalaba varios puntos del mapa, o el diagrama, como si estuviera explicando un plan de ataque a un grupo de tenientes.

Sam y Remi no podían oír lo que decían, y dedujeron que era incomprensible para ellos con su limitado dominio del español, pero observaron fascinados cómo Sarah Allersby documentaba su descubrimiento de la antigua ciudad maya.

La grabación duró un par de horas. Entre toma y toma, una mujer a la que Sam y Remi habían tomado por arqueóloga cuando había seguido a Sarah Allersby desde el helicóptero abría un gran arcón negro y retocaba el maquillaje y el pelo de la joven. En un momento dado, las dos entraron en una tienda y volvieron media hora más tarde. Sarah se había puesto un conjunto distinto: unos tejanos de marca y una blusa de seda. El cámara la filmó fingiendo que cavaba un agujero poco profundo, que había sido excavado antes de que ella llegase, y dividido en cuadrados mediante cuerdas sujetas con estacas. Hicieron primeros planos de ella utilizando un pincel para limpiar la tierra de una serie de herramientas de obsidiana que habían sido colocadas en el agujero con el fin de que ella las encontrase.

Durante el proceso, Sam y Remi tomaron sus propias películas de la actividad. Pero cuando Sam estaba enfocando con el teléfono de Remi en dirección a la falsa excavación, vio por el visor que uno de los guardas situados al otro lado de la plaza volvía de repente la cabeza hacia él. El guardia señaló con el dedo y gritó algo a sus compañeros. Sam tapó el teléfono.

—Me temo que ese tío ha visto un reflejo del teléfono —susurró.

Sam agarró el brazo de Remi y emprendió la retirada a la selva. Podían escapar fácilmente de los hombres, que estaban a cientos de metros de ellos, pero otros en la pirámide dieron la alarma, y los hombres que estaban a escasos metros de Sam y Remi los oyeron y corrieron hacia ellos.

—Deshazte de la pistola —dijo Sam, y los dos tiraron sus armas entre la maleza y las taparon con una gruesa capa de hojas.

—Y ahora, ¿qué? —preguntó Remi.

—Ahora podemos hacer una tranquila visita sorpresa a nuestra amiga Sarah en lugar de liarnos a tiros con treinta guardias.

Sam y Remi salieron de la selva al terreno que antaño había sido la plaza principal. Se dirigieron a la pirámide con el rostro sonriente, señalando diversos elementos y haciendo comentarios entre ellos.

—¿Y qué les decimos? —preguntó Remi.

—Lo que se nos ocurra. Estamos haciendo tiempo hasta que llegue la caballería. —Sam señaló la larga escalera y dijo—: Ese templo es increíble, ¿verdad?

—A lo mejor podemos arreglarlo para que nos sacrifiquen en lugar de pegarnos un tiro y mejorar así la cosecha del año que viene.

Justo cuando estaban acercándose al agujero excavado, Sarah Allersby alzó la mirada hacia el alboroto y los vio. Tiró el pincel, se levantó de golpe y se quedó con los brazos en jarras, el rostro crispado de ira. Salió de la excavación justo cuando los hombres armados llegaban para rodear a Sam y Remi.

Los Fargo simplemente se detuvieron y esperaron a que

Sarah Allersby se abriera paso entre el cerco de hombres desde el otro lado.

—¡Ustedes! —dijo—. ¿Qué tengo que hacer para que me dejen en paz?

Sam se encogió de hombros.

—Podría devolver el códice o nosotros podríamos entregarlo al gobierno mexicano de su parte. Con eso bastaría. —Se volvió hacia Remi—. ¿Tú qué dices? ¿Te quedarías contenta si ella devolviera el códice?

—Creo que sí —respondió Remi—. Aunque no estoy de acuerdo en que hayamos estado molestándola, señorita Allersby. ¿Cómo íbamos a saber por adelantado que usted estaría hoy aquí?

Los hombres armados se estaban cruzando miradas siniestras. No era posible saber cuáles entendían el idioma de los Fargo, pero parecían entender que lo que había dicho Remi había enfurecido a su jefa.

—Ya que estamos todos aquí, ¿le gustaría enseñarnos el sitio? —dijo Sam—. Nos interesaría saber lo que sus hombres han descubierto hasta ahora. Pero como usted está ocupada filmando, podríamos pasar por detrás del equipo.

Sarah Allersby estaba tan furiosa que parecía que flexionara sin parar los músculos de la mandíbula. Miró al suelo un instante, levantó la cabeza y gritó:

—¡Russell!

Una voz sonó detrás de ella, entre el equipo de filmación.

—¿Sí, señorita Allersby?

El hombre que apareció tenía la cara de color rojo chillón. Le habían arrancado la capa exterior de piel de la raíz del pelo al cuello de la camisa. Parecía tan tierna e inflamada que dolía solo mirarla. Sobre la piel roja se había puesto una gruesa capa brillante de crema. Llevaba un sombrero de ala ancha para evitar que le diera en la cara el más mínimo rayo de sol directo.

—Estas personas quieren que los lleven de visita —dijo Sarah Allersby—. ¿Puedes enseñarles el sitio, por favor?

—Será un placer, señorita Allersby.

El hombre se volvió y le dio a Sam un fuerte empujón en la espalda que lo lanzó dando traspiés hacia la selva al otro lado de la plaza. Cuando otro hombre dio un paso hacia Remi, ella se volvió y alcanzó a Sam. El segundo hombre gritó algo en español, y unos diez hombres armados fueron con ellos.

El hombre de la cara roja llevaba una pistola de calibre 45 en una pistolera y no apartaba la mano derecha de ella al andar; de vez en cuando rozaba la empuñadura con el pulgar como si quisiera asegurarse de que todavía la tenía a mano.

Uno de los escoltas armados habló en español con el compañero del hombre de la cara roja.

—¡Eh, Russ! —gritó el hombre a su amigo—. Dice que están aburridos. Si no quieres hacerlo, ellos se encargarán.

—Gracias, Ruiz. Diles que pueden volver. Me gustaría que lo termináramos nosotros.

—¿Por qué?

—Hay cosas que me gusta hacer yo mismo. Si no te apetece hacerlo, ¿por qué no vuelves con ellos?

—No, me quedaré contigo. —Ruiz se volvió y despachó a los demás en español. Uno de los hombres le dio una pala plegable. Él la cogió y dijo—: Gracias.

El grupo regresó a la pirámide mientras Sam, Remi y sus dos captores seguían andando.

—Deberías haber dejado que esos tipos lo hicieran —dijo Sam—. Es mucho más fácil delatar a dos hombres que a diez.

—¿Qué estás diciendo? —replicó Russell.

—Sarah acaba de daros permiso para que nos matéis —dijo Remi—. Cuando lo hagáis, cualquiera que lo sepa tendrá poder sobre vosotros. Eso incluye a los hombres que acaban de irse.

—No —repuso Russell—. Tienen el poder si te ven hacerlo.

—Venga ya —dijo Sam—. Nos vamos con vosotros, ellos oyen disparos, y solo vosotros volvéis. No es precisamente el crimen perfecto.

—Seguid andando —ordenó Ruiz.

—Nosotros no somos el tipo de gente a la que se pueda matar sin que nadie haga preguntas. Estamos demasiado bien preparados. La embajada de Estados Unidos sabe la posición GPS exacta de donde íbamos a estar hoy.

—No os preocupéis por nosotros —dijo Russell—. Nos las apañaremos.

—Por cierto, ¿quién te ha hecho eso en la cara?

—Tú.

—¿De verdad? —dijo Sam—. ¿Y cómo lo hice?

—La trampa de España. La tinta azul no se iba, así que me hice una exfoliación química.

—¿Duele? —preguntó Remi.

—Pues claro que duele. Pero mejora por momentos. El dolor es más fácil de soportar cuando otras personas lo sufren contigo.

Los condujo a la selva, y anduvieron por un sendero que los llevó entre densos grupos de árboles y a través de un par de zanjas que debían de haber sido arroyos en la temporada de lluvias. Cuando estaban a un kilómetro y medio o más del yacimiento arqueológico, llegaron a un valle apartado con el lecho seco de un río en el centro.

—Dale la pala —le dijo Russell a Ruiz.

Ruiz mantuvo la distancia y tiró la pequeña pala verde militar a los pies de Sam.

—Cava —ordenó Russell.

Sam miró a Russell y a Ruiz, no a Remi. Estaba desviando la atención de sus captores de ella. Sam y Remi sabían desde hacía años que cuando se encontraban en lugares peligrosos, siempre eran posible objetivo de secuestros, robos u otras agresiones. Habían debatido y ensayado varias tácticas distintas para emplearlas en situaciones comprometidas, y muchas de ellas se basaban en conseguir que sus oponentes subestimaran a Remi.

Ella era una mujer esbelta de una belleza delicada. Y también era muy lista. Remi esperaba el momento idóneo para hacer lo que siempre había hecho en las competiciones de atletismo: enfrentar sus reflejos, su velocidad, su equilibrio, su flexibilidad y su coordinación superiores con un oponente que no se imaginaba que contaba con esas ventajas y que tenía —solo de momento— la impresión equivocada de que era él quien tenía todas las de ganar.

Sam cavó. Era diestro y empujaba la plancha de la pala con el pie derecho, levantaba la tierra y la lanzaba a su izquierda, el lado donde estaban sus captores. No miró directamente hacia ellos ni a Remi, pero vio que ella ya había elegido la piedra adecuada. La tenía a sus pies, y la había cogido al mismo tiempo que permanecía quieta, mostrándose débil y llorosa.

Mientras cavaba, le pareció oír el sonido débil de un helicóptero. «No —pensó—. Esta vez es más de uno.» El sonido era más grave y más ronco, y a medida que se acercaban tuvo la certeza de que no eran los helicópteros de Sarah Allersby.

Ruiz miró al aire, pero los altos árboles formaban un techo encima de ellos.

—Ese ruido podría ayudar a tapar un disparo —comentó Ruiz.

Sam y Remi supieron en el acto lo que Russell haría y, efectivamente, el hombre se volvió de manera refleja para mirar en dirección a ellos mientras consideraba la propuesta de Ruiz.

Sam describió con la pala el mismo arco exacto que había trazado cincuenta veces antes, solo que esta vez más rápido y más alto, y echó varios kilos de tierra fina y arenosa a la cara en carne viva de Russell. A continuación salió rápidamente del agujero superficial blandiendo la pala hacia las piernas de Ruiz.

Russell levantó las manos y los antebrazos para protegerse de la tierra que salió volando hacia él. El gesto le obligó a apartar las manos del arma que llevaba en la pistolera del cinturón y a mantener los ojos cerrados cuando Remi le lanzó la piedra y pegó un salto.

La piedra dio a Russell en un lado de la cabeza y le hizo perder el equilibrio. Remi saltó hacia delante y, cuando el hombre se cayó, ella ya le había quitado la pistola.

Sam completó el movimiento e intentó cortar a Ruiz en la pierna derecha con la pala. El miedo hizo que Ruiz saltara para evitarla, pero cayó al suelo debido al impacto. Mientras Ruiz alargaba el brazo para coger la pistola enfundada en la parte delantera de su cinturón, Sam le golpeó la mano con la plancha de la pala, se dejó caer de rodillas sobre el pecho del hombre, le arrebató la pistola y retrocedió, apuntando a Ruiz.

Los rotores del helicóptero giraban más fuerte y más alto cuando Sam y Remi se alzaron por encima de sus oponentes heridos.

—¿Qué hacemos con ellos ahora? —preguntó Remi.

—Sujeta esto.

Sam le dio su pistola de manera que Remi pasó a apuntar a cada enemigo abatido con una pistola. Sam se arrodilló, quitó las botas a los dos hombres, sacó los largos cordones de piel y los utilizó para atarlos de pies y manos. Se levantó.

—Supongo que es lo mejor que podemos hacer de momento —dijo—. Tenemos que volver al yacimiento mientras lo registran. Nosotros somos los únicos que hemos visto el códice.

Sam enfiló el sendero llevando los dos pares de botas. Remi lanzó una mirada atrás a los dos hombres incapacitados y acto seguido echó a correr detrás de él.

22

La ciudad en ruinas

Sam y Remi se acercaron al margen arbolado de la plaza y se
detuvieron un momento para abrazarse brevemente.

—Recuérdame que no me haga nunca una exfoliación
química —dijo Remi.

—Dudo que lo olvides, pero creo que la de él es peor que
la de la mayoría de la gente —contestó Sam.

—Sí. Es increíble lo que algunos hombres están dispuestos a hacer para embellecerse un poco.

Sam se rio entre dientes. Volvieron a la plaza y vieron que
estaba dominada por dos grandes helicópteros CH-47 Chi-
nook para el transporte de tropas que habían aterrizado en
los dos extremos del espacio despejado. Soldados con trajes
de campaña se habían apostado en varias zonas de las ruinas,
y había un pelotón rodeando el toldo donde Sarah Allersby y
su grupo aguardaban inquietos mientras el comandante Rueda hablaba con ella.

Sarah Allersby alzó la mirada, y se le demudó el rostro
cuando vio llegar a Sam y Remi un tanto desaliñados, sudoro-
sos y sucios.

—Hola, Sarah —dijo Remi.

—¿Cómo se atreven a volver aquí? —Sarah Allersby se

volvió hacia el comandante Rueda—. Acabo de ordenar a unos hombres que acompañen a estos intrusos fuera de este sitio tan vulnerable.

—Quiere decir que ha dado permiso a dos de sus matones para que nos asesinen en la selva.

—¡Qué absurdo! ¿Yo? Eso es ridículo.

Sarah sonrió con poca convicción como para demostrarlo.

—Dejaremos esa conversación para la jefatura —dijo el comandante Rueda. Se volvió hacia el teniente al mando del pelotón—. Usted y sus hombres, regístrenlo todo: tiendas, helicópteros, cada mochila, caja o maleta.

—No tienen ningún derecho a hacer eso —protestó Sarah Allersby.

—Tendrá ocasión de quejarse de nuestros métodos en el tribunal.

—No olvidaré lo que ha dicho —dijo ella fríamente.

—Comandante, hemos dejado a los dos hombres que tenían que matarnos atados en la selva —explicó Sam—. No deberíamos dejarlos así.

—Por supuesto —dijo el comandante Rueda. Se volvió otra vez hacia el teniente—. Ordene a tres hombres que vayan con los Fargo y detengan a los sospechosos.

Remi dio un paso, pero Sam la contuvo.

—Te has ganado un descanso.

Él desplazó la vista en dirección a los hombres que estaban registrando el campamento de Sarah Allersby.

Remi asintió con la cabeza, y Sam le dio un beso en la mejilla.

—Antes hiciste un buen trabajo. Nos vemos dentro de un rato.

Sam atravesó la plaza con los tres soldados. Mientras andaba, se fijó en que los soldados de Rueda habían puesto en fila a los centinelas armados en una zona sombreada de la pirámide. Sus rifles estaban amontonados a cien metros de distancia.

Sam condujo a los hombres por el sendero. Le sorprendió un poco lo lejos que Ruiz y Russell los habían llevado. En el primer trayecto, había intentado andar lo más despacio posible con el fin de darle a la policía nacional tiempo para que llegara al yacimiento. Al volver, él y Remi habían ido corriendo. Esta vez el kilómetro y medio de sendero por la selva se le hizo eterno. Pero finalmente llegó al pequeño valle al que Ruiz y Russell los habían llevado.

Russell y Ruiz habían desaparecido. Sam se quedó en silencio un instante mientras los tres soldados lo miraban. Señaló el lugar.

—Aquí es donde los dejamos atados. Supongo que no los até bien.

—¿Está seguro de que este es el sitio? —preguntó el sargento.

Sam señaló con el dedo.

—Esa es la tumba que me hicieron cavar.

Uno de los soldados se agachó cerca de allí.

—He encontrado algo —anunció—. Uno de ellos rodó por el suelo hasta aquí, donde estaba el otro. —Recogió una tira de cuero del suelo y la examinó detenidamente—. Y mordió el cordón del otro.

—Debería habérmelo imaginado y haberlos atado a los árboles —dijo Sam—. Tal vez podamos encontrar su rastro.

El soldado que parecía un rastreador rodeó el perímetro del claro mirando al suelo y tocando el follaje. Se internó en la selva, regresó, probó en otro sitio y volvió.

—No encuentro ninguna huella. No sé por dónde han ido.

—Están descalzos —dijo Sam—. Les quitamos el calzado, así que no habrá huellas de botas.

El sargento se encogió de hombros.

—No llegarán lejos descalzos. Tendrán que volver al campamento o morir aquí al raso.

Sam se quedó mirando el suelo unos segundos, negándose a darse por vencido. Los tres soldados empezaron a alejarse por el sendero, y Sam se volvió para seguirlos. Se detuvo y anduvo entre los arbustos que rodeaban el claro pero no encontró nada. Finalmente, suspiró y se fue corriendo detrás de los soldados.

Cuando Sam y sus compañeros volvieron a la plaza, las puertas de los helicópteros militares estaban abiertas y había gente subiendo a bordo. Unos soldados cargaban los dos helicópteros civiles de material de rodaje, tiendas de campaña plegadas y provisiones. El equipo de filmación, los ayudantes de Sarah Allersby y los supervisores de la excavación subieron al vehículo.

A Sam le llamó la atención ver a Sarah Allersby esposada mientras el comandante Rueda la acompañaba a uno de los dos grandes helicópteros militares.

Remi, que estaba esperando a Sam en el campamento, se levantó y corrió a su encuentro.

—¿Dónde están?

—Uno de ellos fue rodando hasta donde estaba el otro y mordió el cordón de la bota. Han escapado.

—Seguro que fue Ruiz —dijo Remi—. Tiene unos dientes preciosos.

—El sargento dice que no llegarán a ningún sitio a pie. Por otra parte, no me olvido de que en este rincón del mundo mucha gente no tiene zapatos. ¿Qué pasa aquí?

—Rueda ha dicho que Sarah tenía en su maleta fotocopias de las cuatro páginas del códice que componían el mapa, con este sitio marcado. También tenía fotos aéreas de los mismos lugares que nosotros hemos elegido, y unas cuantas más. No es el códice, pero demuestra que como mínimo tuvo el códice original suficiente tiempo para fotografiarlo.

—¿Está detenida?

Remi asintió con la cabeza.

—Se la llevan a Ciudad de Guatemala para acusarla de poseer objetos robados y de causar desperfectos en el yacimiento. Creo que Rueda quiere organizar algo público para disuadir a las demás personas de cometer un delito parecido.

—Si queremos ir a la civilización, más vale que recuperemos las mochilas —dijo Sam.

—Lo he hecho mientras tú no estabas —susurró ella—. También he vuelto a la selva a por las pistolas. Las he desmontado y he metido las piezas en las mochilas. Ya las he subido a bordo.

—Bien pensado. Gracias.

Sam miró a su alrededor mientras los soldados subían a los helicópteros. Media docena de ellos permanecieron junto a la pirámide, montando su propio campamento, para vigilar el yacimiento.

—Será mejor que cojamos asiento en el helicóptero antes de que se queden sin sitio.

Remi subió a bordo de un helicóptero y Sam la siguió. Había asientos de malla de nailon entrecruzada a lo largo de las dos paredes. Eligieron un par, se abrocharon los cinturones de seguridad y un minuto más tarde el motor arrancó rugiendo y elevó el gran vehículo por los aires.

Jerry Ruiz levantó la vista al cielo. Primero uno, luego otro y más tarde los dos últimos helicópteros se elevaron en lo alto. Determinó que iban hacia el sur, a Ciudad de Guatemala.

—Ya podemos volver a la pirámide —dijo Russell—. Está claro que dos de esos eran los helicópteros grandes que transportan a las tropas.

—De acuerdo. Vamos —convino Ruiz—. Estate atento a ver si descubres dónde tiraron los Fargo nuestras botas.

Russell anduvo varios metros y de repente pisó una piedra afilada, saltó sobre un pie y cayó encima de un palo puntiagudo del sendero.

—¡Ay! ¡Ah! —exclamó, se sentó en el sendero y se miró

la planta de los dos pies, y acto seguido volvió a levantarse y avanzó con cautela.

La cara roja y dolorida de Russell lucía ahora peor aspecto. Gran parte de la grava fina que Sam Fargo le había tirado se le había pegado a la piel en carne viva y se le quedó adherida a ella por la crema, y cuando había estado atado de pies y manos en el suelo, se le había pegado a la cara más tierra, hierba y ramitas.

Ruiz se abstuvo sabiamente de hacer comentarios. No hacía falta recordarle a Russell el estado de su cara ni advertirle de que el sendero era peligroso y que estaba lleno de piedras puntiagudas o que la maleza baja que crecía a los dos lados tenía espinas. Russell ya había maldecido todas esas cosas unas seis o siete veces en los últimos diez minutos.

A Ruiz también le costaba andar. La pala le había hecho un corte poco profundo y un cardenal grande en la pierna justo encima de la rodilla, le dolía la mano derecha, y tenía dificultad para respirar porque se había lastimado en una costilla o dos. Aun así, había conseguido rodar por el suelo hasta donde Russell estaba tumbado y morder las ataduras de su compañero. No había sido fácil, pero sabía que tenían que escapar o los meterían en la cárcel en Ciudad de Guatemala y los acusarían de intento de asesinato. Y aunque los soldados no los encontrasen, podían morir fácilmente allí fuera.

Ruiz se había criado en un pueblo remoto de México. Sabía que dos hombres indefensos con hemorragias difícilmente podían pasar inadvertidos a los jaguares que rondaban por la selva de noche. También sabía que los peores peligros no siempre parecían los peores. Una malaria mortal, la enfermedad de Chagas o la fiebre del dengue podían tener su origen en la picadura de un mosquito diminuto. De modo que había hecho lo necesario para escapar. Se habían quedado tumbados sin moverse en la selva, cubiertos de hojas caídas, mientras los soldados iban y venían. Tal vez ahora todo fuese bien. Pero le preocupaba Russell, que había enloquecido un poco desde que había quedado teñido de azul. Se encontraba en un estado de rabia constante, provocado por el dolor de la cara y el dolor de la ira.

Ruiz estaba preocupado. La falta de juicio era un punto débil. Los errores a los que un hombre podía restar importancia en la ciudad podían costarle la vida en la selva. Ruiz salió del sendero cojeando y eligió dos árboles jóvenes de un metro y medio de una hilera de arbolitos que crecían al lado de uno grande que había caído, y rompió las ramas para fabricar dos bastones.

—Toma. Esto te ayudará.

Avanzaron en silencio un rato utilizando los bastones. Al apoyarse en los palos no tenían que pisar demasiado fuerte las piedras puntiagudas y podían mantener el equilibrio para evitar las peores zonas. Tardaron aproximadamente una hora en llegar a la ciudad antigua. Cuando todavía estaban en el linde de la selva, vieron que todo el yacimiento había sido evacuado a excepción de media docena de soldados, que deambulaban junto a los grandes escalones de la pirámide. Habían encendido una pequeña lumbre y habían montado tres tiendas con capacidad para dos hombres cada una.

Russell se dirigió a la zona abierta, pero Ruiz lo detuvo.

—Espera —dijo Ruiz—. Son soldados.

—Ya lo veo.

—¿Y si los han dejado aquí para que nos esperen? —preguntó Ruiz.

Russell se detuvo y pensó, pero no pareció sacar ninguna conclusión.

Ruiz le refrescó la memoria.

—Los Fargo deben de haberles dicho que intentamos matarlos.

—No importa. Estamos a ciento cincuenta kilómetros de cualquier parte. No tenemos calzado, agua ni comida. Ellos sí.

—También tienen armas. Rifles de asalto completamente automáticos —dijo Ruiz.

—Podemos esperar a que estén dormidos, acercarnos despacio y rebanarles el pescuezo.

—Hay seis: dos en cada tienda. Aunque cada uno de nosotros pudiera matar a dos hombres por tienda con un cuchillo que no tenemos, uno de ellos gritaría mientras el otro muere. Y quedarían dos en otra tienda que oirían los gritos y abrirían fuego sobre nosotros.

—No podemos irnos de aquí descalzos —repuso Russell—. Está demasiado lejos de la civilización.

—Espera —dijo Ruiz—. Mira allí. Han dejado el toldo montado. Podemos envolvernos los pies con la lona y marcharnos.

La expresión de Russell le daba el aspecto de animal herido, pero cuando entendió a lo que se refería Ruiz, pareció calmarse.

—Está bien. Intentémoslo. Tengo tan pocas ganas como tú de pelearme con seis hombres.

Ruiz se sintió aliviado.

—Iré a por la lona.

Sin esperar una respuesta, empezó a caminar por la selva, fuera del espacio descubierto. El impredecible y accidentado terreno le castigó los pies, pero llegó al lugar. Miró en dirección a la pirámide para asegurarse de que los soldados de los escalones no podían verlo. A continuación usó la punta afilada de uno de los postes de aluminio para hacer un agujero en la lona, arrancó un trozo grande de tela, lo enrolló y se lo llevó.

Cuando llegó adonde estaba Rusell, rasgaron cuatro cuadrados, metieron un pie en el centro de cada uno y usaron los restos de los cordones de piel para atarse la lona alrededor de los tobillos. Miraron las sombras de los edificios que se proyectaban en la plaza a media tarde para calcular los puntos cardinales, cogieron los bastones y se internaron en la selva cojeando hacia el sur.

—La próxima vez no me andaré con remilgos —dijo Russell—. Nada de cavar una tumba ni de llevarlos a otra parte para que nadie se entere. Si los vemos, abriré fuego. Aunque haya testigos, también les dispararé.

Mientras recorrían los senderos de la selva, Ruiz tuvo que escuchar una continua e interminable letanía de quejas. Cada vez que Russell volvía a empezar, prometía que mataría a Sam y Remi Fargo de formas más elaboradas y prolongadas. Ruiz andaba en silencio. Hablar podría haberle aliviado el dolor de los pies, las costillas y la mano, pero el dolor le servía para desviar la atención de las quejas de Russell, y de momento le bastaba. Más adelante, si él y Russell conseguían salir de esa cárcel verde y Ruiz conservaba la movilidad de las extremidades, estaría encantado de hablar de la ejecución.

23

Ciudad de Guatemala

La lectura del acta de acusación se llevó a cabo unos días más tarde en el edificio central de los tribunales de Ciudad de Guatemala. Sam y Remi llegaron con Amy Costa de la embajada. En cuanto estuvieron sentados, Costa dijo:

—Oh, oh. Esto no me gusta.

—¿Qué pasa? —preguntó Remi.

—Todavía no estoy segura —dijo Amy—. Pero parece que no va a ser como pensábamos. Fíjense en la fila de hombres sentados detrás de la mesa de la defensa.

Remi levantó una polvera, aparentemente para mirar su maquillaje, y usó el espejo para observar a cada hombre. Había seis, vestidos con caros trajes hechos a medida. Aproximadamente la mitad de los habitantes de Guatemala eran de descendencia maya, y la mayoría del resto eran mestizos. Pero todos esos hombres parecían tan españoles como los que Sam y Remi habían conocido en Valladolid cuando buscaban los documentos de De las Casas.

—¿Quiénes son?

—El ministro del Interior, el magistrado jefe de los tribunales, dos importantes funcionarios del departamento de Comercio y dos asesores políticos del presidente.

—¿Qué quiere decir eso?

—Es como el lado de la novia y el del novio en una boda. Están sentados en el lado de la acusada.

—¿Le sorprende? —preguntó Remi.

—Supongo que no debería, pero me sorprende. En 2008 se creó la Comisión Internacional contra la Impunidad en Guatemala. Se formó para limpiar el sistema judicial y librar el país de fuerzas de seguridad ilegales como a las que ustedes se enfrentaron en Alta Verapaz. Por lo menos tres de esos hombres son miembros de la comisión. Supongo que no están en contra de la impunidad de sus amigos.

Un momento después se abrió una puerta lateral de la sala de justicia, y Sarah Allersby entró acompañada de dos agentes de policía, seguidos de los abogados de la joven. Remi le dio a Sam un codazo.

—¿Te suenan?

—Los tres primeros son los que vinieron a nuestra casa para hacernos la oferta por el códice —susurró Sam a Amy.

Al abogado mexicano, el estadounidense y el guatemalteco que habían asistido a aquella reunión los acompañaban otros tres.

—Los otros tres son socios de un respetado bufete de abogados —dijo Amy.

Sarah Allersby y los abogados se quedaron de pie. Al rato, el alguacil puso orden en la sala, y el juez entró, subió los escalones del estrado y se sentó. Dio varios martillazos y abrió la sesión. Todo el mundo se sentó.

En cuanto la toga del juez tocó la silla, los abogados de la defensa y la acusación se acercaron al estrado a toda prisa. Deliberaron con el juez durante varios minutos.

—No los veo discutir —susurró Sam.

—Yo tampoco —murmuró Amy—. Creo que han llegado a un acuerdo.

—¿Cómo es posible? —preguntó Sam.

—Si han llegado a un acuerdo, ¿qué hacen todos esos hombres importantes aquí? —inquirió Remi.

—Supongo que pretenden dar más peso a su respaldo al bando ganador para que, aunque la justicia sea ciega, no sea tan tonta como para dar problemas.

El juez hizo un gesto de impaciencia a los abogados, quienes se escabulleron como una bandada de gallinas y se fueron a sus sitios tras las mesas.

—El tribunal ha recibido el siguiente acuerdo propuesto por los abogados de la señorita Allersby y secundado por el pueblo de Guatemala.

—¿Por qué iba a aceptar el acuerdo la acusación? —dijo Sam.

Varias personas sentadas cerca se volvieron para lanzarle miradas de desaprobación.

El juez consultó sus notas y volvió a empezar. Amy hizo de traductora.

—La acusación de posesión de un códice maya debe ser desestimada por falta de pruebas. No se ha hallado tal libro. La acusación de amenaza con violencia debe ser desestimada. Los dos supuestos sospechosos no han sido hallados.

—Es ridículo —dijo Sam—. ¿La policía no ha conseguido pruebas?

Hubo murmullos, y algunas personas se volvieron para mirar por segunda vez.

El juez dio unos martillazos y lanzó una mirada fulminante a Sam.

—Está considerando vaciar la sala —susurró Amy Costa—. Por favor, no pierda la calma o echará a todo el mundo, y podríamos tener que esperar semanas para las transcripciones.

El juez dejó a un lado los papeles que había estado leyendo y cogió otro. Empezó a leer otra vez en español.

—No lo entiendo —dijo Sam—. ¿Qué está diciendo?

—La señorita Allersby afirma ser la descubridora indiscutible de la ciudad en ruinas. Ha solicitado un contrato de arrendamiento del terreno por noventa y nueve años a cambio de una suma de dinero para que el Ministerio del Interior proteja la fauna del distrito de Alta Verapaz.

—Increíble.

—Está explicando el acuerdo negociado —susurró Amy Costa—. Eso no quiere decir que lo acepte. Nada de lo que usted diga cambiará las condiciones del acuerdo.

Sam permaneció inmóvil, observando en silencio.

—Ahora le toca al comandante Rueda —murmuró Amy—. Allersby ha solicitado que lo cambien de destino para que no pueda tomar represalias contra ella.

Sam hizo una mueca y bajó la vista a sus zapatos, pero no dijo nada.

Amy Costa escuchó un momento mientras el juez decía algo en voz alta y severa. Amy tradujo:

—Apruebo las condiciones del acuerdo y declaro el caso cerrado.

Dio un martillazo.

Amy Costa se levantó, como estaban haciendo varios espectadores, para poder salir antes de que empezara el siguiente caso.

—Vamos —les susurró a Sam y Remi.

—¿Qué? —dijo Sam—. ¿Ha terminado? ¿No podemos testificar ni aportar ninguna prueba?

Se levantó.

Remi observó mientras la mitad de la sala se volvía para mirar otra vez a Sam. Una de las personas que se giró para observarlo fue Sarah Allersby. Una sonrisa de diversión apenas detectable se dibujó en sus labios por un instante, y se volvió para mirar hacia delante.

—No —dijo Amy Costa—. Llegaron al acuerdo por adelantado fuera del tribunal. Se hace en todas partes.

—Esta vez es un fraude. La persona más rica no solo gana, sino que nunca es acusada.

Sam no necesitó traducción cuando el juez golpeó con la maza y ordenó:

—Saquen a ese hombre de la sala.

Sam se levantó y salió al pasillo.

—No se molesten. Me voy yo solo.

Era demasiado tarde; la orden ya se había dado. Dos corpulentos agentes de policía lo agarraron. Uno le retorció el brazo a la espalda y el otro le inmovilizó la cabeza por detrás, mientras se lo llevaban a toda prisa por el pasillo, abrían la puerta de dos hojas con su cabeza y seguían avanzando por el pasillo exterior. Cuando llegaron a las puertas de la entrada del edificio, las abrieron de un empujón con la mano libre y soltaron a Sam empujándolo suavemente hacia los escalones.

Cuando Sam se encontró fuera del imponente edificio, rodeado del ajetreo de la gente y el tráfico, se sintió aliviado. Se había preparado mentalmente para comparecer ante el juez y pasar una noche en el calabozo de Ciudad de Guatemala. Se detuvo y esperó a Remi y Amy, quienes aparecieron un momento después.

Mientras bajaban los escalones, Remi dijo:

—Sé que es amigo suyo. Lamento mucho haberlo metido en un aprieto. Las pruebas contra Sarah Allersby eran concluyentes. No se puede hacer una foto de algo que no se tiene.

—No se preocupe —dijo Amy—. El comandante Rueda sabía lo que hacía y no le pasará nada. Él también cuenta con aliados, y dentro de una semana, cuando esto se haya olvidado, se pondrán a trabajar por él. Así es como los países pasan de ser pequeños páramos corruptos a naciones modernas. La gente tiene que presionarles a cada paso: gente como el comandante Rueda y como ustedes. —Lanzó una mirada penetrante a Sam y Remi—. No cedan ante Sarah.

Se volvió y se fue hacia la embajada estadounidense, dejando a Sam y Remi delante del palacio de justicia.

—Venga, vámonos —dijo Remi—. No quiero estar aquí cuando salga Sarah Allersby recreándose en su gran victoria.

Remi y Sam se fueron por la calle en dirección al hotel.

—Bueno, ¿qué quieres hacer? —preguntó ella.

Sam se encogió de hombros.

—No creo que podamos permitir que ella siga haciendo esta clase de cosas, ¿no?

—No, pero ¿qué podemos hacer al respecto?

—Usaremos la copia del códice maya que hizo De las Casas para saber adónde va a ir Allersby y adelantarnos a ella. —Sonrió—. Luego lo haremos otra vez. Y otra. Y otra.

24

Alta Verapaz, Guatemala

Sam y Remi estaban sentados en los asientos de los pasajeros del helicóptero Bell 206B3 Jet Ranger con los auriculares puestos para amortiguar el ruido mientras Tim Carmichael, presidente y jefe de pilotos de Vuelos Chárter Cormorant 1, pilotaba el vehículo sobre los interminables kilómetros de copas verdes de árbol. Carmichael habló por la radio con su acento australiano.

—Llegaremos a las próximas coordenadas dentro de unos minutos.

—Estupendo —dijo Sam—. Pasamos un día en cada sitio. Al final de cada día, subimos al helicóptero y salimos de la selva. A la mañana siguiente, volamos a un nuevo sitio.

—Es el trabajo perfecto para un helicóptero chárter —dijo Carmichael—. Llegar, echar una siesta y salir.

—Todos los sitios están muy apartados —dijo Remi—. Y todos están en zonas montañosas llenas de árboles.

Carmichael sonrió.

—No te preocupes. Llevamos en este negocio desde los años sesenta y esta semana no hemos perdido a nadie.

—Me basta con eso —dijo Sam—. Aquí está la imagen aérea.

Le dio a Carmichael la fotografía ampliada con las coordenadas marcadas en el borde blanco.

Carmichael se la quedó mirando, comprobó las coordenadas en su GPS y le devolvió la fotografía.

—Llegaremos dentro de menos de cinco minutos.

Miraron las copas de los árboles. A lo lejos había cordilleras bajas y azuladas, un cielo azul intenso y amigables nubes blancas. Antes habían visto unas cuantas carreteras y pueblecitos, pero había pasado mucho tiempo desde la última vez que habían visto señales de habitantes humanos. Carmichael miró el GPS.

—Allí. —Señaló un lugar en el manto de la selva donde una piedra gris sobresalía entre los árboles—. Está justo allí.

Carmichael dio la vuelta con el Jet Ranger y lo inclinó de manera que pudieran mirar el sitio mientras él lo rodeaba.

—Yo veo claramente algo del color de la piedra caliza —dijo—. Asoma entre los árboles.

—Es aquí —confirmó Sam—. Busquemos un sitio para aterrizar.

Carmichael amplió los círculos, describiendo una espiral hacia fuera desde las ruinas. A los pocos minutos dijo:

—No veo ningún terreno que parezca despejado.

—No —convino Remi—. Hay muchos árboles en todas partes.

Carmichael se alejó hasta que encontró un punto desprovisto de árboles. Era una parcela de selva que se había quemado por completo.

—Por fin —dijo Carmichael—. Esto tendrá que servir.

—Parece que haya habido un incendio —dijo Sam—. Todo está carbonizado.

—Sí —asintió Carmichael—. Probablemente cayó un rayo la última vez que llovió. Creo que tendréis que dar un largo paseo hasta las ruinas.

—Tengo una idea —dijo Remi—. ¿Funciona este aparato de salvamento?

Señaló la puerta lateral de la aeronave, donde había un cabrestante eléctrico y un cable con un arnés.

—Claro —contestó Carmichael.

—¿Puedes manejar el cabrestante mientras pilotas?

—Tengo un segundo juego de mandos aquí mismo. Puedo descender, colocaros el equipo y bajaros al yacimiento si queréis. Pero tengo que avisaros que el descenso impresiona.

—Lo sé, pero no nos importa —dijo Remi.

Carmichael miró a Sam esperando una respuesta.

—Podemos colocarnos nosotros el equipo —dijo Sam—. ¿Crees que puedes bajarnos a la parte superior de esa piedra gris? Parece el remate de un edificio.

—Hoy no hay mucho viento. Estoy dispuesto a intentarlo si vosotros lo estáis.

—¿Quieres que vaya yo primero, Remi? —preguntó Sam.

—No —respondió ella—. Ayúdame a colocarme el arnés.

Se desabrocharon los cinturones, saltaron por encima de los asientos a la parte trasera, y Sam colocó el arnés a Remi.

—Bueno, Tim, a ver dónde puedes bajarla.

Descendieron y planearon sobre el lugar donde habían visto la estructura de piedra caliza gris que sobresalía entre las copas de los árboles.

—¿Lista? —preguntó Carmichael.

Sam abrió la puerta lateral. Remi se sentó en el borde con las piernas colgando, dijo adiós a Sam con la mano y saltó de la puerta, mientras la estela del rotor le revolvía violentamente la cola de caballo.

—Ahora —dijo Sam. El cabrestante descendió a Remi mientras Sam observaba su progreso—. Más abajo, más abajo, más abajo. Para, Tim. Planea. —Remi llegó a la superficie de piedra gris y acto seguido se soltó del cable de salvamento—. Se está quitando el arnés. Vale, ya se ha desenganchado. Sube el cable.

Cuando el arnés vacío subió, Sam se lo colocó y sujetó las

mochilas de los dos por los tirantes. Se sentó en el suelo de la puerta abierta.

—Bueno, Tim, vuelve a por nosotros a las cinco.

—Aquí estaré.

Sam saltó y observó la parte superior de la pirámide acercarse más y más a medida que el cabrestante lo bajaba hasta el escalón superior. Había un pequeño templo en lo alto, y tuvo que usar los pies para evitar chocar contra él, pero cuando pisó la plataforma el cable se destensó. Lo desenganchó e hizo una señal a Tim con la mano para que lo subiese.

El helicóptero de Tim ascendió todo recto, y el piloto activó el cabrestante para subir el arnés mientras volaba hacia el oeste en dirección al claro quemado. Sam y Remi empezaron a rebuscar en sus mochilas.

—De repente esto se ha quedado muy tranquilo, ¿verdad?

Él la abrazó y la besó.

—Se está bastante bien aquí solos.

—Sí —dijo ella—. Pero si no fotografiamos este sitio, tendremos que volver mañana.

—Vamos allá.

Cada uno abrió una mochila, sacó una pistola, se la metió en la faja que llevaban debajo de la camiseta y sacó una cámara digital.

Trabajaron sistemáticamente haciendo fotos desde cada lado de la pirámide de manera que fotografiaron en las cuatro direcciones una parte del complejo urbano circundante, que parecía una combinación de colinas escarpadas cubiertas de árboles. El templo situado encima de la pirámide era del tamaño de una casa, y cuando entraron hicieron fotografías de las paredes, el suelo y el techo. El templo tenía dos habitaciones estucadas y pintadas con murales en bastante buen estado. Representaban una procesión de mayas llevando cuencos y platos a una espantosa figura que debía de ser un dios.

Descendieron poco a poco por la pirámide haciendo fotografías de la construcción, de la escalera y de los monumentales edificios que había por todas partes. Muchas veces incluían al otro en la fotografía para establecer la escala y demostrar que habían estado allí.

Cuando llegaron al nivel del suelo, anduvieron cuatrocientos metros en las cuatro direcciones desde la pirámide, sin dejar de fotografiar todo cuanto veían. Al final de la tarde, volvieron a la base de la pirámide y se detuvieron en el lado este. Sam sacó de su mochila un tubo de PVC de treinta centímetros tapado y cerrado por los dos extremos. Dentro había unos papeles enrollados, declaraciones impresas en inglés y español. Decían que Sam y Remi Fargo habían estado en esa posición GPS en esa fecha para explorar y levantar un mapa de esas ruinas mayas. También figuraban números de teléfono, direcciones de correo electrónico y direcciones postales para contactar con la Sociedad de Arqueología Estadounidense, el Congreso Arqueológico Mundial y la Sociedad de Arqueología Histórica, organizaciones que habían sido informadas del descubrimiento, al igual que el gobierno de Guatemala. Sam cavó un agujero y enterró el tubo delante de la escalera este y a continuación marcó el lugar con una banderita roja, como las que las empresas de gas utilizan para señalar los conductos de gas.

—Menuda idea —dijo Remi—. Me siento un poco como los antiguos exploradores que ponían banderas en las fincas de otra gente y decían que eran suyas.

—Quedémonos con que hemos estado aquí y hemos dejado constancia a la gente cualificada para que estudie este sitio y descubra más cosas sobre él —dijo él—. Con eso me basta.

—Esta es nuestra quinta ciudad —comentó Remi—. Cuatro ciudades importantes en diez días.

—Debemos de ser los mejores turistas del mundo.

Remi consultó su reloj.

—Son las cuatro pasadas. Subamos a un punto elevado y

conectémonos por teléfono con el ordenador de Selma para enviarle las fotos.

A medida que ascendían por la enorme construcción de tierra y piedra, vieron árboles casi igual de altos por todos lados. En el vértice, Remi encendió su teléfono por satélite, lo conectó a su cámara y envió las fotografías que había hecho al ordenador de Selma en San Diego. En el primer yacimiento habían acordado que Selma guardaría todo el material y luego se lo enviaría a David Caine a la universidad. Él, a su vez, notificaría a todas las organizaciones internacionales que otra ciudad maya desconocida había sido hallada, parcialmente cartografiada y fotografiada.

Cuando Remi hubo enviado sus fotografías, cogió la cámara de Sam y envió las suyas. Volvió a consultar el reloj y dijo:

—Son casi las cinco. ¿No dijo Tim que venía a las cinco?

—Sí. —Sam cogió su teléfono y llamó a Tim Carmichael. Oyó los tonos de llamada durante un minuto y colgó—. No contesta.

—Estará pilotando y no oirá el teléfono con los auriculares puestos.

Esperaron unos diez minutos más, aguzando el oído por si oían el sonido de un helicóptero, y luego Remi dijo:

—Nada.

Sam volvió a llamar y colgó. Llamó a la oficina de Vuelos Chárter Cormorant 1 en Belice y activó el manos libres para que Remi pudiera oír.

—Cormorant, Art Bowen.

—Señor Bowen, no nos conocemos. Soy Sam Fargo. Tim Carmichael nos ha traído a un lugar en la zona montañosa de Guatemala. Tenía que recogernos a las cinco, pero no ha venido. No contesta al teléfono. Me preguntaba si podría contactar con él por radio y asegurarse de que está bien, por favor.

—Lo intentaré —dijo Bowen—. Espere.

Bowen se apartó del teléfono durante un minuto. Transcurrió más tiempo, y Sam y Remi oyeron voces bajas de fondo. Bowen podía estar conectado a la radio o hablando con alguien en su oficina. Después de unos minutos más, volvió.

—Tampoco contesta a la radio —dijo Bowen—. Vamos a enviar otro helicóptero a ver qué pasa. ¿Puede darnos su posición exacta?

—Un momento.

Sam le pasó el teléfono a Remi, que tenía las notas de los dos en su mochila. Le leyó a Bowen las coordenadas y se las repitió. Acto seguido le dio su número de teléfono y el de Sam.

—Tim iba a esperarnos a unos ocho kilómetros al oeste de nuestra actual posición, en un terreno llano que parecía haberse incendiado hace poco.

—¿Se les puede ver desde el aire?

—Estamos en lo alto de una pirámide maya. Tim nos bajó con un cable de salvamento e iba a recogernos de la misma forma.

—Iré personalmente a por ustedes, pero ahora mismo no tengo un helicóptero con esa clase de equipo. ¿Hay algún lugar donde pueda aterrizar y recogerlos?

—Tendremos que ir andando al sitio en el que Tim aterrizó. Todo lo demás parece cubierto de vegetación.

—Si es la única opción, de acuerdo. Pero háganlo con cuidado. No se fíen de nadie que encuentren. Hay muchos delincuentes en el monte, donde la policía y el ejército no pueden dar con ellos. Llevaré a dos hombres conmigo e iremos armados.

—Gracias por el aviso. Haremos todo lo posible por no entrar en contacto con nadie. Ahora mismo nos vamos al lugar de aterrizaje.

—Probablemente lleguemos al mismo tiempo. Nos vemos allí.

Mientras Sam y Remi descendían con dificultad por el lado de la pirámide, se orientaron hacia el oeste, donde Tim Carmichael había ido a aterrizar.

—Espero que a Tim no se le haya enganchado un rotor en la rama de un árbol o algo parecido y se haya estrellado —dijo Remi.

—Yo también lo espero —coincidió Sam—. No he visto humo desde lo alto de la pirámide, pero no tenemos ninguna garantía de que hubiera habido fuego. Podría haber pasado cualquier cosa.

—Odio preocuparme cuando estamos tan lejos que ni siquiera sabemos de qué preocuparnos.

—Yo contengo la ansiedad —confesó Sam—. Pero solo hasta el punto de dejar el botiquín en la mochila y el seguro de la pistola puesto.

Cuando Sam y Remi empezaron a estar seguros de donde ponían el pie y dejaron la base de la pirámide, se apresuraron. Corrían cuando el camino estaba despejado y andaban a paso firme y constante cuando la vegetación era densa. Se orientaban andando hacia la deslumbrante luz del sol de media tarde sobre las hojas de los árboles. Calcularon que, durante un largo rato, alcanzaron una media de cinco kilómetros por hora andando y corriendo, y mantuvieron el ritmo durante media hora antes de parar para consultar su posición GPS.

Se sentaron en un afloramiento rocoso, bebieron agua y recobraron el aliento mientras volvían a orientarse. Habían recorrido aproximadamente la mitad de camino y acordaron que esta vez avanzarían quince minutos antes de volver a parar para consultar su posición.

Corrieron a un ritmo constante uno detrás del otro, empleando los reflejos del sol para orientarse. Se concentraron en avanzar, pero a medida que pasaba el tiempo, empezaron a poner más cuidado en hacer el menor ruido posible. Sabían que Tim Carmichael no llegaría tarde ni los llevaría a la selva en un helicóptero que no estuviera en buen estado y con el depósito de combustible lleno. En el helicóptero tenía una radio y un teléfono por satélite. No había forma de saber lo que había pasado hasta que llegasen al lugar de aterrizaje, pero ninguno de los dos se imaginaba una historia feliz. Se centraron en la esperanza de que Tim no hubiera muerto.

Al final del tercer tramo de su travesía silenciosa, se encontraban muy cerca del terreno donde Tim Carmichael había dicho que aterrizaría. No se oía ningún sonido de helicóptero en el aire, lo que significaba que Art Bowen todavía no se había acercado con el segundo helicóptero. Se respiraba un silencio tenso que no auguraba nada bueno.

Sam y Remi permanecieron mejilla contra mejilla para poder susurrarse al oído sin que su conversación se oyese. Acordaron un plan de acción, bebieron más agua y siguieron adelante.

Anduvieron, manteniéndose agachados y alerta, hasta que llegaron al terreno quemado. Se asomaron al espeso follaje que el fuego no había consumido y vieron el Jet Ranger de Carmichael. Había aterrizado en el campo despejado, lejos de cualquier árbol que pudiera haber supuesto un obstáculo para sus rotores. El terreno estaba bastante nivelado, y el helicóptero reposaba de manera uniforme. No había nada fuera de lugar ni agujeros de bala. Pero tampoco había rastro de Tim.

Avanzaron poco a poco por el perímetro de la zona despejada. Cuando habían recorrido unos cien metros, se detuvieron súbitamente y escucharon. Había voces. Al principio se preguntaron si estaban oyendo la radio del helicóptero. Eran voces de hombre que hablaban en español. Las voces venían de detrás de ellos.

Se volvieron hacia los sonidos procedentes de la selva. Se encontraban entre el helicóptero y un grupo de hombres. Vieron un sendero entre la maleza que había sido pisado hacía poco. Las plantas rotas y torcidas todavía tenían hojas verdes.

Remi indicó a Sam con la mano que rodearía a los hombres por la derecha. Sam asintió con la cabeza y empezó a avanzar hacia la izquierda de manera que él y Remi se situasen a los dos lados del grupo. Se mantuvieron lejos del grupo, donde no se les podía ver fácilmente y donde la conversación de los hombres apagaría cualquier ruido que hicieran.

Sam describió un arco de noventa grados alrededor de los sonidos y a continuación se detuvo y esperó. Sabía que Remi ya se habría situado. El cuerpo firme de esgrimidora de su esposa podía moverse entre la vegetación mejor que el suyo. Y sabía que cuando él se aproximase, podría lanzar un terrible ataque de cerca mientras que Remi, la campeona de tiro, podía hacer mucho más daño a una distancia moderada. Sacó la pistola de su faja y empezó a avanzar a gatas hacia las voces. Calculó que había seis hombres, y parecía que estaban cerca, dispuestos en círculo. Tal vez estaban sentados alrededor de una lumbre... No, habría olido el fuego. En cualquier caso, estaban en círculo. ¿Qué hacían allí?

Y entonces los vio. En realidad había cinco hombres de veintitantos años sin afeitar y vestidos con tejanos, pantalones caqui, prendas de viejos uniformes militares y camisetas de manga corta. En el suelo, en el centro del círculo, habían extendido un plástico verde militar. Sobre él se hallaban esparcidas las pertenencias de Tim Carmichael: su teléfono por satélite, los tres auriculares, los mapas del helicóptero, su cartera, sus llaves, su navaja y sus gafas de sol.

Tirado en el suelo al lado de cada uno de los cinco hombres había un rifle militar belga FN FAL de 7,62 milímetros. Sam se acercó, buscando alguna señal que le revelara lo que le había pasado a Tim Carmichael, y entonces lo vio. Estaba a unos metros de distancia, en el margen de la vegetación más espesa.

Carmichael estaba de pie, con las manos atadas a la espalda y los tobillos amarrados. Tenía un nudo corredizo alrededor del cuello; la cuerda colgaba de la gruesa rama de un árbol por encima de él y se hallaba bien atada al tronco. Si se cansaba, tenía que seguir de pie. Si se inclinaba, el nudo corredizo le tiraba del cuello. Tenía el ojo izquierdo morado e hinchado, arañazos en la cara y manchas de hierba en la ropa, y llevaba el cabello pegado a la coronilla debido a la sangre seca resultante de un golpe en el cráneo.

Sam rodeó poco a poco el claro a cierta distancia, esforzándose por evitar que lo descubriesen. Cuando estaba justo detrás de Carmichael, se acercó a él arrastrándose despacio entre la espesa vegetación de la selva. Oculto por los árboles y por el cuerpo de Carmichael, estiró el brazo con el cuchillo en la mano y cortó la cuerda de las muñecas del piloto y luego la de los tobillos. Sacó su segunda pistola, le quitó el seguro y la colocó en la mano derecha de Carmichael. A continuación se alejó unos metros arrastrándose y cortó la cuerda del nudo corredizo por donde estaba atada al tronco. Metió unos centímetros del extremo de la cuerda en el lazo restante por detrás del árbol para que quedara igual de tensa que antes.

Sam retrocedió y se internó en la maleza. Se tomó su tiempo para seleccionar un lugar donde él, Remi y Tim tuvieran a los hombres en un fuego cruzado perfecto. De vez en cuando, uno de los hombres situados alrededor del plástico se volvía y miraba a Carmichael y veía que seguía de pie con las manos a la espalda y el nudo corredizo alrededor del cuello.

Cuando Sam consideró que él, Remi y Carmichael estaban separados a intervalos de ciento veinte grados en el círculo, levantó la pistola, se acercó al círculo, pegó el cuerpo detrás del tronco de un árbol y asomó solo el ojo derecho y la mano con la que empuñaba la pistola.

—¡Eh, vosotros! —gritó en español—. ¡Dejad las armas en el suelo y apartaos de ellas!

Los hombres se sorprendieron y volvieron la cabeza de golpe en dirección a la voz de Sam. Uno empezó a levantar el rifle, pero Sam disparó, y el hombre se desplomó hacia atrás.

—¡Soltad las armas! —gritó Carmichael.

Algunos hombres miraron y vieron que estaba libre, apuntándoles con una pistola. Volvieron a dejar los rifles en el suelo. A un hombre le pareció inaceptable y se giró con el rifle para apuntar a Carmichael, pero el piloto ya no estaba visible. Se había metido entre los arbustos. El hombre levantó el arma para apuntar, pero un disparo procedente del lado del círculo donde estaba Remi le alcanzó en el brazo y le hizo tirar el rifle al suelo.

Los hombres que quedaban se apartaron de sus rifles y pusieron las manos en la cabeza. Sam salió de detrás del árbol, sabiendo que Remi y Carmichael le estaban cubriendo. Siguió apuntando a los hombres con la pistola mientras cogía cada rifle y lo lanzaba a su lado del claro de manera que formasen un montón.

Cuando Sam tuvo todos los rifles, Tim Carmichael se dejó ver empuñando la segunda pistola de Sam contra sus captores.

—¿Estás herido? —preguntó Sam.

—Solo un poco. Ninguno de estos payasos me ha disparado.

—¿Sabes quiénes son?

—Hablan como una bandada de grajos, pero no han dicho nada revelador. Supongo que solo son una panda de chicos que vieron un helicóptero, pensaron que era valioso e intentaron robarlo.

—¿Está bien el helicóptero?

—Está perfectamente. Salí a echar una siesta a la sombra. Cuando me desperté ya me habían machacado a puñetazos.

El sonido de un helicóptero a lo lejos les llamó la atención. El ruido aumentó de volumen, las hojas de los árboles empezaron a agitarse de un lado a otro con el viento, y el helicóptero planeó. Al alzar la mirada, Sam y Remi vieron entre las copas de los árboles que había un hombre en la puerta abierta con un rifle M16.

—Más vale que dejes que te vean, Tim —dijo Sam.

Carmichael se situó en la zona del helicóptero y sacudió los dos brazos mientras Sam y Remi seguían apuntando a los prisioneros. La radio del helicóptero de Tim crepitó.

—Te vemos, Tim. ¿Estás bien?

Era la voz de Art Bowen.

Tim cogió el micrófono.

—Sí. Los Fargo están aquí conmigo. Tenemos cinco prisioneros, dos de ellos heridos.

—No os mováis. Ya llegamos

El helicóptero aterrizó, y tres hombres se acercaron corriendo provistos de rifles M16. El hombre fornido de mediana edad que pilotaba el helicóptero andaba más despacio, pero también iba armado con un M16.

Mientras Sam y Remi se acercaban con Tim Carmichael a ver cómo Art Bowen y sus hombres cargaban a los cinco prisioneros en el helicóptero, Remi dijo:

—Seguro que a Tim le apetece tomarse unos días libres después de esto.

Carmichael se sentó en el asiento del piloto y se puso las gafas de sol que acababa de recuperar.

—Es posible. Cuando estaba escuchando a esos cinco hablar, me di cuenta de que si sigo con vida es porque sin mí no podían mover el helicóptero.

25

El terreno quemado de Alta Verapaz,
tres semanas más tarde

Sarah Allersby se alejó del par de helicópteros aparcados y se
internó en la espesa selva guatemalteca. La maleza había crecido sobre el camino hacía mil años, de modo que sería difícil
demostrarles a sus invitados que se trataba de un camino
maya, aunque ella estaba segura de que lo era. Avanzó a machetazos, observando sus pies en busca de un punto que estuviera lo bastante despejado para la revelación.

Miró atrás por el camino. Había quince periodistas, todos equipados con complejas cámaras, grabadoras y teléfonos por satélite. Pero charlaban entre ellos de Dios sabía qué.
No prestaban atención al lugar especial al que ella los había
llevado.

Sarah miró abajo y se detuvo, acto seguido les llamó la
atención.

—Observen, todos. Nos encontramos en una vía pública
maya. Se trata de un camino empedrado.

Se apartó para que los periodistas pudieran avanzar y hacer fotos del empedrado. Unos cuantos fotografiaron sin ganas el suelo, con su capa de adoquines blanquecinos, pero había
más reporteros dispuestos a hacer fotos de Sarah abriéndose

paso a machetazos entre la maleza. Eso, reflexionó ella, también estaba bien.

Siguió adelante y luego miró atrás más allá de los fotógrafos a la larga hilera de hombres armados que había llevado a la selva, equipados con sus rifles belgas. Le estaban costando un dineral, pero esta vez iba a asegurarse de que contaba con el personal para tenerlo todo controlado. Después de la desaparición de los cinco hombres que Russell había enviado para despejar el punto de aterrizaje del helicóptero, no le habían quedado muchas opciones. Sabía que las ruinas estaban a escasa distancia, de modo que siguió avanzando, dando tajos a las enredaderas y la maleza que encontraba a su paso. Finalmente atravesó el bosque y fue a dar a la gran plaza.

—Allí —gritó—. Allí está la ciudad, la ciudad perdida que yo he encontrado.

Avanzó resueltamente por la plaza. Delante de ella, a los dos lados del espacio descubierto, había unas enormes pirámides, y a su lado, la más grande hallada hasta la fecha. Y aunque los reporteros sabían muy poco acerca de la estructura, ella ya había visto las preciosas pinturas sobre estuco que había en el interior del templo situado en lo alto. La arquitectura y las obras de arte revelaban una sociedad que había sido rica y compleja, original y llena de vida. Y el lugar había sido abandonado antes de que los normandos invadieran Inglaterra.

Seguro que habría montones de reliquias de valor incalculable escondidas en las profundidades de las tumbas reales de un lugar de ese tamaño. Era espectacular. Ella ya había encontrado unas cuantas piezas que le habían despertado el apetito. Pero aún deseaba más que esos periodistas la vieran excavando. Un par de fotografías y algunas secuencias que se pudieran mostrar por televisión en Europa y Estados Unidos favorecerían su proceso de transformación. Ahora mismo era rechazada como una heredera más con gustos exóticos. Cuando todos sus descubrimientos se hicieran públicos, se convertiría en una figura importante en el mundo de la arqueología. Nadie sabría que todos sus descubrimientos se debían al códice maya, de modo que podría escenificar el «descubrimiento» del libro dentro de unos años y llevarse todo el mérito también por ello.

Iba perfectamente vestida con un conjunto de exploradora hecho a medida, una camisa color canela con hombreras arremangada, unos pantalones entallados de la misma tela y unas botas relucientes, y avanzaba a grandes zancadas con una energía heroica, dirigiéndose a la enorme pirámide que dominaba el extremo de la plaza como si fuera una bestia a la que estuviera conquistando, cuando oyó un repentino parloteo detrás de ella. Se detuvo y echó un vistazo por encima del hombro.

Los periodistas habían penetrado unos treinta metros en la plaza. Todos parecían asombrados del enorme tamaño y el carácter imponente de los edificios, todos parcialmente cubiertos de vegetación. A diferencia de la mayoría de las ciudades perdidas que Sarah había visitado, los edificios más altos no estaban totalmente escondidos bajo plantas y tierra. Sus contornos eran bastante claros.

Pero pasaba algo. No corrían todos detrás de ella, dándose codazos para acercarse a felicitarla y acribillarla a preguntas sobre la ciudad. Se quedaron todos en grupo, mirando sus teléfonos y leyendo mensajes o con la vista apartada y el teléfono pegado al oído. Otros se miraban entre sí y hablaban rápidamente en distintos idiomas como si estuvieran comentando una sorprendente noticia.

Los únicos que no estaban en el grupo de locuaces redactores eran los fotógrafos, que permanecían en un amplio círculo, pero no grababan el milagro de la destreza humana que se elevaba por encima de ellos, sino a los reporteros y sus exclamaciones y preguntas y gestos de aparente escándalo o indignación.

Uno de los periodistas en concreto llamó la atención de Sarah. Era Justin Fraker, del *The Times* (Londres), que había sido compañero de clase de su hermano Teddy en Eton. Había ido a Guatemala porque Teddy le había prometido algo; ella sospechaba que se trataba de una invitación a una futura recepción en el número 10 de Downing Street.

Tenía muchas esperanzas en que Justin la defendiera en su patria. Lo miró fijamente porque era el anglohablante que tenía más cerca y le resultaba más fácil leer los labios en inglés. Parecía que estaba diciendo: «Esto es una locura. Debe de estar bromeando. No puede hablar en serio». Se preguntó de quién estaba hablando. Suspiró. Con la suerte que tenía, no le extrañaría que una actriz estadounidense hubiera hecho algo tan escandaloso que hubiera desviado la atención de ella.

Se volvió y se dirigió al grupo de periodistas. Michelle Fauret, una corresponsal del *Paris Match*, había aceptado ir allí por la fama de juerguista que Sarah Allersby tenía en Europa. La reportera corrió hacia Sarah gritando:

—¡Sarah! ¡Sarah!

Sujetaba una pequeña videocámara.

Sarah Allersby se tranquilizó. La idea de estar a punto de hacerse todavía más famosa era muy excitante. Siempre le había gustado ser la chica rica con misteriosos terrenos en América Central, que a veces aparecía de fiesta en el sur de Francia o en las islas del Mediterráneo. Intuía que estaba a punto de pasar de «interesante» a «fascinante». Sonrió y dijo:

—¿Qué pasa, Michelle?

—Están diciendo que usted es una farsante. Dicen que este yacimiento ya ha sido inscrito en el registro de todas las organizaciones arqueológicas; que usted no lo ha encontrado. Otras personas lo encontraron.

A Sarah no le hizo gracia que, mientras Michelle decía todo eso, la luz roja de su videocámara estuviera encendida. Fingió una sonrisa divertida.

—Eso es ridículo —contestó—. ¿Por qué iba a hacer algo así?

—Mire esto —dijo Emil Bausch, el columnista alemán.

Le mostró un iPad con una fotografía de la gran pirámide que dominaba la plaza—. Esta foto aparece en el sitio web de la Sociedad de Arqueología Estadounidense. El sitio entero ya ha sido fotografiado y cartografiado.

—¿Cómo ha podido ocurrir? —preguntó Jim Hargrove, un estadounidense del *National Geographic*—. ¿No consulta a ninguna de las organizaciones del sector?

—Por supuesto que sí.

Últimamente Sarah no lo había hecho. Había estado muy ocupada.

—Por lo visto no lo ha hecho lo bastante a menudo. Este conjunto de ruinas aparece en la lista de hallazgos existentes.

—No sé de qué está hablando —le espetó Sarah Allersby—. ¿Es una broma? He invitado a muy pocos reporteros a participar de una experiencia única. ¿Y ahora me acusan de falsearlo? —Hizo un gesto con el brazo en dirección a los antiguos edificios situados a su alrededor—. ¿He construido todo esto para engañarles? Estos edificios son obras maestras, y las últimas personas que estuvieron aquí se fueron hace miles de años.

—Las últimas personas que estuvieron aquí se fueron hace tres semanas —dijo Justin Fraker—. También figura en los catálogos británicos de descubrimientos. —Señaló una imagen en su teléfono—. Tienen una descripción completa. Las coordenadas del mapa son idénticas. Y marcaron el lugar con un tubo con una bandera roja clavada en el suelo debajo de la escalera.

—¿Quiénes son esas personas que supuestamente estuvieron aquí hace tres semanas? —preguntó Sarah Allersby.

—Los nombres que constan son Sam y Remi...

—¡Fargo! —lo interrumpió ella—. Son unos delincuentes, unas personas sin cualificaciones ni ninguna finalidad académica. Son unos cazatesoros. Es una jugarreta.

—El hallazgo figura como un proyecto conjunto con la Universidad de California —apuntó Van Muckerjee, el corresponsal del *New York Times*—. Yo diría que la Universidad de California tiene cualificaciones y finalidad académica.

—No tengo nada más que decir sobre esas personas —dijo ella—. Me iré de aquí dentro de media hora. Les aconsejaría que fueran a la zona de aterrizaje del helicóptero lo antes posible. Los pilotos no llevarán a nadie de noche.

Se volvió y echó a andar por el sendero.

Sarah caminaba en silencio manteniendo su brillante cabeza rubia en alto. El grupo de periodistas fue trotando detrás de ella, y los fotógrafos les adelantaron para poder hacer una foto de la cara de Sarah con una mueca o una lágrima. Tanto unos como otros vendieron muchos periódicos.

Ciudad de Guatemala

A la tarde siguiente Sarah Allersby estaba sentada en su dormitorio mirando el ordenador. En YouTube había un vídeo de ella. Se la veía hermosa y triunfal mientras se abría paso a machetazos a través de la maleza e iba a dar a la gran plaza de la ciudad antigua. Entonces, casi de inmediato, todo cambiaba. Los periodistas ya se estaban preparando para rodearla, diciendo en varios idiomas que era una frasante. No importaba si el espectador hablaba esos idiomas porque los reporteros que gritaban en su lengua le daban la versión abreviada: «Este sitio ha sido descubierto por otras personas». «La ciudad es conocida.» «Ya ha sido inscrita en el registro de las organizaciones internacionales.» «Intenta engañarnos a todos.»

Mientras las acusaciones se repetían y se intensificaban, Sarah se alejaba en silencio del grupo de reporteros furiosos. Los periodistas corrían detrás de ella y la adelantaban haciéndole fotos y acusándola de imposturas cada vez peores. La escena continuaba y continuaba. Mirando el ordenador, a Sarah le dieron ganas de llorar por la pobre mujer martirizada del vídeo. Luego este se fundió a negro, y vio el título: «Heredera británica sorprendida cometiendo fraude». Visualizaciones: 330.129. Mientras permanecía inmóvil, mirando la imagen que se hallaba tan inmóvil como ella, el número aumentó a 339.727. Hizo clic en la X de la esquina de la pantalla para hacer desaparecer la imagen, se levantó y se apartó del ordenador.

Cogió el teléfono y marcó un número al que había llamado en muy pocas ocasiones. Esta vez estaba nerviosa.

—¿Diga?

Era la voz de una joven, probablemente una de las mujeres que aparecían continuamente del brazo de Diego San Martín en fiestas y actos de beneficencia, y luego eran sustituidas por otra y otra.

—Hola. —La voz de Sarah sonó meliflua, y su español seguro y fluido—. Soy Sarah Allersby. ¿Está el señor San Martín?

—Voy a ver —dijo la mujer despreocupadamente.

Dejó el teléfono en una superficie dura.

Sarah se la imaginó por su voz. Esas mujeres siempre eran modelos o actrices o ganadoras de concursos de belleza de México o de distintos países sudamericanos. Era increíble la cantidad de ellas que pasaban por una capital como Ciudad de Guatemala: una reserva inacabable.

—Sarah.

La voz de San Martín sonaba ronca pero cordial.

—Buenas tardes, Diego. Me preguntaba si usted y yo podríamos hablar mañana.

—¿Quiere venir aquí?

—Si no le importa venir a mi casa, me haría un favor. Ahora mismo me están dando mala publicidad. No sé quién podría estar esperando para seguirme. De momento prefiero no dejarme ver.

—Está bien.

—Venga a almorzar a las doce.

Al día siguiente, a las once y media, ya estaba preparada.

La mesa dispuesta en el jardín de Sarah Allersby lucía un magnífico aspecto. Había hecho que los criados pusieran gruesos manteles de lino blanco, copas de cristal y la cubertería de plata antigua más pesada, todo ello perteneciente a la casa de los Guerrero. La vajilla de porcelana era una tenue Wedgwood de color blanco nacarado, con un dibujo de hojas de lavanda y el borde de oro. Era un diseño del siglo XVIII que según había descubierto estaba en un almacén de Bombay propiedad de su familia. Cuando ella era adolescente le gustaba rescatar esa clase de cosas: porcelana y cerámica antiguas de cargamentos que pasaban por la India y que un antepasado se había quedado, cuadros y libros antiguos de casas inglesas y francesas que la familia había comprado en épocas de crisis económica. Muchos de esos objetos habían sido trasladados a almacenes de la empresa familiar en el puerto de Londres, y otros abandonados cuando la compañía alquilaba las casas con distintos fines o las convertía en hoteles.

Las flores de los jarrones eran de unos parterres situados a menos de treinta metros de la mesa. La antigua casa de estilo español de los Guerrero era el sitio perfecto para mantener una conversación privada: un edificio de ladrillo de dos plantas con un patio en el centro. El patio cubierto por árboles estaba protegido por todos lados. Ningún dispositivo de detección remota ni ningún teleobjetivo servirían allí de gran cosa.

Sarah lo miraba todo con espíritu crítico y ojo clínico. La comida, el entorno, la situación de la mesa, hasta la posible trayectoria del sol tenían que ser perfectos. Los hombres como Diego no toleraban bien las molestias.

A las doce del mediodía en punto, su portero, Victor, hizo pasar a San Martín a través del vestíbulo y la puertaventana que daba al patio, donde Sarah le esperaba. Tenía unos cincuenta y cinco años, pero cuidaba su apariencia y se mantenía en plena forma. Llevaba un panamá con una cinta negra e iba vestido con un traje de lino beige, una camisa amarillo claro y una corbata azul. Tenía un aspecto fresco y agradable, pensó Sarah, como un helado. Le seguían dos guardaespaldas.

Ella admiraba el aire relajado y despreocupado con el que San Martín viajaba acompañado de guardaespaldas. Su presencia nunca le estorbaba ni le constreñía. Cuando llegaba a un edificio, uno de ellos entraba primero, echaba un vistazo y le abría la puerta. Cuando San Martín entraba en una habitación, un hombre se quedaba en la puerta para tenerla bien vigilada y el otro se situaba en un segundo punto estratégico —al lado de una ventana o junto a una escalera—, lejos de los civiles. San Martín siempre se comportaba como si los dos despiadados asesinos fueran invisibles.

El hombre tomó la mano de Sarah y se inclinó para darle un beso en la mejilla.

—Siempre es un placer ver a una mujer hermosa y noble, pero que te invite a su casa a almorzar es un gran privilegio. La luz de este sitio se hizo pensando en usted.

Sarah Allersby nunca lo reconocería, pero efectivamente había sido hecha pensando en ella. Ese mismo día había ordenado que quitaran la mesa y la sustituyeran por una redonda porque no quería suscitar ninguna idea de superioridad. Un hombre como San Martín esperaría sentarse en la cabecera de la mesa, pero era un peligro dejar que lo hiciera. Él se hacía cargo instintivamente de todo, y ella no podía permitir que la considerase una subordinada en su imperio o que viera su casa como territorio de él.

—Siéntese aquí, por favor —dijo ella, y retiró una silla.

Se acercó a la silla de al lado, sabiendo que eso haría más deseable el sitio que había elegido para él.

Una vez que estuvieron sentados cómodamente uno al lado del otro, hizo un gesto con la cabeza, y el camarero les sirvió vino a los dos. Ella lo saboreó y acto seguido ordenó:

—Déjanos. Te llamaré si te necesito.

El camarero se fue a la cocina.

—He invitado a un socio de confianza que está esperando

en la biblioteca —dijo Sarah—. Se llama señor Russell. ¿Puedo hacerle pasar?

—Está bien.

San Martín se volvió hacia sus dos guardaespaldas para asegurarse de que la habían oído. Ellos no dijeron nada, pero entraron en la casa y cruzaron el vestíbulo. Al minuto, volvieron con Russell y ocuparon otra vez sus sitios.

—Este es el señor Russell, y este es el señor San Martín —dijo Sarah—. Diego, el señor Russell nos ha ayudado a mí y a los miembros de mi familia en varias ocasiones y su discreción es absoluta. No lo invitaría hoy si no le confiase mi vida.

Diego San Martín sacó la botella de vino de la cubitera y miró fijamente a Russell. Sarah también lo miró, imaginándose lo que San Martín estaba pensando. ¿Eran imaginaciones suyas o todavía le quedaba un tenue matiz azul en la cara?

Russell cogió su copa y la alargó para que San Martín pudiera llenársela. Los dos hombres se miraron fijamente a los ojos, luciendo expresiones vagas y serias. A ninguno de los dos le tembló la mano.

—Gracias —dijo Russell.

—Bueno, caballeros —dijo Sarah—. Mientras disfrutamos de este refrigerio, permítanme que les exponga mi problema. Luego llamaré para que nos sirvan la comida.

—Excelente idea —comentó San Martín—. Directa al grano.

—Hace unas semanas, dos estadounidenses llamados Sam y Remi Fargo empezaron a espiarme. Vinieron al campo y rondaron la Estancia Guerrero y luego entraron en la propia finca. Ellos fueron las personas que su personal de seguridad vio cerca del cenote sagrado que se encontró entre las ruinas del centro ceremonial. Creo que hirieron o mataron a una docena de sus empleados.

—Sí —dijo San Martín—. Su visita me salió cara.

—También visitaron la Estancia y vieron su cosecha de

marihuana y los árboles de coca. Vinieron a mi casa para quejarse.

—Interesante.

—Además, se han tomado la molestia de hacer que me detuvieran acusándome de robarles un códice maya y de intentar matarlos a través del señor Russell. Conseguí que retiraran los cargos, pero después de días de humillación y una aparición pública en el juzgado.

San Martín bebió un sorbo de vino.

—Ha debido de ser muy desagradable.

—Sí. Representan un peligro para mí, y me preocupa dejar que sigan actuando de esa forma. Pero son todavía más peligrosos para usted. Ya han descubierto su operación en la Estancia. Sé que usted es de la opinión de que la gente debe resolver sus propios problemas en lugar de planteárselos a usted, pero creo que esas personas son un problema común para ambos.

Él rio.

—Me conoce muy bien —dijo—. Es usted una mujer perspicaz. De hecho, puede que sea la mujer perfecta.

Ella también rio.

—Claro que lo soy. Es mi única ocupación.

Rellenó las copas

—Está bien. Dígame qué puedo hacer para portarme como un buen amigo suyo, y luego almorzaremos. Le prometo que le daré una respuesta cuando hayamos terminado.

—¿Señor Russell? ¿Puede ayudarme con la explicación?

Russell estaba admirado de la astucia de la joven. Sarah Allersby sabía que San Martín se sentiría más a gusto con ella si adoptaba el papel de mujer ultrafemenina que parecía ignorar los detalles escabrosos del negocio. También sabía que a San Martín no le interesaba conocerle a él, de modo que tenía que ser breve.

—La señorita Allersby tiene una lista de yacimientos mayas que quiere visitar. Mandamos a uno de esos sitios a un grupo de cinco hombres para que despejara y vigilara una zona de aterrizaje de manera que la señorita Allersby pudiera llevar a unos periodistas a ver las ruinas. Los hombres estaban bien equipados con armas. Sin embargo, cuando la señorita Allersby llegó habían desaparecido. Y ahora sabemos que los Fargo visitaron el lugar antes que ella.

—Gracias —dijo San Martín. Se volvió hacia Sarah—. Y ahora hagamos honor a su bonita mesa y disfrutemos del almuerzo que ha preparado.

Sarah tocó la campanilla que tenía al lado, y sirvieron el almuerzo. Había salmón ahumado con salsa de alcaparras y espárragos. El vino que se sirvió para acompañarlo era un Veuve Clicquot La Grande Dame de 1998. Les trajeron un sorbete para limpiar el paladar antes de servir la ensalada, al estilo francés, después del plato principal, y luego unas delicadas pastitas con un fuerte café exprés.

Mientras el señor San Martín terminaba su café, se recostó en su silla. Sarah Allersby miró a los criados, agitó ligeramente la mano, y los sirvientes desaparecieron por las puertas del lado de la casa contiguo a la cocina y la despensa. A continuación sirvió otra taza de café a San Martín.

San Martín miró a Russell con unos ojos tan fríos y desprovistos de emoción que parecían sin vida.

—Intentaré averiguar lo que fue de sus cinco hombres. La selva es un sitio peligroso, y no todo el que tiene armas trabaja para mí. Si los Fargo son los responsables, los cinco podrían estar en alguna cárcel. —Le dio a Russell su tarjeta de visita—. Tome, señor Russell. Venga a verme mañana por la tarde. Le proporcionaré un pequeño ejército de profesionales para los que una pareja de turistas estadounidenses no supondrá ningún problema.

26

Alta Verapaz, Guatemala

Sam y Remi cargaron sus mochilas en un jeep. Esta vez se trataba de un coche de alquiler varios años más reciente. Viajaron por la estrecha y sinuosa carretera a Santa María de las Montañas, el pueblo donde habían saltado del camión de marihuana y el sacerdote y el médico los habían ayudado.

—¿Crees que le estamos minando la moral? —preguntó Remi por el camino.

—¿A Sarah Allersby? —dijo Sam—. Estoy seguro de que sí. Hemos visitado los seis sitios más grandes, y seguramente más importantes, sin descubrir que aparecen en el códice y los hemos registrado. Eso los descarta para ella. No puede decir que los ha descubierto si los hemos descubierto nosotros. —Sam siguió conduciendo durante un minuto—. La policía de Belice dice que los cinco hombres que atacaron el helicóptero de Tim todavía no han hablado, pero no me extrañaría que ella los hubiera contratado para controlar el acceso a ese yacimiento maya.

—Sé que está enfadada —dijo Remi—. De hecho, si no hubiera pasado nada más, verla ridiculizada en las revistas europeas ya habría valido la pena. La gente envidia a las famosas ricas y traviesas que siempre aparecen en la prensa amarilla, pero la envidia no es lo mismo que la admiración. Hay en juego una compleja mezcla de emociones. Si una de esas mujeres se pone en evidencia o resulta herida, muchas de las personas que las adulaban se alegran.

—Ella es muy sofisticada. La veleidad de las masas no puede sorprender a alguien como Sarah Allersby.

—Lo sé —dijo Remi—. He estado pensando en ella y creo que esto no va bien. Nos hemos enzarzado en una competición con ella, y me gustaría poder prever un final feliz, pero no lo veo.

—El final ideal sería que ella dejara de hacerse pasar por arqueóloga y que enviase el códice que robó al gobierno mexicano.

—Claro. Pero ¿crees sinceramente que la agotaremos hasta conseguirlo?

—Lo dudo —contestó él.

—Entonces tal vez lo que deberíamos hacer es pensar cómo robar el códice y devolverlo nosotros —apuntó Remi.

—Ya lo he hecho.

—¿De verdad? ¿Y qué has pensado?

—Todavía estoy en la primera fase: descubrir dónde lo guarda.

Por la tarde, Sam y Remi accedieron a Santa María de las Montañas de la única manera posible, por la carretera que subía drásticamente desde el valle. El jeep ascendió yendo de un lado a otro por las cerradísimas curvas, sin la protección de una barrera de seguridad, y seguidas de una cuesta larga y recta a través del espeso bosque hasta la cima. Los árboles de las altitudes superiores impedían a los conductores ver gran parte de la carretera por delante de ellos.

Cuando se encontraban casi en el último tramo de carretera antes de la cuesta, Remi señaló un sitio cubierto únicamente de arbustos y maleza.

—Creo que ahí es donde caíste cuando saltamos del camión de marihuana. ¿Quieres volver a hacerlo de día para que te haga una foto?

—Gracias por la oferta, pero creo que no me costará recordarlo.

—Como quieras —dijo Remi—. ¿Podemos parar en la iglesia para ver al padre Gómez?

—Creo que es nuestra obligación —respondió Sam—. Le dijimos que le avisaríamos de cómo fue nuestro encuentro con Sarah Allersby.

Cuando llegaron a la cima de la colina, aparcaron en la plaza cerca de la vieja iglesia, fueron andando hasta la casita situada detrás que hacía las veces de casa y oficina del sacerdote y llamaron a la puerta.

El padre Gómez apareció enseguida en la puerta. Sonrió.

—Señor y señora Fargo. Me alegro de volver a verlos.

—Gracias, padre —dijo Sam—. Hemos venido para hablar con usted.

—Por su cara seria veo que las noticias no son buenas —dijo el padre Gómez—. Pero tenemos que hablar. ¿Tienen tiempo para tomar un té conmigo?

—Por supuesto —dijo Remi—. Será un placer.

—Pasen, pasen —les invitó el párroco, y les hizo entrar en la sencilla oficina con muebles de madera oscura.

De no haber sido por el ordenador portátil abierto, el cuarto podría haber sido del siglo XVI. Los llevó a un pequeño y anticuado comedor, con una larga mesa de la misma madera oscura y gruesa. Una anciana de piel morena, marcados rasgos mayas y cabello canoso recogido en un moño entró en la estancia.

—Señora Velásquez, estos son el señor y la señora Fargo —dijo el padre Gómez—. Van a tomar té con nosotros.

La señora Velásquez sacó una vajilla blanca y unos cubiertos, que el padre Gómez y los Fargo colocaron en la mesa. Después de traer el té y unas pastas, la señora Velásquez volvió a la cocina.

—¿No va a acompañarnos la señora Velásquez? —preguntó Remi.

—No acostumbra a hacerlo —respondió el padre Gómez—. En la parroquia de un pueblo pequeño, cuando la gente va a ver al sacerdote le gusta tener intimidad. ¿Tendría la amabilidad de servirnos, señora Fargo?

—Con mucho gusto —dijo Remi.

Adoptó el papel ceremonial sirviendo el té y distribuyendo las tazas en platillos.

—Bueno —dijo el padre Gómez—, ¿quieren contarme lo que pasó cuando fueron a visitar a la señorita Allersby?

Remi y Sam le relataron toda la historia, empezando por la visita de Sarah Allersby a su casa para comprar el códice maya y terminando con la emboscada que los esperaba en el claro quemado a las afueras de la antigua ciudad maya.

—Hemos descubierto muchas cosas de Sarah Allersby. Tiene intención de usar el mapa del códice maya para localizar y fingir que descubre los yacimientos más prometedores. Nosotros estamos usando la misma información a partir de la copia del fray De las Casas para llegar antes que ella a cada uno de esos sitios. Un profesor de la Universidad de California en San Diego utiliza nuestras fotografías y los datos GPS para inscribirlos en el registro de las organizaciones arqueológicas internacionales antes de que ella pueda llegar a los yacimientos.

El padre Gómez puso cara de preocupación.

—Lamento que haya resultado ser una mujer tan egoísta e insensata. ¿Creen que las autoridades la obligarán a prohibir a los narcotraficantes que usen su terreno?

Sam suspiró.

—Personas formales de Guatemala me han dicho que la situación mejorará con el tiempo. Ya se conoce la existencia del yacimiento maya cerca de los campos. Y los propios campos han llamado la atención de la policía nacional. Pero los progresos van lentos, y la señorita Allersby tiene amigos poderosos que pueden retrasarlos aún más.

—Me alegro de que hayan vuelto para informarme —dijo el padre Gómez.

Sam levantó las dos manos.

—No, por favor. No hemos venido solo por eso.

—Ya le hemos dicho que estamos dándonos prisa para verificar, fotografiar y registrar los yacimientos mayas que aparecen en el códice. Ese es el otro motivo de que estemos aquí.

—¿Aquí? —El padre Gómez se quedó sorprendido—. ¿No estará en Santa María de las Montañas?

—En el pueblo no —dijo Sam—. Creemos que está por encima del pueblo, en una meseta. En el mapa figura como algo parecido a una torre o un fuerte.

—Muy interesante —comentó el padre Gómez. Parecía incómodo—. ¿Me permiten que les busque un guía, por favor? No me gustaría que se perdieran en esas montañas.

—No, gracias, padre. Tenemos la situación exacta por GPS y fotografías aéreas —explicó Remi—. Cada vez se nos da mejor encontrar esos sitios. Lo que sí nos sería útil es si pudiera decirnos dónde podemos dejar el coche a buen recaudo.

—Claro —dijo él—. Tienen el garaje de Pepe Rubio. Es el mecánico del pueblo y guarda coches por la noche muy a menudo.

—Me parece perfecto —dijo Sam—. De paso podrá cambiarnos el aceite.

Remi se levantó y empezó a recoger los platos de la mesa mientras Sam y el padre Gómez charlaban. Cuando entró en la cocina, sorprendió a la señora Velásquez apartándose de la puerta como si hubiera estado escuchando. Remi sonrió y le dio los platos, pero la señora Velásquez no le devolvió la sonrisa.

Se fueron de casa del sacerdote, y Remi le contó a Sam lo ocurrido con la señora Velásquez.

—Estoy segura de que estaba escuchando —dijo Remi.

—No es nada. No nos habría importado que hubiera participado en la conversación.

—Ya lo sé, pero seguro que mucha gente de la zona se pregunta cómo llegan a saberse sus secretos.

No tardaron en encontrar el garaje de Pepe. Vieron que habían dado con el sitio por los coches aparcados por toda la manzana y delante de la casa. Encontraron a Pepe colocando un juego de neumáticos. Sam le encargó que revisara el coche y lo mantuviera en un lugar seguro.

Pepe los envió a la casa vecina de la familia Pérez, quienes alquilaban un cuarto de huéspedes. Por la noche cenaron en el pequeño restaurante en el que habían desayunado con el padre Gómez y el doctor Huerta en su primera visita.

A la mañana siguiente, cuando empezaba a brillar el sol, partieron a pie en busca de la estructura que habían visto en el mapa del códice maya. Hacía un día precioso cuando cruzaron los campos, vaciados para la siembra de maíz y judías, y se adentraron en el bosque. Después de buscar un poco, encontraron un sendero que subía por la ladera de la meseta, más allá del pueblo y por encima de él.

Después de ascender unos treinta metros por el sendero, Remi se detuvo.

—Mira esto.

Se encontraba en un sitio donde el sendero torcía hacia arriba y hacia la izquierda. Había una cuesta empinada hasta el siguiente nivel, pero vieron que había sido reforzada con losas de piedra colocadas horizontalmente como escalones gigantescos.

—Supongo que esto significa que hemos encontrado el camino correcto —dijo Sam.

Ascendió con ella hacia la siguiente curva.

—Exacto —dijo ella—. Pero en el resto de yacimientos que hemos visitado, la piedra estaba llena de maleza. Esta está descubierta.

Avanzaron por el camino, ascendiendo a un ritmo constante.

—Este está más cerca de un sitio habitado que los otros

yacimientos. Y tiene su lógica usar un camino útil cuando lo encuentras en lugar de abrir uno nuevo.

Ascendieron un rato, sin las trabas de la espesa maleza o los siglos de tierra caída.

—Lo que todavía no he descubierto es por qué —dijo Remi.

—Lo sé —dijo Sam—. Quizá haya algo allí arriba: campos fértiles o algo parecido.

—No me gustaría tener que cargar la cosecha por este camino —comentó Remi.

—Entonces ¿qué crees que puede ser?

—Espero que sea un atajo a otro pueblo con spa y restaurante con aire acondicionado.

—Una buena hipótesis —dijo él—. La daré por válida hasta que encontremos algo mejor. Así trabajan los científicos.

A los diez minutos llegaron a lo alto del sendero. Ascendieron a la cima llana de la meseta y miraron a su alrededor. Había varios montones de tierra grandes que podrían ser edificios, pero no tenían la escala de los edificios de las ciudades que habían encontrado. No eran altos ni escarpados, y la meseta no era lo bastante grande para la arquitectura monumental. Solo tenía unos noventa metros de ancho.

Los dos se fijaron en otro detalle. Alrededor del perímetro de la meseta había una pequeña elevación como el borde de un cuenco. Recorrieron la elevación haciendo fotos, y Sam se detuvo en una sección que se había desplomado. Esa parte revelaba que la elevación era en realidad un montón de piedras y tierra.

—Es un muro. Es como los antiguos fuertes romanos de Europa: muros bajos de piedras amontonadas para detener un ataque enemigo. Este se construyó para una batalla.

—No se parece a ninguna de las ruinas que hemos visitado —dijo Remi—. Parece distinta, como si no estuviera vacía.

Recorrieron el resto de la meseta. En medio del espacio llano, había más montículos bajos de tierra y piedras cubiertos de pequeñas plantas. Los únicos sonidos que se oían en la meseta eran el movimiento de las hojas con el suave viento y el canto de los pájaros. A veces había tanto silencio que las pisadas de Sam y Remi eran los sonidos más fuertes.

—La gente no viviría en un sitio como este. Me recuerda el cenote que encontramos a pocos kilómetros de aquí. El muro que lo rodeaba también parecía hecho para librar una última batalla.

—Ya sé a lo que te refieres —dijo Sam—. Esto y el cenote deben de ser vestigios de una guerra entre ciudades.

Encontraron una zanja de casi un metro de hondo con la anchura justa para que un hombre cavase en ella. Recorría unos treinta metros desde el muro de piedra del borde de la meseta hasta uno de los montículos.

—Oh, oh —dijo Remi.

—¿Sabes qué es eso?

—Creo que es el tipo de zanja que los cazatesoros y los saqueadores de tumbas cavan en busca de cámaras y alijos subterráneos.

Sam levantó su teléfono, hizo unas cuantas fotos de la zanja y se las envió a Selma. Él y Remi anduvieron por la zanja examinándola.

—Si se hizo con esa intención, parece que no dio resultado. No lleva a un agujero más grande, donde podrían haber encontrado algo y haberlo desenterrado.

La zanja terminaba en la base del montículo. Cuando llegaron al lugar, Remi dijo:

—No parece que terminase aquí. Las rocas apiladas al lado del montón son distintas. Creo que alguien hurgó en el montón y tapó el agujero cuando terminó.

—Qué misterio —dijo Sam.

—La palabra correcta es «repelús» —lo corrigió Remi.

—Pues qué repelús.

Se inclinó y empezó a levantar las piedras que habían sido colocadas en la abertura y a lanzarlas a un lado.

—¿Vas a excavarlo? No hemos venido a eso. Estamos localizando yacimientos, fotografiándolos y describiendo lo que hay en ellos para que David Caine pueda registrarlos.

—No puedo describir lo que hay aquí a menos que lo sepa —repuso Sam—. Esto podría ser cualquier cosa.

—Podría ser una tumba. A juzgar por la zanja, es lo que pensó quien se nos adelantó.

—O podría ser un montón de piedras del tamaño adecuado para lanzárselas a los invasores. O un montón grande de tiestos, que, como sabes, es el hallazgo más común en cualquier yacimiento arqueológico.

Remi suspiró, se arrodilló al lado de Sam y se puso a levantar piedras del montón y a tirarlas a un lado. Trabajaron hasta que las piedras dejaron al descubierto los lados rectos y planos de una entrada.

—Una puerta —dijo ella—. Adiós a la teoría del montón de piedras y a la de los trozos de cerámica.

—¿Sigue dándote mala espina?

—Cada vez más —contestó Remi—. Si sigo con esto es para demostrarte lo buena que soy.

—Ya casi estamos —dijo Sam.

Remi se apartó de la abertura y dejó que Sam quitase las últimas piedras. Entonces dijo:

—Ya estamos.

Se levantó, sacó la linterna de la mochila, enfocó con ella la abertura y entró a gatas.

Se hizo el silencio. Remi permaneció inmóvil un minuto, escuchando. Al final la curiosidad pudo más que la cautela. Sacó su linterna y entró.

En cuanto estuvo dentro se dio cuenta de que el espacio era grande y hueco. El haz de su linterna iluminó unas paredes de estuco blancas llenas de murales realistas de antiguos mayas. Había muchos glifos y, entre ellos, dibujos de docenas de hombres con tocados de plumas vestidos con pieles de jaguar. Algunos llevaban lanzas cortas, escudos redondos y garrotes con puntiagudos dientes de obsidiana. Iban a la batalla.

Cuando su linterna llegó al suelo, Remi se sobresaltó y lanzó un pequeño grito. Tumbado al otro lado de la cámara había un cadáver. El cuerpo se hallaba en un estado parecido al del hombre momificado que ella y Sam habían hallado en el volcán Tacaná, en México. Tenía la piel marrón y curtida, y el cuerpo esquelético. Yacía cerca de una segunda puerta. Tenía puestas unas tiras de tela, un cinturón curtido y unas botas, y al lado, un sombrero de fieltro de ala ancha.

Sam apareció en la segunda puerta.

—Perdona, debería haberte avisado.

—Últimamente todos los días son Halloween —dijo ella. Se agachó junto al muerto y lo miró más detenidamente—. ¿Qué crees que le atacó? ¿Un jaguar? Su ropa está raída, y tiene heridas grandes.

—Mira su revólver.

Remi vio el anticuado revólver de cañón largo que había al lado de su mano derecha. Se agachó para examinar la parte delantera del tambor y lo giró.

—Disparó las seis balas.

—Cierto. Y no veo huesos de jaguar.

—¿Reconoces la pistola?

—Parece un Colt Cuarenta y Cinco, de modo que el arma, y el muerto, datan de 1873 o más tarde.

—Tiene el cráneo aplastado en el lado izquierdo.

—Es uno de los detalles que iba a comentar cuando estuviéramos a la luz del día.

—A este hombre lo mataron a garrotazos —dijo ella—. Fue asesinado.

Se levantó, y los dos entraron en la cámara interior. Dentro había un ataúd bajo de piedra tallada. En él yacía un esqueleto engalanado con un peto de oro, una tira también de oro con piedras de jade labradas a modo de diadema y unas orejeras de jade. Había un cuchillo de obsidiana, un garrote y un gran número de objetos de jade tallado y oro batido.

—La tumba está intacta —dijo Remi—. ¿Cómo es posible que esté intacta? Quien mató al hombre de fuera debía de saber que aquí dentro había oro.

Sam y Remi oyeron un sonido de unos pasos y luego de otros. Se acercaron a la puerta. En la cámara exterior había media docena de personas del pueblo vecino: la señora Velásquez; Pepe, el mecánico; el señor Álvarez, el dueño del restaurante; el hijo de este y otras dos personas que no conocían. Tres de ellos empuñaban algún tipo de pistola, los otros cuchillos, y todos parecían furiosos.

—Hola, damas y caballeros —dijo Sam.

—Salgan muy despacio y con cuidado —ordenó la señora Velásquez.

—No queríamos ofender a nadie —dijo Remi—. Hemos visto que...

—Cállese o acabará como él.

Sam y Remi pasaron por delante de los vecinos armados y salieron al sol. Formando un gran corro alrededor de ellos, esperaban otros cincuenta habitantes de Santa María de las Montañas. Algunos empuñaban machetes y otros hachas o destrales. Había un par de bates de béisbol. Unas cuantas personas sujetaban rifles o escopetas, y había pistolas casi tan antiguas como la que había al lado del hombre de la tumba.

El peligro era palpable. Los rifles y las escopetas apuntaban a Sam y Remi. Había dos hombres con cuerdas, que parecían aún más amenazadoras que las armas.

Un hombre al que no habían visto antes salió de entre la multitud. Tenía la cara bronceada y los brazos nervudos de un agricultor. Miró a Sam y Remi con unos ojos duros como la obsidiana.

—Me ofrezco para cavar las tumbas. Podemos tirar los cuerpos desde aquí y enterrarlos donde caigan. ¿Quién me ayuda?

27

Santa María de las Montañas

—Yo ayudaré a cavar las tumbas.

Otro hombre dio un paso adelante y se unió al primero en la parte exterior del corro. Después, otros dos hicieron un gesto con la mano y se sumaron al grupo funerario.

Pepe, el mecánico, entró en el corro.

—Recordad, no tenemos motivo para hacer sufrir a estas personas. Que alguien les dispare en la cabeza con un rifle de caza y que lo haga rápido.

Sam habló orgullosamente.

—Nos gustaría saber por qué quieren hacernos daño. —Susurró a Remi—: Ayúdame con el idioma.

—Hemos venido dos veces a su pueblo —gritó Remi—. Las dos veces le dijimos a quien quiso escucharnos lo que estábamos haciendo. Ayer le explicamos al padre Gómez lo que íbamos a hacer hoy. Hemos venido con las más pacíficas de las intenciones.

—Lamento que tengan que morir —dijo el señor Álvarez, el dueño del restaurante—. Aquí nadie los odia, pero han descubierto este sitio. Es un lugar sagrado para nosotros. Nosotros no somos ricos, pero nuestro pasado sí lo es. Nuestro pueblo se fundó como parte de este complejo hace dos mil años. Este fue el refugio al que vino la gente de la ciudad a treinta kilómetros al este cuando los vencieron en la guerra. Esta meseta es uno de los lugares más elevados de Alta Verapaz. El rey y algunos supervivientes reales vinieron aquí y volvieron a luchar. Luego, siglos más tarde, hubo otro período de guerra. Y luego otro. Cada vez que un rey de la ciudad era vencido, él y su facción se retiraban a este sitio y resistían. Aquí arriba están los restos de cinco grandes reyes. Cuando los soldados españoles vinieron por primera vez, el rey preparó el sitio una vez más. Pero vencieron a los españoles una y otra vez y no necesitaron venir aquí. En lugar de eso, hicieron las paces con los sacerdotes. La atalaya de la montaña fue derribada y convertida en una iglesia. Nadie de este pueblo ha revelado jamás sus secretos.

—Este sitio no puede mantenerse en secreto eternamente —dijo Sam—. Aparece señalado en el mapa de un códice maya que encontramos en un volcán de México. Figura en fotografías por satélite, y profesores universitarios se han fijado en él.

—No tenemos por qué dejar que desentierren a nuestros antepasados y roben sus pertenencias —repuso la señora Velásquez—. Ustedes son como Colón y los españoles. Se creen que por saber de esas cosas pueden quedárselas.

—No tienen por qué dejar que estudiemos su lugar sagrado —dijo Remi—. Si no quería que subiéramos aquí, podría habérnoslo dicho cuando estuvimos con el padre Gómez. Creíamos que buscábamos un sitio del que nadie sabía nada.

Los vecinos del pueblo estallaron en carcajadas despectivas mientras se miraban unos a otros con diversión. Uno de los hombres estaba furioso.

—¿Ven tumbas en una foto tomada por satélite y creen que está bien desenterrarlas? No se les pasa por la cabeza que sabemos algo de los lugares donde hemos vivido siempre. Fueron nuestros antepasados quienes construyeron estas tumbas, quienes convirtieron la meseta en una fortaleza. Todos nosotros hemos venido aquí desde que éramos niños. ¿Creen que no podemos ver la muralla y los túmulos? Ustedes creen que si no desenterramos a nuestros antepasados y vendemos sus tesoros, debemos de ser unos ignorantes.

Se apartó de Sam y Remi, y le quitó un rifle a uno de los hombres que había cerca de él. Accionó el cerrojo del arma para cargar una bala.

—¡Alto!

La voz sonó fuerte pero cansada. Cuando todo el mundo se volvió para mirar, la cabeza del padre Gómez se elevó por encima del borde de la meseta junto al principio del camino, y dio el último paso en su ascenso a la meseta. Jadeaba y resollaba debido a la larga y empinada subida. Levantó los brazos.

—¡Alto! No lo hagas. Baja el rifle, Arturo. Lo que estás a punto de hacer es un asesinato. No tiene un significado más elevado.

El hombre bajó la mirada y acto seguido abrió el cerrojo del rifle y se lo devolvió a su dueño.

El padre Gómez se mostró aliviado, pero su expresión revelaba que sabía que todavía no había acabado todo.

Pepe, el mecánico, habló.

—Usted no es de este pueblo, padre. No es uno de nosotros. Usted no sabe.

—Desde la época de los reyes, no hemos tenido nada más que este sitio —dijo un hombre que parecía pariente de la señora Velásquez—. La muralla es el lugar donde unos hombres y mujeres valientes lucharon hasta la muerte, y dentro de esos túmulos hay grandes líderes. Nadie ha podido profanar este sitio ni llevarse lo que hay enterrado. El segundo rey que trajo aquí a su pueblo respetó los restos del primero, y el siguiente lo respetó a él.

Hizo una pausa y señaló el túmulo que Sam y Remi habían vuelto a abrir.

—Solo un forastero había llegado a este sitio. Ahora yace allí dentro, aunque han pasado más de cien años y nadie vivo lo ha visto antes de hoy. Todo el mundo sabe que lo mataron los vecinos del pueblo con azadas y destrales. El secreto estaba otra vez a salvo.

—¡No! ¡No! ¡No! —protestó el padre Gómez—. Puede que no haya nacido en Santa María, pero he vivido aquí más que muchos de vosotros y soy responsable de vuestras almas. ¿Creéis que los hombres que cometieron ese asesinato hace cien años no están en el infierno sufriendo por ello?

Unas cuantas personas bajaron la vista al suelo y otras se santiguaron. Unos pocos escupieron.

—Durante siglos hemos vivido a merced de hombres de Madrid o de Ciudad de Guatemala, firmando papeles para que otros gobernantes nos dominaran y controlasen lo que tenemos: hombres que nunca nos vieron. Esto es más de lo mismo. Lo único que hacemos es proteger los cuerpos de nuestros antepasados de los hombres que vienen de lejos y que son dueños de todo.

El padre Gómez tomó aire para hablar, pero Sam dijo:

—Un momento, padre. —Se volvió hacia la gente del corro—. Mi esposa y yo no tenemos pensado llevarnos nada de aquí. La gente con la que trabajamos son profesores universitarios a los que solo les interesa adquirir más conocimientos sobre los mayas. Estamos aquí por ese único motivo. Hay otras personas que tienen mapas en el que aparece marcado este sitio. Una de ellas es Sarah Allersby, la dueña de la Estancia Guerrero. Aunque nos maten a nosotros, ella y su gente vendrán a buscar este sitio. Desenterrarán lo que hay aquí y lo dejarán todo así.

Se volvió y señaló con la cabeza la zanja abierta.

Algunos se inquietaron y se mostraron indecisos, murmurando entre ellos, mientras otros parecían más furiosos. Se iniciaron pequeñas discusiones.

Una voz nueva sonó a través de la meseta.

—El señor Fargo tiene razón. Escuchadle.

Todos volvieron la cabeza para ver al doctor Huerta rodear el montículo situado cerca del principio del sendero.

—¿Qué hace usted aquí? —preguntó el señor López, el tendero.

El doctor Huerta se encogió de hombros.

—He visto que la gente se había ido, así que les he preguntado a vuestros hijos. A lo largo de los años, he descubierto que cada vez que la gente desaparece con objetos afilados y armas de fuego, el médico tiene mucho trabajo.

—¿Qué son estas personas, amigos suyos? —preguntó el señor López.

—Esta es la segunda vez que los veo —contestó el doctor Huerta—. Pero cada vez me caen mejor. Os voy a demostrar por qué.

Se acercó a Sam y Remi, levantó la camisa de Sam, sacó la pistola semiautomática de su escondite y la levantó. La multitud prorrumpió en un murmullo. Sacó el cargador, lo miró, volvió a guardarlo y metió otra vez la pistola debajo de la camisa de Sam. Levantó ligeramente la camisa de Remi para dejar al descubierto su pistola.

—Después de todos estos años ejerciendo de médico, se me da bien detectar las cosas que la gente lleva encima. —Se quedó mirando al corro de vecinos—. Algunos de vosotros estáis deseando matarlos. Si ellos hubieran querido, podrían haber matado a muchos de vosotros, pero no han querido. Han venido en una misión amistosa y no se han dejado influir por vuestras amenazas.

Posó una mano en el hombro de Sam y la otra en el de Remi, y empezó a llevarlos hacia el camino que iba al pueblo.

—Alto. —Se detuvieron y se volvieron despacio. Era otra vez el señor López—. Puede que tenga razón y debamos liberar a estas personas, pero necesitamos tiempo para decidir qué hacer.

Los vecinos del pueblo respondieron con un rugido compuesto por igual de aprobación y alivio por no tener que tomar una decisión tan trascendental en el acto. La gente se arremolinó alrededor del doctor Huerta y de los Fargo, y los arrastró por el sendero desde la fortificación hasta el pueblo.

Cuando llegaron a la calle principal, la muchedumbre hizo pasar a Sam y Remi a un viejo edificio de adobe. Había una habitación exterior con una mesa, sillas y una puerta de madera grande y pesada. Al otro lado de la puerta había una hilera de tres celdas con gruesos barrotes y candados de hierro. La turba metió a Sam y Remi en una de las celdas, y alguien cerró la puerta y se llevó la llave. A continuación la gente salió despacio.

Al minuto, el padre Gómez entró en el bloque de celdas.

—Sam, Remi, estoy muy avergonzado. Les pido perdón por ellos. Son buena gente y no tardarán en entrar en razón.

—Eso espero —dijo Sam—. ¿Puede asegurarse de que nuestras mochilas no desaparecen?

—Están en la oficina. Si necesitan algo de ellas, la señora Velásquez se lo traerá.

—Gracias —dijo Remi.

—Una cosa más —añadió el padre Gómez.

Alargó las dos manos y las introdujo entre los barrotes.

Sam y Remi sacaron las pistolas de debajo de sus camisas y se las entregaron al sacerdote. Él se las metió en los bolsillos de su chaqueta.

—Gracias —dijo al marcharse—. Se las guardaré en la iglesia.

Un minuto más tarde, la señora Velásquez abrió la gran puerta de madera, la dejó abierta y volvió con una bandeja con vasos y refrescos. La deslizó por la ranura para la comida en la parte inferior de los barrotes.

—Gracias, señora Velásquez —dijo Remi.

—Les traeré la cena dentro de una hora, y estaré al otro lado de la puerta toda la noche —les informó la señora Velásquez—. Griten si necesitan algo.

—No es necesario que se quede —dijo Sam.

—Sí, es necesario —repuso ella. Se metió la mano en el

delantal y sacó un revólver de calibre 38 y cañón largo bien engrasado que podría haber sido de los años treinta—. Si intentan escapar, tiene que haber alguien aquí para dispararles.

Guardó el arma en el delantal, cogió la bandeja y desapareció por la puerta. Un segundo después, la pesada puerta de madera se cerró.

28

Santa María de las Montañas

Al amanecer el sol entró por el pozo de ventilación, obstaculizado únicamente por las aspas inmóviles de un ventilador. En algún momento de la noche Sam y Remi se habían dormido en los dos catres, que consistían en unos estantes como puertas con bisagras que se plegaban contra la pared por el día y por la noche se bajaban sujetos por un par de cadenas que los mantenían en horizontal.

Cuando Sam se despertó encontró a Remi sentada en su catre balanceando los pies.

—Buenos días —dijo él—. ¿Por qué me miras de esa forma?

—Estaba pensando en lo mono que estás tumbado en tu catre —dijo ella—. Es una lástima que no tenga el teléfono para hacerte una foto. Podrías ser el compañero de celda del mes en una cárcel de mujeres.

Sam se incorporó, se puso la camisa y empezó a abotonársela.

—Me siento halagado, creo.

—Solo es un comentario. Aquí no tengo mucho que mirar —dijo ella—. No parece que usen mucho esta cárcel. No hay pintadas ni señales de desgaste natural desde la última vez que la pintaron.

—¿Has visto a alguien?

—No, pero he oído que la puerta principal se cerraba un par de veces, así que todavía nos vigilan.

Un momento después, llamaron fuerte a la puerta de madera al final del bloque de celdas. Remi sonrió y gritó:

—Adelante.

La señora Velásquez abrió la puerta y entró con una bandeja con dos platos tapados, unos vasos de zumo de naranja y otras viandas apetitosas.

—Gracias por llamar a la puerta —dijo Remi.

—Nadie ha dicho que no puedan tener intimidad —contestó la señora Velásquez—. Todavía no pueden irse.

—¿Todavía?

—La gente ha estado escuchando lo que el padre Gómez y el doctor Huerta han dicho sobre ustedes. Creo que nos reuniremos por la tarde, y después podrán marcharse.

—Es un alivio —dijo Sam—. Pero me alegro de que no nos hayan soltado antes del desayuno. La comida huele muy bien.

—Sí, es cierto —convino Remi—. Es usted muy amable con nosotros.

La señora Velásquez deslizó la bandeja por debajo de los barrotes, y Sam la recogió y la dejó en el estante que le había servido de catre.

—Ojalá tuviéramos sillas y otros muebles —dijo la señora Velásquez—. No esperábamos a nadie como ustedes.

—Le agradecemos lo que ha hecho por nosotros.

Cuando la señora Velásquez salió por la puerta, se oyó el sonido inconfundible de un pestillo grande al cerrarse.

Justo cuando terminaron el desayuno, oyeron que el silencio matutino del pueblecito era interrumpido por el sonido de un camión que subía con dificultad por la larga colina hasta la calle principal. Oyeron la transmisión rechinar, las revoluciones del motor al acelerar en los últimos cien metros, y el motor al marchar en vacío por la calle de delante de la iglesia.

Un momento después, oyeron a un hombre gritar, luego a otros hombres saltar del camión a la calzada, y más tarde pasos que corrían.

Sam y Remi se miraron. Sam se acercó al espacio situado debajo del elevado ventanuco que había en la pared, flexionó las rodillas y entrelazó los dedos de las dos manos para que sirvieran de escalón a Remi. Ella apoyó el pie en sus manos, y Sam la levantó. Remi agarró los barrotes de la pequeña ventana y miró al exterior.

Unos hombres ataviados con una mezcla de uniformes de camuflaje, camisetas de manga corta, pantalones caqui y tejanos azules corrían del camión y entraban en los edificios de la calle principal. Derribaban las puertas a patadas y gritaban a la gente que saliera a la calle.

—Están reuniendo a los vecinos del pueblo —anunció Remi.

Hombres, mujeres y niños salían a la calle con cara de confusión e inquietud. Se juntaban con sus amigos y vecinos, y se unían a la multitud creciente. Grupos de hombres corrían por las calles laterales y traían a más gente.

—Están reuniendo a todo el pueblo.

La cabina del camión se abrió, y dos hombres bajaron.

—¡Son aquellos dos hombres! —susurró Remi.

—¿Qué dos hombres?

—Los que intentaron matarnos por orden de Sarah Allersby. Los de España. El que pintaste de azul.

—¿Qué pinta tiene?

—Parece quemado por el sol, pero todavía tiene un rastro de color azul, como un muerto.

—Estoy deseando verlo.

En el exterior, Russell y Ruiz se dirigieron a la plataforma del camión, subieron a ella y la usaron como escenario. Russell sacó un grueso fajo de documentos legales y se lo dio a Ruiz, cogió un megáfono y habló por él.

—Probando.

La palabra sonó fuerte y resonó desde las colinas. A continuación sujetó el megáfono a Ruiz, quien leyó el texto en español.

—Ciudadanos de Santa María de las Montañas —dijo—. Vuestro pueblo está situado en medio de un terreno que ha sido considerado reserva arqueológica. Dentro de cinco días seréis evacuados y trasladados a un nuevo pueblo a pocos kilómetros de aquí. Se os proporcionará un lugar para vivir y se os dará trabajo a cambio de vuestra cooperación.

Un anciano salió del grupo. Llevaba una americana azul que no le quedaba bien y un viejo pantalón caqui. Se situó cerca del camión y habló en voz alta.

—Soy Carlos Padilla, el alcalde de Santa María. —Se volvió hacia su gente—. Estos hombres quieren llevarnos a la Estancia Guerrero. El trabajo que nos ofrecen consiste en cultivar marihuana, y viviríamos en el barracón que construyeron hace años cuando llegaron los gángsteres. Nos cobrarán más por el alquiler de lo que nos pagarán por trabajar, de manera que siempre les deberemos dinero y no podremos pagarles. La tierra en la que estamos ha sido nuestra durante veinte siglos. No renunciéis a ella para convertiros en esclavos.

Ruiz siguió leyendo por el megáfono.

—Todos firmaréis un papel conforme aceptáis la oferta de traslado, alojamiento y trabajo. Al hacerlo renunciaréis a cualquier derecho que podáis tener sobre un terreno en Santa María de las Montañas o sus inmediaciones.

Russell bajó del camión de un salto sosteniendo un papel. Se dirigió a Carlos Padilla, sacó un bolígrafo del bolsillo y se lo ofreció al anciano.

—Tome. Usted puede ser el primero en firmar.

—Está intentando obligar al alcalde a firmar —susurró Remi.

La respuesta sonó alto.

—Prefiero morir a firmar eso.

Uno de los hombres del camión agitó el brazo, y cuatro

hombres se abalanzaron sobre el alcalde. Pasaron un lazo de cuerda por encima de él y lo apretaron por debajo de los brazos, lanzaron la punta de la cuerda por encima de la rama de un árbol que había junto a la carretera, levantaron al anciano y la ataron de manera que quedara colgando.

—¡No! —susurró Remi—. ¡No!

—¿Qué están haciendo? —dijo Sam.

El hombre que había agitado el brazo sacó una pistola y atravesó la cabeza del alcalde de un balazo. Todos los testigos, incluida Remi, dejaron escapar un grito ahogado de horror.

—¿Qué ha sido ese disparo? —preguntó Sam.

—Han matado al alcalde.

Ruiz habló por el megáfono.

—Que nadie mueva el cadáver de aquí. Volveremos dentro de cinco días. Si no está aquí entonces, colgaremos a otros cinco en su lugar. Si este papel no está firmado por todos vosotros, colgaremos a diez que no lo hayan firmado y volveremos a pedíroslo.

—¿Has entendido eso? —susurró Remi a Sam.

—Creo que sí.

Russell se dirigió al edificio más cercano, que era la iglesia. Clavó los papeles a la puerta. A continuación, él y los demás hombres volvieron a subir al camión. Dieron la vuelta delante de la iglesia, volvieron a la cima de la colina y empezaron a descender por la larga carretera en dirección a la Estancia.

Los gemidos de las mujeres sonaron de inmediato y no tardaron en llegar a la ventana de la celda de Sam y Remi.

—Ya se han ido —dijo Remi.

Saltó al suelo.

Media hora más tarde, oyeron pasos en la oficina de la cárcel. La puerta de madera se abrió, y varias personas entraron en fila: la señora Velásquez; el padre Gómez; el doctor Huerta; Pepe, el mecánico; el señor Alvárez, el dueño del restaurante; y dos agricultores que se habían ofrecido a cavar las tumbas.

—¿Saben lo que ha pasado? —preguntó el padre Gómez.

—Sí —respondió Remi.

La señora Velásquez abrió la celda, y todos atravesaron la oficina, donde estaban las mochilas de Sam y Remi. El doctor Huerta fue a su consulta situada en la misma calle dos puertas más abajo y volvió con una camilla con ruedas. La empujó a través de la calle hasta situarla debajo del cuerpo colgado del alcalde. Él y Sam mantuvieron la cuerda tirante mientras uno de los agricultores sacaba una navaja y cortaba la cuerda para que pudieran bajar al alcalde a la camilla. Levantaron la camilla para enderezar las piernas, taparon al alcalde con una manta y lo llevaron al dispensario del doctor Huerta. Muchos vecinos del pueblo los siguieron hasta el interior mientras que otros se quedaron fuera.

—¿Hay algún organismo regional que pueda ocuparse de esto? —preguntó Remi dentro de la consulta.

—Ninguno con ejército —contestó el padre Gómez.

—¿La policía?

—Ya los vieron —dijo el doctor Huerta—. Ellos fueron los que intentaron detenerlos por tráfico de droga cuando lucharon contra los asesinos que los atacaron en su última visita.

—Entonces tendrá que ser la policía nacional de Ciudad de Guatemala —propuso Sam.

—Acabo de hablar con ellos por teléfono —dijo el doctor Huerta—. Dicen que enviarán a un inspector para que nos tome declaración dentro de un mes, dos como muy tarde.

—¿Un inspector? —dijo Sam.

—Sí.

—Ah, por cierto —recordó el padre Gómez—, les he traído esto.

Sacó las dos pistolas y los dos cargadores de repuesto de los bolsillos de su chaqueta y se los dio a Sam y Remi.

—Gracias —dijo Remi.

—Su coche también está listo —anunció Pepe—. Es gratis. Lamento lo que les hemos hecho. Tal vez cuando vuelvan al gran mundo digan que no somos tan malos.

La puerta se abrió, y la muchedumbre se separó para dejar que un pequeño grupo de vecinos entrara en la clínica. Sam y Remi reconocieron a muchos de ellos. El señor Álvarez, el restaurador, parecía haber sido elegido como portavoz.

—Señor y señora Fargo —dijo—. Lo que acaba de pasar es exactamente lo que ustedes anunciaron. Esos hombres venían de la Estancia Guerrero. En lugar de pedirnos que les dejáramos estudiar pacíficamente la fortaleza, nos han hecho presenciar el asesinato del alcalde. Van a arrebatarnos el pueblo y la fortaleza, y hasta nuestros hogares y familias. Ni siquiera podremos quejarnos porque no nos dejarán salir de la Estancia. Si intentamos pedir ayuda, podrán matarnos a todos, y entonces no quedará nadie para explicar lo que ha pasado. Nos preguntábamos (y sé que es más de lo que nadie tiene derecho a pedir) si querrían quedarse y ayudarnos a luchar.

—¿Después de lo que acaba de pasar? —dijo Remi—. Claro que nos quedaremos.

—Tengo que avisarles de que no somos soldados —advirtió Sam—. Pero haremos todo lo que esté en nuestras manos para ayudarlos.

—Ustedes lucharon contra los hombres que vigilaban los campos de marihuana y vencieron... los dos solos —dijo el doctor Huerta.

—Ellos nos atacaron. Nos defendimos durante un rato y luego escapamos. Eso no es vencer.

—Mataron a una docena de ellos y están sanos y salvos —observó Huerta—. Yo considero eso una victoria, y de las buenas.

—No creo que tuviéramos muchas posibilidades contra esa gente en un enfrentamiento —observó Sam—. Están bien provistos de armas modernas, están adiestrados y organizados, y salta a la vista que han luchado antes. Nuestra mejor opción es seguir intentando que las autoridades protejan el pueblo.

—Estoy de acuerdo —convino el doctor Huerta—. Espero que lo consigamos, y seguiremos intentándolo. Pero también deberíamos estar listos para luchar.

—Sí —asintió el señor Álvarez—. Todos estamos dispuestos a luchar, pero solo tenemos cinco días hasta que vuelvan. Tenemos que empezar a prepararnos.

—Empezaré haciendo unas llamadas telefónicas —dijo Sam.

Rodeó la cintura de Remi con el brazo, y se dirigieron a la puerta.

—Pero ¿van a quedarse? —inquirió el doctor Huerta.

—Ya lo creo —respondió Remi—. Cuando se pone así de arisco significa que se está preparando.

—Gracias —dijo Sam.

—No os metáis en más líos de momento.

—No, ya tenemos suficientes.

Sam colgó y marcó el número de la embajada de Estados Unidos en Ciudad de Guatemala. Se identificó y pidió que le pasaran con Amy Costa.

En un tiempo sorprendentemente corto, oyó la voz de Amy.

—¡Sam! —dijo ella—. Me alegro de tener noticias suyas. ¿Va todo bien?

—Me temo que no —contestó Sam—. Estamos en el pueblo de Santa María de las Montañas, a unos treinta kilómetros al oeste de la Estancia Guerrero.

Le relató la llegada del camión lleno de hombres armados, sus exigencias y el asesinato.

—Oh, Sam —dijo Amy Costa—. No puedo creerlo. Dice que le han dado al pueblo un plazo. ¿Cuándo vence?

—Han dicho que volverían dentro de cinco días a por los consentimientos firmados y supongo que a llevarse a los vecinos a un barracón de la Estancia. Pero no parece que a esos tipos les importe mucho cómo se desocupa el pueblo. Le han hecho un agujero al alcalde delante de doscientos testigos.

—Cinco días —dijo Amy Costa—. Es el peor momento posible. El comandante Rueda es el único que reaccionaría como queremos y está suspendido durante los próximos treinta días.

—Estoy seguro de que no es una casualidad.

—Sarah Allersby crea sus casualidades —dijo Amy.

—¿Puede conseguirnos ayuda?

—Lo intentaré. Pero todos los agentes de alto rango saben lo que pasó cuando Rueda accedió a ir a por Sarah Allersby. Llevará tiempo conseguir que otra persona se arriesgue.

—¿Sabe alguna forma de que podamos conseguir armas para defender el pueblo? —preguntó Sam.

—¿Armas? —dijo Amy—. Lo siento, pero si la embajada participase en transacciones de armas de fuego sin autorizar me expulsarían del país. Y habría que recorrer toda la cadena de mando para conseguir el permiso de las instancias más altas. Algunos de mis superiores no consideran que Sarah Allersby sea de nuestra incumbencia. Creen que la gente de la zona debe ocuparse de ella.

—Esperemos que los habitantes del pueblo sigan vivos cuando eso ocurra.

29

La Estancia Guerrero

Sarah Allersby esperaba en la vieja contaduría, un vestigio de la época de los Guerrero. Estaba sentada al más grande de los antiguos escritorios, justo debajo de un ventilador de techo que funcionaba con una correa sujeta a una larga viga a lo largo del techo y que se hacía girar desde fuera del edificio, originalmente a mano pero actualmente con un motor eléctrico. Se reclinó, cerró los ojos y respiró hondo un par de veces para relajarse. Russell la había llamado por teléfono hacía media hora, de modo que calculaba que debían de estar a punto de llegar. Pronto oyó el sonido del camión cuando redujo la marcha en la carretera y giró para entrar en el camino de acceso. Todavía le asombraba el silencio que podía reinar en la Estancia. Se oía ruido cuando había un frenesí de actividad —la cosecha, la siembra o el transporte—, pero durante muchas semanas casi no se oía ningún ruido. Se levantó, se acercó a una ventana que daba a la selva y miró su reflejo en el cristal.

Llevaba una blusa de seda blanca holgada, un pantalón negro ajustado con unas botas de montar negras hasta las rodillas y un sombrero de ala plana negro que le colgaba de su cuerda por la espalda. Se ajustó el cinturón de piel negro a las caderas para que la pistola le quedara más baja en el lado derecho, como si fuera a librar un duelo entre pistoleros. Salió al porche de madera, y sus botas de piel emitieron un fuerte taconeo en las tablas.

El camión recorrió el camino de grava con gran estruendo y paró delante de ella. Unos hombres se apearon de la plataforma del vehículo de un salto. A Sarah le parecieron imponentes, todos provistos de imitaciones de AK-47, y la mayoría armados con cuchillos de combate enfundados. Los hombres se quedaron formando una fila vacilante junto al camión y la miraron expectantes. Russell y Ruiz bajaron de la cabina de un salto y se acercaron a ella.

—Por teléfono sonabas como si hubiera ido bien —dijo ella.

—Supongo que ha ido bien —concedió Russell—. Los hemos sacado de sus casas y les hemos dado el mensaje.

—Bien.

Habló más bajo.

—Un viejo que dijo que era el alcalde intentó dar un discurso sobre la conveniencia de no firmar. Le disparamos y colgamos su cuerpo de un árbol. Les dijimos que si alguien lo movía antes de que volviéramos dentro de cinco días, dispararíamos a más gente.

Sarah se puso a dar palmadas.

—A mí nunca se me habría ocurrido. Brillante. Seguro que están muertos de miedo.

—Es difícil saberlo. Se quedaron todos con cara inexpresiva.

—Bueno, ya se ablandarán cuando vean al alcalde pudrirse varios días. —Se volvió hacia los hombres que habían acompañado a Russell y dijo en español—: Ya pueden irse, caballeros. El señor Ruiz les pagará mientras yo hablo con el señor Russell. Señor Ruiz, el dinero está en el maletín negro encima del escritorio.

Ella y Russell se dirigieron al coche de la joven, un Maybach negro aparcado a cierta distancia.

—Sin ti, mis esfuerzos y una considerable suma de dinero se habrían echado a perder. Soy perfectamente consciente de las dificultades que has pasado por culpa de tu trabajo. Serás remunerado muy generosamente por todo. La confianza que te has ganado te reportará beneficios.

—Espero que el riesgo le compense.

—Es crucial que tengamos éxito. Esos campesinos indígenas viven en un importante yacimiento maya, y necesitaremos vía libre para explotarlo. Hay que sacarlos rápido, antes de que corra la voz y se conviertan en «una causa» que apoyar.

—Lo que me preocupa es lo que pasará cuando los traigamos aquí. ¿Le dejará San Martín quedarse con lo que encuentre? Con sus mercenarios, es más fuerte que nosotros.

—Confía en mí —dijo ella—. Diego me necesita más a mí que yo a él. Es intocable porque está en un terreno de mi propiedad. Mientras me seas leal, te prometo que estarás a salvo. —Sarah Allersby se detuvo—. Mi chófer es nuevo, y todavía no sé si puedo fiarme de él. Si tienes algo más que decirme, dilo ahora.

En ese momento de inmovilidad de la joven, congelada durante dos segundos, Russell vio muchas cosas: su belleza, que era un rasgo que poseía, como sus coches, sus tierras y sus cuentas bancarias. Y supo que no volvería a tener una oportunidad como esa de hablar y cambiar la situación si dejaba pasar ese momento. Si quería dejarlo, la puerta se estaba cerrando. Cuando pasaron los dos segundos y no dijo nada, ella se volvió y se dirigió al coche negro. Abrió la puerta ella misma, se sentó en el asiento trasero y cerró la puerta. Su cara, incluso su silueta, se volvió invisible tras el cristal tintado. El chófer dio un amplio giro con el coche y enfiló el camino de grava hacia la carretera principal.

El pueblo entero asistió al funeral del alcalde, en parte debido a su heroica muerte. Pero Carlos Padilla había sido un alcalde famoso porque no hacía gran cosa aparte de rellenar y firmar los papeles que había que presentar cada año en Ciudad de Guatemala. Era un alcalde tan agradable, de hecho, que existían ciertas dudas sobre si seguía ocupando legalmente el cargo. Hacía años que no había habido elecciones, y era posible que no hubiera querido molestar a nadie con unas nuevas votaciones.

El padre Gómez dijo lo que había que decir sobre él durante la misa y luego llevó a los vecinos al gran cementerio, donde su gente había sido enterrada durante siglos, y lo colocó en la fila creada para los muertos de ese año. Allí, el padre Gómez pronunció el resto de las palabras de rigor y rezó para que la bondad, la valentía y la generosidad de Carlos elevasen su alma rápido al cielo.

Cuando al viejo Andreas, el hermano del alcalde, le llegó el turno de llenar la tumba, el padre Gómez pidió a los vecinos que volvieran a la iglesia para celebrar una reunión.

Una vez que todo el mundo estuvo sentado en la iglesia, o de pie justo detrás de la puerta donde podían oír bien, dio paso al doctor Huerta.

El médico habló con llaneza y sinceridad.

—Hemos hablado con las autoridades de las oficinas gubernamentales y las embajadas, y lo antes que pueden ofrecernos ayuda es dentro de treinta días.

—Pero solo tenemos cinco días —gritó una mujer—. ¿Qué podemos hacer?

—Podéis firmar el papel y que os lleven a la Estancia a trabajar en los campos o podéis quedaros a luchar. La decisión es vuestra. Pero ya vimos a esos hombres matar de un disparo a Carlos. No se me ocurre ningún motivo para confiar en ellos. Cuando os tengan en la Estancia, sin ningún sitio donde esconderos ni medios para defenderos, ¿os dejarán vivir?

Algunos gritaron: «¡Tenemos que luchar!» y «¡No nos queda otra!».

—Hay una tercera vía —dijo el padre Gómez—. Podemos recoger a todo el mundo y huir a otro pueblo. Podemos intentar aguantar allí un mes o dos y confiar en que el gobierno actúe para entonces.

—Lo único que conseguiremos con eso es que maten a dos pueblos —terció Pepe—. Y cuando nos marchemos, lo invadirán todo, profanarán las tumbas, quemarán nuestras casas y campos. Nunca podremos volver.

A los pocos minutos, la discusión se había reducido a una serie de interlocutores que decían lo mismo: huir era inútil y era más peligroso que quedarse. Entregar el pueblo era inconcebible, y la única forma de sobrevivir era luchar. Finalmente, el doctor Huerta dijo:

—Es hora de oír a Sam y Remi Fargo.

Sam y Remi habían permanecido callados durante la discusión, pero se levantaron en ese momento.

—Si quieren luchar, haremos todo lo que esté en nuestras manos para ayudarlos —dijo Sam—. Mañana por la mañana a las siete nos reuniremos delante de la iglesia. Si tienen armas y munición, tráiganlas. Empezaremos a trazar una estrategia.

A las siete de la mañana, Sam y Remi esperaban sentados en los escalones de la iglesia. Los primeros en llegar fueron algunos de los exaltados que habían ayudado a atrapar a Sam y Remi en la meseta. Luego llegó la gente que se consideraba de la clase acomodada: los dueños de negocios, los agricultores independientes y sus mujeres, hijos e hijas. Después llegaron otros, personas que trabajaban por un salario o que ayudaban en las granjas a cambio de una parte de la cosecha.

A las siete y media, en la calle había más gente que cuando

los mercenarios habían reunido al pueblo. Sam se levantó y llamó al grupo al orden.

—Empezando por la gente a este lado de la calle, formen una fila y acérquense a hablar con nosotros. Cuando hayan terminado, vayan a esperar a la iglesia.

Cuando la gente se acercaba a los escalones para hablar con Sam y Remi, estos los entrevistaban, hablando siempre en español. «¿Tiene un arma? Déjeme verla. ¿Es usted cazador? ¿Qué caza? ¿Sabe disparar bien?» Cuando no tenían armas, preguntaban: «¿Tiene usted buena salud? ¿Puede correr un kilómetro sin parar? ¿Quiere luchar? Si necesitara un arma para luchar contra un jaguar, ¿qué cogería?».

Parecía que las mujeres preferían hablar con Remi, posiblemente por las normas locales de decencia. Sus preguntas variaban poco. «¿Cuántos años tiene? ¿Está casada? ¿Tiene hijos? ¿Está dispuesta a luchar para protegerlos? ¿Tiene fuerza y buena salud? ¿Ha disparado alguna vez un arma?»

Los niños mayores, los adolescentes, eran los más difíciles de entrevistar, pero Sam y Remi insistían. Todos los ejércitos del pasado habían contado con chicos de quince a veinte años para llenar sus filas.

A las diez estaban ellos solos en los escalones. El armamento del pueblo ascendía a siete rifles con unas cien balas cada uno, ocho escopetas con aproximadamente una caja de veinticinco proyectiles cada una, la mayoría de perdigones. Había siete pistolas, incluidos cuatro revólveres de armazón medio y calibre 38 que parecían viejas armas de la policía, el viejo Colt de calibre 38 de la señora Velásquez y dos pistolas de calibre 32 hechas para llevarlas escondidas.

Sam y Remi se levantaron, mirando fijamente a los vecinos del pueblo, cuyas caras estaban llenas de esperanza.

—Gracias a todos —dijo Sam—. Ahora sabemos mejor por dónde empezar. Sus antepasados no pudieron luchar contra unos soldados adiestrados en tácticas modernas ni enfrentarse a nuevas armas técnicas, y ustedes tampoco pueden.

Ustedes, sus esposas e hijos morirían a los pocos minutos del primer ataque.

Remi advirtió claramente una profunda tristeza en los ojos de los vecinos, mientras las madres atraían hacia sí a sus hijos y los hombres miraban a sus amigos y vecinos decepcionados.

Sam se armó de valor contra las insalvables adversidades. Hizo un gesto con la cabeza al doctor Huerta y el padre Gómez.

—¿Puedo hablar con ustedes en la sacristía?

Entraron en la sacristía y se sentaron en las sillas talladas a mano alrededor de la gran mesa de estilo español. El padre Gómez habló sin rodeos con Sam.

—¿Tiene alguna estrategia? —preguntó.

Sam negó con la cabeza.

—Nada con garantías.

—¿No tiene ningún plan, ninguna estrategia, para ayudar a salvar a mi gente? —inquirió el padre Gómez fríamente.

—Nada digno de mención —contestó Sam.

—¿Qué quiere que hagamos? —dijo el doctor Huerta.

—Que lleven a su gente a la fortaleza y las tumbas de la montaña.

El padre Gómez lanzó una mirada fulminante a Sam.

—Creo que los vecinos preferirían morir en sus camas a que los bajaran a rastras por la montaña y los llevaran en camiones a los campos de la Estancia, donde trabajarían hasta caer muertos. Y luego están los niños. Será como un campo de concentración.

Remi, que se había quedado de pie en la puerta sin que reparasen en ella, miraba a Sam con incomprensión, atónita.

—No sabes lo que dices. Mandar a los vecinos a la antigua fortaleza es como enviarlos a una muerte lenta.

—Los camiones no pueden pasar por el estrecho sendero que sube por la montaña —dijo Sam.

—Pero unas cuantas escopetas viejas no pueden detener a cien hombres con armas letales —alegó Remi.

Sam se encogió de hombros.

—No veo otra salida.

Remi se acercó a Sam y lo miró fijamente a los ojos, angustiada.

—¿Quién eres tú? —dijo con voz entrecortada—. Tú no eres el hombre al que he conocido y amado todo este tiempo.

Él le lanzó una mirada de indiferencia que ella no había visto nunca.

Cuando Remi se volvió para hablar, Sam ya había salido de la sacristía sin mirar atrás a su adorable esposa.

30

Santa María de las Montañas

Al día siguiente Remi llevó a las madres, los niños y los ancianos a la fortaleza de la meseta. Allí recogerían cientos de piedras para lanzárselas a los atacantes si intentaban subir por el estrecho sendero. Remi determinó dónde estaban los mejores sitios detrás de una barrera de piedras amontonadas para disparar a cualquier agresor que llegara a la cima.

Remi apartó de su mente el extraño comportamiento de Sam y mandó a su pelotón de mujeres y niños que hicieran muñecos de los vecinos rellenando prendas de ropa de hojas y maleza.

—Si su hijo está disparando un rifle, le interesa que el enemigo gaste munición disparando a los cinco o seis monigotes que tenga alrededor.

Mandó a otras personas que llevaran botellas vacías, latas de gasolina y trapos a la meseta para preparar cócteles molotov.

—Si vienen hombres por el camino, esto los detendrá un rato. Y si es de noche, los iluminará para que cualquiera con un arma pueda darles.

Al atardecer Sam se encontraba en la cumbre de la montaña junto a la antigua fortaleza, supervisando los preparativos que habían llevado a cabo los vecinos. Sabía que había cientos de muñecos humanos, empezando por el sendero a la fortificación. Había fosos de la época en que se había construido la vieja barrera de roca. Dentro de los muros de la antigua fortaleza había suficiente comida y agua para que todo el pueblo se abasteciera durante un par de semanas, y los niños contaban con refugios. Había muñecos en la muralla alrededor de todo el perímetro, y la reserva de piedras y cócteles molotov era impresionante.

De repente Sam se dio cuenta de que Remi estaba a su lado.

—No puedo vivir sin ti —dijo ella en voz queda—. Por favor, no te quedes en el pueblo y mueras allí solo.

Sam sacudió la cabeza y bajó la mirada.

—Nunca te he pedido que me creas a ciegas, pero ahora tengo que pedírtelo. Confía en mí.

Ella se volvió hacia él y buscó algo en sus ojos.

—Nunca ha habido secretos entre nosotros.

—Lo siento, Remi, pero hace muchos años hice un juramento que debo cumplir. Tengo que hacer esto.

—Sé que tienes una sorpresa preparada, pero ¿funcionará?

Él se pasó la mano por el pelo.

—Es la última oportunidad, pero ni siquiera puedo decirte lo que espero que pase.

Sam alzó la vista a los últimos picos dorados por el sol.

—Es hora de marcharme.

Sam abrazó a su querida esposa y la acompañó al principio del sendero que descendía por la montaña.

Ella sepultó la cara en su hombro.

—No puedes hacerlo. Es posible que no vuelva a verte.

Él la besó con la delicadeza de un suave susurro.

—He hecho una reserva en nuestro restaurante favorito del pueblo.

Después de andar seis metros a través de la fortaleza, Remi se detuvo para mirar por última vez a su esposo. Pero a Sam ya no se le veía. Parecía que se hubiera esfumado.

Santa María de las Montañas

Al amanecer Sam cruzó la calle, fue a la iglesia y subió la escalera hasta lo alto del campanario. Llegó en el momento exacto.

Sacó unos prismáticos militares German Steiner 20×80 y a través de las lentes vio una nube de polvo en la carretera a unos ocho kilómetros.

Casi con indiferencia, se sentó en un hueco del muro y contempló la salida del sol. Más tarde, miró el convoy militar que se acercaba.

Sam no estaba preparado para luchar. Su labor consistía en observar. Cogió una pequeña y anticuada radio portátil que le había pedido prestada al doctor Huerta, ajustó la frecuencia y pulsó el botón de llamada.

—Víbora Uno. Aquí, Cobra Uno. Cambio.

Una voz, clara y nítida, contestó casi al instante.

—Cobra Uno. Aquí, Víbora Uno. Hacía mucho que no oía tu voz. Cambio.

—Seis años y siete meses, para ser exactos.

—Todos te hemos echado de menos, Cobra Uno.

—¿Eres Víbora Dos?

—Doscientos metros a tu izquierda, en un claro en el bosque.

—Has estado fuera mucho tiempo —dijo Víbora Dos riéndose—. Te recuerdo como el chico nuevo en los viejos tiempos.

—Debes saber —dijo Víbora Uno— que la compañía ha hecho cabrear a gente importante para poder estar hoy aquí.

—Lo sé perfectamente —contestó Sam—. Y debo añadir que soy el único en este bando que lo sabe.

—Está bien —dijo Víbora Uno—, entonces ¿por qué no nos cuentas lo que pasa? Cambio.

—Recibido —dijo Sam—. Un pequeño ejército de hombres que trabajan para un narcotraficante local planea venir a apoderarse de este pueblo, llevarse a la gente a una plantación a treinta kilómetros y ponerlos a trabajar en el campo.

—Parece esclavitud.

—Es esclavitud —convino Sam—. Y extorsión y robo y secuestro y asesinato. Cuando tengan a esta gente en sus campos de marihuana, nadie volverá a verlos ni oírlos. Cambio.

—Me alegro de saber que somos los buenos —terció Víbora Dos—. Un momento. Detecto un convoy de siete vehículos que se acerca por la carretera.

Sam añadió lo que podía ver desde su posición privilegiada en el campanario.

—Cada uno de los camiones cubiertos con lonas transporta a veinticinco hombres armados con AK-47. Están escoltados por dos vehículos blindados. Uno a la cabeza de la columna y el otro a la cola.

—También vemos que el convoy está escoltado por dos helicópteros de combate Mi-8 de fabricación rusa.

—¿Cómo podéis saber todo lo que estoy viendo yo cuando estáis detrás de una montaña cubierta de bosques?

—Hemos actualizado mucho nuestros sensores desde que tú formabas parte de la banda.

Sam enfocó con su prismáticos la última curva de la carretera que llevaba al pueblo.

—Víbora Uno. Han llegado a las afueras del pueblo y han parado.

—No me extraña. No hay gente a la vista, viva o muerta. Eso debe de haberles dado que pensar.

—Mi mujer y yo hemos llevado a los vecinos del pueblo a la fortaleza antigua que hay en lo alto de la montaña.

Los pilotos y artilleros a bordo de los helicópteros Apache se ajustaron el casco con monóculo sobre el ojo derecho.

Era un sistema de puntería revolucionario. El piloto o el artillero podía sincronizar el cañón de cadena con su casco, lo que le permitía apuntar con precisión a un objetivo haciendo que el cañón siguiera los movimientos de su cabeza y apuntara adonde él miraba.

—Víbora Dos. Aquí, Víbora Uno. Podemos atacar.

—Hora de mandarlos a desayunar al infierno.

Víbora Uno ladeó bruscamente el Apache y entró en la plaza principal del pueblo planeando a veinte metros de los adoquines.

31

Santa María de las Montañas

Amando Gervais y su copiloto y artillero, Rico Sabas, estaban sentados uno al lado del otro en la espaciosa cabina de su helicóptero de combate Mi-8 Hip, uno de los cinco helicópteros de la flota de San Martín.

El Mi-8 estaba fabricado en Rusia y era un modelo clásico pero fiable. La producción había continuado a pesar de los cincuenta años que habían transcurrido desde que el primero despegó. Utilizado por la mitad de las fuerzas armadas del mundo, el Mi-8 se consideraba el modelo más eficaz en todo el mundo.

Gervais tocó suavemente la palanca de mando del colectivo para elevar el Mi-8 hasta que estuvo a cinco metros del suelo. Al mismo tiempo, empujó con cuidado la palanca del cíclico hacia delante e hizo avanzar poco a poco el helicóptero por la cuesta y alrededor de la iglesia hasta la plaza del pueblo. De repente, Gervais y Sabas se quedaron inmóviles, en estado de shock. En lugar de una multitud de pueblerinos con horcas y escopetas que disparaban perdigones, el piloto y el copiloto se encontraron ante una serie de lanzamisiles colgados del helicóptero de ataque más maligno, atroz y funesto del arsenal de Estados Unidos.

Para Sam Fargo, que estaba en el campanario, no había aparición más aterradora que el helicóptero AH-64E Apache Longbow, sobre todo visto de frente. Parecía un bicho gigante y grotesco que no podría volar.

—Santa María —murmuró Sabas—. ¿De dónde ha salido eso?

—Es negro y no tiene marcas —dijo Gervais, en un tono apenas más alto que un susurro.

—¿Qué hace aquí?

La respuesta no llegó nunca.

Se quedaron pálidos y mudos cuando, en un abrir y cerrar de ojos, vieron un destello debajo del Apache un instante antes de volar en pedazos.

—Objetivo eliminado, Víbora Dos.

—Eso he oído. Un momento. Tengo mi objetivo a tiro y voy a disparar.

Varios kilómetros montaña abajo, otra explosión lanzó llamas y una densa nube de humo por los aires.

—Víbora Uno, segundo objetivo aéreo eliminado.

—Adiós a sus fuerzas aéreas, Víbora Dos. Vamos a por la infantería.

—Aquí, Cobra Uno —intervino Sam Fargo—. Los camiones y los vehículos blindados siguen avanzando hacia el pueblo.

—¿Cómo es posible que sigan creyendo que tienen protección aérea?

—No han visto vuestra capacidad destructiva. No estabais a la vista en el pueblo, y Víbora Dos estaba escondido entre los árboles.

—Gracias, Cobra —dijo el piloto de Víbora Uno—. Sigue haciendo de observador.

—De acuerdo —dijo Sam—. Es un placer volver a cabalgar.

—Bueno, Víbora Dos. Empezaremos desde extremos opuestos por los vehículos blindados y avanzaremos hacia el centro de los camiones.

—Ataca antes de que se recuperen. ¿Qué quieres lanzarles?

—Empieza por los misiles Hydra para destrozar los vehículos blindados y pasa al cañón M230 para los camiones y la infantería. Víbora Dos, tú ocúpate del vehículo blindado delantero. Yo atacaré al Charlie de la cola.

—Tened cuidado con nuestra línea de tiro, no vayamos a matarnos entre nosotros.

—Recibido, Víbora Dos. Seremos cuidadosos como unas damas tomando té.

—Recibido, Víbora Uno.

Con solo pulsar un botón, lanzó un misil Hydra a través de la plaza del pueblo contra el vehículo blindado cuando estaba llegando a la cima de la colina. Las llamas envolvieron el vehículo deshecho mientras desaparecía en una enorme bola de fuego.

Sam se rio para sus adentros.

—Tocaré la campana de la iglesia cada vez que os carguéis un camión.

—Nunca he olvidado tu sentido del humor.

—Hay cosas que nunca cambian —dijo Sam.

—¿Listo para estrujar la calabaza, Víbora uno?

—Vamos a montar el dragón —contestó su compañero.

Los Apache demostraron de lo que eran capaces haciendo toneles volados sobre la colina y describiendo rizos a través del pueblo, y pasaron a escasos metros del punto de observación de Sam.

—¿Dónde están nuestros helicópteros Mi-8? —preguntó Russell. Volvió a subir al vehículo blindado—. Esto no me gusta. No hay rastro de ellos, solo dos columnas de humo negro.

—¿Es posible que se hayan estrellado?

Russell negó con la cabeza.

—Han venido al pueblo cada uno por un lado. El humo debe de ser de los objetivos que han destruido en el pueblo.

—Entonces, ¿por qué no contestan a nuestras transmisiones?

—No lo...

Antes de que Russell pudiera terminar, el feroz helicóptero AH-64E Longbow apareció treinta metros por encima de él, mientras el piloto sonreía y saludaba con la mano. El Longbow se elevó súbitamente y giró hasta situarse en posición de tiro. No solo tenía un aspecto letal; era letal.

—¡Baja! —gritó Russell—. ¡Salta!

Ruiz no necesitó que se lo repitiera. Se lanzaron del vehículo blindado, dejando al pelotón dentro. Cayeron al suelo y rodaron hasta una zanja al lado de la carretera.

Menos de tres segundos más tarde, Russell oyó el breve chillido del misil Hydra 70 al impactar contra el vehículo blindado y volar su torreta en pedazos. En la máquina de matar negra, el artillero había girado la boca del cañón automático M230, montado bajo la parte delantera del fuselaje, hacia el primer camión del convoy. Se llamaba cañón de cadena y podía escupir seiscientas cincuenta balas de treinta milímetros por minuto. La ráfaga de proyectiles atravesó las plataformas cubiertas de lona del primer y el segundo camiones, que transportaban a los veinticinco asesinos armados contratados por San Martín, y que rápidamente se convirtieron en osarios en llamas.

No hubo tiempo para advertencias. El tercer camión salió de la carretera y soltó a los hombres en cuanto cayó en la zanja. Un hombre del cuarto camión retiró la cubierta de lona y empezó a disparar al Apache con una ametralladora montada.

—Me están disparando, Víbora Uno. Me vendría bien ayuda para cargármelo.

—Lo mandaré al país de los sueños. Quédate en tu lado del convoy.

Víbora Uno oyó que unos proyectiles impactaban contra las hélices y el fuselaje, protegido por un escudo de mil ciento ochenta kilos.

Víbora Dos descendió en picado por debajo de Víbora

Uno y descargó una lluvia de fuego que convirtió al hombre de la plataforma del camión y su pesada ametralladora en un montón de chatarra morbosa.

—Gracias, Víbora Dos.

—¿Sigues entero?

—Afirmativo. Voy a disparar al quinto camión en mi línea de meta.

—Acabemos el partido.

Las llamas de un camión y la explosión y la sacudida del otro todavía hendían el aire cuando el último camión intentó escapar atravesando el campo. Rápidamente lo detuvieron haciéndolo trizas. Los supervivientes cayeron al suelo, tras lo cual recibieron una lluvia de proyectiles que brotó del Apache como agua de la manguera de un bombero.

Los dos helicópteros arrasaron el resto del convoy y rodearon la zona, liquidando a todo superviviente que no soltara las armas ni se rindiera levantando las manos.

Mientras Russell y Ruiz observaban desde el refugio de la zanja al lado de la carretera, el calor que desprendía su vehículo armado en llamas les supuso una tortura. Permanecieron allí, contemplando con un horror no exento de fascinación la destrucción total del convoy por los helicópteros fantasma negros.

—No tiene sentido —murmuró Russell—. ¿Quiénes son y de dónde vienen?

—No son militares guatemaltecos —dijo Ruiz.

—No nos quedemos a averiguarlo —gruñó Russell, alejándose a gatas del vehículo incendiado hacia los matorrales más próximos.

—Tenemos que encontrar un sitio para escondernos hasta que anochezca.

—Bien pensado, amigo mío —dijo Russell—. Sígueme y no asomes la cabeza.

—¿Adónde?

—A la Estancia Guerrero —contestó Russell—. Tenemos que ir a ver a la señorita Allersby y contarle una historia para salvar el pellejo antes de que vuelva otro superviviente.

A Remi le dio un vuelco el corazón cuando oyó las explosiones y vio las nubes negras que se extendieron en el cielo sobre el pueblo. Estaba ayudando a las madres con niños, distrayéndolos del alboroto de más abajo.

El silencio que se hizo a continuación fue todavía peor. Al final, el miedo y la inquietud pudieron con ella, y salió corriendo desesperadamente de la fortaleza y recorrió el sendero hasta llegar a la plaza del pueblo. Se quedó allí, pasmada, cuando vio los restos humeantes de un helicóptero.

Remi no vio rastro de Sam y cerró los ojos para no llorar de pena. No pudo evitar pensar en lo peor.

Percibió una presencia detrás de ella. Y luego la voz de Sam.

—¿Cómo no va a tener un final feliz nuestra historia de amor?

Remi se volvió, con los ojos brillantes de emoción al coincidir con los de Sam, y él la besó amorosamente en los labios. Envuelta en los brazos de su marido, el miedo de Remi desapareció.

—Oh, Sam —le murmuró al oído mientras miraba por encima de su hombro lo que quedaba del Mi-8.

En ese momento, Víbora Uno, seguido de Víbora Dos, planearon sobre la plaza y aterrizaron suavemente. Los motores zumbaban, y los rotores principales de cuatro palas disminuyeron de velocidad y se detuvieron. Sam sonrió cuando cuatro hombres con trajes de vuelo bajaron de las cabinas y se acercaron.

El primero tendió la mano y estrechó la de Sam.

—Te he echado de menos, viejo compañero.

—Me sorprende que un vejestorio como tú siga volando por el mundo y metiéndose en líos.

El piloto de Víbora Dos rio.

—No estaríamos aquí si no fuera por tu habilidad para los chanchullos.

Remi se mantuvo al margen mientras los cinco hombres se abrazaban y empezaban a contarse batallas y a ponerse al día de sus vidas. A Remi le extrañó que ninguno se llamase por su nombre. Finalmente, miró a Sam y les interrumpió:

—¿Es que no vas a presentarme?

Todos se miraron, sorprendidos, y acto seguido se echaron a reír.

Sam estrechó a su confundida esposa entre los brazos y dijo:

—Este es un grupo muy pero que muy especial. Interviene en todo el mundo en operaciones como la de la Estancia Guerrero. También es el mejor cuerpo de operaciones secreto de Estados Unidos y el menos conocido.

—Por eso solo nosotros sabemos nuestro nombre y nuestro pasado —explicó el piloto de Víbora Dos.

—Todos hicimos un juramento de confidencialidad cuando nos unimos al cuerpo.

El artillero de Víbora Uno miró a Remi y dijo:

—¿Así que esta belleza es el motivo de que abandonaras el cuerpo?

Sam sonrió con un brillo en los ojos.

—Es evidente. —Apretó cariñosamente la cintura de su mujer—. Lo siento, no puedo deciros su nombre.

Los vecinos volvían con cautela al pueblo. Lucían expresiones de incredulidad al ver los Apache Longbow, los restos del Mi-8 Hip y su pueblo totalmente intacto. El padre Gómez y el doctor Huerta se quedaron asombrados.

El artillero del Víbora Dos señaló con la cabeza a la creciente muchedumbre y dijo:

—Creo que es hora de que recojamos los bártulos y nos vayamos sin hacer ruido hacia la puesta de sol.

—Gracias —dijo Sam mientras se daban un apretón de manos—. Habéis salvado las vidas de más de doscientos hombres, mujeres y niños, y habéis cerrado una de las mayores operaciones de narcotráfico de América Central.

—No esperes tanto para el próximo torneo —dijo Víbora Uno dedicándole un saludo militar.

—No cambiéis de número de teléfono —replicó Sam, cogiendo la mano de Remi y dándole un beso en la mejilla.

Ella lo miró directamente a los ojos y dijo:

—Cuando nos conocimos me dijiste que trabajabas para la CIA.

Sam se limitó a encogerse de hombros.

—En su momento me pareció buena idea.

32

La carretera a la Estancia Guerrero

Ruiz estaba sentado en la cabina de una camioneta al lado de Russell.

—Me siento como si me hubiera caído de un avión —dijo—. Me duele el hombro de disparar en automático contra la nada. Tengo la rodilla como si me la hubiera roto al caer en la zanja. Es increíble.

Russell mantenía la mirada en la carretera.

—Considérate afortunado de que hayamos podido robarle la camioneta a un agricultor de tabaco. Esto es un gran contratiempo. Y hemos perdido a noventa hombres o más que trabajaban para Diego San Martín. Tenemos que solucionarlo antes de que San Martín se entere o largarnos rápido del país.

Ruiz lo miró fijamente.

—Estamos acabados, tío. Es un suicidio ir a ese pueblo.

Media hora más tarde llegaron a la Estancia Guerrero. Mientras recorrían el camino de grava hasta el espacio situado junto a la contaduría, Russell vio a Sarah Allersby sentada detrás de una ventana iluminada. La joven vio su camioneta y salió a recibirlos.

—¿Dónde están? —preguntó—. Los helicópteros no han vuelto, ni ninguno de los camiones.

Russell la miró a través de la ventanilla de la camioneta.

—Al final no pudimos subir y cargarlos en los camiones. Cuando llegamos nos tendieron una emboscada. Perdimos a la mayoría de los hombres, y los pocos que sobrevivieron fueron capturados.

—¿Que los perdisteis? ¿Perdisteis a cien hombres ante una panda de campesinos ignorantes? —preguntó ella—. ¿Cómo habéis podido hacerme esto?

Russell y Ruiz se miraron y bajaron con rigidez de la camioneta. Ruiz se apoyó en esta mientras Russell se situaba enfrente de Sarah Allersby.

—Le pido disculpas, señorita Allersby. Nos vencieron. No fueron los habitantes del pueblo, sino dos misteriosos helicópteros negros sin marcas que volaron en pedazos nuestros helicópteros, los vehículos blindados y todos los camiones.

Sarah Allersby notó que la ira de Russell aumentaba. Se asustó un poco. Era demasiado inteligente para no prever lo que podía pasar a continuación.

—Creo que ya no podemos serle de más utilidad —dijo Russell—. Nos iremos dentro de unos minutos. Le deseo suerte.

Se apartó.

—Espera —dijo ella—. Lo siento, Russell, no quería ser brusca contigo. No te enfades, por favor. Sé que he sido insensible, y sé que ahora mismo la situación pinta mal, pero podemos salvarla.

Russell y Ruiz la miraron fijamente.

—Le pedimos prestados esos hombres a Diego San Martín. Si los dos os vais y tengo que contárselo yo, me matará. Y mandará que os busquen y os maten. ¿No sabéis que es un narcotraficante? Tiene contactos y compradores en Estados Unidos y Europa. No nos queda más remedio que salvar la situación para poder acompañar la mala noticia de alguna buena. No podemos rendirnos ahora.

—No podemos salvar un desastre.

—Os doblaré la paga. Y también os daré un porcentaje del dinero que gane con las reliquias de ese sitio. Según el códice, parece una fortaleza, y dice que los refugiados de una ciudad se retiraron allí para librar su última batalla. Si eso es cierto, no habrían dejado sus tesoros a sus enemigos. Será un hallazgo enorme.

—Señorita Allersby —dijo Russell—, hoy ha muerto gente. Si la policía interviene, cualquiera involucrado podría ser acusado de asesinato. Y nosotros no solo hemos sido los cabecillas, sino que somos extranjeros.

—Tampoco sabemos de dónde venían los que nos atacaron —añadió Ruiz.

33

La carretera a Ciudad de Guatemala

Dos días más tarde, Russell y Ruiz se encontraban detenidos y esposados al asiento múltiple de un camión militar mientras el vehículo avanzaba traqueteando por la carretera a Ciudad de Guatemala. Russell susurraba un monólogo al oído de Ruiz.

—Es bueno que nos lleven directamente a la capital. No quiero pudrirme seis meses en una cárcel de provincia mientras los abogados se toman su tiempo para llegar y preparar el juicio. Si estamos en Ciudad de Guatemala, Sarah podrá pagar nuestra fianza sin que tengamos que pasar ni una noche... dos noches como mucho. Y luego se encargará de que retiren los cargos. Eso es lo que tiene que pasar. Si vamos a juicio acusados de ser los cerebros del fiasco que ella planeó, necesitaremos un milagro para volver a ver la luz del día.

—Diego San Martín está escondido. Es una ventaja.

—Sí, pero no va a dejarnos escapar. Nos odia. Y somos los únicos estadounidenses. Yo por lo menos. Tú pareces un nativo y hablas español. Seguro que creen que eres guatemalteco.

—Si quieres cometer delitos graves, es mejor ser extranjero. Así creen que trabajas para algún gobierno y puede que no te ejecuten.

—Será mejor que tenga a los abogados fuera esperándonos cuando lleguemos —comentó Russell—. Nos lo juró.

—También aseguró que nunca volverían a detenernos y aquí estamos, detenidos y esposados.

Russell permaneció en silencio unos segundos y luego dijo:

—Más vale que no nos falle. Hemos conseguido que eliminen el ejército privado de San Martín.

—Lo sé —asintió Ruiz—. Tendremos que turnarnos a la hora de dormir para que no encuentren ninguna forma de matarnos.

Permanecieron sentados en el camión mirando cómo los kilómetros pasaban y se perdían a lo lejos detrás del vehículo. Russell trató de apartar de su mente la imagen de los pocos supervivientes sentados a su alrededor en el camión, la expresión demacrada de sus caras sucias y sin afeitar, el olor a sudor de sus uniformes de camuflaje, la rabia y el rencor reflejados en sus ojos.

Se concentró en Sarah Allersby. Se la imaginó con una de las inmaculadas blusas de seda blancas que llevaba y con una falda negra y unos tacones altos. Estaría junto al pesado escritorio de madera en el edificio de doscientos años de antigüedad, con las gruesas vigas de madera y los grandes ventiladores de techo. Tendría el cabello dorado recogido en una cola de caballo, con todos los mechones en su sitio, de manera que pareciese algo más extraordinario que simple pelo. Sostendría un pendiente de diamantes con una mano mientras sujetaba el teléfono contra el oído con la otra. Estaría haciendo uso de toda su riqueza, su influencia y su reputación para liberarlos a Ruiz y a él. Diría algo ridículo que el funcionario del gobierno con el que estaba hablando querría creer. Que Russell y Ruiz solo eran unos inocentes empleados estadounidenses suyos que habían ido a la Estancia Guerrero y se habían perdido. Se aseguraría de que su liberación no tuviera repercusiones desagradables sacándolos inmediatamente del país en su jet privado. Y estaría muy agradecida de que se fueran.

Ciudad de Guatemala

En ese momento Sarah Allersby estaba en el dormitorio principal de la gran casa de los Guerrero. Llevaba una blusa de seda blanca, un pantalón negro y una chaqueta negra entallada. Eligió unos pendientes y una gargantilla de perlas porque iba a tratar con la aduana británica. Cualquiera cuyo trabajo consistiese en calcular el valor de las joyas a simple vista reconocería un collar como ese: perlas naturales redondas, de un blanco plateado, con un diámetro de dieciséis milímetros y un brillo excepcional. Habían sido halladas por unos buceadores en el mar de Omán en el siglo XIV. Y, por una vez, una pieza de incalculable valor no era producto del saqueo perpetrado por los antepasados de su padre en la India. Las perlas habían pertenecido a la familia de su madre. Su padre había comprado los pendientes en París hacía cuarenta años.

Los funcionarios británicos eran los más esnobs. Aunque no se acordasen de su nombre, la reconocerían como a un miembro de la clase de gente a la que no había que atosigar con normas insignificantes.

No hizo mucho equipaje para el viaje. La mayoría de su ropa y sus pertenencias seguían en los armarios y la caja fuerte. Cogió las pocas cosas que pudo recoger rápido: el joyero ancho y plano con sus mejores joyas, un fajo de billetes de varias monedas y, guardado herméticamente en su caja de plástico a medida, el códice maya. Todo cabía en una maleta. Cerró la maleta, la inclinó sobre sus ruedas y empezó a arrastrarla hacia la escalera.

Su portero oyó el ruido, subió la escalera y le cogió la maleta. Ella se preguntó si lo sabía. La maleta contenía joyas, reliquias y dinero en efectivo por valor de decenas de millones de dólares. Valía más que todo lo que sus antepasados habían ganado desde la época de Adán y Eva hasta el presente. Sonrió ante la idea. Era mucho mejor que los criados —incluso los leales— no sospechasen que tenía esos pequeños momentos de debilidad. Estaba segura de que él la habría matado por mucho menos de lo que ahora llevaba.

Sarah subió a su coche y observó como él metía la maleta en el maletero y lo cerraba.

—Al aeropuerto —le dijo al chófer.

El hombre condujo con pericia el Maybach 62 S negro por las calles de Ciudad de Guatemala. No mostró el más mínimo estrés y apenas pisó el freno. El trayecto fue suave y tranquilo, como él sabía que a ella le gustaba. Mientras miraba la ciudad pasar por las ventanillas del coche, sintió una pequeña punzada de pena. Había conseguido el códice maya: casi con toda seguridad, el último que quedaba sin descubrir. A esas alturas debería ser famosa. Debería tener un almacén lleno de oro y de loza valiosísima.

Tendría que convencer a Diego San Martín de que ella no había sido la responsable de las bajas de su personal. Le explicaría que el problema lo había causado el hombre al que había conocido en el almuerzo. Russell le había asegurado que la operación sería fácil y que no habría peligro. No habría posibilidad de decepcionar a Diego San Martín porque Russell lo tenía todo controlado. ¿Qué podría haber cambiado ella, una joven? ¿Cómo podría haber sabido que Russell estaba tan equivocado?

Escuchó su ensayo silencioso y se consideró satisfecha. San Martín era como todo el mundo. Desahogaría su ira en alguien, pero ese alguien no sería Sarah Allersby. Ella seguía siendo una aliada muy útil y le costaría dinero y problemas en caso de perderla. San Martín solo necesitaba una excusa para hacer lo que claramente le convenía.

El Maybach llegó al aeropuerto y pasó por delante de las terminales a lo largo de las vallas de tela metálica hasta la entrada especial a los hangares de aviones privados. El guardia le abrió la verja en cuanto su coche estuvo a la vista. Un revolucionario chiflado no se acercaría en un coche que valía casi medio millón de dólares y volaría por los aires un avión. El chófer la llevó a su hangar, y ella vio que ya habían sacado el avión. El piloto, Phil Jameson, estaba haciendo la revisión previa al despegue. El camión de combustible se alejaba por la hilera hacia su siguiente cliente. Al auxiliar de vuelo de Sarah Allersby, Morgan, se le veía a través de las ventanillas iluminadas, rellenando el frigorífico y abasteciendo el bar.

El Maybach paró, y la joven le dijo al chófer:

—Estaré fuera como mínimo un mes. Recibirás una paga por treinta días y te llamarán cuando vuelva a necesitarte.

—Sí, señora.

El chófer abrió el maletero, sacó la maleta y la llevó hasta el avión. Morgan se acercó a cogerla por ella.

La subió por la escalera, la guardó en el armario, cerró la puerta y colocó una correa a través de la abertura de manera que la maleta no se moviera aunque la puerta se abriese.

—¿Me permite cogerle la chaqueta?

—Sí —dijo ella, y se la quitó moviendo los hombros.

Solo pasaron unos minutos más hasta que la puerta de la cabina se cerró y el piloto empezó a hacer rodar el avión hacia el extremo de la pista de aterrizaje.

Unos minutos más y el avión giró contra el viento, aceleró por la pista y se elevó en el aire. Cuando Sarah miró por la ventanilla, vio un pequeño país que se perdía debajo de ella, y con él todos los recientes conflictos y decepciones y las desagradables e insignificantes personas que habían dado al traste con sus esfuerzos. Cuando el avión se elevó por encima de la esponjosa capa de nubes blancas hasta el cielo oscuro, se sintió más liviana, más limpia y libre de desagradables estorbos. Volvía a Londres. Sería reconfortante visitar a su padre y refugiarse en su fuerte y poderosa presencia. Y Londres seguía siendo Londres. Tal vez fuese un viaje divertido.

Fraijanes, Guatemala

El camión que transportaba a Russell y Ruiz llegó a la gran e imponente cárcel de Pavón, en las afueras del pueblo residencial de Fraijanes. Mientras se juntaban con los hombres que estaban siendo descargados de los camiones militares, Ruiz dijo:

—No veo a ningún abogado.

—Estarán aquí —aseguró Russell—. Ella no dejará que nos pudramos en un sitio como este.

Los soldados los hicieron pasar por una valla alta hecha de barrotes de hierro rematados con alambre de púas.

—No veo a ningún centinela civil —susurró Ruiz—. Creo que es uno de esos sitios donde los presos mandan.

—No te preocupes —dijo Russell—. Tendría que estar loca para abandonarnos.

—Esperemos que no lo esté —contestó Ruiz—. De todas maneras, más vale que nos preparemos para fugarnos.

Londres

Era por la mañana cuando el avión de Sarah Allersby descendió sobre Londres y llegó al aeropuerto de Biggin Hill al sudeste de la ciudad.

El avión aterrizó suavemente en la pista principal del aeropuerto de las afueras y rodó hasta la línea de vuelo, donde desembarcaría su única pasajera. El avión se paró, y el personal de tierra puso los calzos a las ruedas y conectó el cable de tierra a la toma correspondiente. A continuación bajaron la escalera.

Sarah aspiró el aire británico fresco y húmedo que entró por la escotilla abierta. Se levantó justo cuando llegaron los agentes de aduanas. Recogieron la declaración aduanera que Morgan, el asistente de vuelo, había rellenado y en el que había puesto las iniciales de ella. Sarah había llevado, como siempre, cincuenta puros cubanos para su padre que habían sido milagrosamente rebajados a menos de trescientas libras. Se dijo que el bar totalmente abastecido tenía menos de dos litros.

—¿Es esa su maleta, señorita? —preguntó el jefe de la aduana.

—Sí, en efecto —contestó Sarah Allersby.

—¿Puedo mirar dentro?

Ella titubeó, sin pestañear y con los labios abiertos. Normalmente los empleados de la aduana no se molestaban en hacer una inspección tan a fondo. Ella era una persona importante de una familia de rancio abolengo. No iba a traer explosivos ni una bolsa de cocaína. Perdió una décima de segundo queriendo decir: «Nunca me lo habían pedido». Y se dio cuenta de que su instante de vacilación podía bastar para condenarla.

El jefe de la aduana abrió la maleta en la mesa empotrada. Abrió el joyero y aparentemente confirmó que llevaba más joyas que un galeón español. Vio los montones de dinero sujetos con cintas y los apartó. Pues claro que tenía dinero. No importaba. Pero ¿qué es esto?

El agente de aduanas levantó la tapa de plástico y examinó la tira doblada de corteza de higuera antigua, vio las pinturas del interior y la cerró.

—Señorita Allersby, esto parece una auténtica reliquia maya. Un códice.

Ella miró atentamente al hombre y vio que era un hombre culto. No iba a convencerlo de que no era un códice diciendo que se trataba de una copia o un adorno o algo por el estilo. Él tenía razón y lo sabía.

Tres horas más tarde, un grupo de abogados de su padre, hombres famosos por dejar cualquier pregunta inoportuna sin contestar, la había rescatado. No iban a permitirle salir del país. Su pasaporte fue retenido. Pero lo más irritante de todo era que le habían confiscado el códice, su preciado códice maya, como prueba de que había infringido la ley internacional contra el transporte de tesoros históricos.

El abogado más importante de todos, Anthony Brent Greaves, iba sentado a su lado en la limusina para llevársela clandestinamente de las garras de las autoridades. Cuando estaban entrando en la ciudad, ella dijo:

—Anthony, estoy demasiado agotada para instalarme directamente. Llévame a la casa de mi padre en Knightsbridge.

—Lo siento —se disculpó Greaves—, pero me ha pedido que le diga que ahora mismo no es posible. Hoy tiene una cena, y asistirán varias personas que atraen a la prensa.

—Ah —dijo ella—. Así que no quiere verme.

—Yo no lo expresaría de esa forma —aclaró Greaves—. Puede que usted sea el miembro de la familia que conoce las costumbres y los tabúes de los parajes lejanos, pero él es el experto en las selvas de Londres. Va a trabajarse a los poderosos por su bien, pero discretamente.

—Entiendo.

Greaves se había salido con la suya. El abogado se dirigió al chófer.

—Llevaremos a lady Sarah a su casa de Brompton.

34

Santa María de las Montañas

El ejército guatemalteco llegó al pueblo de Santa María de las Montañas un lunes. El martes, un helicóptero aterrizó en un maizal a un kilómetro y medio del pueblo. Del vehículo aéreo bajó el comandante Rueda.

Cuando Rueda y sus tenientes llegaron a la plaza del pueblo, Sam y Remi se encontraban entre la gente esperando para recibirlo.

—Me alegro de volver a verlo, comandante —dijo Sam—. ¿Qué le trae por aquí?

Rueda se encogió de hombros, pero no pudo ocultar una sonrisa.

—Parece que Sarah Allersby ha sido detenida en Londres por llevar un códice maya al Reino Unido. Así que algunas personas poderosas han tenido que cambiar rápido de postura con respecto a estos asuntos. Me han nombrado comandante de las fuerzas estatales en la región.

—Enhorabuena —lo felicitó Remi—. ¿Puedo preguntar qué va a hacer?

—Desde luego. Quiero ser muy franco con respecto a todo lo que hagamos. Ahora mismo tengo tropas en la Estancia Guerrero buscando droga. Hay otras en Ciudad de Guatemala registrando la casa de Sarah Allersby, su oficina y unos cuantos inmuebles comerciales en busca de rastros de que haya estado saqueando yacimientos arqueológicos.

—Bravo por usted —le felicitó Remi.

—Espero que piensen lo mismo si les pedimos que testifiquen —comentó Rueda.

—Será un placer —dijo Sam—. Así tendremos un pretexto para volver. Hemos hecho muchos buenos amigos. —Se fijó en algunas caras cercanas—. Aquí hay dos que debe conocer. El padre Gómez y el doctor Huerta. Este es el comandante Rueda, amigos. Es honrado, está al corriente de los problemas de la zona y, por suerte para todos, a partir de ahora es el agente al mando.

Rueda les dedicó una ligera reverencia militar.

—He oído hablar mucho de los dos. Sabemos que han estado intentando poner freno a la circulación de droga. Si me lo permiten, el pueblo de Guatemala les da las gracias por su valor.

Remi se distrajo. Señaló al fondo de la larga carretera. A lo lejos, una nube negra y baja se había extendido a través del horizonte.

—¡Miren! —dijo—. Un incendio.

Rueda le echó un vistazo.

—Mis hombres están llevando a cabo la quema controlada de los campos de marihuana de la Estancia Guerrero. Tengo entendido que han confirmado la existencia de los árboles de coca que ustedes identificaron. Aparte de lo que nos hemos quedado como prueba, todo se está destruyendo.

Miró a sus dos ayudantes.

—Será mejor que nos pongamos en marcha. Hay mucho que hacer.

Sam y Remi llevaron en coche a Rueda y sus ayudantes hasta el helicóptero. Cuando Rueda se disponía a subir a bordo, llevó a Sam y Remi aparte.

—Probablemente no tenga importancia, pero tengo que

decirles que los dos hombres que intentaron matarlos hace unas semanas se encontraban entre los hombres capturados. Después de dos días en una cárcel cerca de la capital, mataron a dos hombres que estaban a punto de salir con un permiso de trabajo y se hicieron pasar por ellos. Creemos que han salido del país, pero no estamos seguros.

—Estaremos atentos —dijo Sam.

Cuando los rotores empezaron a girar, él y Remi retrocedieron para evitar la ráfaga de aire y lo observaron partir. Sam cogió el teléfono móvil y llamó a Selma.

—Sam y Remi, estaba preocupada por vosotros —dijo ella—. ¿Lo habéis resuelto todo?

—Sí —contestó Sam.

—¿Ha llegado ya David Caine?

—¿David Caine? ¿Va a venir?

—Siempre tuvo pensado ir —dijo Selma—. Los exámenes finales terminaron el viernes. Estamos en junio, Sam. ¿Estáis estudiando a los mayas y nadie tiene un calendario?

—Ah —dijo él—. Deberíamos habernos acordado.

David Caine llegó a la cabeza del convoy de vehículos Land Rover que subieron la cuesta con relativa facilidad y pararon en fila justo detrás de la iglesia. Caine bajó de un salto y abrazó a Sam y Remi.

—Me he enterado de lo que han hecho. Son increíbles.

—Gracias —dijo Remi en voz baja—. Lo que usted y sus colegas van a encontrar aquí es aún más increíble. Pero será mejor que nos deje prepararle el terreno antes de que se ponga a explorar. Mientras tanto, sonría a todo el mundo, hable con ellos de cualquier cosa menos de arqueología y tenga paciencia. Hemos preparado una reunión pública donde podremos presentarle.

35

Londres

Sarah Allersby se aburría en Londres. En Ciudad de Guatemala había sido el centro de atención. En algunos lugares de Europa la habían invitado a todo: Roma, Atenas, Berlín, Praga... Incluso en París había ido a los mejores sitios acompañada de jóvenes muy solicitados.

Pero ahora, por culpa de la ridícula orden judicial, no le permitían salir del lluvioso, frío y húmedo Londres. Y lo que era peor, el clima social no había sido favorable. Durante los últimos dos meses había tenido muy mala prensa, acusada de profanar tumbas mayas, afirmar que había descubierto yacimientos que ya habían sido registrados y usar un códice maya que se suponía que no tenía.

Desde hacía un día habían empezado a circular rumores sobre ella, y la estaban relacionando con una importante redada antidroga en América Central. La gente ya había cancelado su asistencia a la cena de bienvenida que iba a darse en honor a sí misma, de modo que la convocatoria se estaba anulando. Podía detectar el miedo en sus voces. Temían que sus preciadas reputaciones se manchasen si compartían aperitivos con la loca y perversa Sarah Allersby. Hacía un año, cualquiera de ellos habría ido a su fiesta aunque hubiera tenido que arrastrarse de rodillas hasta la casa.

Se puso delante del gran espejo situado junto a la puerta y se observó mientras se abotonaba su chaqueta azul marino. Los botones eran de oro, y la chaqueta parecía una prenda de un uniforme de oficial de marina del siglo XVIII. Se dio media vuelta para ponerse de perfil al espejo, se dirigió a la puerta y la abrió. La bala de calibre 308 le perforó la frente, le salió por la parte trasera del cráneo y le destrozó el cerebro tan rápido que no llegó a oír el estallido del rifle, si es que lo hubo.

A través de la mira del rifle, Russell vio que ella había caído hacia atrás y que la gruesa puerta principal había empezado a cerrarse. Uno de sus pies la había parado, de manera que parecía que la hubiera entreabierto alguien que se disponía a marcharse y que había vuelto a entrar a por algo.

Russell dejó el rifle mientras Ruiz cerraba la ventana y echaba el pestillo y acto seguido corría la cortina. Russell desmontó rápido el rifle y lo guardó en su maleta. Él y Ruiz bajaron a toda prisa por la escalera trasera, entraron en la cocina y salieron por la puerta trasera al jardín. Era media mañana, de modo que había coches y gente en las calles vecinas, pero nadie parecía haberse percatado de nada.

La casa de la que habían salido estaba en venta. Se encontraba solo un número más abajo y al otro lado de la calle de la de Sarah, y era el mismo tipo de vivienda. Pedían cuatro millones de libras. Russell y Ruiz solo habían pasado en la casa aproximadamente una hora y habían llevado guantes de goma.

Mientras Russell atravesaba corriendo el jardín trasero —un elemento típicamente británico—, se sintió satisfecho. Sarah no había cumplido su promesa y había dejado que Ruiz y él fueran a una cárcel de Guatemala. De modo que había recibido lo que se merecía. Russell subió al coche que habían dejado esperando junto a la acera, y Ruiz condujo. Paró por el camino para que Russell pudiera tirar las piezas del rifle en una serie de contenedores de basura.

En la estación de Waterloo, se detuvieron en un servicio de caballeros para cambiarse de ropa y lavarse las manos. Tomaron el Eurostar amarillo y blanco a París. Tardarían tres horas en llegar, pero tenían billetes de primera, y el viaje prometía ser tranquilo. De todas formas, cualquier cosa era mejor que la cárcel de la que habían escapado en Guatemala.

El tren atravesó poco a poco Londres y las afueras y luego ganó velocidad. Después de una hora más o menos, entró en el túnel del canal de la Mancha, y las ventanillas se oscurecieron.

Santiago Obregón desvió la vista del pasillo del tren a los dos estadounidenses sentados en asientos de primera. Parecían dormidos. A Obregón le asombraba que esos dos creyesen que Diego San Martín iba a dejarlos sacrificar a casi cien de sus hombres e irse a Europa tan tranquilos. Les agradecía que hubieran matado a Sarah Allersby porque de lo contrario habría tenido que hacerlo él.

Obregón estaba sentado en el mismo compartimento que los estadounidenses enfrente de ellos como si aquel fuera su sitio. Metió la mano en su maletín y sacó su herramienta, una pistola CZ P-07 Duty con la boca roscada de serie y una mira alta especial para poder ver por encima del silenciador. Disparó rápido a los dos estadounidenses en el pecho para impedir toda resistencia.

Se levantó y disparó al primer estadounidense a la cabeza para asegurarse de que se moría y luego apuntó a la cabeza del segundo. El hombre se dirigió a él en español.

—¿Quién eres? ¿Por qué nos matas?

—¿Por qué matáis vosotros? —dijo Obregón—. Por dinero.

Apretó el gatillo. Metió la pistola en la mano derecha del muerto. A continuación salió y se fue a otro vagón. Dentro de poco llegarían a la Gare du Nord.

36

Santa María de las Montañas

La reunión del pueblo se celebró en la iglesia y estuvo presidida por el padre Gómez. Al final, el párroco explicó:

—Ya habéis oído los argumentos para dejar que los arqueólogos excaven la fortaleza y las razones para no permitirlo. Ahora cogeréis un trozo de papel cada uno y escribiréis «Sí» o «No» y lo pondréis en el cepillo.

La gente se puso en fila y votó. Cuando hubieron terminado, el padre Gómez, el doctor Huerta y Andreas, el nuevo alcalde, contaron los votos. La inmensa mayoría del pueblo había votado a favor de que el equipo del doctor Caine excavase.

A las siete de la mañana, el padre Gómez se unió a los miembros de la expedición a la cabeza de una delegación del pueblo. Mientras emprendían la larga ascensión por el estrecho sendero, el clérigo dijo:

—Doctor Caine, hay cosas que tiene que saber, y esta es la primera oportunidad que tengo de contárselas. Ya sabe que este lugar es sagrado para la gente de aquí. Los que están enterrados allí arriba no son unos extraños, son sus antepasados. Ellos fueron los gobernantes de la ciudad de Kixch'ent y los supervivientes de una gran guerra contra una ciudad situada a unos cincuenta kilómetros al este el 790 d. C. aproximadamente. Cuando empezaròn a ver que el enemigo era mucho más numeroso que ellos y que estaban perdiendo, reunieron a un grupo de guerreros locales, junto con los objetos más valiosos que poseían, y los trajeron aquí.

—¿Quiere decir que este iba a ser el lugar de su última batalla?

—Exacto. Construyeron una atalaya fortificada donde ahora está la iglesia. Luego llevaron a su gente a la meseta y construyeron allí una fortaleza. Cuando el enemigo vino, la fortaleza resistió. Pero murió gente y fue enterrada allí arriba, y los objetos valiosos fueron enterrados con ellos: armas, adornos, todo lo que consideraban de valor.

—Entonces, ¿todo lo que hay arriba pertenece a una guerra del período clásico?

—No todo. Doscientos años más tarde, en el 950 d. C., la gente de la ciudad tuvo que retirarse otra vez a la fortaleza. Los acontecimientos se desarrollaron más o menos igual. El lugar era demasiado empinado y demasiado alto, y estaba demasiado bien defendido para caer. Al final la gente volvió a su ciudad. Más tarde, cuando los soldados españoles se acercaron, la gente de Alta Verapaz luchó ferozmente contra ellos y los repelió. Pero, por precaución, la gente llevó los objetos más preciados para ellos y su cultura a la fortaleza.

—¿Y nadie ha excavado nunca allí? —preguntó David Caine.

—No —respondió el padre Gómez—. Unos cuantos lo intentaron, pero la gente del pueblo los mató. El tiempo pasó. La gente aceptó el cristianismo. La atalaya se derribó y las piedras se usaron para construir la iglesia. El mundo olvidó lo poco que supo de este sitio, pero su gente no se olvidó de nada.

—Ya veo que son muy protectores —dijo Caine.

—Debe saber que han decidido confiar en usted porque

adoran a Sam y Remi Fargo, y harían cualquier cosa que ellos les pidieran. No deje que la gente piense que no va a cumplir lo que prometió ni a respetar a sus antiguos reyes. No duraría usted un solo día.

El grupo llegó a la cima de la meseta, donde pudieron ver las fortificaciones a lo largo del borde y los túmulos de los reyes.

A Caine le llamó la atención el montículo que había sido abierto hacia cien años y que los Fargo habían reabierto. Había hileras de grandes vasijas tapadas que parecían haber sido selladas. Caine se arrodilló junto a una, pero el padre Gómez le tocó el hombro.

—Espere.

Caine se levantó mirándolo inquisitivamente.

—Todavía no he llegado al final —dijo el padre Gómez—. Le prometí al pueblo que lo prepararía. Cada vez que la gente de la ciudad huía hasta aquí, traía con ella sus mejores tesoros. Armas de obsidiana, adornos de jade y oro, vasijas preciosas, todo está aquí. Pero lo más valioso e importante para ellos eran sus libros.

—¿Libros?

—Antiguos libros mayas, como el que usted, Sam y Remi tenían.

Caine se contuvo, aunque a Sam y Remi les pareció que se iba a desmayar.

—¿Sabe si alguno ha sobrevivido?

—Solo he visto unos pocos que abrió el hombre ejecutado en la tumba, y se han conservado muy bien, probablemente debido a la altitud. Pero sin duda la cifra ronda los cientos. Cuando los antiguos mayas trajeron aquí sus libros, los transportaron sellados en esas vasijas. Hay ciento cuarenta y tres vasijas solo en esta tumba. Algunas de las otras podrían contener más libros, cerrados herméticamente en vasijas para protegerlos. De modo que lo que Sarah Allersby robó no era nada comparado con lo que no se le permitió robar.

El padre Gómez pasó por delante del muerto y de las vasijas y llevó al doctor Caine a la cámara funeraria, donde los huesos del rey, adornados con oro y jade, yacían sobre la losa de piedra caliza.

—Hay una cosa más que debe ver —dijo—. Ayúdeme a mover a este hombre y esta piedra. —Al ver que Caine vacilaba, añadió—: No afectará a los restos. Ya lo hemos hecho antes.

El padre Gómez, Caine y Sam Fargo apartaron la pesada piedra donde reposaban los huesos del rey y dejaron al descubierto una cámara situada debajo. Caine enfocó el espacio oscuro con la linterna. La luz que se reflejó poseía el brillo familiar del oro: estatuas moldeadas de dioses, hombres y animales, petos de oro batido y diademas, pulseras, ajorcas para el pie, pendientes y adornos para la nariz. Era una habitación llena de oro. Y también había hachas de jade y platos, orejeras, collares, puntas de lanza ceremoniales de diversos colores, del verde oscuro al azul pasando por el blanco, todo tallado y pulido con destreza por artistas fallecidos mucho tiempo atrás.

—Esto es increíble —declaró Caine—. En ningún sitio del mundo maya se ha encontrado nada parecido.

—Pues se volverá a encontrar —dijo el padre Gómez—. Me han dicho que cada túmulo era la tumba de un gran rey y que cada rey creía que tenía que traer aquí los tesoros de su ciudad para protegerlos de los enemigos. Y cada tumba tiene una cámara secreta debajo, custodiada por el cuerpo del rey. Las verá todas.

—¿La gente del pueblo ha decidido dejarnos excavar y estudiar todo el complejo?

—Así es —contestó el padre Gómez—. En parte, en agradecimiento a los Fargo por salvar su vida y su hogar y, en parte, por la promesa que les hicieron los Fargo.

—¿Qué promesa?

Caine se volvió para mirar a Sam y Remi.

—Les dijimos que los ayudaríamos a construir un museo en Santa María de las Montañas para exhibir, conservar y proteger lo que se encuentre aquí —explicó Remi.

—De esa forma, el mundo sabrá de este sitio, pero los restos de los reyes y sus tesoros no tendrán que ser trasladados permanentemente —dijo Sam—. Se podrán prestar objetos a largo plazo a museos y universidades de todo el mundo, pero su sitio siempre estará aquí, con los descendientes de la gente que los trajo a este lugar.